U0746979

品藻觀瀾

姚祥◎著

安徽师范大学出版社
ANHUI NORMAL UNIVERSITY PRESS
·芜湖·

图书在版编目(CIP)数据

品藻观澜 / 姚祥著. -- 芜湖 : 安徽师范大学出版社, 2025. 2. -- ISBN 978-7-5676-7227-7

Ⅰ. I206.7-53

中国国家版本馆CIP数据核字第2025BX2402号

品藻观澜

PINZAO GUANLAN

姚 祥◎著

责任编辑: 胡志恒　　责任校对: 吴山丹　王雨嫣

装帧设计: 王晴晴　　责任印制: 桑国磊

封面题字: 胡志恒

出版发行: 安徽师范大学出版社

芜湖市北京中路2号安徽师范大学赭山校区　　邮政编码:241000

网　　址: https://press.ahnu.edu.cn

发 行 部: 0553-3883578　5910327　5910310(传真)

印　　刷: 安徽联众印刷有限公司

版　　次: 2025年2月第1版

印　　次: 2025年2月第1次印刷

规　　格: 700 mm × 1000 mm　1/16

印　　张: 23.25

字　　数: 370千字

书　　号: 978-7-5676-7227-7

定　　价: 68.00元

“拿尺量人”得先揽镜自照（自序）

余生也钝。10年前，尚不知文学评论为何物，即以读而有感、有感而发乎于议的方式，闯入这片陌生的领地。接二连三的机缘巧合，促使我在这条新赛道上未辍奋跑。

直到今天也不肯定，我写的这些文字是否属于文学评论。但我分明积累了一些关于文学评论的感触，对文学评论者应具备的素质有过全面掂量，感到文字的任一领域，都是山长水阔，大星稀疏。在中国评协组织的主题征文活动中，我写下了如下文字。

文学评论是一种运用文学理论对文学现象进行分析、评价和引领的实践活动，旨在帮助读者赏析作品，引导文学创作，探讨文学发展规律。文学评论不是可有可无的：创作与评论是文学发展的双翼，运用得好，就可以相互借力，水涨船高。

好作品如玉在匣中，期待高手解开坚套，使其熠熠生辉。很多时候，作者被创思所牵引，对作品的潜在价值不做估量，而评者恰有多重视角，更易窥得一片盎然生机。换言之，评论者要说出作者没有意识到，甚至根本意识不到的东西，从而帮助读者欣赏作品，提高作者驾驭作品思想高度的能力。文学评论不是人人可为的读后感，需要评者在作者止笔处潜思，作踏中跳板的奋力一跃。技高一等，识高一筹，别有高见是评论的应有之义。文学助力文化建设、凝聚时代精神的职责，评论家当仁不让，并为此殚精竭虑，集腋成裘地深入构建。由此可见，评论者唯有苦练内功，练就透视作品的眼力，涵养尽精微、致广大的评论家精神，才能不辱使命。欲为评者，你合格了吗？不妨揽镜自照。

一照自己有没有足够的认知能力。文学评论能否做到有的放矢、一击即中，认知是基础。首先，广博的知识不可少。作家是杂家，评论家何尝不是？文学理论知识是迈进评论堂奥的第一块垫脚石，评者只有深度掌握、灵活运用才能行稳致远；社会、人文、历史、哲学等知识同样需要，评论者知识的多少，与其对文学作品形成遮蔽、扭曲和单向度审察成反比。因此，于学无所不窥、精于穷理、擅于格物、思想不停滞僵化的评论者，方能永呈客观和深探的更新局面。其次，要有敏锐的文学感受力。这种不脱离认知、超越认知之上的艺术感觉，一半靠天生，一半靠培育。优秀作品大抵是，一文有一文之风格与境界，敏锐的文学感受力，能确保评论者细辨差别，不会多而即同，而是生能出新，不断焕发生机和活趣。此外，要牢记实践出真知，纸上得来终觉浅。评论者要主动介入社会，聆听文学伴随时代跃迁的心灵回响，使公认的文学标准向新而生、向上而升，不断开拓出新境界。尤其是对那些凸显历史纵深的地域文学、凸显社会纵深的“草根文学”，如果脱离实际，脱离生活，脱离民众，就会走不出臆想的盲区，无法于广学博征中求得真义。当然，优秀评论家不能满足于学问相对丰赡，也不能满足于不生造概念，不推销噱头，而是要有突破个人知识局限、催生量变到质变、不断升级升维的勇气。好作品言说不尽，运用之妙，存乎一心。

二照自己有没有犀利的剖析能力。好的评论家具有文本深度阐释的能力，他们致敬庖丁解牛的技艺，先感性再理性，由表及内，由浅入深。首先，从感觉入手，不忘阅读快感。评论家的五感六觉一旦与文本碰撞，就会产生火花。用这种感觉阐释文字背后的微言大义，如四两拨千斤，更易让人接受。立足于自我感受，不脱离文本情境，帮助读者找到作品层层外壳之下的内在机理，穿透技艺的浅表，向更深的文化、哲理、美学领域掘进，甚或，探究表象背后的本质，得出直刺要害的谠论。这种评论逻辑严密，说理透彻，令人信服。其次，经理论加持，聚焦创新的范本。重感觉，并不意味着轻理论，只是依据文本是偏于理论型还是感觉型，确定理论与感觉的最佳配比。很多时候，理论与感觉齐飞，在规避放大学理、凸显人文价值的同时，丰富的文学理论素养，会以一种轻逸的学术涵养与智性形式介入，让文本价值大幅提升。既强调理论的严谨，又注重人文的轻灵，两者互为补足，有利于建立处于两者之上的逻辑推演与统一评论规则，练就评论家先验性的眼光。这种眼光在作品未经典前，敢于为准经典做好前期扎实的多维锐评，推动优秀文本尤其是创新范本，早日经典化。此外，有诗意的表达，不是续貂式说明。氤氲着诗意的评论，更见灵魂、血肉及温度，会扩大共鸣共情的受众，而辞彩精拔、言简义丰，会使人在愉悦中豁然开朗。坚守底线，摒弃华而不实的谀评。浅薄而无聊的吹捧，只能使人昏聩，滋生自大，陡增盲目。不说套话，少说老话，只讲真心话，对定论的敢于质疑与延伸，力争兑现好作品的最大价值，使评论真正成为时代语境下，创作的一面镜子、一剂良药。

三照自己有没有高超的引导能力。文学的精魂，昭示着人类的前程。好的文学评论，特别善于从人与社会、人与自然、当前与未来的关系中思考问题，进行与时俱进的价值阐释。评论者最强的能力是三个层面的引导。一是树立公器意识，引领大众审美。文学是一种文化消费品、价值传播体，所营造的文化氛围与价值导向，潜移默化地影响着大众。评论的基本功能是“放大”作品的社会影响，实现优秀作品与社会的双向奔赴。当前，文学评论者的守正意识尤为重要，只有更多地从中华传统美学中寻找到共鸣点，引领大众审美新需求，才能确保文学生生不息，频焕新机。二是引导作家创作，推动文学发展。文学是人类智慧的高度凝结，它指向人性的至深处，占据着精神层面的制高点。评论者要笃信，一代之兴，必有一代之绝艺足称后世。因此，引导作家接受时代的熏养，深入当代人的精神世界，剖析世道人心的“常”与“变”，经由思想感情的发酵，将反映社会生活的日常化叙事，上升为对时代的理解，进而在时代潮流中把握文学脉动，破茧成蝶般升级文学观，催生新的文学方式诞生。三是赓续文学传统，助建文化强国。文化从来不是固化的雕塑，而是流动不止的活水。生活的点滴变化，成就了文学的万千模样；生活的点滴变化依存于时代的洪流，也支撑着文化的更新迭代。文学作为民族精神的载体与时代文化的印记，凝结的不仅是精神创造，还蕴涵了时代文化形成过程中集体无意识的投影。而经过深度评鉴的作品，更容易种进人们的心田，在从生根发芽到枝繁叶茂的渐变之中，深层次的文化心理密码得以更快形塑。

显然，作为一名“拿尺量人”的文学评论者，不该因揽镜自照而却步。要雄起一副舍我其谁的气概，不断提升“三观”及专业素养，坚守时代精神，激发自我创造力，期待凤凰涅槃的那一天。相信，当代文学的巍巍大厦，会有自己的一份付出，新时代中国特色社会主义文化建设，也会有自己的一份贡献。

走笔至此，忽然想到民间有“打铁还需自身硬”的俗语，更是切中了要害。其实，于各行各业苦练内功，不断精进，大抵不错。

以上，权以为序。

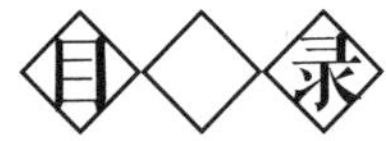

上　编

下　编

上　编

故乡的一坛陈年苦酒

——李凤群长篇小说《大江》阅读札记

《大江》是芜湖籍女作家李凤群10多年前创作的一部长篇小说，原名《大江边》。2021年3月，北京十月文艺出版社推出了改名为《大江》的新版。全书分为“悲江”“骚江”“离江”3卷，总篇幅达到了50万字。因对此书的好评时有耳闻，也与李凤群女士有过一面之缘，对她的文学讲座留有深刻印象，我网购了这套《大江》。饶有趣味地欣赏，还煞有其事地作了旁批，伴随着阅读的快意，不时有零星的感触散逸出来。

一

如同公认的名著，我无意也无法归纳《大江》的主旨，也无法提炼出类似说明书式的故事梗概，就像无法用几块粗砺的大石块，代替无数细小的砂石甚至无数晶莹剔透的珍珠。这是因为：一方面，用几个宏观的概念性的大词，完成对全书主题意义的归拢，或者故事情节的集束，就会过滤掉那些遍布字里行间的毛茸茸的生活质感，就会无视人情的美丑妍媸、人性的复杂难解；另一方面，欲对如此厚重的小说作评价，提挈式概括绝对是过错，小说打开了无数个窗口，每个窗口都是可以深入开掘的通道，不能只掘一径，不及其余，而掘进能力的大小倒在其次。何况，那些经过作家心灵浸润的细部，蕴藏着万千心灵律动和意绪流布，渗透着诗意，潜藏着能量，还有人性中不易触摸、深不可测的盲点，乃至特定人群生命的奥妙，神秘难测，岂是三言两语就能阐述清楚的。

有意思的是，《大江边》改名《大江》，表面上看删减一字，是为了与作者的《大风》《大野》《大望》“大”字系列长篇小说在形式上整齐划一，其实，还暗含深意。贾平凹的小说喜用两字名，这几乎是文学作品最少用字了，当然也有一个字的。为什么呢？中国文字有简练的传统，字数越少，概念就越不具体，概念越不具体，外延就会越大，外延越大，给人想象和诠释的空间就越大。《大江边》改为《大江》，我们会把切入点从大江的边上，移到气势磅礴的大江上，显然，它的境界更为阔大，更让人浮想联翩，更具象征意味。事实上，小说写出了吴姓家族几代人的生命阵痛，是一部蕴含着奋发气象的湍流不息的故事演绎，确有几分江河翻沙鼓水的雄浑。此亦佐证，任何概括性定评都会失去小说的某种精髓。

小说需要在一定的时空内完成，长篇小说尤其如此。作为一部家族小说，《大江》在时间上纵越了60多年。这么长，是为了保证一家三代乃至四代人在各自的舞台上，有相对完整的“表现”。即使这样，吴家第三代人的故事只进行了一半，第四代的个别代表才刚刚进入社会。在空间上，小说始终聚焦“江心洲”，这个长江边由江沙累积而成的弹丸之地。即使后来打工热潮兴起，江心洲几乎没有青壮年劳动力时，作者的叙事视点依然没有转移出这方家园。当然，江心洲并非与世隔绝，每一个离开江心洲的人，都是伸向外部世界的一个触角，他们带着理想而出，带着成功或失败而回。时代前进的步伐，也在这个很不起眼的地方回荡着铿锵足音。随着放射出去的“触角”越来越密集，他们有意或无意地改变了江心洲的经济社会发展，推动了这里的道德伦理嬗变。

《大江》总体遵循以时为序的线性结构，很大程度上是因为家族小说在展示家族框架中的人物生存状态时，故事走向一般只能随时间而流变。但若深究，尽管小说的深层结构依托代际的纵向聚合关系，而叙事链条上的事件，恰恰多肇始于横向组合关系。小说中，每当有自然灾害、外部环境变化等外在因素侵入吴姓家族的空间，家族人物之间的势能就会被激活，相互纠结和抗衡不可避免，家族内部原本稳定的长幼有序的格局受到冲击，家族矛盾被激化。这种情况下，家族中部分有想法的人就会离家出走，他们要冲破家族这张网，获得个人的所谓成功。因此，新的矛盾产生。因文字的单线性流程，虽花开数朵，却只能表述一枝。这样的横向组合叙事接二连三，纷呈了代与代之间和同辈之间的交互冲突，由此导致小说时空一次次地短暂错位。几代人之间思想、观念、情感、道德的差异，就这样渐进式地越拉越大。可以看出，冲破错综复杂的人际羁绊、历经身心俱损的双重煎熬，是此类家族小说人物常有的宿命般的人生写照。

在内在性结构设置上，为了区分不同历史时段三代人的不同追求，小说分别冠以悲守、骚动、离变的主题，演绎亦忧亦喜的历史进程，既体现了从整体上考量、思虑和把握书写对象的能力，又突出代际与时代微妙呼应的辩证关系。当然，宏观结构确定后，还得编织繁琐的穿插衔接、转场过渡等微观结构。《大江》人物众多，所述内容庞杂，如何把发生在这些人身上的事非常巧妙地黏合，尤显功力。学过缝纫技术的李凤群，显然是个中高手。譬如，不设置绝对的中心人物，利用人物复杂的人际关系，阶段性地凸显一两个重点人物。这种错落有致的写法，符合人的成长逻辑，没有给读者产生过分“塑造”的感觉。在转场过渡方面，充分利用时间、地点、环境的变化，巧妙完成过渡，也善于运用不同人物的相似性和对比性进行转换过渡。还有，以作者的旁白和议论过渡：在一些跨度较大的地方，特别是第二、第三卷的卷首，对上一卷有篇幅不短的情节复述和评议。长篇小说可以议论，巴尔扎克的小说有整章议论的。但我总感觉，这种降低阅读难度、扰乱整体气脉的做法，多少有蛇足之嫌。

二

家族小说没有贯穿始终的牵动性人物，理固宜然；每一代都有代表性人物，更是必然。《大江》第一代旗帜性人物是吴四章和马兰英夫妇；第二代至少有吴家富和史桂花夫妇、吴家义、田会计等人；第三代人数最多，核心人物是吴保国和吴革美两人；第四代登场的机会不多，是以吴文为代表的新城市人形象。我相信，小说在角色设定时，既考虑了人物的参差多态、与社会发展密切相关，又考虑了关系紧密的人之间，有产生对手戏的性格落差。

勤俭、干净、刻薄，善于暗中较劲，且会过日子的马兰英，很难辨别她的一些个性是优点，还是缺点。算命先生“吴四章没有儿子为他送终”这句话，促使她惜粮如命。因怕露馅遭人惦记，特别是怕大侄子吴家义觊觎，她家的大米从来不晒，上霉是经常的事，儿媳史桂花第一次吃就拉稀。更狠的是，当马兰英知道史桂花拉稀后，竟然要求她只能在自家茅房解决。还有，她认为儿子家财、家宝的死亡，是吴四章命硬克子的结果，以至于在得知家财吊死的极度痛苦状态下，她捞起灶台上一把切菜刀，连砍丈夫三刀，使得吴四章差点一命呜呼。吴四章不惹事，很多时候却显得“小头小脑”，不靠谱。他在极端饥饿的情况下，会饥寒起盗心，也会莫名其妙地嫉恨自家的“靠山”——大女婿田会计。不过，在他人生的最后阶段，他对田会计充满感恩，认为他是这个世上最好的人。二儿子家宝淹死后，他性格大变，对活着的两个儿子横挑鼻子竖挑眼。5年后的大水时，他的冷漠被人们错当成胸有成竹，导致很多人家损失惨重。总之，他是一个让人捉摸不透的人。在马兰英眼里，他就是疯子。在懊恼和怨恨中互相撕扯的这对夫妻，有各自的生活观、生存观、生死观，一辈子都在信命、认命、搏命、改命中痛苦挣扎。

吴家义是承上启下的关键人物。他是吴四章大哥的大儿子，是吴家第二代中第一个成长起来的男子汉。他有拿捏人心的计谋，为了得到田会计的庇荫，举家回迁江心洲，为了讨好吴四章，改称他“小大”为“大”，以突出其地位。他有敢闯敢试的魄力，是江心洲第一个牛贩子，由于没有经验，落得牛财两空的下场。不过，他嗅觉灵敏，伺机重整旗鼓，一举还掉了沉重的债务。由于运气不佳，他没能真正成功，最终倒是靠儿子们安享了晚年。看上去并不出众的吴家富，是吴四章和马兰英硕果仅存的小儿子，直到有一天他被媳妇史桂花逼着去江西贩运木材，在亲人的焦急等待中，拿出了出人意料的巨大成果时，他才令人刮目相看。他内秀，低调，隐忍，坚毅，关键时刻总能爆发出惊人的能量。他看重亲情，为了儿子不惜倾其所有。有时也显得过于软弱、怕事，但在史桂花与村主任暧昧这个大是大非的问题上，表现出少有的决绝；在给吴家义操持丧事时，也表现出难得的高调。在江心洲，男人不易，女人更不易。早早出头的马兰英，得益于没遇到刁蛮的婆婆。史桂花则不同，这个爱笑的姑娘嫁到吴家后，婆婆马兰英不仅让她吃霉米，还要让她成为生育机器。婆婆处处刁难她，她不甘示弱，或明或暗地针锋相对。看来，“女人不狠，地位不稳”是普天之理。当婆婆被病痛折磨卧床不起时，史桂花恨不得她早死。而当婆婆真的入殓钉棺时，在子女个个哭不出来的情况下，只有史桂花迸发出呼天抢地的悲怆声。史桂花重男轻女的思想超过了马兰英，大女儿吴革美离家出走，就是不堪忍受她的偏心和虐待。

在多数乡亲们心目中，吴保国就是江心洲顶天立地的英雄，尽管争议不断。保国是吴姓家族第三代中的老大，他身材高大，孔武有力，十分匹配英武的相貌。他很早就跟着父亲做生意，在摔打历练中，并没有展示出高人一等的才气，倒显得有些莽撞。他的变化，是在被田大凤牢牢吸引之后。两个年轻人烈火干柴般的约会，让他们看到了人世间的美好。对幸福生活的憧憬，激发了保国大干一场的斗志。保国去江西贩运木材后，已有身孕的大凤焦急地等待他回来处置。谁知，这趟颇为不顺，保国迟迟不归。害怕“露馅”的大凤，在绝望中投水自尽了。满载而归的保国，无法接受大凤已逝的事实，在被田家兄弟疯狂殴打时，他放弃了起码的抵抗。保国不得不离开江心洲。没想到，他回到江心洲时，顺带解决了城镇小痞子对江心洲的骚扰，为此还蹲了班房。出狱后的保国，救了落难的秀来母子，只因秀来长得像大凤。迫于生计，他不得不再次出走。当保国再次回来时，他已决定出资为江心洲搭建一座通往外部世界的大桥。保国与堂妹吴革美是互相欣赏的同辈，他预测她未来会有大作为，此话也激励了革美。革美与江心洲女孩遭受的境遇没有什么不同，只是她不受母亲待见的程度更深。她喜欢读书，却为了供不善学习的哥哥读书而辍学。她被憨子凌辱身心俱伤，是代母亲受过，已知羞耻的年纪，却顽强地走了出来。她是保国与大凤“偷情”的唯一知情者，从未向任何人透露半点讯息。这个被侮辱被损害的女孩，正因为缺少关爱，才有了一双善于发现的眼睛、明辨是非的心灵，以至于她还总结出悲喜交替而生的哲理。革美毅然决然地离开江心洲，既有被迫的成分，也有渴望的成分，更有时代的召唤。她能凭体面的劳动在城市立足，与她的综合素质密切相关。她成功后第一件事，就是接又聋又哑已孤身一人的小姑妈家秀到城里生活，因姑妈不适应而作罢。可以说，在江心洲乃至更大的五洲乡，革美的成功堪称奇迹，不可复制。在革美的身上，作家寄托了太多的理想。

《大江》人物众多，一些处在相对次要位置上的人物，也是个性鲜明，令人难忘。田会计是吴四章大女婿，有与其身份匹配的老成持重、谨慎低调，却对老丈人一家暗中相助，不遗余力。吴四章小女婿方达林身体单薄却头脑活泛，不盲目从众的他，穷死也要保持乐观豁达的天性。村主任沈国友小人得志，官帽一戴嘴就歪，是贪吃滥喝的村干部的典型形象。马小翠见过世面，她高调地给江心洲带来了洋气，因经历上的污点，自尝苦果并不意外。顾医生是闭塞年代江心洲人唯一可以看到的城市人，除了给人看些小病，他不能给江心洲带来任何改变。船工阿三是江心洲人走出去、闯世界的见证者，他的心里藏着江心洲的“发展表”。在第三代人中，吴胜水、田大龙读书最多，他们为了获取城市生活，不惜拖垮全家。看上去已经是跳出农门的先进分子，其实与他们父辈相比，很多方面已经断崖式退化了。

三

《大江》是一部家族之书，也是一部生命之书，小说散发出的生命气息浓郁沉重。传统家族的兴盛以人丁兴旺为基础，小说中吴姓家族也不例外，将人丁兴旺作为一种本能的目标追求。明于此，就不难理解马兰英、史桂花等母辈，为什么重男轻女到了深入骨髓的地步，也不难理解，吴四章一家为了逃避计划生育，甘愿过着非人的生活。对于吴家人来说，人丁意识不断强化还有现实刺激的影响，那就是非正常死亡率太高。吴事成、吴家财、吴家宝、田大凤、田二龙、吴保霞、吴双全……他们鬼使神差地早早殁去，大半是拜家门口这条大江所赐。面对一次次死亡的黑洞，读者也有了裹身其中的窒息感。从父亲吴事成为救他溺亡开始，4岁的吴四章就有了生命存在的感知，吴家就残忍地跟这条喜怒无常的大江杠上了。马兰英惜粮如命和求神拜佛，吴四章到处抗争和神神道道，都是企图打破这一魔咒而不懈努力或无能为力的表象。这是在无比广阔的生活深处对生命的礼赞与尊重，更有对生活的深刻理解，对人性的深刻理解。这也反映出江心洲吴家人，在生与死的大问题上，比其他家族多了一道非正常死亡的阴影，面临自然与人心的双重夹击。原生态的人物性格和内心描写，手术刀般犀利到位，提升了小说的生命意识与成色。

《大江》是一部生命之书，也是一部情感之书，小说中闪烁的真情实感，即使未成曲调也让人着迷不已。在江心洲，生活的艰难是普遍的，除非死别生离，人们表达情感的方式多是内敛的，甚至是隐藏的。其实，不同关系、不同辈分、不同类型的人之间，都可能有真切的感情。一般来说，农民最少流露的就是夫妻之情。我发现江心洲有一个有趣现象，越是女方强势的夫妻，夫妻感情就越有可能在对抗中耗损。最为弱势的吴家秀与方达林感情最好，都说贫贱夫妻百事哀，残疾的家秀却始终对丈夫一往情深，竟然能容忍他在外面胡搞；同样，方达林也从未嫌弃、亏待过身体残疾、不能生育的妻子，虽然，出轨是另外一回事。与夫妻情相反，父子情、母子情是江心洲最张扬的感情。吴家富、史桂花对吴胜水，吴家珍对田大龙，精心呵护与无条件满足，远远超过了他们的能力。也有子女反哺长辈的，保国对父母乃至江心洲的父老乡亲，革美对父亲和小姑妈等人，体恤有加，说明感情从来都是相互的。一个家族中，兄弟姐妹之间的手足之情，往往会有很大的变数，真正能走到最后的并不多。在吴家二代中，家义和家富这对堂兄弟，只在暗中较过劲，没有正面冲突过。家富在家义死去后，体现出来的责任和担当，是手足情深历久弥坚的最好诠释。保国和大凤之间的感情，朴素，真挚，充满原始的生命张力，令人震撼，是书中仅有的一例恋人之情。

《大江》是一部情感之书，也是一部奋斗之书，书中每一代人多以个人的奋斗直面艰难的生活。吴四章、马兰英这辈，他们的奋斗体现在与天斗与地斗上。老天造成的自然灾害、土地带来的庄稼歉收，直接影响生活，甚至威胁生命，他们必须为此奋斗。对于与大江杠上了的吴家人来说，桀骜不驯的大江是吴四章最大的对手，也是他一生的宿命。家义、家富这辈人终于摆脱了土地的羁绊，过上好日子对他们不再仅仅是想象。不过，他们外出闯荡的风险很大，甚至有时显出悲壮，无可奈何的悲壮。保国、革美这辈人是幸运的，他们的奋斗恰逢其时。在一个日益开放、繁荣的好时代，有志者何惧竞争。他们与千千万万进城打工的农村人，表面上看并没有什么不同，事实上，他们更多是在憋着一口气、攒着一股劲，朝着自己的信念和理想在奋进。他们不容许自己失败，或者说，他们的成功，是自己选定的结果。他们初步实现了个人生活腾飞和家族命运改观，靠的是吃苦耐劳和聪明才智的两者兼备。当然，在吴家最小的一辈吴文、吴武等即将走向社会时，包括保国、革美，还有吴保地、马小翠、田大龙、吴胜水等，他们的人生还远没有定型，奋斗仍在继续，也只有奋斗，才能跟得上时代的节拍。可以说，奋斗是主旋律，小说生动展现了江心洲的时代演进风貌，书写了一段江心洲人与时俱进的艰难奋斗史。

四

《大江》这部现实主义力作，让读者不仅看到了一个家族血迹斑斑的伤痕，更看到这个家族顽强不息的奋斗。李凤群怀着对故乡的挚爱与眷恋，试图用文字唤醒一方沉睡的历史，为此，几乎调动了她全部的记忆储备、情感蕴蓄和艺术能量，所取得的文学成就多面多维，颇为可观。

其一，选题独特。《大江》的选题源自对故乡的重新审视，更有家族的真实经历，小说观照了一个几乎被当代文学遗忘的存在：长江下游皖江段一个半封闭的江心洲上，吴姓家族数代人60多年诸多琐细事实组成的生命历程。江心洲与我们想象的世外桃源，显然大异其趣、大异其旨。从生死悲歌到喧哗骚动，再到别乡离土艰辛创业，他们多灾多难的命运，让人不忍卒读；他们每一点成功，都令人欢欣鼓舞。这些变革时代庸常而琐碎的小事件，是有别于他处的生存经验，从侧面反映出小说的选题，可以从个人经历的无限“小”中，映射时代巨变的无限“大”。《大江》独特的选题，不仅丰富了文学史内容，还无比翔实地留下了一枚独特的地域标本。

其二，人物独特。小说的选题决定了小说的人物，是与作家自身生命深切关联的一群生命，在一棵并不丰茂的家族树上，顽强繁衍。这些人微如草芥，很不起眼，大概率有原型。作为小说的主角，一辈子纠结于生存的艰难，在不同的时间段上，走向他们或悲或喜的归宿。作为一个局外的读者，看到眼前复活一个个蝼蚁般的生命，就会感慨文学的贡献，弥补了历史流星大步下的草率粗疏。《大江》就是在为这方无声的小人物描形画魂，树碑立传。小说在死亡中开始，在波折中落幕，从头至尾呈现出强烈的命运感，个人的命运，集体的命运，乃至特定时期中国农民的命运。众多人的命运集结成历史的映像。那种冥冥之中难以规避的挣扎，每个人都可能面对的不确定感，对命运不甘不服的奋力抗争，照亮了历史角落的真实，让千千万万感同身受者为之感奋、为之扼腕。以生命的尊严跪拜大地苍生，断然少不了诚恳的态度、高尚的灵魂、追根刨底的探究。逝去的必然以另一种方式归来。撕开这道疮疤的作者，心中恰是充满了大爱和悲悯。

其三，表述独特。叙述、描写、抒情、议论，各行其道，各归其位，在沉缓与骚动之间起起落落。这是细腻丰沛的女性书写，将毛茸茸的生活质感，纹路清晰的肌理，以流水般平中见奇的方式呈现，让人在生死两茫茫的世间有所依有所盼；叙述也恰到好处地灌注了雄性气质，在需要雷霆出击的片段，那些筋骨凸显的文字张力十足，彰显它植根处的那份生气和力量，将叙事狂欢后的意义沉淀。梳理、构建生活秩序，归拢、调配生活场景，那些独有的日常还原在细节中，意味深长地被放大，综合了作家的细致观察、特异感知和合理想象。吴保国和田大凤一枝斜出的爱情，没有过度渲染，速写般的黑白色调，质朴如同泥土，这是那个年代农村青年的爱情，有生死相许的执着，而简单得不能再简单的几句交谈，具有震撼灵魂的力量。小说寄寓着深切的悲悯情怀，对情感的敏锐把握与精准表述，丰厚了小说慈悲的底色。小说用了方言，是当然的一招。不在江淮方言区的读者，可能感受不到其中的味道。尤其是将视物动作统称为“望”，像我这样熟悉无为口音的人，会有音随字起的一份亲切感。

五

《大江》是李凤群带着噬心的疼痛感精心酿造的故乡一坛陈年苦酒，是血脉偾张的一次精神还乡。小说有没有成为经典的可能呢？行文至此，我忽然冒出这个远超我个人判断能力的想法。其实，任何一种生活，任何一种题材，都可以被写成经典。关键是小说能否在思想价值、知识含量、文学表现力等方面，随着时间流逝，持续葆有衍生现象与重塑可能。

《大江》是被现当代作家写滥了的乡土题材。但是，小说观照地理空间独特的江心洲农民的家族迭代，以前的文学作品甚少涉猎。更为重要的是，小说在纪实基础上合理虚构，呈现新意和新质，满足了不同人的阅读期待。它独有的价值体现在，用异于常人的眼光和洞见，精心解剖了一只麻雀，将几代人苦难与奋斗的每个侧面，生活表里、悲欢离合、生存智慧尽纳其中。这是一种面对苦难、超越苦难的哲学式的耐心与坚定，只有也只能是浩荡的大江，见证过曾经的一切，它们一道奔腾而去，经久不息。很显然，小说对现实作了艺术化处理。除来自作家未成年阶段刻骨铭心的记忆，还有很多属于潜意识范畴，只有异常敏感的人才能捕捉到。这些平凡琐屑的生活细节，庸俗杂陈的世态表象，凌乱起灭的意识流动，给人们以历史教科书无法读到的农村社会知识、生活常识、民间趣味、人情世故乃至人性奥秘。就像探视镜，将只有当事人才能意会的日常，显影幻形。在那片江水环绕的土地上，隐约可见李凤群站立其中，并不以作家的姿态一厢情愿地预设读者，而是冷峻、残酷、艺术地将一字一句贴附于脚下的泥土之上，成为刻画在心中的岁月之痕。一己生命的真实体验，就是小说表现力的强劲源头。况且，采取的诸多手法丰富了作品的艺术表现层次，这是艺术上的独立姿态，营构的真实世界，抵达的真实人物。很多时候，那些形形色色人物的眉眼表情跳闪出来，给人以恍惚之感，又仿佛就在眼前。更为难得的是，小说值得反复阅读，书中丰沛的信息含量怎可一次性被消费？随着个人认知提升，更多的识见可能被深挖出来。

尽管在结构、议论的方式、整体性上还存在不足，没有达到炉火纯青、浑然一体的境界。但细大不捐的文学宝库，应该有《大江》的一席之地。当然，长篇小说出版后，一般来说不可能即刻功成名就，读者的认知和接受有一个漫长的过程。在我看来，《大江》经典化至少有超过一半的胜算。我们需要做的是，慢慢欣赏，耐心等待。

本可在这片天地野蛮生长

——读谈正衡中篇小说集《青碑》

一

《青碑》是谈正衡先生的中篇小说集。这些小说大多创作于二三十年前，当时正值旺年的作家，完成了一个厚积薄发的创作起跳，呈现的生命直觉、艺术感悟乃至探索精神，至今不掩其光芒，足令当下不带偏见的小说家汗颜。

《青碑》既有深掘人性的纯文学构想，又有引人入胜的大众文学特质，使得其中的故事和人物，常读常新，葆有持久鲜活的艺术生命力。可能有人会疑惑，你说谈作如此之好，为何总难入文学大刊编辑的法眼，而一些实难卒读的小说，却屡屡被行家抬爱吹捧？对此，我的解释是，谈正衡的小说没有上名刊大刊，确实遗珠有憾。个中原因较为复杂：一方面，可能是当编辑的职业逆反心理使然，文不邀不作，宁肯自赏，无意外投，也知外投难度大，保留点尊严为好，后期的谈正衡于此尤显慵懒，疏淡交往，对当下投稿的路径既不了解也不会上网操作。另一方面，如今编辑口味已不似当年，新锐者多有学院背景，对作品的评判，多源自舶来的西方文学理论，还有个人的阅读积累养成的审美偏好。换句话说，很多编辑是经过职业化学术训练才上岗的，骨子里爱不爱文学值得怀疑，对谈正衡这类感觉细腻、元气淋漓，但不按常理出牌的“野路子”

作品，一般很难下定用稿决心。不过，此集有数篇当初曾被刊物发排，后又因故撤下，他在《后记》中有述。更何况，“一代有一代之文学”“若无新变,不能代雄”，因此，应该放在长远的时光中看待作品，这，也是出版此书的价值所在。谈正衡以故乡文化随笔写作受到出版社青睐，不把小说列为主攻方向已有多年，日益翻新的小说创作技法，他未能付诸实践，已不大可能与当今一线小说家掰手腕、较拳脚，好比别人都坐高铁了，他还在乘绿皮火车，情志与时尚度均远远不在一个层面。但是，绿皮火车不见得就没有自己的优势，至少它保留了一段曼妙的人世风景。

我认为，谈正衡本可以在小说这片天地大显身手，《青碑》就是奠定他野蛮生长的第一块基石。

二

《青碑》由七个题材不同的中篇小说组成。这些风格各异的小说，把看似风马牛不相及的民间轶事，转化为流动的影像和凝固的画面，耸立于作家故乡这片瑰丽的土地上。

《三棵树》是集子中最具探索性的作品，小说有意突破战争题材的写作模式，先锋色彩浓郁。20世纪80年代中后期，受当时西方文学潮流影响，国内一批青年文学才俊，为了让小说变得陌生，同时也更加“真实”，开始探索从极端重视内容转向极端重视形式，从“写什么”向“怎么写”转变。嗅觉灵敏、文字感觉锐利的谈正衡，很快加入这个实验中来，几乎是与莫言、马原、孙甘露等人同时起步，差缺的可能只是机遇，还有那么一点后继功力罢了。与《三棵树》相同，集子中还有一篇《巨鼋》，都是这一背景下的实验性作品。小说采用现代主义叙事圈套，通过时间断裂、空间挪移、视角交错，骤然增加形式上的变化，取得了“意味乃出”的不凡效果。我甚至认为，谈正衡的这些先锋小说，颓靡感伤的氛围营建，有苏童的风格；狂欢粗放的遣词造句，有莫言的影子；肆意拼贴的奇幻色彩，有马原的面目。

在《三棵树》中，常态的时间逻辑被打乱，回忆遵循的不再是常规线性时间，而是主观的非线性时间。尤其是一只白狐的介入，带来了某种不可预知的神力，给小说蒙上了一层奇幻色彩。当然，时而凌厉，时而轻盈，将时空与情绪聚合在一起的那只白狐，只是一个象征而已。甚至可以说，神奇和魔幻色彩并不是作者追求的目标，小说旨在通过由人到物的变形，深刻揭示某种隐藏着的真实。小说有意淡化人文色彩，不纠缠于男女情事的枝枝蔓蔓；在情节一开始就产生荒诞逃逸力的惯性中，现实的情理逻辑并未紊乱；小说为了让生命本身的绽放最大化呈现，不惜隐藏宏大的背景；故事演绎离奇化，人物设置极端化，情感关系畸形化，使岁月深处散发的神秘气息，竟然有了几分与战争相谐的庄严感。这些都是值得称道的地方。

完全走传统路子的《罪孽》，采取线性叙事，语言严守秩序，情节生动曲折，故事性强，高潮迭起。小说在人物塑造上狠下了功夫。在故事情节引领下，通过主要人物的处事处变，全方位深入刻画，使之面目越来越清晰，就像凿开了一条越流越大的河流，视其向一个明确的终点奔腾而去。主人公张正道嫉恶如仇，机警狡诈，但也嗜杀成性，罪孽深重，拒不悔改，最终遭人暗算，未能善终。张正道没有走上正道，完全是“以黑暗为养料”的人物建构上的残酷。是的，小说的传奇色彩和求异特质，凭依的正是你死我活的生存环境对人心的残酷挤捏。就如同有了魔高一尺的妖怪，你就无法阻止孙悟空去道高一丈地七十二变。

谈正衡说，这一篇是从方志中剥离出来的，属于非虚构地方史实。我相信，张正道大概率实有其人。章德卿老人有其原型，我也不会怀疑。这位集道义与智慧于一身的儒雅长者，当是凛然存在的中国传统社会精英，小说成功将其塑造成传统文化卫士的形象。在崇文重教的江南水乡，任何时候都应该有这样的“文化旗手”“道义楷模”出现。寡妇许多妮着墨不多，也很出彩，她的机智和贤淑，展现了水乡优秀女性应有的风范。由此可见，《罪孽》深植于传统文化，浸润了民间滋养，写出了地方历史特有的沉淀与厚重。没有人把铭传这些当作责任，深刻揭示并留下这些形象的，只能是文学。

《青碑》这个单篇与《罪孽》一样，都是围绕矛盾展开。从不可调和的矛盾冲突中，我们更易看到人心，也更易见到人性。在靠水吃水的江南水乡，最大的天灾也与水相关。小说将陶、凌两大家族的上辈人们，围绕争夺灌溉水源产生的深仇大恨，通过一场来势汹汹的洪水，全部激荡冲刷出来。陶满月和凌妹妮作为两大家族后人的代表，不是冤家不聚头，他们的爱情非常不合时宜地牵扯其中，以至于爱恨情仇一样都不少，每一样都很难处理。当又一次严峻水患将各种矛盾汇流并产生了狰狞的漩涡，一场家族间的较量无法避免地上演。

这篇小说头绪纷繁而不凌乱，原因在于很好地杂糅、谐处了各种关系。伏线、铺垫、呼应，设悬、暗示、解密，尤其是借助故事的上溯和延宕，一次次阻碍小说结局的速成，只是让一河涟漪随波散去。眼看着棒槌上天、即将落地的一刹那，又总是弹射出去，形成了小说八面出锋的牵动感。随着故事脉络向纵深推进，当事人情感的张弛起伏愈发剧烈，带动了读者从局外人视角，自觉进入窥探者的角色。在一个看起来不太出色的乡土叙事外壳下，小说展现了一个逝去的粗砺剽悍而纵情不羁的水乡样貌。这个水乡与人们固有的种种美好想象差别甚大，此种事实张力，更让人感慨万千，一言难尽。是呀，在天灾面前，还应该警惕人祸。只有不把故事当作只是娱人耳目的故事，我们方能真正领悟其中的那份深意。

《静静的茨菇河》是我特别喜爱的一篇。作为中篇小说，它在字数上有些勉强，更为勉强的是没有自成体系的故事。不过，它有纯文学的诗性品质，散文化的笔调与水乡凉润的夏日图景，构成了此篇清新天成的独特气质。任何具有文学悟性的读者，都不会轻视这种洗脱了传奇色彩、具有清水芙蓉气质、类似萧红《呼兰河传》那样灵性飞扬的作品。

故事源于作家的一段少年经历。从城市转到水乡圩村“莲花落”的男孩西宁，正值青春萌动的年纪，突然就与乡下一群情窦初开的少女厮混在一起，新鲜刺激超过了刘姥姥走进大观园。小说以西宁满目新奇的视角，不停地转换场景，万花筒般旋起他的所见所闻。青春始萌少女特有的感伤和冲动，初涉尘世的隔膜与相依，这些美妙的感觉被精准捕捉并描写到位，深切而朦胧，时时泛起江南氤氲的水意。在缺少引人入胜情节之处，亦写得惘惘依依，令人灵魂出窍，还源自一字一句都有作家的呼吸和心跳。以如此轻盈的方式，深入读者的内心，仿佛“在这静寂得如同被遗忘的天地里”，我们恍惚也经历了这样的秘境。一般来说，即使没有惊心动魄的个人大事发生，童年生活也不因年深月久而减色。恰恰相反，当岁月逶迤而去，清纯无染的生命初期，那些原本较为平常的记忆，也会温情四溢，熠熠闪动，使人津津乐道，念念不忘。若说此乃人世间最美情愫，并不为过。这样的作品触摸心灵的柔软，聚焦生命的元气，回眸原初，关乎成长，延伸了生命的尺度，丰富了心灵的图景，堪称“灵魂之作”，怎不令人出神遐想？

《哗变》是集子中另一篇战争题材的小说，也是一篇依据可靠史实虚构的作品。对于这段地方史实，谈正衡可没少做功课，我们读他的长篇小说《芙蓉女儿》就可知悉。有意思的是，谈正衡的父亲是行伍出身，他本人没有当过兵，却对军事知识了如指掌，尤其是非普及性的细部知识，甚至超过了许多业内人士。一半是兴趣，一半是天赋，我只能作如是解。

在抗日战争大背景下，《哗变》以民间为切入口，布局曲折有致，冲突紧张扎实，悬置与摇摆，交错与层递，偶然与必然，通过串联明暗两条线索，始终做到环环相扣、节节生长。小说没有一味冲着主旨而去：打死的乌梢蛇与青蛇，惨死的戏子与纪青梅之间有何关联，已不重要，与深化主题有何关联，亦不重要。但恰恰是这些无关紧要的细枝末节，参与了影射小说的质地和光泽。我怀疑谈正衡对尘封历史的隐秘处有窥探癖，他把宏大的历史隐匿在叙事现场背后，用这种绵密的透视点，层层照见历史的褶皱，使其纤毫毕现。当所有的重要人物，在最后一刻汇聚，所有的悬念，在最后一刻就要解开时，故事情节再次发生了反转。其实，这种反转并不喧哗，却有一种人算不如天算的突兀。毕竟，在那样错综隐秘的环境中，螳螂捕蝉，是否有黄雀在后，谁也无法逆料。当然，神秘的气息与暗藏的力量，不可能是小说取名《哗变》的理由，而那种有意识的行动，被移花接木、惊魂摄魄地叙述出来，才更妥当。

从《脚鱼阎王》可以看出，谈正衡对民间奇人素有顶礼膜拜之心。“英雄救美”桥段，是小说一大看点，将其嫁接到鱼佬隗双九身上，完全符合传统中国社会奇人必有奇事奇缘的思路。在满足读者期待的同时，又有利于观照世道人心，提升艺术震撼力。这说明，只要善将生活的不同细流，汇于作品宽广的河床，哪怕故事老套一些，也会产生一加一大于二的效果。小说旨在反映纯粹的底层生活，人物语言较为粗俗，甚至轻慢，只因都是来自民间的原汁原味，读者自然有会于心，不觉冒犯。需要指出的是，这篇小说因结构上的欠缺，影响了文本的完美：虽有不同于先锋作品的故事情节，却因前后两大板块之间，缺少必要的卯榫与贯穿，显得不像一个浑然的整体。这是惯于感性叙事的谈正衡，在小说创作上应该注意改进的地方。

当下，"民间"被日渐疏离，祖辈们的秘密心事，出现了肉眼可见的断层，甚至不再轻而易举地传递给后辈，多数潜藏在高龄人的俚俗话语中，且越来越萎缩、越来越稀用了。那片"脚鱼阎王"赖以炫技的水泽，已然物是人非，一片寂然。幸好，小说对此复魅了这些，使得"脚鱼阎王"曾经的不同凡响，被水灵灵地激活。

中国传统小说，本属于道听途说的"稗官野史"。之所以会被道听途说，在于有新奇怪异的内容，所谓传奇轶事、无巧不成书正是此意。而《巨鼋》的奇异不仅在于内容，更在于一味深掘人心的形式上。小说讲述了一个心灵负重到几乎窒息的少年手搏巨鼋的故事。魔幻现实主义的手法，暗示、隐喻、象征、联想、通感等技巧，将人的情绪与意识流动摆上台面。这些情绪态势、意识流布，表面上好像不拘囿于时空，可自由驰骋、飘拂流荡，实际上，只要稍加辨析，就会发现它们牢牢依附于一根若隐若现的理性轨道。小说的主人公极其敏感异质，他逞能使气、乖情悖理，为若有若无的情节推动蓄足了势能。谈正衡尤为看重的此篇，因致敬现代派小说的复杂多义，故将父子仇恨、兄妹恋情，巧妙缝合进破败、混乱、隐晦的生命景象中，让人很难摸到头绪。好在作者的解密紧跟读者的疑惑，高超凶狠的身手和晦暗孤僻的性格，从一点点透露的家庭背景中，最终找到了蛛丝马迹。在这艰难的过程中，叠合了不同时空，也叠合了回忆与现实，就像诗歌的意象叠加，都是为了撞击出刺目的人性火花。

《巨鼋》写出了破碎家庭少年遭遇的残酷成长，有着与温柔水乡大异其趣的雄劲苍凉、沉郁冷峻，还有一层淡淡的苦涩与忧伤。小说隐去了很多必要的交代，始终将特定人的生存之谜、对抗之志，安排在情景交融的神秘氛围中审视，需要我们点滴不漏地读到结尾，把紊乱的局部印象拼接成整体，才能勘破谜底，最终满目惊奇。

三

如上所述，《青碑》中收入的七个中篇，题材不同，手法各异，充分彰显了谈正衡不俗的小说驾驭能力。我说《青碑》奠定了他在小说这片天地足可以野蛮生长的第一块基石，并不是评论者惯用的溢美套路。如果有人还有疑问，下面，不妨从优秀小说家具备的素质能力，来继续探讨这个问题。

大致来说，小说源于生活，有什么样的生活就有什么样的小说。谈正衡从小生长在南陵水乡，江南风物的清嘉，秀水灵山的婉约，社会民俗的丰博，这一切于自然和人文两端，对他构成了一种精神性的润泽与感召，决定了他特有的文化性情、艺术感觉和审美趣味。巴尔扎克说，小说是一个民族的秘史。在我读了《青碑》之后，突然认为不止如此，小说也暗藏写作者的人格密码，是其精神的外化、灵魂的模样。

从谈正衡发表、出版的数百万字作品来看，他对乡村生活的体验极其深刻，他以文学家特有的艺术感悟与领地意识，创作了大量故乡风物系列散文随笔，构建了一个知识和美感并存的文字王国；而数量可观的底层人物系列随笔，以并致敬仰和悲悯之心，关注草根者的身怀绝技与生存之道，通过对底层群体的透视扫描，折射出生命的隐痛和大美，讴歌了普通人身上隐藏的纯真人性与进取品质。

有人说，最终决定一个作家上限的，是思想和精神。这一点谈正衡并不例外。他在文学创作上有自己的精神皈依，乡村那条血脉相连的故土，不仅割舍不掉，还在他头脑中经年累月地发酵，构成他越发强大的精神性场域。从《青碑》来看，他的小说关乎生命、关注生存、感叹命运、活化欲望，致力于发掘普通人灵魂，以及展示尚处于无意识状态的精神萌发。谈正衡又是有世俗心的人，善于俗中寻雅、化俗为雅，无论是生活还是小说。《罪孽》直指道义，打通了俗与雅、浅与深、粗与精、草莽与枭雄之间的界限，赋予作品难得的文化况味。《静静的茨菇河》美得让人怜惜，好像不属于熙攘争夺的世间。小说将生命灵性、理想色彩及浪漫气息蕴含其中，拓展出的审美绮丽幽微，有打通灵魂、确证精神之功效，从俗世中翩翩走来，向灵魂里袅袅而去。谈正衡以此精神境界，把小说文本拉回到小说艺术最本真最洁净的品质层面。换言之，他已不再把小说当做现实的摹本，而是心灵的抒写，更是思想、文化和灵魂的载体。当下很多网络小说，即便读了上十部百部，也不一定有收获，而谈正衡的一部中篇乃至其中一个片段、一句话，就可能给你留下难以忘怀的印象，原因即在于此。

艺术发展中，外在形式的演进必不可少。时代不同，小说的审美趣味肯定有异。善于借鉴新的艺术观念和创作技法，体现了谈正衡与时俱进的创作意识。《青碑》中的多部实验性作品，其实验性很大程度体现在形式上，但又不形于一态，有着多向度探索。《巨鼋》《三棵树》等作品中，那些没有生命的自然景观，被赋予人的感觉、情感、思想、意志，并糅进作品的整体构思之中，吻合于人物特定阶段的特定情绪，以及情节的进展、现场的氛围。这些小说的显著特征是“向内转”，凭借一种无形的心理聚合力，把许多芜杂散乱的场面、细节、感触、联想，强有力地黏合起来，再造一种新境界。这样的境界之所以称秘境，就是用寻常的方式看不到，借助小说家的引导，我们才得以身临其境。因风格不同而手法有异，《三棵树》采取现代小说常用的情绪结构，不仅依据情感逻辑组织情节，还大量采用非情节性因素，消解过于“人造”的情节模式，以增强生活的真实感。《巨鼋》为了不使人物在故事情节的安排下无所作为，特在闪回的记忆中，充塞了大量的细节和片段。这些生动细节不乏华彩片段，生成了多重画面空间，是少年生活的积累，也是其内心的影像化，相互之间大多没有直接的因果关系，是作家通过自己的思想感情，将它们连缀成一个有机的整体。这也符合好小说是艺术逻辑统领生活逻辑的原则。深受中国古典小说影响的谈正衡，在此探索中，并没有数典忘祖一味西化，为了强化读者阅读动力，那种“不到火候不揭锅”的叙事策略多有保留。古今中外，杂烩一锅。因为没有谁规定，小说要怎样写，只要写得好，就有道理，就有价值。

小说有无夺人之处，多数时候取决于叙事能力的高低。谈正衡自认为在这方面有差距。我倒觉得，除了结构化的完美形态，充沛而内敛的情感、广博而专业的学识、良好的文学禀赋和艺术感悟、直入肌理扎针见血的表达能力，他样样不缺席。作家之笔与学者之识在他身上，赫然并立又水乳交融、相互成就。他把喷涌的激情一次次点燃，赋予每一部作品新审美、新修辞、新内涵。

早年读谈正衡的小品文，我就认为他对人伦物理，有着无师自通的慧禀。加之上大学前的坎坷经历，造就了他内热外冷的性格。表面上“白眼看鸡虫”，实际上人情事理，桩桩留意、件件上心。乡村各色人等的爱恨悲欢、农耕社会的耕耘稼穑、自然万物的繁衍生息，他无一不究无一不精。因为懂得，所以他的内心拥有慈悲和光亮，对人世宽暖，对万物珍爱。特别是故乡、故人、故事，他念兹在兹，总是不动声色地把情感灌注在饱满律动的文字中。尽管时代变了，生活变了，情感也随之改变，但对持守生活本根的大爱大慈，是他这辈子都无法摆脱的生命底色。

腹笥渊博的谈正衡，书本知识自不待言。早在20世纪90年代就有藏书数千册，内容五花八门，越奇异他就越爱读。他自小混迹民间，尤感兴趣于手工百业及地域文化，后来有了“度娘”，他饕餮知识的肚量更大了。于现实世界，他锐于观察，既眼透三层、鞭辟入里，又能一叶知秋、触类旁通。因此，他笔下的自然生物和景观，多被细微化地镂穿局部肌理、擦显深层纹痕，呈现出人们隐约有所感觉而不曾留意到的东西，极大地丰富了读者认知。驳杂的知识框架体系内，兼收并蓄了许多边缘性学问，使得谈正衡在小说题材上，具有不重复他人，也不重复自己的求异能力。当下许多小说要么题材狭窄，要么内容空洞，很难调动阅读趣味。谈正衡的小说既有古典聊斋式的奇情异想，又有当代小说家擅长的象征隐喻，满足了很多人潜在的阅读需求。

良好的文学禀赋，是创作的敲门砖；上佳的艺术感悟，是创作的垫脚石。

首先，谈正衡有想象力这柄神奇魔杖。他将生活中的素材融合、捣碎、发酵、提炼，凭借的是想象力，完成了大白鹅转化为白天鹅的惊艳。

在天马行空、乾坤挪移之时，又有很强的坐实能力，体现在细节的不同方面。有些是给人物容貌、言行添加的一笔重彩，有些是引爆情节的一笔点染，有些则是具体环境中的一个特写镜头。这些细节，是真实中的想象，也是想象中的真实。《静静的茨菇河》充满童话般的纯净和洁白，《巨鼋》中充满神话般的魔幻和迷离，这些灵魂中脱俗超凡的质地，尽管离不开氛围渲染，但终为有效细节，支撑着合理想象具体达成。

其次，捕捉形象的能力尤为出色。文学创作始于诗歌，受俄罗斯传统抒情诗歌流风所及，谈正衡很早就掌握了形象叙事。加之在广阔天地养成观察自然万象的宏阔视野，故性情所至，多能随物赋形，创造出繁复酷烈的美学形象。与其散文相同，谈正衡的小说叙述擅长将形象凝成文字，让文字生成画面。《青碑》中的作品不仅画面感超强，还有色彩感、流动感及质地感，有些段落好像就是按照拍摄镜头来写的，非常适合改编成光影斑驳的影视剧。

此外，在人物塑造上匠心独运。谈正衡认为，杜绝人物形象的扁平化、脸谱化，必须在洞悉深幽人心、诡谲世事的基础上，赋能于笔下人物，让他们超越平凡而又不脱离时代。为此，他笔下不仅主要人物，许多次要人物甚至龙套人物，都在生活中有其原型，进而在多个原型基础上，对这种类型人物的本质特征进行重新组合，熔铸成更具个性、活生生的独一个。有了这个“复合型”人物，人性的美好与丑陋、社会的光明与黑暗，更易在对抗撕裂中彰显，才能更好地承载起小说精神的复杂性。

最后，还是想谈谈谈正衡的小说语言。好语言中后天习得的成分常常被夸大，事实上，它离不开文学禀赋与艺术感悟。创作一门，说起来容易，操作起来可能千难万难，最大原因在于文字上的力有不逮。

谈正衡的小说语言，风格、绝活和趣味都不缺，苍凉而炽烈，丰赡且华美，刚柔两股气都在行文中蓬勃生长。这种与江南精神、文化、风物相匹配的个性化语言，自带光芒，是作家每每一招制胜的法宝。从《青碑》中不仅可以窥探谈正衡思想境界的源头，更可以窥探其文字的源头。《哗变》的引而不发、持重老道，《罪孽》的剑啸刀飞、畅快利落，《静静的茨菇河》的新燕穿柳、晨风拂面，仰仗的就是语言奔放不羁、无所不能的表现力。这些语言上的探索，可惜没在小说上更进一步，却在他的故乡风物系列丛书中，得到了延续。

在我看来，除个别探索性作品，靠大比重的对话推动情节，是叙事能力不足的体现。谈正衡的小说对话占比很小，他已经成功跨过了这个阶段。他的小说往往从具体场景切入，抽丝剥茧，深描细绘，很多时候是靠语言自身内涵，把令人怦然心动、难以言表的潜在感觉一一呈现，形成神传境出、耐人寻味的诗意幻境。做到这一点，须在遣词、腔调、修辞、文气、情采、格调、氛围上考究，让关键词都有催化作用，关键句形成适配的冲击波。在语言的节奏上，谈正衡考虑不多，有时凭着语感也能把控自如。譬如，《哗变》的调子时而舒缓，时而急促，张弛有度，刚柔相济，辅之以忽明忽暗的色调，与各方明争暗斗的氛围极为吻合。谈正衡的小说大多缺乏集中尖锐的冲突，难以发生扣人心弦的故事情节，语言的灵活运用弥补了这一不足。

从传奇故事到现代小说，经历了由中而外，再由外而中的文体演变过程，也是视域渐窄、理性愈加注入、坦诚直面自我的智慧过程，语言上则更强调节制、内敛及陌生化。说实话，这种变化很多老作者无法适应，而谈正衡属于其中的少数游刃有余者。不过，他的小说一旦写开来，擅长的语言渲染就会信马由缰，不受约束，陷入语词过度修饰和堆砌的陷阱。这种过于凭借语言出彩的方式，确有华而不实之嫌。在运用语言上，他永远是李白式的浪漫主义诗人，而非巴金式的现实主义作家。

四

一个人的成功，必然是多种机缘相继成就的过程。如果中间调换或缺失了某个环节，就可能演变成另外的样子。谈正衡因经营报纸副刊，习惯了写短文后，小说上的跋涉未能持续，却在散文随笔上大放异彩。他的“江南风味”系列作品持续热销，可谓失之东隅，收之桑榆。

历经数十年努力，文学创作成果丰硕，奠定了谈正衡不可撼动的地域写作“旗手”地位。《青碑》作为杨柳新唱的一部中篇小说集，其个人的思想、学识、气质、感情、修养、艺术追求，书中均有所体现。随着作家的代际更迭，小说读者趣味的转移，我相信，他不会喟叹时代的风尚对文学审美的影响。他已圆满完成属于自己投身时代的职责使命。至于小说上能否重振雄风、“野蛮生长”，那要看造化了。

引为知己者，定有会心处。《青碑》就要付梓，我勉强答应写个评论。作序，我当然不够格，自己几斤几两还不知道？看了谈正衡发来的《青碑》后记，面对他先斩后奏的伎俩，无奈之余，只能大姑娘上轿了。

感觉尚行，当不是佛头加秽。

让复杂多义成为可能

——读许冬林中篇小说《扬州月》

许冬林以空灵、唯美的散文写作著称。她的小说还没什么名气，我认为有两方面原因：一是她发表的小说数量还不够多，被她的铺天盖地的散文所掩；二是她的小说未获得评论界重视，缺少应有的深度阐释。笔者一直关注许冬林的创作，细读了她的小说新作《扬州月》，尤为惊喜，于是不揣浅薄，谈谈读后感受。

《扬州月》是一部具有长篇容量的中篇小说，讲述了一个既简单又复杂的家族故事。

故事起始于新中国成立前的扬州。为了维系生存，吴家的3岁小女儿茉莉，成了林家的童养媳。在林家，随着茉莉的长成，她开始承担繁重的劳作。她17岁那年的中秋，为了逃避与“小叔子”老歪的婚姻，茉莉与互相暗生情愫的外来船工春生合谋，从扬州城逃到了安徽芜湖长江北岸一个叫高镇的地方，就在这里，具体说是春生的外婆家，两个年轻人建立了相依为命的小家庭。本来春生是一点机会都没有，茉莉的既定对象是在外求学的林家大公子林书堂，一个让林家人看到重振家业希望的青年才俊，不料他却在大学毕业一年后，殒命战场。噩耗传来，林家的二公子老歪，顺理成章地成为茉莉未来的丈夫。这个老歪确实“歪”得没看相，茉莉心中有了想法。这个想法就是前面提到的与春生私奔。

第二年春天，春生参加了在家门口打响的渡江战役，负责为解放军划船的他，以“最英雄”的壮举，成为一名令人敬仰的烈士。就在此时，历史完成了庄严的交接，人民开始当家作主。作为烈士遗孀的茉莉，得到了优待，还被政府、学校请去作英雄丈夫的事迹报告。此间，在外婆的规劝下，茉莉回过一趟扬州，物是人非的景象，令她茫然失措，好在像哥哥这样的穷苦家庭的境况在改善，曾经寄身的林家却“惨得很”。回到高镇的茉莉，在特别的日子里，依然是报告会的主角，她乐此不疲。忽然有一天，老歪探进了她家的大门。已孤身一人的老歪，从茉莉哥哥那儿得到了茉莉的地址，投奔茉莉是他活命的唯一希望。茉莉一开始拒绝，但抵挡不了老歪的哭求，最终以“弟弟”的名义收留了老歪。从老歪嘴里，茉莉知道了很多，包括老歪对她私奔的成全、婆婆后来的凄苦。茉莉开始宽宥林家母子，她的报告中口诛婆婆的话语逐渐淡出。就这样，异乡重逢的“姐弟”俩，还是以当初相濡以沫的方式，度过了人生的最后时光。

这个故事有太多的出人意料，也有太多的理所当然。最令人震惊的地方，是林书堂当初并没有阵亡，不是林书堂有意隐瞒，而是为了执行特别的军事任务，不得已而为之。然而，小说在最后揭开这个事实时，所有应该知道真相的亲人们，都已不在人世；同样，一个月前逝去的林书堂，尽管有过努力打探，也没有牵到老家亲人的手。这些遗憾，给感慨不已的读者，留下了更深一层的遐想。

当然，故事只是小说的内核，一部小说的高低优劣不仅看写了什么，更要看是怎么写的，水准怎样。我惊讶于《扬州月》的艺术表现手法和技法，以及由此带来的主旨与局部的复杂多义。

首先，摒弃简单的线性结构，增加叙事难度。小说悬置了两大时空：一是过去的时空，一是现在的时空。过去的时空长达数十年，几乎就是女主人公吴茉莉的一生。小说以全知全能的第三人称上帝视角，生动再现了茉莉和春生幽会、茉莉的童养媳生活、茉莉跟春生逃离扬州城、婆婆面对茉莉的“投水自尽”、春生参加渡江战役牺牲、茉莉回扬州所见所闻、老歪投奔茉莉一起生活等场景。现在的时空，只有短短数月，用第一人称视角，叙述了“我”——茉莉的侄孙——在美国老乡圈中经历一系列奇遇后，混得风生水起却又陡生了乡愁，决意从美国回到了扬州。其间，为躲避没完没了的接风酒宴，在父亲的建议下，他决定远航高镇，给茉莉姑婆上坟。在此过程中，线索牵着真相一点点明朗，不断激发他去探求全部真相，从而完成了一趟再现姑婆身世的找寻之旅。两个时空，两条线索，分述于全部6个章节之中，几乎是一比一的对等篇幅。两者看上去泾渭分明，实际上相互关联，相互补充，就像两架放映机在同一幅屏幕上，放映同一部电影的不同片段。于是，结盟与偶感、逃离与奇遇、新生与找寻、壮举与曲折、宽宥与进展、重组与解密等，就像"旋转门"那样互递纷呈。而两条时断时续的线索，最终交织成为一个闭环，且由茉莉姑婆串起了岁月的所有珍珠碎玉。还有文本中，第三人称和第一人称两种视角，大体上因时空转换而交替使用，但在某些具体的场景当中，视角也会有局部的变化，即选择此场景中的中心人物为视点叙述，这样是为了读者更易进入人物的内心，感受一个更加真实的人物。这些现代派小说表现手法的运用，极大地扩充了小说的容量与含量，拓展了文本的宽度和厚度，彰显了历史的错综与无序，深掘了人性的内涵和精神。以至于读完掩卷，我很难提炼这部小说的主旨。的确，这部家族题材的小说，几乎做到了在有限的篇幅内，网罗了爱情、亲情、寻亲、战争等独立的题材元素，依然遵守着小说的规范与秩序。

其次，拒绝脸谱化塑造人物，挖掘人性深度。《扬州月》善以人物的行动和心理塑造人物，舍弃了传统小说喜用的"以貌取人""以言取人"。所涉人物皆鲜活饱满，个性十足，且不是传统意义上的绝对好的好人、绝对坏的坏人。童养媳出生的茉莉，不似传统标准女性那样恪守着三从四德。她暗中携手船工春生，说明她敢想敢爱；她"投水自尽"伪装成功，说明她心思缜密；她减掉长辫子追求干练，说明她与时俱进；她在乡亲们面前反话正说，体面地化解老歪的纠缠，说明她机智灵活；而在收留老歪、重新评价婆婆等问题上，又体现了她具有实事求是、宽宏大量的一面。总的来说，茉莉是善良的，但这种善良带着锋芒，这也许是时代使然吧。老歪的形象是逐渐立起来的。他给人最初的印象，就是"歪"而无能。后来，他道出了成全茉莉和春生私奔的实情后，令人由衷敬佩。还有，他帮人干活故意不吃饱，回家再补上。无论如何，他也算是一个外歪而内正的人。婆婆孤身带着残疾儿子，守着个衰败的家业，实际上挺不容易。她在大儿子"死"后，才对茉莉有了凶恶的一面，说明以前对小茉莉还是不错的。后来她对茉莉不放心，是出于女人的直感。

通过她面对茉莉“投水自尽”，表现出来的慌乱与执拗，说明婆婆是一个外强中干的人，而她晚景凄凉，不能完全说是报应。茉莉哥哥吴万章、老年林书堂等人，着墨不多，也都很出彩，他们爱憎分明、重视亲情的性格给人留下了深刻的印象。还有忠贞勇敢的英雄春生，始终给人一种面目不甚清晰的感觉。直至牺牲，他也没有向枕边人茉莉透露他地下共产党员身份。就连“我”的执着，完成了一件看似不可能完成的追寻，也使人刮目相看。倒是茉莉的干女儿，才让人一眼看穿是个势利小人，可就是这样的人，得点小利也有热情坦诚的一面。性格即命运，所有人物都不是单色调的，所有人性都不是纯粹的，决定他们的命运跌宕起伏，除了背后时代巨手的翻云覆雨，就是个人性格的有力加持。

最后，重视语言的功能作用，美植信息密度。许冬林的小说语言，保留了一些她自己散文语言的纯美底色。为了体现文体有别，使小说在质地上更像小说，她在语言上做出了一些让步。不过，在需要美的地方，她会毫不犹豫拿出秘诀，尽情表现出美的境界，甚至在敏锐性和细腻性方面，比其散文有过之而无不及。请看：“秋月升起在运河之上，离墨色的屋脊与院墙渐渐远了，像船儿起了航。夕晖的余光早已烧尽，化作暮霭水汽袅绕在堆满木材、皮货、煤炭之类的货船之间”。这是傍晚时分茉莉和春生约会于码头边，看到的景象。是不是有一种保留了人间烟火气息的空灵之美？是不是让你感受到了他们爱情的美好，同时还有一丝隐隐的担忧？再看：“茉莉擦过石头，便往运河边走去。月光下的运河，空明静寂，一切都像河蚌在水底孕育珍珠。空气里远远飘来扬州小调的声音，声音轻得如同落花。”这是逃离前的茉莉走向河边洗衣时的感觉。“像河蚌在水底孕育珍珠”“声音轻得如同落花”，这些温婉的文字，都微漾着一股淡淡的意绪，是她此时心理、情绪乃至情调的外化。对了，大凡写景的时候就有月亮，小说中共出现20多次月亮，多在扬州。显然，变幻迷人的扬州月亮被赋予了某种寓意和象征。它或许是心如明月的主人公茉莉与众不同人生的见证，或许是一面光照世道人心的镜子，更是小说取名《扬州月》的缘由。再者，语言的腔调也十分讲究，长短高低四种腔调谐调配合，既考虑了人物情感的显与隐、情绪的亢与沉，又兼顾了外在形势的好与坏、段落层次的紧与松，尽量保持与读者的心跳、呼吸同频共振。更有价值的是，小说在搭建四梁八柱的同时，几乎给每句话都派遣了使命。换句话说，就是每句话都最大限度地负载了有效信息，这些细密的信息，有的相距甚远却彼此关联，像量子纠缠，颇值得玩味，只有仔细品读的人，才能勘破其中的玄妙。

在我看来，正是因为选择了叙事难度、人性深度、信息密度，才使得文本的复杂多义成为可能，同时也奠定了《扬州月》的艺术高度。这种极度消耗能量与耐心的创作，不亚于编织一件精美绝伦的艺术品。不凡的编织力，说明许冬林的小说已经跃上了新台阶。

透视时代潮流中的情感漩涡

——浅谈许春樵《下一站不下》的叙事策略

长篇小说《下一站不下》是许春樵先生最新力作。这部长达40余万字的作品，沿袭了作家一贯秉持的底层写作态度与日常叙事范式。几亲几疏的男女情感，20年纠缠不清，两个好人组成的夫妻档，在艰难创业、奋力打拼中，爱恨交错，聚散相续，或尝尽蜜意，或备受煎熬，回甘不易，白头难期。小说解剖这迷宫般的婚姻标本，没有纠结于对与错，也没有给出廉价的道德批判，但小说映射出的时代伤痛，却历历在目，挥之不去。

《下一站不下》潜藏着小说叙事的诸多秘密。多个当事人或知情者的分别“爆料”，使讲述具有了在场感与真实性，第一人称和第三人称转换更加自如，视角更加灵活，使得集中紧凑、立体渗透、反复叠加的叙事策略成为可能，以至于时代潮流中变化多端的男女情感，如剥笋壳，无所遁形。以叙事确定作品的风格，以风格兑现作品的内涵，为获取经受得住历史检验的价值，增加了砝码。

小说的核心人物，只有宋怀良、吴佩琳夫妻二人。宋怀良是“江淮好人”，之前是草根创业明星；吴佩琳是下嫁于他的妻子，国营厂长的女儿。小说中的“我”——老许，市文化局戏剧创作室创作员，被局长指派写一部有关“江淮好人”宋怀良的正能量大戏，同时也被地产商高价邀请，写一部关于宋怀良的电视剧剧本。宋怀良当上“江淮好人”，是因为见义勇为献出了生命，显然，宋怀良不在了，要写宋怀良的影视剧，必须采访了解他的人。除了前五章，小说略去了采访对象，从第六章采访宋佩琳的母亲江月英开始，恒大地产董事长孙飞云、在宋怀良家做帮手的秦大姐、老邻居常大爷，以及曾被宋怀良招入麾下的鸿翔批发部经理赵超，还有原是歌舞厅公关女郎、后贵为县长夫人的韦晓丽等人，都成了老许的采访对象。此间，众多当事人或知情者的讲述，是他们的亲身观察与交往经历，不乏个人的体验看法，都转化为作家的观察、认知和体验，使得写作获得了可视可感的亲缘性。事实上，一个采访对象就是一个叙事路径，敞开了一段深幽的细部风景，多个叙事路径构成了故事要素的四梁八柱。也就是说，没有这种按图索骥式的采访，就很难有集中完整的故事拼盘，很难保证小说的叙述，始终做到主线突出，不蔓不枝。

一般来说，日常化、生活化叙事，很容易跌入张长李短、柴米油盐的泥潭，也容易成为浅表化一根筋式的单调推进。作家的高明之处在于扬长避短，撒豆成兵。主要秘诀有二：首先，强化因事系人，所有的矛盾都因事而起，所有的心理变化都因事而生，用环环相扣的事，记录悄然变化的人。事从何来？当然是从每一个被采访的人嘴里。他们或多或少受益于宋、吴二人，面对他们的坎坷情路，没必要不说出真心话，这种“过来人”的回忆与审视，过滤了偏激和狭隘，增加了宽容与客观。其次，采访内容彼此交叉关联，讲述翔实、具体而微，摒弃了空泛、萧疏，有日常化、生活化的密实细节展现，且这种展现，妥帖的时代特征不离左右，甚至年份对应也毫厘不爽。想当年，宋怀良、吴佩琳夫妻俩靠卖墓地挣到平生第一笔大钱，数了四遍才数准。类似这样最细微的场景刻画，总在关键处点睛出彩。小说带着不同人的细节讲述走向核心地带，使得内在的律动足够活跃，外显的形象最大化纷繁，最终走向了互为印证的一体，这是外围向中心的聚拢，也是多个渠道水乳交融的渗透。

值得称道的是，精彩的故事情节并没有淹没人物，相反，在纵切的戏剧冲突营造上，一并被激活的还有庞杂的微观细节，它们鲜活有力地勒紧了事理逻辑线，强化了人物形象的塑造。从某种意义上说，关注细节就是关注人，关注人就是关注历史和现实。《下一站不下》既写出了杂乱无章，也写出了立体有序。而切中历史转型期特定人群的情感肯綮，以丰盈充沛的叙事，活化出一幅空间意义和时间意义并置的社会巨变图景，既有作家的雄心，也是叙事的达成。

还有，日常化、生活化叙事，注定了小说很难情节跌宕，扣人心弦。不过，许春樵是有备而来，他借用先锋小说惯用的反复叙事手法，变单调为重复，化单薄为厚重，强化了小说的故事性和动感强度，弥补了吸引力不足的缺憾。小说的后半部分不厌其烦地依靠饭局推动叙事，使故事得以演进深化，的确给人一种菜肴丰盛酒气冲天的感觉，但这种叙事策略，非常有助于深化主题。在日益浮躁的人情社会，在敞开肚皮大吃大喝的年代，宴请是人与人之间的润滑剂，很大程度上调整着人际关系。或者说，每一次饭局就是一段故事的节点，一段故事就是一站人生的旅程。多数时候，喝了酒的人意识不可控，也为叙事提供了新势能。于是我们看到，人与人之间的关系在金钱和欲望的践踏下，变得非常不可靠，越是亲密无间的人，越有可能出现裂痕，也越需要理解与包容。人性的释放与传统道德的固守，在各自领衔的宋怀良和吴佩琳那里，经历了怎样的内心矛盾、挣扎与蜕变？反复出现的宴聚效应，正好将那些貌合神离的逢场作戏，千疮百孔的疼痛隐忍，以及所有破碎不堪的情绪宣泄，都化作了一次次酒色财气的沸反盈天。原来，下一站，不下，下下一站，依然不下，这是不会轻易撒手的人性，也是情感的藕断丝连。

如果从人设角度来分析，集中、立体、反复的叙事手法，也是《下一站不下》的最佳选择。小说中的人物，多是从下岗工人聚集的“五里井”贫民区走出来的，决定了小说聚焦于底层，同时安放故事的空间十分有限。这些没有惊天动地事迹的小人物，被欲望左右和吞噬，带着极具时代印记的价值取向和情感流动，走向波澜壮阔的舞台，只有以小见大、集中打击，立体垒砌、以繁胜简，反复缠绕、以量取胜，才能结合他们的这些特点，塑造他们的形象，才能以小切口折射时代脉动，以小人物诠释宏大主题。毕竟，艺术源于生活而又高于生活。这些对日常生活的铺陈、提炼和升华，与其说是“采访”而来，不如说是作家对这一时期世俗生活的深谙了悟，只有熟悉了、看透了，才能写得透。正因如此，许春樵的这部小说是画虎画皮又画骨。

语言是叙事不可分割的组成部分。如果只许用一个词概括《下一站不下》的语言特点，我会毫不犹豫地选择“痛快”，就像小说中多数人物的状态——痛，并快乐着。具体说，痛快的语言，既直言不讳、坦率显豁，又俏皮幽默、讽刺辛辣。这种快速切入人心的语言，既是许春樵所擅长的，也与这部世情小说相匹配。若论修辞，拟人、夸张、双关、借代、反语等书中都有涉及，不过用得最多最好的还是比喻。许春樵的比喻极具特色，从不作毫不相干的“拉郎配”，绝大多数是取眼前的事物作就汤下面式的类比，很容易让人找到感觉，在倍感亲切的同时，也使读者的思维始终不离小说设定的格局，从而发挥出文字更大的冲击力量。《下一站不下》取自活脱脱的本真生活，为什么要摒弃原汁原味的方言土语？想必也是综合考量的结果。小说叙事不能脱离日常生活不假，但在读者综合文化素质大幅提升的今天，给予小说语言文雅化的提炼和创造，并非多此一举。最好的小说语言，应该是极具个性的语言，与社会大众的普遍语言经验高度关联。由此可见，具有超出普通人感悟力和认知力的许春樵，在语言的翻新求变上，作出了很好的示范。

小说的叙事技巧，是为了最大化成就作品的完成度，形成小说引领性的精神力量。这部小说叙事上的考量，给反思情感困境的主旨增色不少，也给重塑道德理想的引领性精神力量赋能多多。但过于条分缕析、明明白白地叙述，也使小说的艺术质地有所减损。这是致力于纯文学创作的小说家，需要特别注意的地方。

大时代一丸冲天浪花

——读李幼谦长篇小说《女儿行》

老作家李幼谦，用文字丈量生命，数十年不懈奋斗，结晶了1000多万字20余部作品。她是多面手：散文题材广泛，行文潇洒，别具一格，颇有大家风范；报告文学作品，思路清晰，抓取事实的能力如侦探，随意几句冷幽默，人物形象立显。不过，她写得最多最擅长的还是小说，尤其是长篇小说。

李幼谦偏爱历史题材的长篇小说，主角多是史籍留名的风云人物，凌厉奔放的文笔，与英雄豪杰强悍之象、草莽之气相得益彰。文友竭力推荐的这部《女儿行》，也是历史题材，故事发生在堪称大时代的20世纪40年代。小说讲述卑微如草芥的农村女孩金世凤，在时代进步潮流的影响下，在蒺藜遍地的丛林，在莽莽苍苍的荒原，抗争命运，坚定信仰，矢志追求光明，依靠智慧和勇气，最终走上革命道路的艰辛历程。这部聚焦小人物成长的小说，真诚，严谨，励志，高贵，让我读出了不同于李幼谦其他长篇作品的味道，说大异其趣也不为过。

与李幼谦聊天，知道了《女儿行》前半部分是其长篇小说《抗婚》的改写，因有原型，后半部分顺理成章，成为接续这位主人公现实生活的提炼加工。《抗婚》是李幼谦最早的长篇作品，20多年过去了，她念念不忘小说中，那些最初打动、激励自己的东西，还有言之不尽、言而未及的地方。于是，重新审视，顺延脉络，便有了《女儿行》。看来，铁板铜琶、罡风烈刃的雄壮风格，是新世纪“触网”后才拓展的，李幼谦小说精致细腻的阴柔特质，同样树大根深。前者注重阅读的“痛快感”，后者却多了几分“真实感”，两种风格都是可贵的探索，尤其是聚焦小人物的《女儿行》这类风格，笔触精到细微，抓取了生活最灵动最质感的本相，体现了小说从小处说的应有效果，更值得珍视。

《女儿行》采取第一人称叙事，只取“我”的视角，金世凤始终不离情节主线，小说集中度高、代入感强。作为一部个人成长型小说，第一人称的叙事角度，在自我特征确立、自我形象塑造、心路历程展现方面，都会增加读者感同身受的砝码。但此叙事人称一般只能单线推进，情节发展的外在动力往往不足。李幼谦显然对此有所警觉，她深入挖潜，致力于在现实情境中打开情节，网罗一个个细节，生成一幅幅场景，小说在山重水复、柳暗花明之中并不显单调，而环环相扣的画面，好像自然结成。在这方变动不居的立体多维空间里，生命的成长与生活的样态，真切而坚实，独特而绚丽。这既是思想活跃、直面生活、勇毅前行的少女应该有的样子，也是布局结构，伏笔穿插，一环套一环，巧妙设计的结果。当然，纯正的叙述格调，精准考究的语言，同样功不可没。

读《女儿行》，让我想到芜湖前辈作家王莹的《宝姑》，两者有颇多相似之处。初涉世事的少女，奋力追寻的信仰之光，始终烛照着日常生活的每个角落，奠定了小说叙事的基调和能量。即使读者站在各自的角度理解，也不会含混于是非判断，因为正义感与生俱来，几乎人人都有。即使有时叙述平静如水，也会让读者情随意转，五味杂陈，大凡太过真实，才会有此感觉。不是没有情节腾挪乍变，冲突随时随地发生，只因给足了铺垫，才感觉不是刻意溅起的火花。小说充分展示人物的感官感受和内心活动，而造句上并不使用形容这类状态的词语，总是化概念为情景，使读者立马感受到，彼时彼地的人，是怎样的心理。特别到关键处，会随着语言的予取予夺，画龙点睛，生成一种内在的紧绷张力。李幼谦兵不血刃，就祭出了读者的心惊肉跳。相较于她的其他长篇小说，人物对话篇幅适中，简练管用，也更恰如其分，既体现人物情态，更体现人物性格。崇高性、生活味、心理化，辅之以适量的方言，时代特征、民间底蕴与地域色彩，穷形尽相，呼之欲出。

塑造典型人物，是创作长篇小说的一条铁律。典型人物所达到的艺术高度，就是文学作品的价值高度。金世凤的原型，就是李幼谦的姑妈。

找寻生命的皈依、景仰人生的榜样，这粒价值取向的种子，早就深藏于创作者隐秘的心思，为小说的生发提供了最强劲的动力。

在百年前的那场新文化运动中，中国女性意识开始觉醒。20世纪40年代，在重庆合川金子镇，一个农家女孩的认知已被流风所感。她好像无师自通，把上学读书，当做人生起跳必不可少的第一块基石。金世凤的“叛逆”，或许只是世俗的眼光，在大时代广阔的社会变革中，像她那样想逃出家庭牢笼、冲破婚姻束缚的女性不知凡几。蓝叶、林小娟、秦蓉蓉、邢玉兰等，小说中的一众青年女性都是。金世凤的出类拔萃在于，她善于学习，肯动脑筋，在斗争中学会斗争，一步一个台阶地永不放弃。她从表姐蓝叶身上，学到了将情感与婚姻分离；从同学邢玉兰身上，学到了无所畏惧和自我拯救；从洪老师、黄子豪等人身上，学到了机智勇敢与百折不挠。潜藏于心灵之上的信仰，使得金世凤理想高炽、信念坚定，就像肆意生长的野草，天然具有顽强的生命力。这朵大时代潮流中的冲天浪花，让人相信，最伟大的力量，总是蕴藏在数不清的平凡生命中。

当然，小说成功的人物形象塑造，并不只有主要人物。金世凤留着小辫子的父亲，俨然封建卫道士形象，作为一个父亲的角色，却令人敬佩：为了一双儿女操碎了心，流尽了最后一滴血。哥哥金世龙才貌双全，却没有男儿壮志和英雄虎胆。王木匠勾引人妻不道德，却做了好邻居应该做到的一切。是非分明，很有正义感的秦老师，一回到舒适区，反而胆小怕事、日益平庸。有能力执掌女中的陆校长，作为县长夫人，不仅沾染了官气，还长了一双势利眼。即使是冲破封建礼教束缚的蓝叶，作者最满意的人设，无论何因，红杏出墙的事实，很难令所有人接受。这些人集对错或善恶为一体，留有人性的大段灰色地带，完全符合生活的常态，恰恰印证这是一个难以言明的时代，也更衬托出金世凤的不同凡响。

不满足于历史与生活的纯粹记录，小说总得化抽象为具象，化流水日常为雪泥鸿爪。有了不同人的言行举止，汇成世情百态，就可以折射一个时代的潮流涌动。的确，没有黑白截然两分的人设，即使足够完美的金世凤，也是擅长撒谎的人。这是弱小者为了实现理想，不得已而为之的智慧。但金世凤知其所来，明其所往，其高尚的心灵不容置疑，小说依赖它牵动读者的神经。很显然，从女儿前行，到女儿能行的华丽转身，已经不是作家牵着“我”走，而是“我”牵着作家走了。小说写出了个人的高贵灵魂，也写出了那个时代的精神气质，诠释了文本气象并不因为聚焦个体而渺小，却因为写出了复杂的斗争、深邃的人性而更显开阔完整。借助摇曳在书页里的光辉，我们看到，历史就在人的背后，坚挺若苍松。

在传统写实小说中，风景描写通常为人物行动提供背景板。《女儿行》风景描写十分稀少，使得传统小说的完备形态，就差了这么一点点锦上添花的东西。风景是社会风俗画静态部分，也是人物内心的外射，运用得好，可以令浏览者适时放松一下心情，觅得一份诗意。或许只是个人偏好，作者不打开风景之窗，是为了更紧凑更引人畅读，而风俗画全由动态的社会环境生成，照样可以烘托心情、深化主题。

从反对封建礼教，到追求真理信仰，是一个艰难困苦的过程，也是一个水到渠成的过程。李幼谦成竹在胸：将铺陈社会大众生存境遇，与细绘精英分子心灵图景并置，才更容易窥见那个时代的社会症候与人性秘密。从《抗婚》到《女儿行》，体量增加倒在其次，价值的升级无法估量。

守正出新彰显文学价值

——读杜光辉中篇小说《观天象的人》启示

杜光辉先生的中篇小说《观天象的人》，为读者钩沉了一则遗落在偏僻之壤、岁月深处的故人旧事。一粒来自尘埃的“微光”，被一群人出于本心地呵护，最终绽放出璀璨光芒。读罢令我感慨万端，似有一种石破天惊的炸裂感。作者有40多年的文学创作经历，仍坚持以传统为基创新为要，写真，写善，写美。小说超越政治和时代，最大化地彰显了文学所承担的醇风化人功能。就此带给我们的启示意义，至少有以下三个方面。

启示一：“超级简”也可引人入胜

《观天象的人》围绕抢收、抢种、抢交公粮这“三抢”展开叙事，写出了人与人之间的关系，以及这种关系对于特定人的重要作用。小说将人际之情嵌套于日常生活，采用的传统的线性叙事，没有将日子聚拢、生活叠加、情感放大，也没有采用倒叙、插叙、补叙等艺术手法，整合出高密度、多枝丫的故事情节。小说的叙述声调平稳，故事不多，宛如平常一段歌，却以其超级简单成功抵达意味隽永，甚至突破了我们固有的认知与审美边界。

视角简单，统筹兼顾。小说选择了第一人称叙事，以初中二年级学生杜贺年的视角观察人与事，看似简单，实为深思熟虑的结果。因为

"我"在场故事的真实感更强，"我"不是主角，涉世未深，对很多事情的看法较为单纯，绝不夹杂个人好恶，确保了叙事的客观公正。小说采用线性叙事，遵照时间、地点和事件集中统一的"三一律"原则，使读者能够清晰地追踪事件的起因、经过与结果；而"我"在场拥有的沉浸式感受，会使读者的代入感增强，更多生活细节会因为"我"的传感而愈加鲜明生动。加之"我"很年轻，人生尚未定型，是为未来做准备的，果然在15年后，因为"我"的知根知底，才愿意牵线搭桥助杜保奇一臂之力，成就了他的传奇人生。当然，"我"不能时时事事在场，好在线索单一，且"我"有敏锐的感知，就像一台无盲区死角的摄像机，总会确保将发生的一切顺畅地"录播"。可见，小说视角的选择起到了一简胜万繁的奇效。

情节简朴，造出新境。请看本无乐趣的夜送公粮这段：16个人拉着马车行进在黄土和石子混铺的马路上，人们的脚步发出噗嗒噗嗒的声音，应和着人们粗壮的喘气声。如此艰辛而单调的夜行，很快就有了诗意。首先，偶遇了几组同属交公粮的人，这些乡党使用的地老鼠车发出吱吱咛咛的尖叫，与杜家堡子人的脚步声、喘气声，构成了上交公粮的"马路行进曲"。苦中寻趣，是不是有一种"革命乐观主义"风范？接下来，附近村堡里传来的姑娘娃吟唱，更是将人们津津乐道的话题引出。沾满"二流子"气息的光棍汉驴驴，以其独有的促狭和臆想，与此时乐意斗嘴以便转移拉车注意力的生产队长杜保善互怼起来。等到慢下坡，保善就鼓动驴驴唱一段，驴驴荤素不忌，尽情发挥……驴驴的"开心宝"效应在人们的欢笑声中漾开。苦中得乐，是不是有一种"通俗浪漫主义"情怀？如此大朴不雕的原生境界，穿越时空而来，沉实的苦涩被绵厚的回甘冲淡，质朴的生活自有其韵味。深蕴活力却又罕为人知的新境，达成了与这群人的生命同构。很多时候小说不能乏味，给读者阅读的生趣是作家必须考虑的。简朴而不简单，简朴而有奇趣，《观天象的人》做到了。显然，小说并不因为简单朴实而减少了信息承载。就拿不足50字的结尾一节来说，至少告诉我们：杜保奇已结婚生子；他被邀请到悉尼大学讲学；他是一个知感恩的人，送给"我"在国外购买的杜利夫葡萄酒作为酬谢。信息之密集，已臻饱和。

语言简明，巧于兼容。读《观天象的人》让我想到路遥、郑义的小说语言，这也是贾平凹“商州系列”、陈忠实早期小说共有的语言。这种沾满黄土丹砂的句子简洁生动，意蕴丰富，惯于穿插民歌俚曲和方言俗语，更见浓郁的乡土色彩，使人欲生铆劲一吼信天游的冲动。这样的语言与流行的小说语言大异其趣。可是，杜光辉并不满足于此，语体色彩更为丰富。譬如：“这个时候，庄户人家的土坯房里，闷热如架在开水锅上的蒸笼，蚊子像美帝国主义的轰炸机群，在血气不足的人肉上饕餮。”这句话是地方特色加时代语境的巧妙结合，谐谑兼悯恤的比喻愈显沉重。类似于“蚊子像美帝国主义的轰炸机群”，小说中还有“想跟咱保奇当媳妇的姑娘能编一个军解放台湾”“咱不能学水浒传里的白衣秀士王伦”等20世纪60年代的流行语，已经刮到渭北高原的闭塞乡间，兼容使用强化了时代特征，整体上不损反益。这种毕飞宇式的修辞机敏，在西北作家中并不多见。再比如，当杜保奇光着脊梁在麦场上扬场时，“大姑娘小媳妇眼窝里迸出的火星子能把满场的麦笕点着”，感觉不细腻或总想给女人留情面的作家，不敢这么写。其实，西部地域风情的渲染不改朴实文风的底色，只会增加小说的可读性。与传统作家不同，小说的风景描写甚少，且多与杜保奇的天象有关。只在经历一场生死逆转的博弈后，作家破天荒地以描绘渭北高原天破晓景象来暗合人们的心境，炼字琢句美感十足，颇为惊艳。

启示二：“小人物”亦见人性之美

未读《观天象的人》前，相信很多人会否定正规教育背景外，无师自通的“准人才”有脱颖而出的机会，就像时代缝隙里的一株小草能长成参天大树。尤其是在半个世纪前，国民文化素质普遍不高的年代，绝大多数人委身于时代洪流中，随波逐流，任意东西。读了《观天象的人》后，相信很多人会自嘲主观盲目，忽视了“天下之大，无奇不有”，就像“一叶障目，不见泰山”那样可笑。

观天象的杜保奇是一个奇迹。正如其名，他有确“保”其“奇”的基础。高考上了分数线，说明他学习能力很强，只因背上了成分不好的招牌，政审被刷。他爱好观天象，搜罗《甘石星经》《通志·天文略》《灵宪》等天文学经典古籍，一头深扎进去，打开了这门学问的灵窍，用天赋异禀形容也不为过。还有，他未娶媳妇成家，没有拖家带口之累，几乎可用全部心思钻研天象。当然，仅这些已可遇不可求了，但仅此若要创造奇迹还远远不够，正如千里马，若无伯乐会“骈死于槽枥之间”。

反观杜保奇是低调的，他不爱说话，所有的大事小情都深埋于心，给人面目模糊的形象。杜保奇也是勇敢的，高压下依然说出与天气预报相悖的预测，与其说他是在坚持自己的判断，不如说他坚持真理、尊重科学。杜保奇还是无私的，驾辕马车身负重伤的他，始终未吭一声，动过手术后，医生要他长时间住院，可他一个星期后就要回家养伤，以减轻生产队的负担。精益求精、乐于奉献，从不怨天尤人的杜保奇，只专注于自己的研究。这样的人本性之奇令人赞叹，但也很难被多数人接纳。

确保杜保奇创造奇迹的最大“功臣”杜保善，是慧眼独具的大善人。正如其名，他是以其“善”为保奇作“保”的。尽管上头依据天气预报下了无雨的通知，他还是请保奇出来望天明判，当保奇得出明天下午有暴雨的结论时，作为生产队长的保善坚信了他，还到公社去说服领导临时变更通知，以至于全公社100多个生产队第二天都没有摊场。在这次避免全公社遭受重大损失的“救场”事件后，保善越发看重保奇并发动群众善待他。因为保奇的受伤治疗，耽误了交粮时间，志在必得的红旗化为泡影。本来不夺交粮红旗不罢休的保善安慰众人：“只要保奇没抹搭，一辈子抢不上红旗也认啦！”不过，当空手而回时，“保善伯蔫头耷脑的，见人不说话，还闪到路边给人让道”。集体荣誉感超强的保善，内心的隐痛可想而知。这两相对比，恰恰说明保奇在他心中的地位有多重。

保善关爱保奇远超父子兄弟。保善坚决不同意术后的保奇回家养伤，说伤筋动骨一百天，不能出院，住院费他有办法。还将全体社员签名画押让保奇享受“特利”的文书交给他保存，说：“你这伤就是好了，也干不了重活，我这阵是队长，能照顾你。我不当队长了，说的话就不算数了，你就拿着那个文书找新任的队长，他不敢不认！”如此掏心掏肺的话，显然经过了深思熟虑，而无微不至的关怀，似乎抵达了人间至善。

杜保善认定杜保奇是一个可堪大用的人，如果说保奇是观天象的人，那他就是观“观天象的人”的人，这种兜底式的成全他人，真可让那些嫉贤妒能的人愧死。

杜保善从逼仄的生命中，托举他人通达于人生的辽阔，说明小人物完全可以成人之美，甚至让天才横空出世，造福天下。很多时候，匍匐于尘土的高洁灵魂，撑起天人合德的醇美境界，很大程度上源自环境孕育的本心，源自生活哺育的认知。理解小说的人性维度，离不开具体的地域生活。吊诡的是，人性的那点美好光亮，总是从纯粹和朴素中绽放。杜保善是小说从深井中打捞的一枚人性之石，重见天日更显光耀。

小说中成全保奇的小人物，绝非保善一人。光棍汉驴驴为救治受伤的保奇拼尽全力；当保奇动手术还差50块钱时，他想出把一麻包麦子卖给私人；当保善责怪驴驴宣布盗卖麦子的决定是“抢权”时，驴驴说出了他“保车丢卒”的意图。还有路遇杜家堡子马车停下的乡党，关心地问为什么不走，当得知驾辕的小伙子腿受伤了，赶忙卸下襻带跑过来问要不要紧，当明白自己帮不上忙时，便从挎包里取出两毛钱给受伤的保奇“保养”。而这两毛钱本是他准备交了公粮，在县城喝碗羊血汤的钱，如果失去这次机会，他可能一辈子都喝不上羊血汤了。乡党坚决把钱塞给拒收的保善，保善问对方是哪个堡子的，以便“三抢”过后登门拜谢，对方搪塞而去……素不相识的乡党，夺红旗的竞争对手，做到了胜似亲人般的关爱，人性中最本质的仁义精神，怎不令人感佩?

启示三：“怎么写”左右文本赋值

《观天象的人》观照现实，哲理深蕴，寄寓理想，引起无数人共鸣，其独特的文学价值有力彰显。明示人们，处于社会最底层的潜在人才变成社会栋梁，不是没有可能，但条件极为苛刻。既需要有适合“幼苗”茁壮成长的外部环境，更需要有资质的伯乐们，葆有对其倍加呵护的决心与定力。在呼唤人才特别是顶尖人才层出不穷、强国富民的今天，具有深刻的借鉴意义。细细考量小说深刻内涵的蕴蓄，与精致巧妙的结构、开合有度的布局、从容流畅的情节，乃至栩栩如生人物的刻画，即“怎么写”紧密相关。

在继承传统中增添新质，别开生面。小说走的是传统路子，与当下流行的故事模式和叙述类型迥然有别。叙事严格遵循“发生—发展—高潮—结局”线性结构经典模式，且是最简单的单线结构，脉络清晰，一贯到底，通读下来并不觉得冗长，反而有意犹未尽之感。作家没有跟风模仿西方现代主义的创作手法，并不是作品成功与否的关键。很多时候，作品一味地回归传统未必就佳。小说守其正而立其新，在精巧和合理上下足了功夫，使之合于事且应于时，生活的温度、人情的贴合度、人物形象的饱满度样样具备。在传统地盘上玩出新巧的花样，作品没有不成功的道理。当下很多小说以西方现代小说为模板，不伦不类地移植、嫁接和套改，很容易造成水土不服、画虎不成反类犬的现象，也有很多小说家为了哗众取宠，不惜采用“帽子大一尺”的极致和虚夸描写，完全忽略了小说与生活的镜像关系。

规避了小说创作流弊的《观天象的人》，充分运用中国传统小说的表现形式和手法，在情节推演与人物塑造上拿出了新颖的招数，并内在谐调于一种整体的营构，于不动声色中纯粹地完成演绎。

具体来说，“叙述”被压缩到最低限度，只需它在峰回路转时起到四两拨千斤的作用；议论、抒情及说明几乎没有，占绝对优势的是“白描式呈现”。这种“呈现”不是浮光掠影，而是凸显真实隐秘的存在，那些不易被点醒的生活原味。独特地域时代气氛的生成、饮食男女兴奋点的捕捉、不同人声腔气口的交响，不仅准确“呈现”到位，而且好像更深一层打开了生活的腠理，以至于作品中的人物和场景，意境和气息，独特而逼真，掩卷多日依然闪回于脑海。“呈现”得恰到好处，就会让读者感受到小说中的一切，都是真实可信、自然而然发生的，这没有炉火纯青的功夫，绝难企及。尽管杜光辉打小受到民间传奇故事熏陶，偏好个性化浪漫化表达，但在处理这类乡土题材时，还是选择以客观的事理、真实的情理以及通俗的文化逻辑作为基石。任何有责任的作家，想必都会将脱离生活的添油加醋，当作一种耻辱。

站在传统高地上，努力呈现生命中最本质的东西，这固然需要有根植于地域的成长经验，但更仰仗于作家深入生活的洞察力。离开血脉之地多年的杜光辉，依靠记忆从过往生活中攫取文学素材，过滤式代替了淘金式，显然更能知晓湮灭于岁月中的人间真情，对托起沉甸甸文学价值的意义所在，这也是他以地域性历史书写，完成对现实观照的最大底气。

小说的人物塑造也有绝活。这是在立足传统与突破传统之间，找到的一条最适宜路径。小说并不以貌取人，几乎不涉及肖像描写，就连传统小说过于依赖的神态描写也较少使用，而是较多地依靠言行“实录”，使人物增加主观能动性。什么人说什么话，并利用所说的话强化每个人性格特征，最见创作者“贴着人物写”的功力。行动是推动小说情节发展的古老手段，在持续的个人或集体行动中，高明的作家可完成人物性格塑造。小说中庄稼汉们彼此交流，语不深而情意真，正所谓美言不信、信言不美。行为交集紧密者相互依存、彼此共振，展示出人情人性的独特风采。

言为心声，是语言塑造人物的依据，但遇到口是心非、表里不一的人往往失灵，这是其弊。好在，小说中没有反派人物，他们的对话均足够坦诚。但品性格调上的落差不大，就无法用互补对冲的二元补衬法，刻画重点人物的性格向度。这与我们的传统人物塑造，有了明显不同。为什么都是好人？仔细想想，小说致力于营构一个“我为人人，人人为我”的理想社会，希冀人心向善向上，人人尽展其才，不想仍停留在20世纪鲁迅式的绝望里。

《观天象的人》的成功，很大程度上取决于人物塑造的成功。杜保善个性独异，最具正面形象价值。他善于人事调度、敢于担当，许是经历使然，而明辨是非、绝不盲从，才是他从千千万万的生产队长中脱颖而出，成为独特“这一个”的根本原因。大公无私、知恩图报，不计得失、杀伐果断，他是混沌莽荒中射出的一道闪电，照亮别人而不自觉。杜保奇是生活中的怪人，执着勤劳，善解人意，外表柔弱，内心却如钢铁，高蹈灵魂表现出谦卑姿态，反差之大，恰如天上人间。

有哲人说，作家要为无名者留下墓志铭。发现小人物身上的光泽，是杜光辉早年岁月的一份馈赠。尽管小说只是现实的镜像，但如果没有

《观天象的人》，谁敢想象20世纪60年代的渭北高原上，有过杜保善、杜保奇这样不可思议的人。小说有跳出惯常的陌异感，对神奇人性的深邃表达，能让我们从这段往事中悟出想要的意味深长。换言之，这部小说当是杜光辉恍然有悟后的诚恳之作，以其真实的生命体验，触推了更多的人感悟生活、感悟生命。

在时间的长河中，文学妙呈世道人心的常与变，会永无止息。因此，在波澜壮阔的新时代，期待有更多这样的诚挚而深刻的文学书写。

带着锋芒的善良照见卑琐的高贵

——评高玉昆短篇小说《刻匾》

通读一遍后，高玉昆的短篇小说《刻匾》给我的印象并不深刻。隔天再读，微妙的人际关系连同由此产生的想法，开始肆意流动。合上杂志，全链条反刍，内心的潮水汹涌而来，不禁连连拍案称奇。

一、小说围绕刻匾依时叙述，渐起波澜，终成怒涛

主人公老耿，是一位以刻碑匾为业的手艺人，凭着自己的刻苦钻研练就了绝活，成为襄都城唯一的省级非物质文化遗产传承人。某天，爽快的老耿，热忱答应了家住天津的一位远房亲戚刻块“访古斋”牌匾的请求，且表示请著名书法家题写后再刻，目的是让亲戚在大都市里有面子。老耿在当地寻觅到一块书法好的牌匾时，巧遇高中同学周冰。周冰得意地告知这是他父亲的书法，并说老爷子现在是闻名全市的书法家，仅凭他俩的同学关系就会给老耿白写。人与事，交与情，在平铺直叙中尽现日常生活的范式。手艺人的考究，因同学关系而“白写”，这些人情世故，似乎都在情理之中。

应周冰之邀，老耿见到了周老爷子。老爷子并未隐瞒他知道老耿的镌刻手艺。在周冰的撮合下，老爷子答应书写“访古斋”。可是，让老耿一连等了10多天，第三次到周家，才拿到了作品。其间，周老爷子自夸书法倒在其次，老耿还被刻意告知这字应值每平方尺2000元。老耿急着

要回家刻匾，却无奈地被挽留，原来周老爷子有事相托。老耿诚恳地接受了周老爷子“白云阁”斋匾的镌刻任务。有来无往非礼也。周老爷子的要求看上去并不过分，老耿也没觉得是找茬，所以习惯性地发誓完成任务。叙述至此，很常规的故事序篇，只是周氏父子二人一唱一和，似乎在演双簧，使人为老实的老耿隐隐担忧。好在此时，老耿总算圆满交付了亲戚的牌匾，得到了同行的赞誉和亲戚的佩服。

半个月后，周老爷子叫去老耿，将自题“白云阁”斋号交给了老耿，并要求他刻成红木的。老耿解释红木很贵白刻不了。老爷子坚持按书写此斋号的宣纸大小找块红木，该多少钱就多少钱。老耿当着周老爷子的面拨通板材商老海的电话，得到的最低价是3000元。周老爷子听到报价后，迫切地授意老耿压价两次。老耿以破天荒的姿态把价格压到了2800元。哪知此时周老爷子又提出增大红木的尺寸，并武断地要求老耿垫付红木钱，回头他再给老耿。事情至此，明眼人显然不再淡定，哪有这样小气的人，何况还是一位有头有脸的知名书法家?

老耿似乎感觉到了一丝不爽，他在很快刻好“白云阁”的牌匾后，并没有告诉周家。在接到周冰“赶紧拉过来”的电话后，他才仔细包捆后骑车送到周家。牌匾挂起来后，众人夸赞，周老爷子满意，老耿心里踏实了。可周家并未提结账的事。更蹊跷的是，第二天周老爷子八十大寿，老耿不在受邀请之列，使得席间仍在夸奖老耿艺高人好的众人，深感疑惑。半个月后，老耿偶遇周冰。只顾冲他戏谑的周冰，压根未提还老耿红木钱的事。老耿直接说出口，周冰笃定马上就结。显然，如果不是老耿说出来，周冰不会当回事，而急着开溜，可能是想到此事了。至此，老同学露出了狐狸的尾巴，滑头滑脑的形象已经藏不住了。

半月过去周冰仍无来电，倒是板材商一再催促老耿还钱，且不再对老耿赊账，导致老耿入不敷出。忍无可忍的老耿上周家讨钱。没想到，这时发怒的却是周老爷子。他先是指责价格贵，被老耿驳回后，又说等一笔润笔费来再给。老耿也来气了，言语稍有不敬，被老爷子的女婿安抚。老耿想不明白，三天后又去找周老爷子。周老爷子见到老耿就怒斥，试图赖账，极尽混淆概念、偷梁换柱之能事。其实，书法家给刻字的题字，既付出了劳动，也得到了宣传，两不找，是行规。老耿看耐心解释不成，也说了气话，赌起了咒。再次被周老爷子女婿劝慰的老耿走到楼下，发誓不再来要红木钱。当晚，就微信支付板材商老海3000元，包括木料加大增加的200元。

没过两天，事情有了转机。周冰电话约请老耿参加同学小聚。老耿本不想去，可周冰请来了老耿最要好的老班长，又说老爷子把那红木钱给他了，拖了这么久，所以请老同学喝酒赔不是。老耿赴宴，喝了不少酒，被周冰打车送回家，口袋里也多了个信封。夜醒，老耿在连喝五盏茶后，醉意顿消，取出兜里的信封，连数两遍都是2500元。夜深人静，怒不可遏的老耿，以最粗鲁的方式发誓赌咒。被他惊醒的老婆，二话没说，顺手拿走了装钱的信封。蔫人出豹子。可见，老耿的怨怼也是积攒起来的，只是用骤然的方式来强化效果。

胸有全程，只写脚下。按照时间顺序，讲述的这个因刻匾而起的故事，不，在我看来还不能称之为故事，只是人际交往引发的一场小小冲突，却也波澜递进，玲珑剔透。作者全程客观呈现，抽离了个人情感，却以一种如同老耿大怒般的“后劲”，狠狠地击中了我。那些藏在生活一隅的普通人的本色之举，的确更能触动读者的心弦。

二、小说妙用传统艺术手法，玄机暗藏，意味深蕴

在很大程度上，线性叙事是为了凸显时序进展，展现故事的本真原貌。不过，这决定了《刻匾》在形式上，彻底摒弃了“拆解补充”的复杂叙事。事实上，这部小说在平铺直叙中，插叙、补叙都被降到了最低，略显平庸的情节结构不是小说最吸引人的层面。倒是在线性叙事之外，诸多传统小说艺术手法的运用，使得那些潜藏于人性深处的有形较量与无声博弈，似是而非的善恶纠缠，彰显出更大的艺术张力，由此引发的社会认知与哲学思考，成了不会轻易被我们破解的谜果。而一旦识破这枚谜果，就会成为久居我们心灵的识见与养分。这是阅读这部小说最为迷人的馈赠。

该表露的表露，该隐藏的隐藏，小说的障眼法被用到了极致。有些

事情的价值，就在于它看不见的地方，说穿讲明了，从接受者角度看，价值反而会大打折扣。中国古典小说善用此法，欲彰弥盖，暗度陈仓，就像神机妙算的诸葛亮，为了顺利地草船借箭，也要巧妙借助弥天大雾的遮掩一样。

单看文字表述，很多时候周老爷子的形象很正面，家庭条件也不错。穿着讲究、仙风道骨，慢条斯理、和蔼可亲，使用红木书柜和金丝楠木太师椅，熟练地操作自动饮水机，与我们心目中的老艺人形象并无二致。但是，在面对利益甚至本该有的付出时，他又是一副与外在极不相称的丑陋嘴脸，翻脸如翻书，令人大跌眼镜。小说为何一概隐去了他的心理活动？很显然，道貌岸然的人，从来不会表露自己的真实想法。知人知面不知心，是现实社会人们常有的喟叹。没错，这种“两面人”再会伪装，在利益面前终会有原形毕露的时候。即使心理活动隐匿在叙事现场的背后，善读者仍能通过这些伪造的外表，窥见其真正的内涵。读好的小说，就是读社会读人性。留心去看，小说中像这样的“空白”或有意隐去处，不仅很多，而且多样。

小说最后一段，周冰同意给老耿红木钱，到底是老爷子的意思，还是周冰自己的意思，并未点明，颇值得读者探究。尽管周冰说“老爷子把那红木钱给我了”，但没说是主动给还是被动给。况且，这是不是一句谎言，也值得高度怀疑。既然良心发现，为何只给2500元？这是老爷子的交代，还是周冰有意减去了老耿的那一份聚饮钱？小说过滤掉这些隐情，恰恰给了读者想象的余地，留下了审美再创造的巨大空间。还有老耿给亲戚刻的牌匾挂上后，同行们赞扬牌匾刻得好，没人说上面的字写得好，亲戚也从内心里感激和佩服老耿，但却没将这些真实的情况反馈给老耿。作家添加这一笔，绝不可能没有作用。或许，亲戚知道老耿不愿意听这些话，低调的人总是内外高度一致。还有，全篇没有一句体现情感好恶的句子，作家没有爱恨，也没有价值导向，始终藏身于故事。

传统小说注重人物言行的细节描写，特别善于在矛盾冲突中活画人物的性格。《刻匾》承继这些传统技艺的同时，更是大踏步地走进日常向度。当周老爷子听到红木的报价时，一改斯文庄重，两次手口并用，逼促老耿把价压下来；当2800元的报价木已成舟，周老爷子举起来的手掌，在空中静止地浮着；当老耿失望地向他摊牌时，周老爷子沉默的脸色突然一变，提出加大红木的尺寸；当老耿要为加大红木尺寸的事，联系板材商老海时，周老爷子一边说“不联系啦，就这样吧！都靠你啦”，一边用手扶住老耿的手腕，没让他把手机拿起来；当老耿为此事犹豫不决时，周老爷子一边说“不就这样定了，你就刻吧，红木钱你先垫上，我回头给你”，一边笑了起来，还拍了拍老耿的肩膀。周老爷子这一系列言行举动，没有修饰、不加烘托，却活灵活现地凸显了他隐秘的歹心和欲望。同样，心直口快的老耿，相应的言行自是另一番风貌。

白描手法的运用自如，还体现在对静态场景的描写上。“众人撤后，紧贴墙根，仰头张口，群赏此匾。只见匾额红木原色，哑光清漆，贴金阴刻，工艺精湛。”只此一段，足见作者深厚的传统语言功力。多是四字短句，简练精约、形象饱满、色泽丰富，视觉冲击力强劲，还有与艺术相匹配的典雅化美学趣味。对话的高质量，尤其值得点赞。当事人说出的每一句话，不仅符合他们的心态和性格，而且符合叙事所要求的统一性美感和意趣，尽管人物声气迥然有别。更令人吃惊的是，有些话语中暗藏机关，如周氏父子始终说“给”红木钱，而不是“还”红木钱，一副施舍的心态，强化了小说的反讽。

用凝练传神的笔触，于人物的外在言行中，捕捉其内心真实的精神意愿，写活了一个富有典型意义的生活片段，来说明和反思一个比故事本身广阔得多也复杂得多的社会现象，《刻匾》深得传统小说创作的精髓。上述艺术手法的运用，很好地处理了少与多、简与繁、显与隐的辩证关系，为指向生活中的不确定和各种不解之谜，提供了可能。很多时候，我们接续的路径不同，价值取向就会有异。透视人性，识破人心，就像生活本身那样需要慧眼。

三、小说人物刻画入木三分，两相对比，美丑立判

人物刻画是小说创作的重要任务，攸关成败，短篇小说也不例外。小说人物来自现实生活，是现实之中人的影子，小说将他们置于典型的

环境中，经过杂糅、拼凑，以独特的形象呈现给读者。只有被牵扯到具体事件中，有外在的压力和内心的挣扎，人物才更见作为。小说情节推动的过程，就是主要人物在“舞台”上“表演”的过程。情节的因果性，就是人物命运的因果性，也是个性的因果性。《刻匾》以老耿和周老爷子两位主要人物为核心来组织情节，有很多心机秘隐的精心设计，两个人一次普通的打交道，开始的处处纠缠，实际上就是处处对比，彰显正反人物迥异的道德品质，呈现出耐人寻味的张力。

同为手艺人，老耿和周老爷子对待客户的请求，态度明显有别。老耿接到远房亲戚为刻块牌匾打来的电话，热情应允，且暗喜自己刻的牌匾将首挂天津卫。老耿还发誓，完不成自己就是小狗，并建议请著名书法家题写。为此，老耿立马来到本地的仿古一条街，看中了周老爷子题写的一块牌匾，这才有了与周家父子的交集。周老爷子对初次登门的老耿倒也客气，笑眯眯地冲着他颔首致意，连忙烧水倒水。周冰说了老耿想题写牌匾的来意后，老爷子爽快地答应，不过，明确表示要等一等，他要好好构思布局。但是，这一构思就是10多天，三个字的布局如此耗时，令人费解。

同为手艺人，老耿和周老爷子对待自己作品的态度，有着天壤之别。因书写耽搁，老耿昼夜加班，赶在亲戚开业的当天早上，才挂红披彩地将牌匾送上。当赞扬声一片的时候，老耿已离开，并不在现场，亲戚也没告诉他，他更没有去问。反观周老爷子，一个劲地夸耀自己费了大心思书写，还授意儿子报出自己的书法价格。这还没完，居然提出老耿也给他刻块牌匾的要求。“白云阁”牌匾刻好后，给周老爷子八十大寿增辉不少，可寿庆当天并没有邀约老耿，连知情者都看不过去。在周老爷子的内心，老耿就是一个手艺人、生意人，根本没资格当朋友。老耿心里也明白，没交情决不会上赶子攀高枝。

但事实并非如此。老耿是省级非物质文化遗产传承人，独一无二，而周老爷子只是当地的知名书法家。以同行的眼光来看：即使老耿不在场，“访古斋”也被称赞刻得好，压根没人说写得好；而当着周老爷子的面，“白云阁”被赞为书法、镌刻珠联璧合。书法和镌刻，经营的都是汉字，只是使用的工具和载体不同而已。如果说书法比刻字高贵，行业偏见倒在其次，实际上，更在于从业者愿不愿意包装，会不会包装。

老耿，业务精湛，诚实守信，吃苦耐劳，照说收入不会太差，为什么不把自己包装成“高人”呢？其实他比周老爷子更有资格。“问题”就出在他是一个善良的人，从老婆没收2500元可以看出，他既不掌管家中经济，也不懂得牟利而“经营”。如果他有周老爷子的价值交换理念，在给从事古玩生意的亲戚如此劳力费神地刻了一块牌匾后，怎么也得索要一件古玩来补偿。老耿不但没有这样做，甚至都没有向亲戚吐露刻匾过程中的曲折心酸。老耿勤劳，但日子过得不好，所以，刚届不惑，两鬓斑白。他喜欢发誓赌咒，恰恰说明他狠不下来，更毒不起来。

生姜果然是老的辣，同时也说明，周老爷子操作既久，已经驾轻就熟了。这个深不可测的老江湖，对待送上门的“生意”，从一开始就在盘算如何将自己的利益最大化。因此，始终有一把锃亮的计谋之刀，闪烁在他的脑海里。他要老耿找块宣纸大的红木，说“该多少钱就多少钱”，故意漏掉给钱的主体，以便进退有据。类似这样的话语颇多，貌似脱口而出，其实是深思熟虑的结果，可谓滴水不漏，杀人不用刀。一般来说，半生不熟之人最难打劫。老耿作为周冰多年不见的老同学，老爷子也敢果断下手揩油，陌生人和熟人，可能更加无所顾忌。难怪，作为一个退休职工，周老爷子却拥有超大书房、红木书柜、金丝楠木太师椅。从他的儿子和女婿所作所为看，想必都是老爷子这棵“摇钱树”的帮凶。最后的转折，大概率源自周冰的良心发现，减掉的300元，是有其父必有其子的一种习惯性补偿心理在作祟。

写人物，无非是通过人物写出世道人心。《刻匾》潜入民间隐秘的伦理内部，鞭挞某些领域诚信和道义的垮塌。老耿最终的冲冠一怒，让情绪有了爆发点，也使呐喊有了振聋发聩的深度，故事变得更加耐人深思。人心如镜，就隐藏在现实生活中。小说透过复杂的人际关系，很好地照见了人心美丑，坦露出接地气的心声。《刻匾》的成功，很大程度上得益于人物塑造的成功。

一场交往，犹如一面镜子，照出了人性的阴暗，也照出了人性的光芒。是平凡中的不屈不从，挣扎着将一些微弱而锋利的光芒折射出来，直抵江湖暗隅、人性丑陋。因此，只有带着锋芒的善良，才能照见卑琐的高贵。

彰显真善美，鞭挞假恶丑，揭橥潜藏在人性深渊中的逻辑和因果。这，就是我读高玉昆短篇小说《刻匾》的收获所在。

儿童视角认知与诗性品质样貌

——读北乔短篇小说《泡在阳光里的芦苇》

短篇小说《泡在阳光里的芦苇》致力于纯文学诗性品质营构，蕴藉于文本中的灵性和兴味，让生命的成长更具痛感。北乔的艺术探索，使其个性化的乡土小说有了新境界，值得我们好好品读。

儿童视角，印证成长的多个死亡认知

小说写的是“我”（小名泥巴）的童年生活，儿童视角几乎占据了百分之九十的篇幅。这时的泥巴蹒跚在自己巴掌大的“领地”上，眼眸清澈，思想单纯，所见所想，苦乐相参，皆幼稚可笑。

泥巴跟随母亲参加梅丫奶奶的丧事，他感兴趣的是，梅丫戴着的一顶别有红布条的白帽子；回来的路上，当浸着阳光的红彤彤芦苇，将小河映成一片火海时，泥巴却担心会把鱼烧死。泥巴把吃不掉的鱼送给外婆，目的是过年时能从她那儿多捞点压岁钱；泥巴在死去的外婆面前号啕大哭，原因竟然是，外婆死了不能再给他压岁钱了，直到看见香喷喷的红烧肉上桌，泥巴才破涕为笑。不知死亡为何义的泥巴及其小伙伴们，面对细鸭的溺亡没有悲伤，却摆出一副落井下石的姿态；泥巴更是为自己打算，想到细鸭将偷油的包袱卸给了自己，很可能要遭到老妈的痛打，而在心里责怪细鸭死得不是时候。其实，细鸭的死亡，泥巴负有主要责任，如果不是他再三唆使，一切都会避免。

心理学家研究表明，儿童对死亡的认知，是一步步建立起来的。最初，认为死去只是暂时离开，如同睡觉还可回转过来。小说中，泥巴认为梅丫奶奶的死，是睡得真香，这么多人在吵，都弄不醒她。可这之后，梅丫奶奶那苍白的熟睡的脸，已在眼前挥之不去了。爷爷此时的“科普”起到了关键作用。有生命达观精神的爷爷，对自己的棺材呵护备至，并用“大睡”纠正泥巴认为的死就是睡着了。“一睡不起”，泥巴的心里就此埋下了恐惧死亡的阴影，以致外婆家堂屋里的棺材，吓得他不敢进屋。顿悟就在一瞬间。当看到母亲走在河对岸坟场边的小路上，泥巴突然意识到，人的一生都要走死亡这条路。这时的泥巴好像懂得了死亡就是生命的结束，每个人都无法逃脱。

泥巴的觉悟并不彻底，潜意识里还有许多关于死亡的不解之谜。外婆死后，他问舅舅为什么人要死，舅舅没有直接回答，而是用笋皮不掉、笋叶难长打了比方。不久，在与一群小伙伴玩耍时，泥巴用弹弓打伤了一只野鸡，大家决定煮着吃。于是，各自回家偷拿烧火的器具、煮食的油盐佐料。回来时，拴在树根上的野鸡已经死了，紫黑色的血块粘在灰黄色的毛上的野鸡，没人敢下手。面对这个被猎杀而亡的生命，孩子们本能地感到害怕。细鸭提议埋葬了野鸡，连同他们从家里偷来的东西。一只野鸡以这种先虐后庄的方式被处置，泥巴的心里五味杂陈。

死亡没有停止狰狞的脚步，每每以意想不到的方式呈现。泥巴亲历的下一个逝者，竟然是小伙伴细鸭。那是闷热的夏天，两天两夜的大雨后，几个小伙伴躺在热乎乎的河沿上。泥巴提出到细鸭家玩耍，细鸭担心爸妈揍他，没有同意，这时细鸭已遭到小伙伴们的冷嘲热讽，泥巴更是竭力怂恿细鸭，径直去走已被水淹没的土坎回家。尽管细鸭深感害怕，但抵挡不了众人怂恿。淹死的细鸭躺在门板上，他的妈妈哭得死去活来。泥巴却认为细鸭睡得真死，好几次想上去叫他。这时，本对死亡有了认知的泥巴，为何不能理解细鸭的死亡呢？因为细鸭不是老人，也不是动物，他只是个孩子，所以泥巴不认为还没有长大的人会死去。不到位不彻底、有修正有反复，完全符合认知的螺旋式上升理论。巧合的是，爷爷死前，泥巴与他有过一次关于死亡的简短对话。这时，泥巴对死亡的认知已能坐实，只是不能理解大人们对死亡的各种讳称。

综上，小说通过泥巴对死亡的认知，印证了他的缓慢成长、心智的渐次成熟。成长与死亡如一体两面，两者不可剥离。

“逝者已矣，生者当如斯”“死者与生者之间的桥梁就是爱，这是唯一不变的，也是唯一的意义”。泥巴懂得了这些道理，已经是十年后的事了。长大成人的泥巴回到故乡，带着忏悔的心情，来到细鸭的坟前。这时的泥巴，满脑子回放的是那些不曾远离的恐怖场景。他没有把带来的酒洒在坟前，因为意识到给一个六岁的孩子喝酒，是一种罪过。泥巴竭力找寻曾经的美好记忆，然而人非物也非，连河水都不能像他小时候那样照见他的脸，他再也回不到从前了。显然，小说将剩下的百分之十篇幅给了同一个人的成年视角，因此获得了足够大的思想张力。这个思想张力，得益于长大成人的泥巴对童年的回望与死亡的反思。因为反差巨大，我相信泥巴顿悟的那天，一定有灵魂的震颤。

诗性品质，凸显生命最初的本真样貌

《泡在阳光里的芦苇》着意突出生命本身的呈现，感性超越理性，具象盖过抽象，是北乔倡导的感性主义视域下，诗化小说的一次成功实践。

品鉴这篇小说，首先需要找准时空坐标，对彼时彼地彼人，进行高远深阔的观照。故乡、童年，小说涵盖了创作素材最为常见的两大来源。根据作者出生年代判断，小说聚焦的时间应为20世纪70年代中期；文本提到的朱湾村直接取名自作家的出生地江苏省东台市三仓乡朱湾村；而故事中的人，都是朱湾村或邻近村的，包括以泥巴为中心的一群农家娃，都是微不足道的平凡人。

在那个久远的年代，这是一个相对封闭的逼仄地域，不是其中人，不足以感受它的与众不同。但生命的本质是相同的：都是生命体的意识与身体的和合统一，当身体死亡，生命体的意识也将不复存在。所以古人说，“死生亦大矣”。作家用回望的眼光抚摸故乡，反思懵懂的童年，频频触及的个体死亡，是一种能够抵达儿童精神领域最深处的切身体验。

显然，循着这个思路，小说的创作力求回到生命本身，特别是回到主要人物的生命本身，而小说的主要人物是小顽童泥巴，这是小说选择第一人称、儿童视角叙事的根本原因。儿童的眼光单纯无滓，没有太多的先入之见，葆有稚拙和本真品性的童心，尚未受到社会文化的濡沫浸染。正因如此，小说故事的呈现具有鲜明的儿童思维特征，叙述的腔调、姿态、结构乃至主人公泥巴的心理意识，都受制于这种有意味的儿童叙事角度与策略。“这时，西面天空已现出和梅丫帽上红布条一样的颜色。芦苇在晚霞的映照下，浑身上下红彤彤的，落在水面河沿上的影子也是淡红的。浸着阳光的芦苇仿佛在燃烧，发出豆荚爆裂时的哔叭声。整个河面都成了一片火海，我有点担心这样下去会把鱼烧死。我老是在火红中望见梅丫奶奶那苍白的熟睡了的脸。”这段文字表述的是，吃完梅丫奶奶丧席的泥巴，在回家路上的所见所思。独特怪异的自然风景与内心烙下的死亡阴影，融为一体。可见，儿童视角策略的选择，有助于最大化表现自我，表现事物的内在真实，也使成人熟悉的生活，在儿童单纯、诗意的展现方式中，呈现出一个非常别致、新鲜的样貌。这种不易被成人所体察的原生态生命情境和生存空间，有助于将人们的生活引向深层，将小说的主题引向深入。

《泡在阳光里的芦苇》吸引我的不是故事情节的演绎发展。甚至小说没有相对完整的故事情节，只有碎片化的个人意识，伴随其经历在肆意流动。也就是说，主人公个人意识和情绪等心理活动，不时产生于日常生活的挤压与观照下，表面看西拉东扯，实则个个牵连。小说注重感觉的渗透、状态的描摹，特别是将儿童内心怪异的想法和盘托出，真正做到了朴实中透着大美，大美中透着忧伤。所有这些，都是为了让那些最具认知冲击力的个体死亡，更好地印证一个人的成长。小说感人至深的元素不多，却写出了儿童这个特定生长期的生命感觉，令人心有戚戚。可见，小说打动我的是整部作品的艺术氛围与意趣，是源于生命底部的感觉生发。

诗性是非常重要的文学品质。乡土小说具有天然的诗性。诗性品质是儿童的天性。基于这些因素，《泡在阳光里的芦苇》文本的诗性品质，得到各方面的有力加持，呈现出瑰丽的形象、深远的意蕴。小说的语言对乡土特征的描绘，准确而纯粹，对特定气氛的捕捉，绮丽而神奇。尤善于从感觉入手，刻画人事活动与景物，使人如入幻境。对光影色彩有着极为敏锐的捕捉。譬如有这么一句："下过雨的村子像刚洗了澡一样干净明亮，原先罩着芦苇的晨雾被太阳赶跑了，轻风送来青芦苇上水汽渐渐收干的味道，这中间还弥漫着泥土、棉花、蚯蚓、蜈蚣等拌在一块儿的味道。"对外在声音有着极为独到的表述。又譬如有这么一句："那雷声怪怪的，我一听浑身就缩成一团。我好像听到河对岸的坟场里有许多人在小声地说话，像刀捅进猪身体里的噗噗声。"这样的非常规细腻表达，让人们相信，岁月沉淀下来的全是美。而那些生命中的美好，像从未逝去的逝去，在撬动了作家的心扉后，经过作家的传递，也在撬动读者的心扉。

结束语

正如作为评论家的北乔所言，"无论是叫作品还是称为文本，一部小说抑或别的文学作品，都是一个自足的生命体。其是由作家的精神世界出发，生成的是相对独立的世界"。据说，由北乔的数十个"自足的生命体"构成的《朱湾村往事》系列，是极具生命痛感与体温的地域小说。他将自己青少年时期的经验，耐心反刍再次消化，精心融入故事、注入精神。这种跪面乡土的写作姿态，淡化了人文色彩，回到了生活现场，回到了流年日常，写作成了生命最远的景深，作家的情感、思想、灵魂等，均在此中得以延展、净化、再生。

《泡在阳光里的芦苇》通过聚焦生命最初与死亡的多次狭路相逢，引发孩童波澜层叠、绵延不绝的心理震荡，残酷中透着无尽的生命意识与人文关怀。小说立起了一面童镜，我们从中可以看到：一个人的最初生命印记，就是我们共有的生命印记；而一个人后来的人生态度，已不是我们所有人的人生态度。小说结尾，借以环境的变化，隐喻故乡乡土世界的瓦解，这些邈远、尖锐的生存真实，赋予幡然醒悟者另一种人格光彩。

古典之下酿成新蕴

——葛亮中篇小说《入瓷》语言分析

有论者谓，语言是文学作品唯一可见的物质基础，它构成了文学作品自我生成的本体，文学的全部审美功能和思想价值建于其上、蕴于其中。读葛亮先生的中篇小说《入瓷》（见《万松浦》2023年第1期），第一感是语言带来的不寻常。这种语言是中国式的，逆潮流的，已经断裂了百年，它承接的是古典精华，在《红楼梦》《金瓶梅》等巨著中，可以看到它活跃的身影。

以简驭繁，行文有象

“东樵山下的岳善堂，是百年斋堂。”这是《入瓷》的第一句话，也是小说的第一段。短短13个字，点明了一山一堂以及堂之历史。开头一句定全篇。简洁平顺、朴素纯净，不疾不徐、娓娓道来，出语克制、突出主干信息，小说的基调由此确定。省去了东樵山所在的省、市、县，这些更大的地理空间，不是说无关紧要，而是相对于岳善堂，它们暂可忽略不提。山是名山，堂是老堂，足矣。显然，作为主人公阿云落脚地，岳善堂是小说的聚焦之所、情节的生发空间，被特别推出吸引读者目光，肯定承载了小说需要承载的内容。这种叙事，没有眉毛胡子一把抓，直接点中要害，就像伐倒了大片森林，呈现的灵芝才会格外惹眼。

“岳善堂”到底有多重要？接下来的描写加剧了读者好奇。“跨入坚实的趟栊门，迎门神堂，供着观音菩萨像。大慈大悲的观音菩萨，男生女相。手中有净瓶，低眉看她。厅堂昏暗，阿云看不清菩萨的脸。只有点点香烛，闪一闪，忽明忽暗。烟雾袅袅，有一股子味道，在她鼻腔里荡一荡。”

因为用了第三人称视角，同属陌生之地，读者一齐随了阿云的好奇目光而好奇。在外寇入侵、国破家亡的时代背景下，阿云颠沛流离于此，尽管思想上有准备，但眼前的一切如此特异，她惊奇的内心感受到了庄重，不足为怪。不过，小说的关注点是“物”。观音菩萨的“低眉”，厅堂的“昏暗”，菩萨脸盘的“看不清”，显示出佛门净土的低调和宁静，与兵荒马乱、嘈杂不堪的外部世界，划开了界限。点点香烛在她眼前“闪一闪”，烟雾味道在她鼻腔里“荡一荡”，这一闪一荡，与阿云内心的荡漾形成了同构。无论此时何感，情却念断的阿云，还是平静地把自己的名字写在了道友册上。此处行文妙在，始终对物不对人。对于铁心投奔的人，此行就像射出去的箭，再可怕怪异的场面，只能于内心死水微澜。可见，“岳善堂”的重要，在于它接纳了无路可走、决绝而来的阿云，也注定左右她未来的命运。

“云重略一思忖，顿悟。她将那湖水，细细擦去了。再想一想，又擦去了峦上的重重雾霭。远峰峻险，近枝虬曲，上下留白。瓷白为彩。天高云淡，万水悠长。”这是阿云（云重）跟尚聿山师傅习画瓷的一段描写。短短几句话，包含了水曲山叠的数层意思，言简义丰可见一斑。思、悟、擦、想、再擦，一连串的动作，或显或隐，指陈出学习画瓷艺术的不易，也把阿云的聪慧、认真及细腻，展现得淋漓尽致。执着的人与绝妙的画，实现了双向奔赴。接下来，通过“留白”技法的远近景象，告诉读者“瓷白为彩”的广彩个性化特征。而以“天高云淡，万水悠长”八个字作结，囊括了自然界的天、云、水等阔大意象，让深邃邈远的广彩艺术境界顿出。干净利落，包含丰富，言有尽而意无穷，且在极为简略的描述中达成，让人感慨非大手笔不可为。

小说的对话占比并不低，多半以转述句面目出现，与叙述串联在一起，参差互补。这些对话简略、跳跃，意蕴深潜，情绪的律动、情感的翕张多不渲染，语言修辞更无强势扭结。因高度遵循人物的个性化、生活的现场化和社会的历史化，话锋不求张力而自有张力。与主人公阿云对话的除了桂姐，就是陆白逸和尚聿山了。不同类型人所说的话，极度吻合各自的身份、经历和性格。阿云的内敛和谨慎，决定了她很难与人冲突。不过，她与思维怪异的法国人陆白逸，因艺术观点相左，争得不可开交。阿云的冷笑和陆白逸的沉默，都是极难出现的个性状态，而阿云“此时挺挺地立着，眼睛里头，有一种灼人的力量”，更是对应了情绪的颤动与内心的火焰。仅为艺术传承的观念问题，就让一位落难的大家闺秀，抛却了文静、涵容的气质。行文至此，主人公的内心撩开了一角，读者的思考又深了一层。

以形摄神，蕴藉有致

“白描”是文学的一种表现方法。笔墨简练，不加烘托，生动鲜明的形象即出，彰显的就是白描功能。小说善用白描，起到了出人意料的效果。“夜里头，阿云在灯底下端详那瓷盘，有久违的喜悦……她愣一愣，看那小小的乌木枕箱，箱盖深深镌着‘司徒’两个字。抚摸，凸凸凹凹，一刀一痕……她慢慢地调了颜料，拿出一支幼细的狼毫。举起盘子，手竟微微有些颤抖……放下笔，呆呆坐着……阿云忽然心里动一下……她画上最后一笔，吁一口气……她感到一阵潮湿的、细微的暖意，从指尖一点点地，传到她的心里去了”。

阿云初试瓷彩，一连串的神情举动，被细致入微地捕捉到，特写镜头那样引人注目，自如转化成流动的画面。于是我们读出了潜台词：一位晚生后辈，面对暌违多时的祖传技艺，是何等态度庄严与情义深切！写法上，明其外而实其内，可谓鞭辟入里。“端详”“愣一愣”“抚摸”“颤抖”“心里动一下”“吁一口气”等，都是下意识的动作，白描凸显了这些下意识，取其形而得其神，可谓形神兼备。有趣的是，最终一只名叫阿四的虎斑猫，给了阿云恢复技艺的灵感。阿云给阿四看她的第一件作品，有信任更有感激。此举，得到阿四热情回应，极尽亲昵之态，表明两者俨然心心相印。人与猫知遇相投，总有特定的境况，小说据此写出了人的孤独，以及孤独的恩赐。其中，技艺连同情感的复苏，已使寄人篱下的阿云，陡增了自信的力量。

传统小说注重风景描写，《入瓷》的景色描写不多，也不刻意，与文本整体上的“收敛”风格相一致。当阿云在岳善堂安顿下来后，开始打量陌生的周围环境，有整段的景色呈现，具体围绕由近及远的视点，作风行水上式的白描勾勒：“夕阳光透过那满洲窗的窗棂子，洒到床上，只有一星半点。她便打开窗子，空气涌进来，也是湿漉漉的。原来离山是这样的近，可以望见半山腰的泉水。虽然是冬天，还有细细一流，潺潺的，裹在郁郁葱葱的常绿的树木里头。”

居住在斋楼，有了新主人感觉的阿云，仔细辨别穿窗而进的阳光后，便打开窗子用心观察，似乎一切都处在半放半收的状态中。“夕阳”“一星半点”“湿漉漉”“半山腰”，这些词语都展现了不充分的状态，犹如她此时半悬的心。显然，风景被赋予了个人感觉色彩，正所谓“一切景语皆情语”。此处白描的妙处在于，无须写出当事人的心理活动，“人心”是读者复观这些风景感受到的。结句尤为精彩：“细细一流”“潺潺的”，却“裹在”绿树里。意在说明，当下不堪的冬天，即已给人些许希望，预示着不远的春夏，即使不会生机一片，也将大为改观。寄身此地的阿云，让读者真正安心，是接下来“夜里头”的描写。阿云夜睡聆听，流水声比白天静了些，间有野猫抑或鸣虫的试叫声，萦绕在她耳畔。阿云心里踏实，心生欢喜。心情是一种感觉，贴近自然的天籁之声，给了阿云安心，也将同等安心传递给读者。可见，白描的是景物，触动的却是心灵，当事人的，也有读者的。

精准白描，离不开细致入微的观察。《入瓷》下沉的民间视角，载满信息量的句子，裹挟着有效细节奔突前行，那些经得起推敲的细节，足以让白描增色。“桂姐开始哭泣，她忽然俯在了云重的肩头，开始无声地哭。她有些瘦削的下巴，戳得阿云有些疼。阿云承受着这哭泣的震颤。她不禁慢慢地伸出手，抱住了桂姐。她觉得自己肩头的热，和雨水的冰冷，一起渗进了她的身体里。”这里不仅观察精细，还有源于生活的精准体验，而极致状态下的分寸感，更是让白描深入人心。桂姐俯在云重（阿云）肩头哭，是对她绝对信任，“忽然”的举动，说明桂姐意识到，眼前这位新识小妹，已是最亲的人。哭者不愿别人看其脸，所以用了“俯”。“开始无声地哭”体现了绝望，得到阿云“伸出手”“抱住”后，桂姐有了依靠感，哭出声来。渗进阿云身体里的“一热一冷”，浸入肌肤的感觉，说明阿云对桂姐是理解的，且是感同身受、深入骨髓的理解。

以词显文，真切有味

小说的遣词造句，往往见出个性。因长期浸淫、受滋于中华传统文化，善于吸收古典文学的精华，优秀传统小说颇具韵味的言语调，被葛亮与时俱进地改良，翻云覆雨，娴熟操弄。独特的语感和文体感，使葛亮的小说极具辨识度。

“处久了，自然慢慢亲近，话也就多了些。蹦蹦碎碎，阿云便也将自己的事情告诉了桂姐。不当说的，略去了一些，只说是父母都没了，以往读过中学，现在要自己讨生活了。”人与人之间逐渐建立起的良好关系，通过日常交流，被直截了当地叙述，既体现“生活流”，也规避了冗长、琐碎等弊端。“蹦蹦碎碎”，方言性质的口语词汇，呈现一种竭力放松的矜持状态，少了隐匿、羞涩、粗疏的成分，突出了主人公爱表达又拙于表达的形象。“都没了”“讨生活”，用市井俗词代替书面雅语，愈发显现一个沉重时代，难得的“蹦蹦碎碎”轻盈，还有底层人的和睦境界。六个“了”字高频使用，展示口头语的活性，不仅词语生活化了，感情色彩也生动化了，读来并无隔膜，倒是充盈着古典的妙味。

相较于作者的其他作品，这篇小说运用方言多一些，地方特色更鲜明。均为岭粤各地的方言词汇，因人而有别，大抵分了顺德、广州、四邑等口音。所谓“睡兄”“妹妹仔”“啱晒你”“唔该”“叻女”等，不是随心所欲的猎奇，而是生活的生动写照，也坐实了历史的情境。

这些方言俚词未加注释，对岭粤外的读者而言，虽有一些阅读障碍，但不是不能跨越。貌似素朴的方言，却是界定地域与族籍身份的确证之物。小说中，无论是来自生活的口头称呼，还是来自远古的书面雅词，均框定人物于世俗风情的氛围中，活画其音容笑貌，产生值得细品的趣味。如果说，所有的写作都是一种重返，那么，语言与人物契合于生活的现场，当是必然。《入瓷》有地方史背景，给予一些特定的还原，非常必要，这是小说慎择方言的原因。汪曾祺说，语言的背景是文化。在历史的天空中，小说语言与故事价值双向赋能，多得益于它们共同的文化根基。随着物质文明的提升，传统的地域文化特征渐趋弱化、磨损，甚至消失殆尽。鉴于此，如果将语言的功能量化，其背后蕴含的文化承载意义，一定大大超越了现实和地域，这需要读者有相应的鉴赏力。

千百年来，极富成长活力的中文语言，经无数文人的探索锻造和创新发展，乱花迷眼、争奇斗艳。不过，近百年的文学语言，如果没有借鉴、嫁接和融汇逻辑严密的西语，就不可能增添语言发展的新径，倒也是事实。但有一点不可否认，在文学创作上，“双创”于明清小说经典语言方面，依然有值得提升的辽阔空间。葛亮学古不拟古，遵法更变法，致力于中国传统文学审美的回归，以突破语言的固有边界为己任，将敏锐的目光逡巡在典籍的雅致处，打捞出活力十足的语言因子，与时境结合，与文化相融，四两拨千斤地飞升。在历史僵硬的外壳下，他那种文人化、艺术化的风格，辅以大朴不雕的民间化语言，为文本增添了神奇光彩。

乔纳森·卡勒说，文学是语言的突出，语言上有天赋异禀的作家往往有着特别的幸运。葛亮的语言天赋不容怀疑，他对语言的虔敬更是少有，全方位的语言探索从未停止，具体到字词句、声腔调及形味韵。他对长句的规避近乎苛刻，短促、峭拔的句子，蹦床运动员那样腾空、旋转和下落，不偏不倚，不枝不蔓，将一切可有可无断、舍、离，却增强了阅读的黏性与牵引感。为了行文的动感节奏和信息容量，他恪守多用名词和动词、少用形容词的准则，即使用，也常有意后置单独成句。如“水在脸颊上一道道地流，是滚热的”，“是春天的景致，盎然的”，拆开整句，使其简短，于口语和书面语之间，洒脱，随意，不唠叨，也不寡淡。偶尔常规使用形容词，多为不同凡响的搭配，如“膏腴的香气”，让嗅觉的气味有了既视感，给读者沉浸其中的诱惑。他的文字是精神的外化，总是同中求异、异中聚同，审美趣味纯粹、雅正，值得细品慢嚼。

以一总多，叙述有方

好的语言，除了自身表意功能，也会强化叙述效果。《入瓷》的语言暗含诸多叙事技巧。

首先，言此及彼，有效信息点点渗出，毫无生硬交代之感。如阿云泡在柏叶、黄皮叶煮水而成的“香汤”里，自然引出她许久没有洗澡的原因，那就是为父母守孝。再如：通过阿云“自梳”一事，说到广州湾一带自梳来历，进而带出这里开设布厂、岳善堂的多数姐妹做工，年老的姐妹耕作自留地、也做针黹女红贴补生活等，一箩筐的社会生活。阿云错过了布厂招工，只能听从堂主安排，与一帮老姐妹干农活。在桂姐的帮助下，农活不行的阿云巧手织布，这一情节为她游刃有余于广彩作了铺垫。桂姐的“这活儿有高低，跟着见识走”，简直一语成谶。阿云与桂姐好上后，敞开心扉交流，又将世事纷乱的背景，投射到特定人群身上。小说显示，事物普遍联系，不要孤立地理解一件事。这样的开窗见景式书写，让人意外，让人期待。

事实上，赤坎市集上的亲见，让阿云明白了自己跋涉过来多么顺利。而此时，“无论是珠三角通来的陆路，还是港澳、海南通来的水路，处处人头攒动。西营码头的海面泊满千百船艇。雷州半岛的泥尘滚滚中，奔涌而来的人，携着妇孺童叟，拎着沉甸甸的皮箱、藤篋，带着惊恐与焦虑，正奔向这个法属租借地匆匆造就的方舟”。如果不是阿云亲见，此段叙述要苍白很多。对颇具内涵的“法属租借地”和具有典故色彩的“方舟”未作解释，给读者预留了想象空间。当然，写阿云逛市集，除了勾勒社会时代风貌，还有“入瓷”，即进入正题的重要目的。

其次，用语节制，巧构“有情世界”。最大化节制情感，似无情感在场，却有丰沛的情感隐匿在语言的所指中。“阿姐见她蹙了眉头，便也放下碗，看着她。看了半晌，并没有安慰，只是往她碗里夹了一筷子菜，说道，一看你，就是富养过来的。别往心里去，这堂里的姐妹，有几个好命的？你有半程的命好，都是往后日子的本钱。”这些看似剔除了情感的言行，有力地表达出人间真情。说明越节制情感的语言，情感的蕴蓄度反而越大，也最动人心。善用间隔性词语，拒用热词爆烩。如阿云欲买下六只白瓷盘，桂姐“急急拦她”，这个细节让读者感受到了姐妹情深。阿云与陆白逸之间，有青年男女的荷尔蒙纠缠，小说未作吸睛之绘，只在变调变形的言行中流露，最终散逸于艰难世风。让情感退至文字背后，对人物与事件保持距离，避免抒情，只将人物内心微妙状态凸显，却写出了彻骨的人世甘苦。在质朴语词的散点透视中，人物形象一点点丰满，如精明豁达的尚聿山身上，就有一种让读者渐次感知的文化自信。

此外，用专业语汇强化艺术效果。广彩瓷器浸染着南粤文化，形成了厚重的历史底蕴。小说将其作为一扇窗口，洞开一方历史文化，表征一种艺术精神。具体通过老艺人尚聿山之口，极为专业地讲述了氤氲其间的人与事。这种表述，避免陷入概念化的漩涡，导致人物空洞难立。片片册页串起人物的音容笑貌，人情世态皆成瓷上风景，岭南瓷派近百年演变史眉目其间，艺术家的精神气息流溢于时代的风云变幻。让人慨叹，艰难困苦之下，总有人玉汝于成，这是中华艺术绵延不绝的根基。从尚聿山到司徒云重（阿云），他们内外双修，道器并重，接续了魏晋以来的文人风骨，在生命的逼仄中，涤荡出诗意的辽阔。弦歌不绝，国技绵延，凝结了时代风云的光彩，阔大深邃。可以说，每一组词句、每一个段落、每一帧画面、每一幅场景，都闪烁着人文精神。小说平衡了画坛艺苑与人间烟火，构成了一个艺术整体。

以言制胜，万变有宗

葛亮的小说语言，是传统沃壤上开出的新葩。他立足传统，又突破传统，吸收古典语言精华，又不削足适履、生搬硬套，而是结合现代审美，灵活运用熨帖情境的白描，化陈旧为新鲜，化腐朽为神奇。《入瓷》的成功，很大程度上得益于语言的成功。

中国传统小说是白描的天下，创作者用简练的笔墨、不加烘托和陪衬，勾勒出众多鲜明生动的人物形象。《入瓷》的白描更加克制、冷峻，对一切具体的物象力求准确，对一切虚幻的概念力求淡化，点到为止，不作纠缠，呈现出一种对象化、精准化和客观化的状态。短句为主，信息密度不减反增，每句话都远离了感觉和经验的肤浅，向着事实的核心进发，沉甸甸地缀满了果实。的确如此，好的语言不需要外在修饰来彰显，即使再妙不可言的修辞，也经不起反噬。词句的停、转、突、延，少作修饰反而真切深刻，更不会造成信息的滑动、变异和虚化。作为"外衣"的词语关注度小了，词语的本意却多了引人注目的动静跳转，平易浅近、轻逸灵动和含蓄隽永的风格美学更易达成，读来反觉轻松。总之，白描是这篇小说叙事的灵魂，已臻化境。

借鉴优秀传统小说的做法，《入瓷》的叙述性语言和描写性语言，被统筹在合理区间。特别处在于，叙描紧密，叙中有描，描中带叙，叙描之间没有严格界线。因为语言贴着人物走，语感更加合拍于人的生命气息与精神状态，有情境深融再造之功。写逃难群体的日常，市俗语言代替了书面雅语，燃起方寸之地的烟火；写阿云与陆白逸打交道，交不甚深言不甚俗，以介于口语和市俗语之间的语言，写出了规规矩矩的交流交锋；写阿云与尚聿山打交道时，妙语似珠的雅化语言，洒脱不羁，流淌着华彩人特有的气质神韵，突出专业性与超功利。既可用俗语写俗人俗事，也能以雅语写雅人雅事，各得其宜，各尽其妙。不管写什么，小说的叙述强度不变，唯有语调随着情节的波动，如呼吸一样有节律。作者深谙，过激则崩过缓则弛。纵有时代风云激荡的历史景深，却少见情节陡转和悬念，无一处惊乍和突兀，无一处将语调飙至高音，甚至在读者看来该死去活来之时，都没有金刚怒目、剑拔弩张。唯在所谓"高潮"部分，合理增设了对话，累塑人物性格。

注重极端环境下的异常感觉，着重将人的感觉诗意化，为先锋派小说语言的本质特征。相较于此，葛亮的小说语言更注重词的选配、句的组合，达到了不求陌生化而有陌生感、不求形式生动而形象生动的效果。作者置身其外体验其中，以客观写主观，以极简写丰满，很多时候，言外有意，意大于言，如中国画的留白韵致。在克制收放间，外冷内热，凝练冲淡，以不动声色的"冷"，抵达济世情怀的"暖"，且保留和拓展了汉语的神韵与雅致。《入瓷》构筑的艺术质地，有一种特别迷人的气息，仿佛世袭古董，有锃亮的包浆。适合细读、反复品，当你有足够的能力沉浸时，其中的微妙和美妙，才会朗然显现。

葛亮的才华是独特的，他从古典精髓中汲取营养，择善而用，疏通了一脉潜流，开辟出一方从未有人落足的语言空间，给当今文坛带来具有东方美学风格的“新古韵”。这种兼具学识与意趣的典雅之语，创造性地抵达了时代前沿。

蓬勃生命的坚实书写

——读季宇长篇小说《群山呼啸》

读季宇的长篇历史小说《群山呼啸》，我仿佛听到了如海的苍山，正尖唳着绵长的历史回声。那些蓬勃昂扬的生命，电光石火般灼亮夜空。他们九死不悔的信念，化作了铿锵的壮举，至今仍是奋斗者不懈前行的动力。

从小说评判的多维度考量，作为红色题材的历史小说，《群山呼啸》值得称道的地方不少。尤其是在人物的塑造和与史实的匹配度上，手法高超，拿捏精准，获得了两相叠加、效应倍出的奇效。

人物是小说的灵魂。随着时间的流逝，一部厚重的长篇小说，最终积淀在人们脑海里的可能就是几个人物。中国小说有重视且擅长塑造人物的传统。不过，21世纪以来，小说创作在整体取得进步的同时，却在人物塑造上存在缺憾。放眼新时期文学长廊，我们很难选出与阿Q、祥子、吴荪甫、高觉新相媲美的人物形象。红色经典“三红一创”“青山保林”至今为人们津津乐道，很大程度上在于以后的红色题材作品，鲜有同样高蹈的人物形象。季宇铆足了劲塑造心中敬仰的人物，不仅为此祭出了诸多新招，而且意在改变当今小说“人物不振”的局面。

在结构上，全书三十四章，每章都以一个正面人物为轴，聚拢扯动起一段相对独立的情节。这种源于“我”的视点变化，带来的情节上跳突、不连贯，也造成了时间上的往复、空间上的挪移。当然，小说纵贯半个世纪、横跨半个中国，涵盖贺、卫两家三代人命运沉浮的叙事体量，客观上为采用此法创造了条件。这好比在一个巨大的舞台上，有很多人在表演，而镁光灯每个时段只能聚照在少数人身上。镁光灯移走，人隐线不断；等镁光灯再次照来，革命人已不可同日而语。享受镁光灯次数越多，就越是重要人物。他们与反面人物反复较量，经受了无数磨难，锻造了坚定信仰，增长了超凡智慧。在众声喧哗、大浪淘沙的时代洪流中，这样的个人表演无疑具有典型性，也更有说服力。

《群山呼啸》成功塑造了十几位个性鲜明、栩栩如生的人物形象。“我”的爷爷贺文贤、大伯贺廷勇、大伯母费伊蓉等重要人物，怎样在残酷的斗争中炼成了“大英雄”，自然不必说；而卫孝衡、卫树森、卫登辉等卫氏家族祖孙三代，作为贺氏家族的主要对手，也呈现了他们可与贺家长期抗衡的心机与能耐。非止于此，在我看来，小说对次要人物的刻画也丝毫不含糊。

作为留守大别山的红军队伍领导人，史传洲也是因为家族仇恨而投身革命。他改姓换名，在复杂的对敌斗争中栉风沐雨，成长为一名德才兼备的领导人。他深明大义且谋虑深远，异常睿智冷静，每每挽狂澜于既倒，与他的前任形成了鲜明对比，也与贺廷勇的有勇少谋形成了互补。贺家的女婿龚雨峰着墨不多，是因其长期潜伏在敌阵，几次出场，均给人一种得过且过的样子。其实他在放长线钓大鱼，最终覆灭彭兆栋，龚雨峰起到了最后一击的关键作用。

在“城头变幻大王旗”的年代，既有毫无信仰可言的人，也有信仰不坚定的人，小说很好地发挥了他们的杠杆作用。彭兆栋是典型的投机分子，他在见风使舵、借梯登高中一路显赫，最后使其阴沟里翻船的恰恰是他的不仁不义。黄静雯是费伊蓉的同班同学，她们之间闺蜜加战友的关系看似牢不可破，然而，费伊蓉却死于黄静雯之手，令人扼腕。在亲情和死亡面前，黄静雯选择了变节。其实，人性是经不起利益考验的，更不用说死亡。鉴于此，小说中那些宁愿粉身碎骨，依然坚定共产主义理想信念的革命者，难道不应该更值得我们敬佩吗?

在彭兆栋和黄静雯身上，人性真实而丑陋的一面袒露无遗。然而，他们毕竟是少数。清末以降，大别山这方厚重的土地上，多少有识之士为了理想和信仰投笔从戎，多少好儿郎为了国家和民族舍生忘死。正所谓“一寸山河一寸血，一抔热土一抔魂”。《群山呼啸》将真实的历史事件，浓缩在具体的小范围乃至家族的对抗上，全景式展现了大别山地区，历经辛亥革命、军阀混战、日寇入侵、红色革命的历史变迁。小说不仅做到了小中见大、狭中见广，而且做到了“大事不虚”，小事也不“虚”。所有不虚的小事，汇成了真实可靠的历史。

小事不虚主要体现在：一是描写逼真。如黄龙洞突围那场局部战争，就是通过细绘战局的变化多端、正义者的临危不惧，把残酷无情、令人窒息的战争场面和盘托出。二是渗透亲情。贺廷勇与费伊蓉一波三折的爱情，以及他们对女儿丫丫的牵肠挂肚，说明那个年代的优秀分子，在崇高的革命理想之外，同样不缺丰富的生命情感。三是介入方言。小说在明晰、优雅的表述中，点缀了一些方言土语，如“七屁八磨”“打瞌目充”等，在打上地域文化烙印的同时，亦可激发江淮方言区读者的情感共鸣。小事不虚还体现在精巧的构思、严密的设计上。龚雨峰的潜伏暗藏，有胆小怕事的外在言行打掩护；黄静雯的暗通款曲，有亲朋故旧的关系纽带为前提；贺培贤的卧薪尝胆，有冥顽不灵的性格作底色……所有这些，都符合生活逻辑、情感逻辑和情节逻辑，让人在回味中笃定，在遐想中震惊。

好故事是王道，也是刚需。好故事离不开叙事，而只有人物才能扛起叙事的大旗。小说叙事的驱动力来自人物，尤其是主要人物的愿望和行动，相关情节的产生无不趋附于此。也就是说，没有什么情节是凭空而起的。草蛇灰线、伏脉不绝，横云断岭、松声接应，勺水兴波、江河沸腾，小说在貌似治丝益棼中写出了大格局，呈现出大气象。这样的情节设置吸引人阅读倒在其次，重在其凸显了人物的坚定信仰，深化了人与人之间更加吸附或更加分化的情感，满足人们对英雄人物超越过往认知的期待。如有不足，那就是在人物的心理描写上还不够新颖独特。

为英雄画像，为时代树碑，为历史留迹，为民族铸魂，《群山呼啸》达成了艺术真实和历史真实的完美统一。

生命有限，记忆耗损。文学的价值在于永葆鲜活。坚实丰厚的历史铺垫，蓬勃鲜活的人物群像，季宇以其不老雄心，演绎了一段生动震撼与可歌可泣的红色历史。

现实题材网络小说的突破与不足

——以紫芒果长篇小说《强国重器》为例

浏览网页，我发现紫芒果的工业题材网络长篇小说《强国重器》，收获了较多好评。譬如：小说旨在弘扬奉献品格和奋斗精神，讴歌时代风貌与家国情怀，写出了平凡人物勇于担当的社会责任感、与时代同呼吸共命运的使命感；具有事业与情感齐头并进、国之重器与家之日常熔于一炉的丰富内容，极具可读性；叙述视野集中而开阔，腾挪跌宕，大开大合，对多数人物的刻画形神兼备、入木三分，下足了文学修辞功夫；文本厚重而不失趣味，有意保留了网络文学“爽文”的特质，设套解套，悬念丛生，给人以满满的期待感，等等。当初，紫芒果全身心投入他的第一部现实题材网络长篇小说创作，指望有一个理想成果的回报，毋庸置疑，已取得成功。有意思的是，他从动心起念到打磨成书，历经调查研究、角色体验与艺术构造的多重艰辛，与小说主人公胡新泉的艰难困苦、玉汝于成如出一辙，别无二致，可见，功夫不负有心人，从来如此。

近年来，现实题材文学作品异军突起，日渐成为很多网络作家耕耘的新领地，正如权威媒体报道的那样，“网络文学现实题材汇聚了一支前所未有的全民创作队伍，描摹当代中国全息画像”。很显然，火热的时代生活现场，为网络小说创作提供了取之不尽、用之不竭的素材，尤其是网络长篇小说超强的嫁接、拼贴、裂变、再生、叠合等功能，被有识之士视为具有创新文学“正面强攻”方式、避免创作同质化的强大优势。同时，网络长篇小说更以其20多年来积累的数十种类型文学和无比新颖的创作手法、透爽和凌厉的表现力，加速推动了现实题材前景广阔的多元素融合的创作趋势，十分匹配“当代中国全息画像”繁复多样的生动实践。就现实题材网络长篇小说而言，我认为应运而生的《强国重器》，是一部力求全方位突破的个性鲜明的重量级文学作品。它的成功至少体现在以下三个方面。

首先，小说打开生活和生产两个空间，呈现了特定工业领域的涅槃重生。

改革开放40多年来，神州大地万象更新，社会生活的全面改观亘古未有。目睹和感受这一巨变的群体，或多或少潜藏着一些珍贵的集体记忆。网络长篇小说取材于这些事实，创作完成度如何，大概率取决于文本的现实根基筑得牢不牢，有没有真正命中时代的精神内核。《强国重器》通过构建一幕幕有情感温度的生活场景，写出了浓郁的生活气息与逼真的现场细节；通过还原企业的生产销售特别是受市场冲击到成功驾驭市场的蜕变过程，揭秘了电机工业的行业特征与创新发展；通过真诚坦露师徒之情、上下级之情、同事之情、男女之情等，道出了历经考验的人间真情，是怎样的难能可贵；通过不同群体价值观念的正面碰撞，以及生活境况的客观描写，生动展现了那个时代独有的风貌。更为关键的是，小说深度扫描人的精神世界，关注在黑暗中发光的人。如主人公胡新泉几乎凭借一己之力，实现了一个群体由绝望到远超希望的梦想，他的责任担当与智慧勇气，无疑是时代精神孕育而成的一个鲜活样本，在坚挺人物形象的背后，庞大的时代身形若隐若现。

当然，现实摹写需要的强大生活吞吐能力，对于一直从事网络文学创作的紫芒果来说，是一次严峻的挑战。化离奇荒诞之虚为人间烟火之实，改情不真意不切为恰如其分的真情实感，这样的“转型”必须意在笔先。很难想象，一个没有工厂经验的人可以写好工业题材的作品，一个不通人情的作者可以写出感人肺腑的作品。为了写好这部现实题材的作品，紫芒果的准备工作相当充分：除了围绕亲眼所见、亲耳所听、亲心所感的一切外，还有针对性地开展细致的调查和观察；为了了解生产销售与工人的甘苦，有计划地完成了大量的采风和采访，甚至在冲压车间一丝不苟地操作体验过。文本中的生活常识乃至冷僻的知识都极为丰富，大段落的生活细节铺陈毫不手软，甚至有炫耀嫌疑，达到了令人瞠目的程度，还有烤吃老鼠肉、炮制“地龙面”等难登大雅之堂的“美食”，非具行家里手的经验而不可尽述。生活阅历和有价素材的提炼，似有切肤之痛的生命体验，转化为浇灌小说人物生命意志成长的高能营养，最终开出了圣洁的精神之花。于是，人们在绝望中看到希望，从虚无中获得信仰，从有限的人生经历中，感受到无限的人间温暖和大爱。小说充分彰显了紫芒果敏锐的洞察力、高超的理解力、普泛的共情力，是生活的厚味与人情的练达，兑现了他“把星星种到大地上”的庄严承诺。

文学是时代拔节生长的镜像，也是历史硕果盈枝的见证。小说打开生活和生产两个空间，就是为了从两个不同的关键场域，去展现社会生活正在经历的巨变和阵痛，而艺术地审视个体生命的精神价值，跳脱不了源于日常生活意义的无数散射，以及由此带给读者的异常丰富的感同身受。每当重大变故之际，工作与生活的彼此关联、彼此影响就会陡增，而八小时之外，工作对一个人的影响有多深，他为此所付出的心力有多大，最见一个人的事业心和责任感。很多时候，小说通过当事人全天候的艰难处境与微妙心理呈现，彰显出不同场域中的个体线条清晰的七情六欲，通过杂烩他们在不同情境中的喜怒哀乐，最大化地呈现表征时代的一个个生动面影。总之，在“精气神”与“烟火气”之间达成了平衡，甚至“烟火气”更为浓郁，旨在让平凡的当事人以一个完整的面目示人，此种价值构建愈加凸显了少数开拓者的精神高贵。这完全有别于不接地气的网络类型小说，也与多为“舞台表演”的传统网络职场小说拉开了距离。如此拓展空间的艺术化处理，让作品有了血肉和筋骨，也有了温度和深度，这样的作品断然不会轻易被时间风干。

其次，小说聚焦典型环境中的典型人物，塑造了形神兼备的人物形象。

《强国重器》重视人物形象塑造，在人物设定上主次角色性格均有落差，因精神信仰和价值观念的不同，形成两股各自为政的势力。胡新泉弃坦途而走荆棘，是因他对老工人艰难处境有恻隐之心而欲扭转之，加上老领导赵明诚给他的榜样力量，他的智慧和勇气并非天生，在形势的逼迫下，潜在的优秀禀赋促使他在打仗中学会打仗，在负责中扛起责任，一步一个脚印地走向成熟，以至于远超人们的期待。不以性格包容见长，而以经验厚度取胜的赵明诚，舍生取义的军人气质从未褪色，时时发出耀眼的光芒，因其大家风范和沉着老练而如定海神针。对技术无比虔诚的老工人董青金，那种视厂如命的主人翁精神，不是个中人很难理解，而遭厄运突袭后又如此脆弱无助，令人唏嘘。原厂长王世才为达到个人发财目的，处心积虑阻挠企业承包租赁，似乎是不折不扣的反面人物，但在胡新泉急需现金的关口，作为房地产开发公司董事长的他，划出公司的部分现金以解胡新泉燃眉之急，不得不让人重新打量这个利欲熏心者。罗维卡是小说中一位着墨较多的女性人物，她和胡新泉同为董青金的徒弟，一直暗恋着胡师兄，在几次千钧一发的关键时刻都助胡新泉渡过难关，堪称师兄的“救星”。他们都是那个时代工人群体中的典型人物形象，无不深深地打上了时代的烙印。

小说一改传统网络小说轻人物塑造的弊病，在人物形象塑造上拿出了十八般武艺。对人物语言、动作、外貌、神态、心理等描写，每样都不少，且都很到位。除正面强攻外，小说巧用衬托法，收到了奇效。陈苍建与胡新泉性格迥异、价值观相悖、意志品质差距明显，只因同学和同事的双重关系而友好，很多时候是陈苍建的掉链子，衬托出胡新泉的定力和奉献品格。在成长性方面，胡、陈二人在面向更大的发展平台时，能力水平很快发生了互转，从陈强于胡变成胡明显强于陈，以此反衬出胡新泉的迅速成长。事实证明，不为世俗理解的胡新泉，没有走可以“脱离苦海”的康庄大道，却在一条崎岖的羊肠小径上，蹚出了辉煌的事业大道，表现的正是个人与时代相互成就的辩证关系。还有，混血儿罗白桦一家三代人的经历，折射出新中国工业的三段历程，更是顺带将工业发展中的一些关键因素，形象化地展现出来。试想，如果没有精准的人物形象刻画，大彻大悟、大智大勇的平凡英雄横空出世的可信度，会有几何呢？

人物形象塑造攸关小说的创作成败。《强国重器》的成功，很大程度上得益于有一众栩栩如生的人物。胡新泉等主要人物被置身于各种困境中，时代的痛点、社会的焦点、人性的弱点，相互交织碰撞，或裂变或弥合，或缩小或壮大，有相忘于江湖，有泪点而动人，使得人物本性的发展变化清晰可辨。尤其是剖开生活和事物的深层暗面，将那些同频共振于时代脉搏的平凡人物，打捞出历史的长河，最见作者的良苦用心，仿佛拧开了那个时代汩汩涛声的按钮。如此不遗余力地揭示，就是为了让生命的隐蔽性和深邃性得到揭示，而清者更清，浊者更浊，顺理成章地有了醒目的结局。胡新泉是走出了儿女情、振衣千仞岗的英雄，承载了紫芒果对于那个时代的认知与思考，也寄托了作家的全部理想，即屹立于时代狂风暴雨中始终不倒的英雄，是让无数人回首肯定要仰视的人。在凡人琐碎中传递精神力量，高贵的灵魂在罅隙里被艺术化地照亮，确立了作品的思想高度。从一定意义上说，胡新泉的塑造必须成功，这是国强器重唯一不可或缺的基础条件。

此外，小说追求艺术性，展示了较为高超的布局结构和叙述描写技巧。

布局结构上追求精巧。结构有新意。结构是小说的一个重要维度，长篇小说堪称结构的艺术。《强国重器》采用线块结合的模式，在顺时推进中，是一条线或阶段性的两条线串起一张张“网”，牵一线而动全身。两线穿插对比时，重要事实从不同角度和不同侧面得到补充和印证，也让两种场景“旋转门”般交互递进，美妙至极，而视角交织可投射到更为广阔的事实空间，从而丰富了小说的含蕴。“悬念”有层次。将大大小小的悬念贯穿于叙事中，尽显文本的解谜性；几乎在每章的收束时，都有悬而未决或结局难料的情节安排，放大读者急切欲知结果的期待心理。“误会”有基础。胡新泉的师傅、老工人董青金对老领导赵明诚极不信任，缘于他看到“破产清算”前，赵明诚与王世才暗中友好握手，后又听说王世才开车送赵明诚向主管局上交租赁承包合同，强化了赵与王是蛇鼠一窝的认定。之所以有误会，一是王世才黄鼠狼给鸡拜年式的伪装十分到位；二是赵明诚顾全大局、从长计议的忍耐力及涵养堪称一绝；三是董青金文化素质不高，看人看事难免局限。真假难辨，雾里看花，为叙事增添了新的强劲势能。

叙事情节上追求曲折。情节有坡度。为了延宕读者的阅读预期，小说在势均力敌的博弈中讲述故事，一再推迟重要事情结果的到来，让读者在追逐中感受惊险，体验延迟满足的快感。譬如，在“表决”这一章中，两大阵营的较量形成拉锯，优势几度易手，在高潮迭起、险象环生的面对面死磕中，也给笑到最后的一方，增加了完胜的砝码，不仅产生强烈反讽的美学效果，使阅读者获得极大满足，而且拓宽了小说的精神空间，成为时代斗争精神的注脚。“设套”有深度。赵明诚的办公室门锁眼被塞，表面上颇像王世才等人所为，而狡猾的王世才将计就计，等着坐收渔利，这一圈套骗过了陈苍建和胡新泉，却没有骗过判断力极强的赵明诚。如果没被董师傅约见，胡新泉压根不会认为老工人们，已对一心为厂的赵明诚有了看法。设套与解套之间叙事张力生成，而留给读者的是社会复杂、人心险恶的感觉。信息有密度。这部小说我读得很慢，完全没有网络小说一目十行的轻便，原因在于语言的信息载量尤其充沛。密植的信息由眼入脑，触发了微妙的阅读体验与思考，自然减缓了阅读的速度。

小说的结构与情节之间构成了管径不同、气血双运的通道，它们分工明确地维持着文本这具有机的生命体。《强国重器》超越众多网络类型小说的地方，在于结构上极力臻达的合理性，以及借此带动人物、情节和细节形成的引人入胜之势。这里还得说说网络小说普遍缺乏的细节描写问题。诚然，真实有价值的细节在这部小说中触目可见，俯身可拾，十分难得。如老书记赵明诚被欲侵吞国有资产的王世才堵在路上，双方本色出演的“太极推手”尤为精妙：王世才等赵明诚收拾好槐树枝，手里空出来后，又伸出手去，想和赵明诚握手。赵明诚用平静的语调搪塞着，却没有和王世才握手，而是又捡起了一根刚才已经量过的槐树枝。王世才伸出的手悬在那儿，停了一会儿，终于缩了回去……如此云淡风轻却写出了两个人针锋相对的心理状态，老书记的沉稳与涵养，王世才的无耻和卑劣，跃然纸面。通过言语特别是举动来刻画人物的心理，尤见细微之处的功力，堪称四两拨千斤。

《强国重器》是紫芒果倾力打造的转型之作。因成功赋彩工业领域的特定发展阶段，成为现实题材网络长篇小说中的佼佼者。但是，这部小说并非尽善尽美，本文指出其不容忽视的问题，目的在于给像紫芒果这样着手现实主义网络长篇小说创作的作者，提供一些参考。

其一，有生活少人文，地域文化的含量不足。人文环境、民风民俗乃至地域文化精神，从来都是长篇小说叙事的重要内容。紫芒果匍匐于大地，笔触下移，对生活细节有经得住推敲的生动描述，也保留了网文的阅读“爽感”。但是，风景、风情、风俗的淡化，特别是地域文化空间未完全打开，社会生活的地域文化特性赋能文学价值与魅力就无从谈起。同时，缺乏人文底蕴支撑，作品的文化味不够浓郁，特有的地域风情赋码文本的艺术效果难以显现。强国梦想、家国情怀、科技进步等主题归旨，使得小说的当代价值赫然确立，但传统文化精神链接当代价值的环节缺失，以至于新确立的价值内涵和精神格调很难在工业现场，磅礴成更具震撼性的中国力量。广阔的社会生活现实，多元化的价值观念，事物的内在肌理，离开了人文观照都会轻飘飘，有成为断线风筝的危险。小说的美食描写堪称亮点，但作者对以此聚焦地域民俗文化的维度欠考虑，仅仅就食谈吃，丧失了一个管窥地域文化秘藏的良机。

其二，有技巧少韵致，文学审美的意蕴不足。小说情节波澜层叠的缝合和递进，极尽书写之丰饶，难免“注水”嫌疑。虽较绝大多数网络小说懒婆娘裹脚布似的长度，有了大幅度的精简，但节奏仍显拖沓，甚至有重复性表述。如胡新泉接到西京化肥厂调令的事实多次提及，生怕读者忘了。网络小说的套路摆脱不明显，情节反转再反转，更多的是吸引眼球，而不是引发对人性的思考。语感的掌控和情节的融合，没有达成本来如此、就是这样的理所当然。情节上缺少写实与诗意隐喻的交融，没有依靠现实的丰富驳杂拓展作品的意蕴空间。对直面美味之人馋相描写毫不避讳，吞咽口水过多，读者建立的美食好感丧失殆尽。传统网络文学以颠覆、自由为旗，创作者最不缺想象力。但是，这部小说扎根大地没得说，而仰望星空，把瑰丽想象与现实有机结合方面，显得“矫枉过正”，除了稀奇古怪的吃食，想象力运用得还不够。太强调现实就是“现时主义”，仅向故事靠拢，审美意蕴无法形成，很难成为常读常新的经典小说。

其三，有感受少感动，打动人心的力量不足。《强国重器》写出了历史风云中的尖锐冲突与个人使命，人伦之情和男女私情灌注其间。但是，小说没能将读者心灵感化，沉浸于精心营构的情节氛围中，悬浮感多于代入感，情感共鸣的火候总是差了一截。胡新泉当上厂长后，冲进医院看望病危的董青金师傅那段描写，是为数不多的感人场面。除此，难觅更多撼动人心的描写。生活的真情实感，需要作家以慧眼禅心去发现去体验，只有先打动自己才能打动别人。塑造人物形象虽不再概念化公式化，也不再脸谱化扁平化，但抵达主要人物心灵深处的隐秘路径湮灭，缺少心灵律动的幽微展示，更没有激昂处还它个激昂，委婉处还它个委婉。还有，小说中有常识性错误。如多次提到“市场经济”，而兴州市电力机械制造厂“摆烂”的时间是1988年，中国的市场经济概念是1992年党的十四大首次提出，其时应为商品经济。类似错误降低了读者对文本的信任，打动人心就更难了。

当下，现实题材网络小说正在全面突围，全面成长，有待跃升的空间无比深邃辽阔。网络作家需要融入社会，融入人民，融入伟大的变革时代，下接地气，上接文脉，创作出更多主题厚度、美学广度、人文深度皆备的作品。就像《强国重器》，只要现实题材网络文学与传统纯文学取长补短，就会共生共荣。运用纯文学撑起的巨大空间，加上网络文学的七十二变，必将推动现实题材网络长篇小说实现跨越。有志于此者，当筚路蓝缕，以启山林，立下开宗立派之功。

月光之下无所遁形

——试析李凤群《月下》的文本呈现

看完李凤群的长篇小说《月下》，我琢磨再三，小说取名《月下》，难道仅仅是所写城市为“月城”的原因吗？我不满意。忽一日顿悟：将其理解为“月光之下”，也不无道理，至少从文本呈现的角度，可以圆其说、探其妙。

一

月光之下，万物神秘，既朦胧又清晰。在中国传统文化语境中，美丽的月亮，是人类别恋怀远情感的载体，缠绵着恋人间的相思，寄托了游子对故乡的愁绪；在失意者笔下，月亮静谧的情韵营造出的审美意境，也是引发空灵情怀、哲理思考的象征。月亮如此强大的功能，很大程度在于神秘。神秘不仅在于其浩瀚无垠光照九州，阴晴圆缺暗合人间悲欢离聚，更在于它赋予了天地间万事万物同样的神秘；神秘也不仅取决于其朦胧与清晰的无法掌控，透亮与阴影一体两面的不可分割，更在于它总是给予心灵蒙垢的清醒者以温情，给予洁白无瑕的懵懂者以理智。“月朦胧，鸟朦胧，帘卷海棠红”。外在的物象越朦胧，内在的“心象”可能就越清晰，明与昧相互依存，彼此缠斗，形成回响。

《月下》女主人公余文真，以其由表及里的朦胧与清晰，走上了一条既懵懂而又清醒的人生路。在不足百万人口的县级市月城，二十五岁的余文真“或趋于成熟，却仍怀天真，或懂得些许国事世事男女之事，却仍混沌不明，某些思想左右摇摆、波动起伏”，就连相貌也是“形象含糊”，眼睛习惯隐匿在刘海下，半张脸模糊不清。这是余文真的朦胧之处，好像与生俱来，断难改变，如同置身于月光之下。加之，不知何时已被贴上各方面都不出众的标签，她经常像空气一样被忽略，处处不受待见。因此，她“渴望被看见”。她对闺蜜吴利的成熟刮目相看，脑海里时时冒出勇闯世界的念头，还幻想痛痛快快地加入一场战争，拯救被困在废墟里的老弱病残孕，可是真有大难来临，也只能以常规方式聊表寸心。余文真特别渴望爱情降临，浪漫的“白日梦”做得无边无际，情节演绎惊险刺激，逻辑自洽、推理清晰，可以拍成影片来赏。这些杂念幻想，既是含糊、不自觉的，也是清晰、任性的，为她失衡的人生埋下地雷，飞蛾投火的悲剧应在意料之中。

苍蝇不叮无缝的蛋。章东南猎艳余文真，想必看中的正是她外表斯文、内心狂野的特质，还有单纯、隐忍的性格，即使败露也不会死缠烂打。在他俩迅速成为情人的过程中，余文真先是朦朦胧胧地被吸引，而老道的章东南却游刃有余、成竹在胸。与男友周雷彻底告吹后，余文真已无所顾忌。当她决定把终身托付给章东南时，头脑中的盲区开始照见亮光，思维变得异常清晰敏锐，一切有关婚姻、家庭、未来的梦想，在她的心中乃至行动上，都有了清晰的擘画与认定。而此时的章东南却变得面目模糊，甜言蜜语里从未包含他的承诺，且用了各种各样的理由，搪塞余文真一本正经的逼问，甚至为了躲避锋芒，精心设下了圈套。糊涂的泛情敌不过理性的冷静，从来如此。随着幻象的破灭，余文真不得不认命而放低姿态，惯于躺平和啃老的王一明，乘机闯进她的生活。与其说这是针对章东南的止损，不如说是向世俗的妥协。王一明变态的性暴力加上家庭责任感的阙如，使余文真掉进冰窟。选择坚强的余文真挺了过来，其间婆婆的付出、章东南的暗助也功不可没。撕开糊涂的黑暗一隅，总有月光清醒地照进。当真实的章东南“裸呈”眼前，余文真只能一声叹息了。朦胧与清晰相互转化，余文真游走于糊涂与清醒之间。

当然，相关的切转非此一维。余文真的孤独与大众的热闹，或者说余文真的内心憧憬与大众的外在喧嚣，余文真的敏锐与大众的麻木，总是不可调和、相伴而生，而又时时互转。很多时候，余文真在用自己的孤独和敏锐，抵抗大众的热闹和麻木。如同月光朗照下的大千世界，明亮的光彩让所及之物清晰生动，但也使得物体背后的暗色调阴影更显浓重与神秘。在清凉寺巷，这个绵长的记忆入口，家住巷底的余文真进出家门，都会面对那些拥挤不堪、令人厌烦的破旧用品，可到了晚上，这些物品轮廓浮凸，影影绰绰，颇具几分神秘。小说这样描写，似在隐喻生活与内心有着共同的指涉，说明这条容纳了童年、少年和青春时光的巷子，余文真已厌倦到何种程度，当她有机会逃离的时候，一定会杀伐果断，毫不犹豫。在租住地“小留”，余文真更是试图将自己与周遭世界隔绝开来，她与他们完全是不同世界的人。只有她是清醒明白的，其他人随波逐流，是生活中模糊的大多数。可见，月光之下，心中有诗和远方的余文真，一直在对抗她的“阴影”。只有当她被彻底打回原形，才感到那是从远方的黑暗，返回生活的光明。

细察文本，《月下》对自然景观的描写，有意被降到了最低限度。只有几处对夜晚的内视角状绘，那是余文真在心灵受到巨大冲击后的所见。第一处是在公司的欢送晚宴上，她初识了善解人意的章东南。没想到这个颇有来头的督导，给她拍了一张“美好而陌生”的照片，还适时给她发来温馨的问候信息。余文真像吃了一粒魔丸，从内而外就此被“打开”。夜灯的朦胧，车灯的晶亮，朦胧与清晰交织，恰似此时内心涌动的非比寻常的感动。喜悦和诗意盎然，让她周身通透，浑身有力。这里虽未写月光，但有月光之下迷人的气息和韵味。第二处是余文真坐出租车回主城时：“窗外的夜有点蒙蒙亮”“市中心的灯光遥遥闪烁，唤起了她内心的熟悉”。这里也没写到月，却总感觉月亮无处不在。还有一处，是余文真在接受章东南的实情倾诉后，原谅了他，也放过了自己。“一轮圆月，隐隐露出天际。”这时的余文真低下了头，看着自己的脚尖迈出去。这轮惊鸿一瞥的圆月，直到小说帷幕落下才露脸，不仅注入了色调，也注入了坚硬无比的力量。注定明亮的月光，象征着主人公内心通透，理性归位，安身自救。圆月照亮寂寞的前路，朦胧中尽显清晰，清晰中尽显朦胧，增加了梦幻般的绚丽色彩。

相较于同乡女作家许冬林，李凤群对月亮的描写要吝啬很多。但这并不表明李凤群不擅长写月亮。从能指到所指层面，这部小说需要的是月光之下的普遍观照，作为生活投影与拟象的月光，不可能收束于一方狭小的私密空间。很多时候，月下的世界宁愿被遮蔽被隐藏，因为余文真只是被揭露出来的，千千万万受害女性中的一员而已。

二

众星朗朗，不如孤月独明。月光虽不比阳光灿烂，却左右着夜晚的明晦。月光之下，万物披辉，无形化为有形，抽象变得具体；月光之下，外在朦胧隐约，心思透明莹澈。《月下》的叙述手法，就是奔着这种感觉而去的，具有月亮水银泻地般的特征，更具有月光毛茸茸的质感。

“一群中老年人鱼贯而出奔向洗手间。她耷拉着脸，等这些蹒跚的乘客回到车旁鱼贯而入之际，埋头挤上去，坐到最后一排的角落。她一直捏着自己的手机，等它响，盼望那陷入爱河的姑娘大惊失色的道歉声传过来，那时，她会为制造了一点小小的震动而愧悔，她想。”这段话，活脱脱一个心理活动特多、天真善良、耽于幻想的余文真，也让一个不受待见、屡遭无视、颇为自卑的余文真显形。盼望大惊失色的道歉声传过来，一语点破，这正是“渴望被看见”者内心应该有的样子。容易自作多情、过分天真的青春少女，其性格缺陷的后果在于，会轻易地在诱惑或者虚情假意面前上当受骗，且不能自拔。小说中，人物的性格链条，总是化无形为有形，无一处不逻辑吻合。余文真认为别人会“愧悔”，就这么一个小心思，胜过多少性格上正面强攻的语言，并有力承接了故事顺利行进的动能。

“毕业之后，余文真亦在‘安稳过生活’和‘勇敢闯世界’两个念头之间切换。月城有类似特征的姑娘无处不在，且日益增多：对冰淇淋、咖啡、口红、黑色的长筒靴有天然好感，但是，四肢发达而不勤，物欲重而手头紧。”这段话对时代风气的嬗变，洞若观火，对月城年轻女性的普遍心理，精准拿捏。这段话，是小说一切情节演绎展开的依据。人是社会的人，社会风气深刻影响着身在其中的人。余文真不是特例，只是她更有想法，更为出格。后来，她掉进章东南设置的陷阱，不完全是为了攀高结贵，而是骨子里的一团生命欲火。洞彻世事、知晓人心，对于作家来说太重要了，只有长久浸泡在生活的浑水中，自己也有了包浆，才可能真正看清底层的秩序，走进底层人的心灵，发现他们的秘密。生活是小说创作的源泉，写作者唯有深挖这口永不干涸的井，别无他途。这里似有月光：冰淇淋、咖啡、口红、长筒靴，色差强烈，很有光照感。

“门开了，他穿着白色的浴袍站在门口，腰带扎得很紧，他个头本就不高，也算中年发福，白袍本就显胖，腰结挤在胸口，更显得臃肿……但是，浴袍，使某种过去的东西消失不见了，使酒桌上的拘谨，短信里的刻板都消失了，同时，浴袍裹得严严实实，腰带扎得那么紧，无声消解了轻浮和暧昧。”真令人佩服，居然从一件男人的浴袍中，读出这么多无声信息。女性作家直觉的确强大，她把男性很难自觉的认知，艺术化地传递出来，如暧昧的月光，含蓄中有暗示、隐喻和象征。这种叙述语境稍纵即逝，只可意会，却明白真切。在余文真的眼里，章东南此前的形象一直很正面，但多是职业化的公开形象，有无职业性伪装亦未可知。有了这些出其不意的解读，一个趋近常态的章东南形象才会显现。摒弃“扁平化”塑造人物，尽管依然可能“画虎画皮难画骨”，但让读者摆脱人物印象的单一、浅表，无疑这是有力一招。

“墙角一把梯子，沿着梯子，能进入对面人家的阳台——也是新搭的，用劣质的空心不锈钢管围起来，顺着梯子爬上去，你看到另一侧的院子，存放了宣示主权的杂物：一只缺了门的碗柜，一只雕花床，没有床垫。这个院子像一口井放在另一口井里——本来就无法住人，既没进口也没出口。余文真不用想也能料到，这背后一定有争执、抢夺、相互恫吓、几番摩擦。”日常景物隐秘、琐碎，与周遭秩序相匹配，这些被我们轻视的日常，微末可遮，却在李凤群的笔下，有了魔法和意义。魔法是，如此切近、精细和清晰的景物，唾手可得而又遥不可及，就像密如针脚的月辉，照射大地上的事物产生的微澜，视与不视全凭个人。意义上，余文真伤痕累累、一地鸡毛的个人境况，与改善大众生存环境的拆迁安置，构成了暗示和呼应，写出了有趣的互文。从更大层面看，小说选择县级市月城的快速城市化进程，成功与矛盾交织，欢欣与痛苦并存，在某种程度上，也与余文真形成彼此映射的困境同构。《月下》有意减少自然环境的描写，增加对生活环境的精雕细刻，是城市化后人们对自然疏离的同构。而日常生活少了大自然的抚慰，则加剧了人在社会生活中的精神困顿和心理焦虑。因此，这里具有几重隐喻和象征。

“余文真转过脸，不再看他。她重重地喘着气，脸盘好像因为痛苦而扭曲着，为了躲避被看清，她理了理口罩，把仅仅露在外头的前额抵在桌子上，这样，她看到了自己的膝盖，也看到自己的眼泪掉在了自己的大腿上，一滴，一滴，又一滴。”情感的欺骗，对很多人来说，都是无法接受的最大欺骗。在此“爆雷”之前，余文真已经不期然掉进了另一口深渊，那是变态的丈夫王一明给她挖掘的。再坚强的女性，也架不住爱情婚姻上的接连打击。短暂的悲伤过后，余文真突然心明眼亮，那些为了满足自己内心渴望的所作所为，竟然要用噩梦般的半生作为代价来偿还。幡然醒悟的余文真，仿佛灵魂被照亮，尽管文字没有表述，可她的态度表明了一切。至此，至暗时刻已经过去，就像月光驱散了乌云的覆盖，清辉变得更莹澈。这里没有巧合，只有“于无声处听惊雷”。

《月下》叙事着眼点小、颗粒细、密度大，魔鬼藏在情态中。字里行间细节满满，如下着无数银针的月光雨。还有新颖的修辞，可化瞬间为永恒，高妙无比。这些都与敏感、隐秘，纤细、深邃的怜悯心有关，与禀赋、悟性，情趣、偏好有关，也与极具精巧而刁钻的叙事调性有关。

“这条共识起先只是一句闲聊，后来像兑了水的墨汁一样洇到所有人的心里。”出人意料的比喻，如一道月光投射进来，携带了事物发展的过程、广度和程度，变无形为有形，变无味为有味，变无色为有色。于是，心灵撞击产生，隽永诗意生发。时代的风云变幻，人心的波澜诡谲，都逃不过作家的火眼金睛。或许，人心就是时代本身，也是生活本身。

“街面上人裹着人、车挤着车、噪声追着噪声，车子一直开，这慌乱的感觉像是十个月城叠在一起。”这是余文真初到广州时的印象。一方面，广州的规模的确有十个月城大，广州的繁华也的确是月城的十倍。但“十个月城叠在一起”的感觉，显然与此时余文真的心境有关。羞耻、气恼、懊悔、憎恨，加上如大海捞针般的不确定，所以产生了对外在的这种感觉。人越是悲伤的时候，其共鸣的东西也就越多。

综上，小说叙述女主人公的心理状态和情感变化，往往是通过具体场景密集的看点，或自然而然，或严重扭曲地呈现，给人留下刀劈斧斫的印象。这恰恰印证，文学是一种心灵的投射，自然之物极具共情之力。

李凤群选择脱不了县城底色的小城市月城，结构这部长篇小说，旨在表明生活的普遍性和特定人群的普遍性。故事百变，不离生活。在如同显微镜般的月光的照拂之下，万物无所遁形，奠定了小说微观、明朗、易逝的叙事基调。生成文学之为文学的氤氲气息和审美功能，赋予文学真正的肉身。阴晴圆缺，相互映照，跌宕起伏，震动人心。

三

从触及社会现实问题的长篇小说《大望》开始，李凤群越来越有力地介入现实。从最初的爱情小说、网络小说，到之后的以家族叙事和个人成长为着力点的乡土小说，再到着眼当下的社会问题小说，她聚焦的写作题材一直在变，且与现实越拉越近。不模仿别人，也不重复自己，李凤群的小说创作，致力于思想艺术的不停转换与攀升，跨度之大令人咋舌。我甚至认为，她是中国小说界为数不多的“千面女郎”。

万变不离其宗。李凤群小说创作宗旨始终没有变，那就是为底层“草根”代言，为被侮辱被损害者呼吁。她的小说多有生活原型，都是从她的生活经历中呕心沥血提炼而出，尽管写作有克制情感的倾向，依然有未曾褪去的悲悯色彩。很多时候，我们感到她的小说，就像是从生活的土壤里生长出来的，与花草树木一样，有着极其自然的原生态风貌与力量。作家相信，只有不失生活的本真，才能抚慰人心，引发思考。

那么，李凤群究竟依赖什么秘诀，游刃有余地穿梭于不同写作畛域的壁垒之间？我们不妨继续从《月下》文本中找寻答案。

寓独创于普通，共情者众。一部小说，文字其表，技艺其内，但最核心的是伦理，伦理决定了小说最核心的精神叙事。如果说《大望》是一部伦理高贵的小说，《月下》则更进一步，在伦理高贵的同时，还是道德高尚的文本。一般来说，女性基于生理的不合理欲望，都有其婚姻家庭的根源。这一点与男性有着很大的不同，我们不能对这种差异视而不见。李凤群就是要将这种人们司空见惯的普遍现象，意义非凡地标举出来，让更多的人很好地“看见”。《月下》让李凤群再次回到她擅长刻画的女性人物上来，关切的是浸润着小城气息的个人成长经验，尤其是讳莫如深的婚外情感。冰山一角下的世界，就是值得书写的月下朦胧而清晰的世界，更是暗流涌动的真实世界。“万物皆有裂痕，那是光照进来的地方。”《月下》浓缩了时代景观的局部风景，凝结了普遍而复杂的社会人情，是文学视域下的底层新形态。这样的评价并不虚泛，得益于小说在某区域或某领域，触及了与时代关联最紧密的部位，并诉诸普遍的经验，让小说抵达“无穷的远方，无数的人们”，从而产生广泛的共情。李凤群之所以能发现如此“隐秘发光”的素材，敏感睿智是其一，更重要的是她有经典意识，有开凿混沌之愿力。

寓简单于精准，表现力强。与李凤群的诸多小说一样，《月下》的结构不复杂，甚至比她“大”字系列的长篇小说还要简单。简单的好处在于，能够将涉及主人公的内容不中断地叙述，就像舞台上的主角，始终不离镁光灯的聚焦，一点点累积，形象越发鲜明。甚至有人认为，小说就是余文真一个人的内心戏。这部小说重在表现生活的坚硬之处，却未采取低下的极端化叙事，就是采用单一结构，因有“月”之隐喻和象征，而显得无比含蓄深邃。与日之阳相比，月为阴，与男之阳相比，女为阴。月亮与女性的同构反倒更显坚实。情节不复杂，就像生活本身那样平缓流动。没有极端的情节设置，只在需要的地方拧起漩涡。这些确保了小说高度世俗化的日常生活气息，是还原日常的本相，写出生活的本真，润物无声的“生活流”，是读者感同身受的基础。人物谱系不复杂，《月下》的人物，几乎到了不可再减一人的地步。他们多是从生活的深井里打捞出来的边缘人。余文真忘情地翱翔于邈远的虚幻中，与光环闪烁的章东南化身为一个仁慈的人父角色，同样荒诞不经。如许因果报应，是不是余文真刻毒诅咒，产生的能量传递？余文真、章东南等主要人物，反类型反套路自不必说，即使像王一明、吴利这样的人物，都能深探他们的内心，看穿他们具有时代的底色，且他们的性格，前后都能接榫卯合，变化亦在其中。

李凤群是天生的小说家，善探一口人心之井。她的独出机杼在于，状绘生活之细，深探人心之准，已经到了“降维打击”的地步。她总能在看似没有小说的地方写出小说，而且还是长篇小说。她有一颗敏感、幽微、柔软、坚韧的心灵，这是她全部才华的源头，犹如皎月一般，照彻人心人性，也如灵犬一般，感知时代风气的嬗变。她有一只善于发现的眼睛。人心如井，平静其表，深邃其里，你看到的，都是别人想让你看到的。李凤群却能看到别人不想让她看到的东西，所有进入视野的，都被她看透了，任何风吹草动，虚形假象都逃不过她的“法眼”。所以，对小说中的人物，特别是女性人物，好像都是潜入她们心智的内部书写。贴着日常生活的琐碎编织情节，也是她的强项，从未有力不胜任的地方，她总能让日常琐细在细节上获得区分、展示特点。她有从生活的最底层一步步攀越的经历，也有过大集团、大公司文案策划、市场营销乃至高级经理的经历。此外，想象力的惊人，弥补了生活经历的有限。但是，这些想象绝非书斋里的臆造和构想，有超越真实的真实。语言天赋同样惊人，她总能够通过语言制造出气场、氛围和情调。那些不可名状、难以言传的细腻微妙动态、即时的情绪感受，她总能轻而易举、恰到好处地表述出来。

如月之无华，似月之高深。李凤群的小说，总夹杂着一些含混不清、难以言明的地方，确定中有不确定，不确定中有确定，就像映水照花的月亮，冷静疏离。这得益于她与现实有意拉开距离，保持的一种清醒和中立。如同月光之下的芸芸众生，他们的人生悲欢并不相同。女性对情感的需求与体验尤为深长。在个体孤独与性别鸿沟面前，在人心人性的幽微褶皱处，体验生存的偶然、迷惘、撕裂和痛苦，拥有双向奔赴的共情，从未如此艰难又如此必需。小说有意避开喧嚣的网络语境，写出了一类人情感的明晰，以及探寻自我宽慰的心灵出路。这是善良者的企盼：一轮明月高悬于天，一缕清辉遍洒人间。

就《月下》而言，李凤群的小说在整体架构意识和精神势能上愈发显豁，就复杂的意蕴和多重欣赏、阐释空间而言，也有了提升。但是，心理描写更像独白，有议论之嫌。希望她不足之处得到改正，优长更长。

绿叶对根的情义

——读张诗群中篇小说《厚土》

张诗群是业余写作大军中的一名优等生。我一直坚定着这个判断。她的强项是散文，偶尔为之的小说，凭借扎实的基本功，也能像模像样，可圈可点。中篇小说新作《厚土》，个人风格鲜明，充满正能量，是值得称道的一部主旋律作品。

一

故事是小说的基本面。这部小说在时序往复中进行，讲述了发生在皖南桃村眼前和过往的两件事情，它们息息相关，却在各自的路径分别展开羽翼。

拥有红色革命史的桃村，有一条破损严重的对外通道。年轻的县水务局技术干部冀有为，下派到桃村担任党支部第一书记后，就着手这条“怀恩路”的拓宽重修。盼来项目施工，他已挂职期满。为此，冀有为向组织申请再驻村两年，修好这条道路的坚决态度不言而喻。态度同样坚决的是村小学老校长徐有德。他不同意为了修路而迁移小荷塘边的一座坟，烈士何俊生的坟。双方各执一念，使修路陷入僵局。虽心急如焚，但冀有为不敢硬来。除了怕年事已高的徐有德出事外，他十分理解亲历过战火的老校长对新四军的感情。心结还用心来解。苦思冥想的冀有为突然来了灵感，他要与讲情感的人打好情感牌。经过精心准备，他与徐有德有了一番只谈情感的畅聊，没想到，居然轻轻松松打开了老人家的心结。徐有德不仅同意迁烈士坟于小益山，还不要村委会拿一分钱。

徐有德为烈士修墓的消息不胫而走，捐款者的圈层从村里的老年人一波波扩大，就连冀有为也捐了三千元。捐款总数远超修墓费用，徐有德与村民代表商量，再修一个新四军纪念馆。除了设计找的是专业人员，整个纪念馆工程，全是桃村人自己干的，村民的热情仿佛一团火。就在纪念馆建成时，烈士何俊生的亲外甥俞建国不请自来。2018年清明节，更加“红色”的桃村不仅迎来了首批游客，俞建国还联系上了当年战斗在桃村的新四军后人，前来扫墓、捐赠革命文物……

烽火往事充满了生离死别，是不忍揭开的伤疤。与眼前的好事多磨，一顺百顺，所有的难题都得到了解决，人人皆大欢喜的结局，形成了鲜明的对比。

徐有德之所以不准动烈士的坟，正如冀有为所理解的，他经历过血雨腥风的抗战岁月，知道新四军如何恩重如山，怎样不是亲人胜过亲人。尤其是小战士何俊生，重伤后住在了徐家，当时只有七岁的徐有德一直跪在病床前，直到他醒来。醒来后的何俊生错把有德妈当做了姐，有德妈将错就错，赶忙叫有德认了这个“舅”。在后来的日子里，何俊生帮助乡亲们干重活，掩护群众转移，与乡亲们结下了鱼水之情、骨肉之情，直到以代理阵地指挥员的身份，打完最后一粒子弹，英勇壮烈地牺牲在望塘岭上。当然，徐有德不准动烈士的坟，还有冀有为所不知道的隐情。这就是母亲向素兰临终托付给他的，要记住俊生舅的嘱托，寻找到他的家人。这个问题最终不解而解，超出了包括徐有德在内的所有人预料，是小说极为精彩的一笔，何尝不是“自助者天助之”？

二

《厚土》集红色题材、抗战元素、现实观照、地域色彩于一体。小说可以作多角度多维度的阐释，但核心思想指向，在我看来只能是“情义”。情义一词烛照全篇，点亮每一个角落，以至于小说有了不俗的质地。使得徐有德老人气质不凡、挂职干部冀有为后生可畏；也使得战争年代军民情深义重，值得缅怀。这些情义，主体不同，年代有别，却一脉相承，别无二致。

情义包含“人情”和“义理”两方面。人情好理解，就是人的感情表现。义理，字面意思是合于一定的伦理道德的行事准则。事实上，义作为中国传统美德的重要范畴，除包蕴主体的道德人格、伦理准则外，还有很多引申义。孔子把“义”作为区分君子与小人的重要标准，所谓“君子喻以义，小人喻以利”。在孟子看来，“义”被用来指涉处理主体间利益关系的伦理准则，有所谓“二者不可得兼，舍生而取义者也”。的确，情义，还有忠义、恩义、仁义、节义，让我们想起古代那些“守信重义”的义士形象。这几种“义”，感情是前提，在《厚土》中都有体现。

小说的第一次镜头远推，是新四军设在桃村徐家祠堂的临时医院深夜遭到日军轰炸后，睡梦中惊醒的有德妈，一系列的所见所闻、所作所为。其实，有德妈是被新四军战地服务团民运队的杨队长叫去帮忙的。她没有丝毫犹豫，抛下亦已醒来的幼子，投入到抢救伤员中来。不光是有德妈，开豆腐店的老王叔等村民也在帮忙。这时候，他们不是不害怕，而是心中壮大的一股精神和力量，让他们忘记了生死。还有，望塘岭战斗已经打响，隔壁方村的一位老奶奶带着孙女等人，冒着生命危险，给新四军战士送馍馍。可见，在外族侵略之下，军民团结如一人的情义不但结成，而且坚如磐石。

在有德妈和小达子的悉心照料下，很快养好伤病的何俊生，去找营长要求参加电训班，因为他是抱着找到父亲的目的参军的。为此，营长批评他心里不能装下老百姓。在掩护群众转移到了临时落脚点后，何俊生又在极端危险的境地中，取回父亲留下的《大同世界》，这回同样遭到营长的严厉批评，他还作了深刻检查。经历了这些挫折，何俊生的思想觉悟迅速成熟起来。在极为艰难的战时环境下，他总想着帮助更需要帮助的老百姓，给年老体弱的乡亲们挑水，是他乐此不疲的事情，恩义、仁义由此尽显。在战场上，他英勇顽强、视死如归，又将忠义、节义完美演绎，成为一名令人敬重的烈士。

徐有德之所以以老迈之躯呵护着烈士坟、自己掏钱迁修烈士墓，完全是因为有深入骨髓、溶于血液的情义与信念在主导。很显然，徐有德从俊生舅舅的身上，也从自己母亲的身上，传承了一种感天动地的情义力量，一种顶天立地的人格力量。在他的潜在意识中，必定隐藏着早年的记忆，那个深藏于心的执念，一直在潜滋暗长。就像狂风吹落了枯叶，枯叶肥沃了土壤，土壤滋养着大树。打通这个长长精神通道的，最核心、最质朴、最纯粹、最深厚的是土壤。没有土壤，何来大树？这就不难理解，为烈士修墓，村民为何争先恐后地捐款。由徐有德这个个体，激发起全村整个群体，并致敬七十八年前这方军民一家亲的土地，一切表明，公道自在人心。正因为这是一方厚土，在此成长起来的人，并不会因为角色有异，而心思不同；并不会因为年代久远，而丧失动力。《厚土》之厚，丈量的是历史的厚重与生活的庄严。

可见，《厚土》所要书写的，不仅是生活层面的故事呈现，还有故事背后隐藏着的精神空间，以及人物内心世界的精神隐秘和情感幽澜。历经战争洗劫的人们，往往格外向往美好、珍视美好。如果文学不表现这些美好，很难想象还有什么会比文学更能表现这些美好。

三

张诗群针对《厚土》写作，肯定颇费了一番心思。

时序交错手法的运用十分明智。小说围绕为什么老校长不给迁烈士的坟这个核心悬念展开。“坟”是今人与故人依然可“见”的实物。既然不给迁，说明两者关系不一般。所以追根溯源，复活了坟主人，自然把镜头推向抗战岁月，将相同地点、不同时间发生的事情，纵向串联在一起。这种时序交错、补足背景的写法，使得历史与现实相关联，结构更为紧凑，情节更为丰富，启迪更为深刻，张力更为劲挺。因每个段落有小标题标注时间，读来并不突兀。

情节的设计十分严密。张诗群的创作态度严谨，心思缜密。她总是处心积虑地把真实感和逻辑性放在第一位，整体架构上或许有欠缺，但在细碎的情节上，几乎做到了不留瑕疵。特点是：有效信息一点点渗出，流水一般自然，有节奏，直到一张信息网最后完整地铺开；依靠文字内在的逻辑，顺水推舟地划向湍急的大河深处，不无中生有，也不刻舟求剑。只有找到背后的缘由，睽离事理的话语，才有可能句句在理。反观现在很多人把写小说当作拼凑游戏，读起来很不舒服。相对于制造出人意料的结果，张诗群更擅于合理地铺垫情节。都说“好小说是设计出来的”，此话大体不错。但在我看来，不能忽视设计水平之高下，很重要的是既要深度设计，又要看不出来像设计。如果出人意料的结果过于陡峭，即便是“传奇”，读者在震撼的刹那，也会顿生狐疑，进而对整部小说产生不信任感。何俊生的亲外甥俞建国关键时刻的亮相，是出人意料，但身处网络时代，千里寻上亲的事，太自然不过了。况且，迁坟有公告。

场景的描绘十分到位。一九三九年早春那个夜晚，被轰炸惊醒的有德妈，穿衣出屋看到的一幕幕，好像被镜头连续切换着的电影，摄人心魄且意蕴深含。在这段叙述中，更多地使用了有德妈的视角，逼真感更为凸显，我们有如紧跟其后，亲眼看见。当然，视角的灵活运用也是这部小说的一大特色。小战士何俊生在徐有德家养伤，很快成了徐家的一分子，与群众亲密无间地打交道，少不了有军民鱼水情的场景。这些场景多用白描手法，没有煽情，只是生活化的呈现，进一步巩固了文本的可信度。向素兰大战前的心慌不安，通过白雾这个自然景观予以外化，更显深刻。闲笔不闲，也让读者获得一种烙印般的沉浸感。对重伤昏迷的何俊生梦境描写，大胆而新奇，作者充分调动了合理的想象力，是既感同身受贴着人物写，又充分发挥瑰丽想象的成功范例。

干净利落的语言十分精准。如：“俊生肩上担着两桶水，像是从白雾里跌出来似的，敷了霜冻的路有些湿滑，他走得歪歪斜斜，踉踉跄跄，绕过田埂又越过几间茅屋，径直将水挑到了老王叔的豆腐房里。”请注意句中动词，“跌”和“敷”，“绕”和“越”，包括“歪歪斜斜”和“踉踉跄跄”，都是炼字造境使然。此语一出，形象立显。小说中这样的句子很多，读者细读时自有体会。

四

说句实话，读完《厚土》，不满足感还是有的。这种感觉的产生，很大程度上取决于作者的优秀。换句话说，不能把张诗群当作一般的业余作家来看待。

张诗群写作《厚土》下了苦功，这是肯定的。为了充分尊重史实，她熟知所需要知道的方方面面。对新四军基层组织对日战斗的描写，立体多维，恰如其分，经得起内行人挑剔的眼光。对历史人物的虚构，无论有无原型，都将他们置于具体的历史情境中，成为既有时代特征，又有七情六欲的普通人，从而避免了硬塑高大全式的英雄的脸谱化窠臼。但是，小说要写那些说不明白的事，即使是明白无误的事，也要含蓄一些。一切过于真切、明朗，一切过于结实、整饬，使得纯粹之美一枝独秀外，反而少了朦胧美、模糊美，甚至歧义美，小说作为艺术的阔大澄明境界，就不易形成。

就此类小说而言，还可以通过让艰难更艰难、挣扎更挣扎，更加引人入胜一些。这就要求重点情节的设计再深入几层，多绕几个花样。也可以更加泛化一些，或去找寻那个时代精神的源头，譬如围绕何俊生父亲留下的《大同世界》信物，再多一些有意味的表达，留给读者更多的想象空间。在适宜的地方，语言可以再野一些。情义最不好写，分寸不好拿捏，过于纯正的书面语，有时反倒不利于恒在情义的生成。也就是说，让小说在整体趋于统一的情形下，尽可能的自由张弛，尽可能的复杂多义，尽可能的野性十足，变得富有伸缩性、包容性及吐纳性。

最后想要说的是，小说通过林营长的大篇幅回忆录，复述了那场战争及何俊生牺牲经过，即使不论结构上的瑕疵，也把小说推向了非虚构。好的小说之所以浑然一体，都是反复掂量、匀兑和充分想象的结果。一切省事的做法，都可能成为硬伤。

别样青春的文学呈现

——读余韵长篇小说《路漫漫》

除非早殇，每个人都会有自己的青春。且每个人的青春都有不同色彩，因为每个人所走的路存在差异。文学作品的青春书写浩如烟海，我们见惯了文学形象的热血青春、奋斗青春，对文学聚焦的苦难青春、坎坷青春也耳熟能详。而文学作品叙述平凡人不顺遂、不如意的青春，并不多见，余韵的长篇小说《路漫漫》，就是这样一部作品。

小说多有特定的时空坐标，长篇小说尤其如此。《路漫漫》择取市场经济初建时期、中等规模的开放城市徽城，来框定主要人物的活动轨迹，主要人物叶秀、叶慧姐妹俩，都是从老家农村来到城市的新移民，注定了小说有着鲜明的时代烙印和地域色彩。

农民进城是时代潮流，随着生存境遇的改变，很多人“三观”也发生了变化。叶秀遭到丈夫徐树林身心两方面的侮辱，但选择忍气吞声；面对婆婆的强势与刁难，也只是默默承受。可在老家的时候，叶秀是个有主见的人，她曾多次说服父母，改变既定主意，在一定程度上左右了家庭格局，乃至妹妹叶慧的命运走向。“人随潮流草随风”“人在矮檐下，怎能不低头”，寄人篱下后叶秀性格的改变，符合社会常态、人之常情，没必要说三道四。与姐姐的示弱不同，叶慧性格坚定，或者说更为倔强。到城市谋生并不是她的初衷，热爱文学的她，一直做着作家梦。她有叶秀欠缺的美貌与文化，在一个男性欲望开始恣意膨胀的年代，叶慧应有更多的发展机遇，更可能获取世俗意义上的所谓成功。事实的确这样，机会一次次主动造访了她。但她鄙视傍大款或靠关系上位，她眼里揉不得沙子，只尊崇内心的真实想法，那些商界得势的男人们献上的殷勤，被她一次次无情拒绝。

叶慧之所以没有加入芸芸众生的合唱，原因是多方面的。她天性内敛沉静，含蓄委婉，注重自我人格的修炼，又是由乡入城，人生路上铺垫了谦卑的底色，不管何时，都很难接受投机取巧、不劳而获。她把文学视为高尚事业追求，是一个彻头彻尾的理想主义者，不论身处何境，尊严不可掉价，良心不可缺位。她有自己的意中人，认为爱情不可勉强，只有灵魂与灵魂的靠近，方能牵手终老。性格即命运。叶慧全部的不顺遂、不如意，都源于她特立独行的性格兼与众不同的认知。很多时候，叶慧的坚定与伤痛，就像水涨船高，互为因果，矛盾地纠缠在一起。还有，她总把痛苦与迷惘，潜藏于心，不向任何人倾诉，别人当然看不出来，包括自己的亲人。父亲叶子建就无视女儿的痛苦，将叶慧的心上人韩湘写给她的信件，私自截留，使得极度深情的两个人互不理解，各自黯然神伤。这也是逼迫叶慧降格以求，不得不牵手沐涛的根本原因。哪知道，各方面都不错的沐涛，迷上了股票投资，小有斩获后终被套牢，亏了个底朝天，连结婚的基本费用都没有了。被父亲催婚正紧的叶慧，无奈中夹杂着对沐涛的失望。好在此时，叶慧的网络作品崭露头角，受到追捧，在“粉丝”中她敏锐地发现了韩湘。小说到此戛然而止，给人留下无尽的想象空间。但读完小说的大多数人相信，叶慧和韩湘，有情人终成眷属。

《路漫漫》费时多年，几经删改，是余韵认真对待的首部长篇小说，她投入了真情，下足了功夫，值得肯定。说实话，小说尚不能媲美优秀长篇小说，具备人物性格的丰富性与社会历史意蕴的深邃性，更不具备典型环境中典型人物的社会价值与生命意义。但在创作手法上，还是有一些值得称道的地方。

在结构上，一条线索串起了两个主要人物，而又主次分明。叶秀、叶慧姐妹俩，就像旋转门里谁进谁就出的两个人。显然，作者更为看重的是叶慧，她是当仁不让的一号人物。在篇幅上，姐妹俩二八分成，很多时候，妹妹需要姐姐这个陪衬作类比，尽管她们的生活因各自个性，皆是一团糟糕。性格使然，这是小说一个值得思考的角度。小说采用了第三人称上帝视角，相对第一人称视角降低了创作难度，至少感觉上没有自我设限的别扭，通篇是水到渠成的自然，无疑，此是新手明智的选择。因为全被回忆覆盖，开篇套用《百年孤独》那句非常有名的起始句，并没有不协调之感。小说的语言，平实朴素，力求精准，不偏离特定的语境，也不任意人为地拔高，是既切中时代脉搏，又活画人物心理的恰当表述。小说中有些场面令人难忘。譬如，叶秀的儿子徐宝庭审场面，从儿子走上法庭的那刻起，各人的表情，特别是听到徐宝被宣判八年徒刑，并附带罚款和民事赔偿责任时，叶秀的瘫晕、丈夫的瘫倒，都是恰如其分地呈现。有时，文学的直击人心，就仰仗这种分寸感。

从理论上讲，任何一部文学作品，都有其价值，或在审美，或在理念，或在精神，只是价值的深度、影响的广度不同而已。《路漫漫》启迪我们，在人生最为华彩的青春乐章中，难免有嘈嘈切切的涩音，起起落落的颤音，只要敢于坚守，拒绝休止符，高音、强音就可能到来。

这是一种没有贩卖廉价理想主义的别样青春。对余韵来说，至少是对过往经历的一个交代，也是对自己文学爱好的一个交代。

多维度撑起的厚重磅礴

——杜光辉长篇小说《可可西里狼》读后

作家杜光辉的小说，多为观照现实的大题材。即便小题材小制作，也能以小见大，滴水映日。他的长篇小说《可可西里狼》，被陈忠实先生誉为“关注人类命运的力作”。首版发行已有十多年，再版加印未曾停歇。如今，依然以其荡气回肠的阅读快感，震撼着读者的心灵，堪称当代生态文学的一个标杆。

《可可西里狼》首次以长篇小说形式，将国内生态文学导入到“无人区”场域，人与自然的辩证关系，被大场面悲壮生动地演绎。于是我们看到，随着个别主宰者的蜕变，生态失衡立竿见影，生死契阔的战友情，代替不了坚定纯粹的信仰，在霍霍向牛羊的屠刀之下，抗争者似螳臂当车飞蛾扑火，付出了宝贵生命，也赢来一片光明。这里，有对神奇大自然的敬畏，有对人性贪婪远超兽性的鞭挞，也有对正义战胜罪恶的笃信。显然，这部小说理想主义基石的奠定，源自可可西里的圣洁、博大，兄弟阋墙，冲突不断升级，源自大自然的美好被人为地毁灭，而浩然正气的飙升，在于仁爱者越来越多，维护地球生命家园终成大众共识、时代使命。

小说之所以获得了成功，固然与杜光辉独特的人生经历有关，但不可忽略的是，作家结构这部作品的多维度考量，以及每个维度上的最大化拓展。唯有摒弃单调和狭隘，方可获得与题材相匹配，且能有力深化主旨的厚度、锐度和高度。

在时空维度上，“原始”与“开放”叠加，自然背景和时代背景相交织。小说开头即点明时空坐标：20世纪70年代初、可可西里无人区。彼时彼地，解放军某汽车班的战友们，战胜了一系列难以想象的困难，以牺牲了指导员为代价，圆满完成测绘任务。他们复员或转业到地方后，王勇刚、李石柱和仁丹才旺被担任地方领导的石技术员招至麾下。在新时期发展经济的驱动下，王勇刚大权在握，为所欲为，由保护可可西里转向对其破坏的歪路。打开魔盒的正是人性中的贪婪与自私。初尝甜头的王勇刚，被盗猎分子腐蚀于广州，私欲一发不可收，后因走私者的攀附，他又与境外人员有了勾连。加上玉树、西宁和杜班长所在的海南岛，从最"原始"到最"开放"，小说打开了不同的空间，充满张力地串联在一起。而在时间上，截止到李石柱牺牲，距汽车班最初驶入可可西里，已经过去了二十多年。这期间，正是"原始"遭遇野蛮、野蛮将被文明涤荡的岁月。如此时空大挪移，勾勒出时代的不同面影，给人心的嬗变增加了砝码，也给人类文明进步的艰难提供了注脚。

在人性维度上，仁爱与贪婪并置，初心如磐和欲壑难填相碰撞。王勇刚和李石柱系同年兵，在直面困难时，他们都把舒适推给别人、把困难留给自己。回想雪域高原严酷的自然环境下艰难作业的一幕幕，我们不仅见证了那种不是兄弟、胜似兄弟的战友情，也感慨于人间的这些真情，如同圣洁的大自然一样恣意坦露。在对待自然环境特别是动物方面，他们虽因性格落差略有分歧，但总的来说是友爱的、珍视的。如果说，仁丹才旺敬畏自然的真心永不变，是出于藏族同胞的信仰，利令智昏的王勇刚挥刀斩向野生动物，是良心丧失的话，那么，李石柱矢志不移地呵护大自然，就是出于本能的仁爱之心，觉醒者的信念与灵魂总是高度一致。丑陋的恶欲，使战友间的罅隙迅速拉大，以致尖锐对立于善恶两端。但是，依然有一条牢不可断的友情纽带维系着他们，而在浇灌这棵友情大树时，王勇刚更慷慨大方更具行动力。王勇刚就是一个极度撕裂的复合体，与生死与共的兄弟最终势不两立，令人情何以堪。小说通过"诱惑"这块试金石，揭露了人性残酷的真相，阐明善待大自然，如磐的初心何等重要。

在价值维度上，当下与未来贯通，沉重悲壮和光明崇高相映照。二十多年来，雷指导员、老向导仁丹才旺、野生动物保护站站长李石柱，这些正面人物先后因公牺牲在可可西里；与之相对应的是，成千上万的野生动物被猎杀，大自然环境遭到了空前破坏。读完全书才明白，可可西里狼，实为像狼一样贪婪的人，头狼就是王勇刚。李石柱与强大的“狼群”正面硬扛，看似以卵击石，本质上却是一场正义与邪恶、进步与愚昧的斗争。李石柱极其惨烈地倒在了疯狂盗猎者的枪口下，令人扼腕叹息之时，也让人们看到了这场愈演愈烈的生态危机行将解除。表面上看，只有李石柱的爱人朵玛接替了他的事业，但李石柱高规格、特殊形式的葬礼说明了一切，保护野生动物不再是一个人的战斗。朵玛这个人设，是小说的神来之笔，在充满野性和阳刚的可可西里，她是得到特别呵护的一朵雪莲，充盈着美丽、和谐、温婉、知性的生命气息。从仁丹才旺到朵玛，一根维护自然生灵的信仰链条在父女间传递，携带着与本真和神性合一的精神能量，感召越来越多的求道者，走向光明，灼照未来。

《可可西里狼》以坚挺的叙事张力，朴实无华的文字，写出了生态的宝贵与灵魂的召唤。作家生命中最重要的创作素材，发酵于岁月的沉淀，一股精气破壁升华，充塞于天地之间。关注人类命运的大情怀，运筹调度的大手笔，铸就了这部厚重磅礴之作。

现实生活中，生态文明理念已深入人心，绿色发展成就有目共睹。曾经为之摇旗呐喊者值得铭记。《可可西里狼》勾勒出的雪域高原苍凉雄浑画面，定格在了岁月深处。可可西里与杜光辉互相成就，幸运之至。

认知冲突与时空并置

——读余同友短篇小说《桃花源记》

小说家是社会的晴雨表。他们敏锐的触须，理应最先抵达社会发展的前沿、百姓生活的现场，在时代与特定人群的交契处，将那些从未有过的现象，特别是人性的裂变，用小说形式艺术化地呈现，从而让更多的人认识生活，照见自我，寻求光亮，努力营建文学意义上的大千世界。然而，不知何时起，我们的小说家不愿写当下，忌惮写当下，认为当下生活复杂、琐碎，不确定，直面当下的文本既不具备一眼看清、高度概括的能力，也缺乏一种隐入尘烟的美感。

现实主义创作不应该忽略现时，舍近求远，现实题材就是一种风格和主张。当年，曹雪芹在亲身体验的基础上写出《红楼梦》，并以艺术的真实穿越时空的局限，一举摘得了中国古典文学的桂冠。鉴于此，在当下中国新的社会语境中，依然可凭借小说的叙事形式和艺术表达，写出时代背景下的人和人性，进而在时代大潮与生活漩涡中，建立新的文学秩序和文学审美，追求新的文学价值和文学典范。这是文学观照的应有之义，也是当代作家的职责使命。当然，现实主义不是“现时主义”，它更需要作家在熟悉生活、理解社会、看透人心的前提下，以新颖的叙事手法和高超的艺术表现力，让文本广为辐射且精炼，适度虚构并升华。

可喜的是，“新时代山乡巨变创作计划”和“新时代文学攀登计划”被积极倡导以来，文学与现实生活应该拉近、再拉近些，已成为很多创作者的共识。安徽作家余同友的短篇小说《桃花源记》，就是致力于把当下生活，转化为文学形象的成功范本。

小说讲述了一件发生在“桃花源”里的故事。桃花源是罗城市的高档小区。“我”的二叔，受到网络赌博的儿子牵累，又兼自己跑运输致残后无法干重活，找“我”托人介绍到桃花源小区当了保安。二叔的认真细致超过了普通保安的范畴，这给他的工作助益多多，但对业主老毕的“侦察”每每误判。这个年龄与二叔相仿的中老年男人，留长发、着花衣、穿彩鞋也就算了，还是个鬼鬼祟祟的人。在与老毕较上劲后，二叔想尽一切办法去了解这个怪人，可是，越了解就越不理解，私下认为老毕不正经，是桃花源的败类。有此认定后的二叔，接下来的一番令人难以理解的举动，特别是将老毕的朋友拒之于小区门外，导致老毕饲养的宠物蛇不治而亡，造成无可挽回的巨大财产损失，也使故事至此走向了高潮。

农民进城，是当代社会历史变迁中，城乡互动关系的主流。但像二叔这样进城的农民，不费吹灰之力当上了管理者，还来不及也无法褪去农民本色的文学形象，并不多见。除了小区保安，似乎很难找到第二种职业，有如此“上位”的捷径。这就让八竿子挨不到的人，有了直接对话的可能。尽管二叔也想着跟上时代，但自身认知的局限，注定他不可能理解极为前卫时尚的老毕，认知上的鸿沟远远超过他的想象。就像“夏虫不可语冰，井蛙不可语海，凡夫不可语道”，两股道上跑的车，本可以各行其道，问题在于，新型的社会关系让他们扭结在一起。更为关键的是，处于主动和强势地位的二叔，还是一名自我角色强化者，有城里人都不敢睥睨他的错觉。就这样，身体进城和见识老土的二叔，凭借自己有限的认知，极其认真负责地管理着一方小区。他总是自圆其想，何曾料到老毕会有那么多花花肠子，从而将一出具有强烈认知反差的对手戏，不停地演下去。这种“违和感”，是农民进城的新景象，也是小说人际冲突无法媾和的看点。

故事并未就此结束。与老毕再次发生关系，是二叔在晚间巡逻时，因急着替业主撵回丢失的猫，而磕坏了之前在老家开小四轮受伤后装上的塑料膝盖骨。盼着再次更换膝盖骨的二叔，在准备贷款六万多元的医疗费时，意外接到了桃花源业主们的一笔五万多元捐款，牵头并一家一户游说的正是老毕，他还带头捐了一千元钱。感动和愧疚交织的二叔，此时想到桃花源小区的种种好来，急切地想重返保安岗位。他与值班同事打语音电话聊天，不知对方是有意还是无意地告诉他，老毕带头捐款的原因，竟是作为丢失猫的主人，害怕二叔提出索赔，言下之意，组织捐款是老毕的一种掩人耳目、自我保护行为。闻此，二叔惊讶，疑惑，最终内心的不平和贪念占了上风，给“我”打电话以表明他要“讨回公道”的态度。

小说到此戛然而止。二叔乍起的情绪波澜，已呈弯弓之势，会不会射出利箭，后果会怎样，相信每位读者都有自己的答案。事实上，在这场类似“茶杯里的风波”的闹剧中，我们看到不仅谁都没有错，而且当事人都秉持着公心和善意，在维持一种对生活美好的期许和向往。怪就怪在二叔和老毕，顽强地保留了各自的身份属性，却又在鸡同鸭讲，缺乏真诚的沟通交流，以至于碰撞出灼人的火花。这是典型的一意孤行和“好心办坏事”，是社会转型时期城乡混杂空间诸多二律背反中的一对悖论。更出人意料的是，二叔决定向老毕索要补偿，这一报复性举动犹如猛兽出笼，让本已平复的关系再次走向不可收拾的地步，与其说这是他自私心理的过度反应，不如说是其戾气的恣意生长。小说写出了现实生活中，新的认知冲突导致的人际矛盾。在城乡空间加快融合的当下，这类认知差异导致的荒谬及不可思议，还将演绎下去，小说的合理性不容动摇。

小说与陶渊明的《桃花源记》同名，也的确与之有关联。只有初中文化的二叔，认为桃花源小区跟他乡下老家的瓦庄相比，好得如同陶渊明笔下的桃花源，而且是自己已跻身其中的现实版。作家的用意即在于此：将罗城、瓦庄与古人理想中的桃花源，并置在桃花源小区中，于是，原始和现代、城市和乡村、古代和现今，仰仗共同意志形象的串联和缝补，实现了这种穿越时空的叠合。显然，桃花源是一个象征性的观念，只是没想到它象征的美好，一千五百年后，徒有虚表地被移植，它在被撕裂的同时，也在呼唤着得到重塑，构建一种本质上和谐的桃花源。贾平凹说：“好的作品真正的意义在于时空价值上。”《桃花源记》的时空并置，兼有过去、现在及未来，一个立体的全覆盖的文学架构，写出了当下文学最重要也最丰饶主题的潜在含义，那就是在真正的桃花源里，也不能容纳不同社会认知与思想观念的人群。只要心理认知和文化观念的差异在，人类文明每前行一步，都无比艰难与疼痛。

《桃花源记》的故事性不弱，但也不很强，太强的故事性就会使象征、隐喻等修辞有所减损。除了桃花源是一个整体象征外，高档小区是现代化生活的象征，彩色动植物就是“时髦人群”的象征，而二叔的标准立正姿势，就是他洗脚进城后，春风得意、认真负责、严肃古板的隐喻。小说结束于二叔准备找老毕“理论”前，如果二叔真的为此付诸行动，那么产生的强烈反讽意味，就会冲淡小说试图运用象征，营造寓言式意象世界的宗旨。不确定性才是世界的真相。不过，善良的人们都会认为二叔只是说说而已，这是因为小说在抵达思想高地后，必须保留对现实的信心。只有读懂了这些有意的隐藏，才能接近语言表象背后的真实意图。

当今中国文学不可能不关注社会现实。时代在变，人心在变，小说亦须变。如果作家能触及人性中最隐秘部分，那一定是触及了这个“变”。这就要求小说同现实间建立联系，并且有介入并反思这种“变”的能力。当然，小说的意义在于指出问题，没必要开出药方，我们的作家不要为提出了不能解决的问题而自责。

《桃花源记》是余同友捕捉当下生活的一个极好题材。他的思绪进入了正在发生的生活现场，使得作为时代聚光镜的小说焦点更清晰，指向更明确。加之结构精巧，语言精准，节奏沉稳，小说浑然一体。若说遗憾，部分场景的铺展可更丰富些，出戏出意味的地方，可以更细腻些。作家有此能力，还很擅长，不知为何弃之不用。

俗世欲念下的畸情错爱

——评子薇长篇小说《今宵多珍重》

一

《今宵多珍重》是芜湖女作家子薇的第三部长篇小说。2008年底，子薇携带她的首部长篇小说《此情可待成追忆》登上文苑，即令业内人士刮目相看，多有褒扬，随后，这部长篇小说当仁不让地一举获得2007—2008年安徽文学奖。那时芜湖写纯文学长篇小说的作者寥若晨星，她的成功，也刺激了芜湖的很多文学同好，自那以后，芜湖写长篇小说的人骤然多起来，势头一直延续至今而不衰。之所以说这些，想表明两点：一是子薇的小说创作起点较高，这是不容置疑的；二是子薇无意中带动了芜湖的长篇小说创作，对繁荣文艺有不可抹杀的奉献。

子薇不仅写小说，也写散文。她的散文取材广泛，风格多样，情真意切而又不事雕琢，尤其是一些感时托物、寄情抒怀的短章，如中国画那样的写意造境，在开合有度中摇曳多姿，在浑然天成中英气逼人。她的小说创作完全是另一种风貌：紧扣时代、融于生活，贴身大地、情关众生，是体悟生活本质、吃透生活底蕴的凡眼观照。如果用俗中向雅概括她的散文，那么她的小说就是雅中向俗；如果把她的散文喻为剑，那么她的小说就是刀，而且是厨房里切菜的刀。子薇似乎不是有意拉开自己创作小说与创作散文的距离，而是有很强的文体感使然。她的小说创作，至少到目前走的还是俗世烟火的路子。《此情可待成追忆》是，《等你归来》《血脉》也是，而最新这部《今宵多珍重》更是如此。

二

《今宵多珍重》采取清晰的线性叙事线索和全知全能的叙述视角，以1998—2006年的江南中等规模城市梅城为时空坐标，以杨子辰、柳如雪组建的这个不幸福家庭为枢纽，以人的欲望膨胀和情感演变为推进逻辑，聚焦官场、职场头面人物的攀龙附凤、争权夺利及男女关系的随意混乱，同时聚焦柳如雪家庭婚姻的波折、个人事业的成功，将各种人物的心路历程如剥笋壳般地尽相展露，从而打通了官场、职场和情场的藩篱，把处在社会转型期受市场经济冲击下的欲男情女，推向了作者精心编织的舞台，演绎了一出各自命运流转下的世俗众生相。小说没有悬浮于社会现实之上凌空虚蹈，而是全方位导入时代最为出彩的场域，以宽广的眼界深度探索道德破碎下的幽微人性；作家直面俗世，将柳如雪婆婆和妈妈、张姐、楼兰妈妈这些普通人物悉数卷入，说明小说有意将观照的根须向社会底层延伸，最大限度地呈现生活层面的真实。

子薇有着很强的小说叙事能力，体现在这部小说中的是叙事空间的不断打开上，功力稍弱者实难驾驭。小说是以1998年惊蛰这天女主人公柳如雪所工作的芙蓉纺织厂职工代表拦截市长车子讨说法开篇的。惊蛰是天地万物萌动的开始，按照“天人合一”的观点也意味着人心的萌动，说明接下来人与人之间的利益冲突、情感冲突已不可避免，借此奠定了小说以“冲突”为主线的基调。同时，自然而然地让书中的一些主要人物，如米夭夭、杨子辰、强玉龙等尽早亮身，有利于叙事的多头推进。还有，柳如雪后来成为信访局干部，也直接参与了芙蓉纺织厂后续矛盾的处理，且纺织厂地块也是官、商、民博弈的一块肥肉，左右着官商的成败，具有生发情节的无限功能。这样写，既巧妙又不枝蔓突兀。《今宵多珍重》意在打通官场、职场和情场的藩篱，助推小说叙事向纵深推进的是作家精心设计的几个女性人物。姿色出众的米夭夭、奚无霜、曲莎莉等女性无不以情色为触手，以求达到各自的目的，正是通过她们的暗通款曲，打通了无数个看似打不通的关节或死胡同，使得叙事顺理成章地就获得可信可感的戏剧性元素，进而呈现出错综复杂引人入胜的情节。而作为主叙事的柳如雪和杨子辰两个核心人物，始终是诸多情节线索汇集的两个点，在交叉回环、勾连贯通、立体穿透的繁复叙事里，牵引并羁绊着其他人物在各自的舞台上有所作为而又不恣意盲动。

三

文学是人学，人物的塑造很大程度上决定着小说的成功与否。

柳如雪，这个具有好听名字的徽州乡下女人，早年怀着青春的梦想来到梅城打工。在工厂遇到了她的初恋情人强玉龙，因年少不懂爱情而失之交臂。后来她与同事杨子辰组建了家庭。城乡文化和生活方式的巨大差异，使她受到来自丈夫与婆婆的双面夹攻，在杨家处于被侮辱与被损害的地位。可是，自小受善良仁慈的妈妈教诲，这个被泪水浸泡的女人一味地忍气吞声，虽有过抗争甚至不惜一死（是女儿丽川救活了她），最终还是选择了妥协。她像水一样透明柔顺，又不似水那样随大流。她的性格决定了她不可能被城市实用主义价值观所裹挟，肯定有云开雾散出头之日。其实，如雪并没有先天的资质，与同乡姐妹米夭夭相比，身材和脸蛋都很一般。她考上公务员，当上了科长、副局长、副区长，都是得益于她的不懈努力，还有积极进取的工作态度和良好的品性。当然，如雪的性格绝非如此单纯，封建传统思想在她身上亦有所映射。她没有敢爱敢恨的勇气，深爱着的强玉龙二次到来向她主动示爱后，她因慑于杨子辰的淫威而再次放弃。她有夫贵妻荣的思想，不惜为没有爱只有恨的丈夫升职低三下四地求人；她太爱与自己相依为命的女儿了，为了女儿有个体面的爸爸，也不希望犯了法的丈夫走上不归路。这样不完美的人是全面立体的，也是真实可信的。作者不惜笔墨倾注于她，体现了一种人性的悲悯体恤，是对苦难奋斗不完美人生的终极关怀。

书中的男主人公杨子辰这个角色塑造得相当成功。他是一个自私阴险，满腹人欲，为了欲望无所不用其极，并以得欲为乐的人。就是这个有着虚假丑陋灵魂的人，原本只是个吊儿郎当、无所事事、谎话连篇、爱占小便宜、得理不饶人、遇事只会指责别人的小职员。为了“发迹”，他苦心钻研“厚黑学”，有了攀高枝的机会他就牢牢抓住不放，善于逢迎拍马、借梯登高的他借此有了宽广的施展平台。可是他欲壑难填，在欲望的泥淖里越陷越深，为了地位、金钱、女色使尽阴招，直至造成两起人命案。多行不义必自毙，像他这样的人必定会随着成功的到来走向毁灭。就是这样一个十足的恶魔，偶尔也会有“天使”的一面。他欺负妻子如雪，把她当作泄欲的工具，当他与情人做爱时口念如雪的名字，说明他对妻子不是没有一点的爱意。他爱女儿丽川也不是装出来的，也是丽川眼中的好爸爸。杨子辰尽管得势一时但没有善终，不难分析出是市场经济大潮下扭曲的价值观、破碎的道德观，还有错误的成功学，造就了他，成全了他，最终也毁灭了他。

萧逸宣是小说中官员形象的代表。他精明强干，官场顺遂，前途不可限量。杨子辰就是倚靠这个极富个性魅力的开明通达之士，走上他的飞黄腾达之路的。然而过于自负的萧逸宣，偶尔的审人不察无异于作茧自缚，以致掉进杨子辰设下的圈套而浑然不知。本以为只是人际关系中的互相利用，没想到成了互为隐形的推手，各自成为黄雀眼中捕蝉的螳螂。当然，咎由自取，怪不得别人，萧逸宣从来就不是什么高大全的圣人，他在官场呼风唤雨的同时，也情欲高炽毫不收敛，除了结发妻子外，他还有地上地下两个情人，作风上如此不检点，岂能不阴沟里翻船?

胥永波是柳如雪的顶头上司。表面上看，这个公道正派的男人只因如雪长得像他初恋情人而关爱有加。其实不尽然，设想如雪是万柳青之类的下属，他也不会兄长般地给予帮助提携。胥永波是梅城官场更是这个社会好男人的代表。就是这样的好男人，在与如雪一道出差时，竟也借着酒劲欲非礼如雪，只是机灵的如雪和阴错阳差没有让他得逞而已。

米夭夭、奚无霜、曲莎莉、宇群芳等女性，以甘愿牺牲身体来达到目的，从某种意义上说她们也是受害者。她们初衷一致，处境也相似，效果与结果都完全相同。表面上看，她们的所作所为是对传统以婚姻求生存模式的超越，事实这是一种危险的超越，是时代婚恋观的一股逆流，当庇荫的大树轰然倒塌后，她们将情何以堪？书中，帮助她们解套甚至脱离苦海的也全是女人，谢长远的女儿谢丽莲（化名杨紫）、谌梦泉，还有柳如雪。这正应了这句话：女人总是破坏男人搭建的既定秩序，女人也总是在男子搞乱的地方建立秩序。

书中的一些边缘人物，虽着墨不多，也都个性鲜明：如雪妈妈的忍让仁慈，如雪婆婆的势利蛮横，万柳青的飞扬跋扈，尚燕飞、张姐、楼兰妈妈的善解人意、乐于助人，一个一个像是从风俗画里活灵活现跳将出来的样子，让人印象深刻。

综上所述，子薇对这部小说的人物塑造是颇费苦心的，集中体现在对人性的深度探索上。她力求还原不同人物的不同思维方式和语言，贴着他们的心跳，写出了每个人的本性和心理，写活了多个人物性格的独特性和多面性。书中的主要人物没有绝对的好人，也没有绝对的坏人，而是好人有瑕疵，恶人有时亦有善念。但好人自会好报，恶人难逃恶报。他们的最终归宿，诠释了从卑微到显赫只有一步之遥，从伟大到可笑也只是一步之差。小说剑指这个社会成功人士的道德危机，鞭挞庸俗的黑厚式成功学，但各自人物命运的尘埃落定，表明作家骨子里冀望这个社会更加完美。

四

在我看来，《今宵多珍重》可以算是一部世情小说，它很好地完成了时代语境下合乎生存逻辑、人际关系、礼制习俗、家庭道德的叙事，是积极严肃的主题，曲折生动的情节，堪称流行的时尚元素，以及地域文化符号的有机结合。这种整体上的成功固然源于多方面的协力合围，但最基本的还得益于小说在充分展示世俗社会日常生活时，没有凭空臆想生编硬造，更没有人为地上提悬置，而是原生态地忠实呈现细枝末节。

首先体现在小说的结构上。结构是小说作品的形式要素，最能体现作家的创作意图。这部小说以线状与网状相结合的方式结构。小说前半部分基本上是线状结构，不惜篇幅不厌其烦地叙述杨、柳这个小家庭的琐碎与矛盾，反复出现夫妻争吵的场景，特别是如雪内心的不断冲突与缓和，再冲突与再缓和，让人们体会这个家庭内在危机的同时，也是在向人说明如雪从卑微的尘埃成为飘向天空的圣洁羽毛经历了怎样的辛酸和煎熬。其实，作家这样结构是更有深意的，因为夫妻二人有着完全不同的文化背景和价值取向，把他们的互相排斥放在朴素的日常生活伦理中去展现，才不至于使人性的差异失去赖以生存的土壤。小说后半部分基本上是网状结构，更多地通过心理分析推导、独白旁白等手法，让人物复杂的思想、意识与复杂的现实、世俗相统一，展示他们未能免俗的一面。原来，他们都是我们熟悉的陌生人。

其次体现在小说的情节上。我们知道，小说是靠情节来推动的，情节又是靠细节来支撑的。这部小说捕捉了很多日常生活的瞬间，以形象化的精准语言描摹出来，令人过目难忘。如如雪为了掩饰自己的悲伤，在回答张姐的问话后有这样一句描写："她嘴上虽然逃避，眼圈还是红了，她装作看房子的天花板，伸出右手，悄然在眼睛上抹一把。"这个只有联系具体生活情境才有意义的小细节，没有经过刻意的裁剪，是生活中的无比真实和生动。此外，书中还写了很多官场、职场间的明争暗斗、尔虞我诈，一不小心就会脱离现实基础，成为类似小说古旧桥段的翻版。为避免误入模式化的窠臼，成为一种高高在上的悬空叙事，作者有意加入杨子辰的爱人柳如雪、谢长远的女儿谢丽莲，并围绕她们设置若干重要情节，目的无非是让丑陋的灵魂屈服于俗世正义的巨大威力。

这部小说的世俗化倾向还体现在小说的语言上。语言是小说的外壳，也深刻影响着小说的内涵。子薇的小说语言总体来说，具有明快精准、清丽流畅的特色，配上非常纯熟的口语，与她擅长的叙事感觉很好地熔于一炉。在这部小说中，她还有意加入了大量方言俗语，皖江一带的安徽人读起来想必特别有感觉，也特别地具有亲切感。方言是一方土地上生出来的东西，是生命在一块地方扎根出土时发出的一些声响，从某种意义上说，它是一种更真实生动、更为生活化的语言，有着高辨识度的地域烟火气息。小说中的任何言语都是指向作品本身的，方言也不例外。《今宵多珍重》方言俗语的匹配使用，并随着叙事对象的变化而变化，使得这部小说的世俗化倾向愈加纯粹。

五

《今宵多珍重》是我仔细阅读的一部长篇小说，几乎每页纸上都留下了划痕或笔迹。读罢掩卷而思，我竟难以归纳统摄全书的思想主旨。也许是社会过于复杂，才使得高明的作家不得不力求让小说文本拥有更多指向和可能。事实上，给出明确答案的小说并不是好小说。作家只负责呈现事实，意在给读者留下广阔的想象、多层次的思考以及再创作的空间。这也符合“艺术的打击力要放到最后”的原则。

需要指出的是，对于具有一定小说创作水准的子薇来说，不应该仅仅满足于写出了一部情节生动好看的小说，也不应该满足小说对人性有所发现和揭示，而是要有雄心创作出经得起岁月淘洗的艺术精品。就个人感觉而言，这部小说也留有一些遗憾和不足，因为长篇小说同样要有静水深流般的美学追求和开创性独特的意涵提炼。

没错，这部小说揭开了生活内部的肌理，呈现出俗世最为本质的东西，但也存在故事世俗化、情节戏剧化、小说剧本化的写作倾向。小说毕竟是虚构的文本，没有俗世的生活肯定不行，但也需要从芜杂的世俗生活中跳将出来，提炼生活的本质，灌注内涵沉静的诗意元素，还有真实情感的力量。小说的后半部分波澜迭起，看起来着实过瘾，不过总感觉是在看一个与己无关的大片，缺少一种直击人心的痛感和力量。小说中有很多通过对话或心理活动，把一些需要读者去连接的逻辑线索说出来，甚至还有一些重复性的交代。其实不必那么面面俱到，多数读者自有融会贯通的能力。文本中需要增加的应该是人物独特气息与个性意识的无声弥漫，要把这种不说为妙的感觉传递给读者，要相信“读者永远比作者高明”。书中的典型环境描写显然占比过小，仅有的几处描写徽州桃园景观的句子十分出色，给人心旷神怡的美感，但要与人的心境相契合那就更好了。还有，文本中一律将对话的陈述句改为转述句，使小说的节奏、韵味更加地贯通畅达，但一些方言俗语、官场客套话转得不彻底，显得不伦不类。

子薇健笔写就的《今宵多珍重》是世俗土壤上开出的奇异花朵。期待善于拥抱生活的子薇，继续深挖生活这口无底的金井，以更大的难度写出更有深度和温度的作品。

理应在击中现实中起飞

——浅谈长篇小说《大江大海》的创作得失

《大江大海》是安徽作家许冬林于2018年创作出版的一部长篇小说。许冬林写散文多年，在省内乃至全国小有名气，她的创作优长是小、巧、灵，具有鲜明的个人风格。而《大江大海》是一部聚焦民营企业发展的长篇小说，这样的题材，怎么也应该摆脱不了大、厚、实的内在特点。创作《大江大海》对于许冬林来说，是一个不小的挑战。小说出版后，我在第一时间得到了赠书，仔细阅读后，感到许冬林用现实手法结构这部现实题材的作品，实现了自我创作上的突破，也留下了遗憾。

小说描绘的是皖中长江之畔的滨江镇，以高云天、郑永新、唐升发为代表的第一代乡镇企业创业者，和以高远波、郑岚等为代表的第二代民营企业家，勇闯市场，兴办企业，从无到有，从小到大的艰难历程。近半个世纪的时间跨度，几乎与中国40年的改革开放进程同步，作品呈现的农村历史性巨变，虽有地域局限，但就中国乡镇企业、民营经济发展演变来看，仍具有广泛的代表性和典型性。从农民成长为企业家，在看似鲜花铺就的大道上，实际上布满了无数个诡异的陷阱，在每一个路口前，非大智与大勇，很难做出抉择。作品直面矛盾和问题，对于创业者所经历的明枪与暗箭、所面临的困境和挑战、所展现的信心与魄力，多有深刻书写和动人展现，也凭借几个勇于挑战自我的人，完成了对所写时代及其精神的双重塑形。正所谓，波澜壮阔之下，暗流汹涌；光环耀眼之时，危机四伏；迷茫徘徊之际，希望仍在。小说有力地阐明：路都是人走出来的，只有那些敢于拼搏的人，才有机会以青春和生命，书写从泛舟小河小湖到破浪于大江大海的时代传奇。

这部不折不扣的现实主义作品，以线性的时间叙事，严谨的时空坐标，书写了具有开放视野与宏阔背景的历史维度，基本具备了现实主义文学的诸多特点。

首先，聚焦客观现实。小说采用平民化叙事策略，写出了高、郑、唐、蓝四个家族之间盘根错节的关系。作为第一代创业者的高云天、郑永新、唐升发、蓝书记，就是各自家族的掌门人。他们之间是上下级关系，也多是同事关系、朋友关系，有的甚至是亲戚关系。这是农村乡土社会的普遍现象，即所谓的人情社会，正是这部小说平民化叙事的基础。父辈们在为实现发家致富这个共同目标中，增进了感情，也因为竞争产生了一些误会，同时更需要强强联手，在这种情况下，传统的联姻从来都是维系、深化家族之间关系的最佳选择。小说很早就打开了高远波、蓝云涣、郑岚等几个二代优秀代表的生活空间、学习空间、梦想空间，以及情感空间，让读者了解到他们的成长背景。不过，随着第二代的日渐长成，青春的荷尔蒙在他们体内奔突，家族之间的各种联姻组合越发扑朔迷离。长辈们基于现实利益的考量，年轻人爱情的自主性，都因为时代发展被提到了前所未有的高度，最终导致每个人的选择不仅有情感的合理性，更有现实的必然性。随着岁月的流逝，他们之间的关系更加微妙，误会、猜忌从未间断，妥协、煎熬贯穿始终。爱情的善变与坚守，遗憾与美好，在年轻一代冰冷生硬的拼搏中，增添了烦恼，也注入了奋斗的动力。这种保留了纯洁，却又不再纯粹的情感，符合那个年代乡村青年的爱情实际，毫无拔高之嫌。

其次，人物形象典型。高远波是《大江大海》的一号人物，小说的主要内容就是在告诉人们，高远波这个典型的当代农民企业家是怎样炼成的。事实上，正面人物的塑造是小说的一个难点，很容易假、大、空。在作者看来，高远波就是一个普通乡村青年，可以说他的每一步成长，都是逼出来的。他想继承早亡父亲的衣钵跑市场、办企业，可是母亲却拼命要他念书上大学，两次名落孙山后，却得到了叔伯们的关照。他深爱着郑岚，两人私奔出来，却被来自女方的势力棒打鸳鸯，在带回的外地女人跑走后，“青梅竹马”的蓝云涣却主动走近了他。当他在大唐电器厂将推销工作做得风生水起时，却因为自己的善良、重情，帮助同学出现意外而导致失败；当他得到蓝云涣的激励，决定东山再起时，又被另一个同学骗了一回；再次回到原点后，又是叔伯们的扶助，使他以破釜沉舟的决心，再次挑战困难，搏击命运，最终成为滨江电缆行业的领军人物。可以说，高远波人生的岔道口、关键处，都有客观因素在起作用。换言之，在高远波走向成功的路上，虽无先例可循，也无经验可鉴，但他并非一个天生异材，神通广大，能够呼风唤雨的高大全式的英雄人物。相反，他有很多缺点和不足。不过，这些缺点和不足，与他那不达目标不罢休的闯劲、越挫越勇的斗志、置之死地而后生的决心相比，又显得微不足道。小说书写他作为一介草根白手起家、逆境求生的传奇，讴歌来自社会底层小人物的奋斗精神。我想，只要稍加辨析，就会发现高远波的成功，更多地得益于这个激进变革的伟大时代，或者说，是改革开放的好时代，给予了他个人努力的最大回报。一个草根英雄式的人物，就是这样一步步露出峥嵘伟岸的面貌，完全符合恩格斯所说的“真实地再现了典型环境中的典型人物”。

再次，表现方式客观。小说在情节的推动上，完全是平民化的生活流，即所谓“故事不多，宛如平常一段歌”，总是在不疾不徐中，真真切切。那些人情世故，都是普通人的言行在日常生活中聚拢起来的样子。在展现人心的复杂多样时，也都考虑人物的身份和当时的处境，不猎奇，不显摆，遵循人物性格和心理逻辑。在展示错综复杂、交缠纠结的关系图谱时，既给出矛盾和纷争的缘由，又能温情地化解冲突与困境的藩篱，条分缕析，丝毫不乱。所有这些，都是精心设计的，也都是自然而然的。更为巧妙的是，情节的推动一环扣一环，总能在山穷水尽处柳暗花明，既出人意料而又在情理之中。有意味的是，小说最后写到了滨江电缆企业面临的困境，高远波、郑岚们遇到的困难，好似当年他们父辈遇到的困难。令人欣喜的是，更有文化和知识的第三代人已经茁壮成长。在蓝书记的孙子杜小涛等人的帮助下，滨江电缆开始扬帆出海，虽未解决实质性问题，也让人们看到了另一片天空。从高云天们开始，每次都是年轻人打开局面，寓意着人间的接力奋斗永无止息，这也是小说选择开放式结尾原因。小说中，一些风俗画般的生活场景描写，深化了人情人性的美好，而自然风光的描写也多与人物内心相契合，在人物对话之间加入人们日常习焉不察的动作，这些透彻的洞察、精微的细节，加上空灵的表达，使得厚重的文本瞬间轻盈起来。这种通过对现实生活场景的具体描写与现实人情的客观描摹，人们自会读出作者的思想倾向和价值取向，而不是作者自己跳出来议论，或借书中人物之口说出来。这种典型的现实主义叙事方式，触及到了生活的纹理和质感，升腾起了小说的烟火气，成为小说最为搅动人心的地方。

此外，细节真实无误。很显然，对于这段历史未能完全感同身受的许冬林是做足了功课的，体现在政治、经济、社会、生活、风俗等方方面面。不同年代政治话语的精准注入，乡镇企业、民营企业兴衰曲线的精准把握，社会环境开放程度的精准定位，人们价值取向、观念裂变的精准捕捉，生活面貌悄然变迁的精准拿捏，日常用品、价格换算的精准更迭，等等，这些暗含时代特征的年份对应，毫厘不爽，不亚于非虚构作品，甚至纪实作品。当然，仅有这些是远远不够的。遵循历史发展轨迹描摹社会生活，是这类题材小说之必需，无可争议；但增强这类小说的可读性，避免过多宣传说教与概念化演绎，同样重要。

综上，《大江大海》虽然具有现实主义作品的基本特点和诸多优点，但是，小说不由自主地跟着生活的变化在走，过于客观、审慎、不偏不倚的原生态描写，使得小说以艺术逻辑统领生活逻辑的原则，没有得到很好的贯彻。作为一部反映伟大时代变迁的厚重题材，主旨升华上的不足显而易见，以至于文学性、艺术性很难达到应有的高度。笔者认为，现实主义作品在客观社会反映生活的同时，同样需要与真实生活拉开距离。这是因为：

从文体特征来说，小说是现实的反映，更是现实的升华。小说源于生活、忠于生活，而又高于生活，尤其是现实主义作品，需要对现实生活中发生的无数真实现象，进行归纳、总结、抽象，得出其中共性的和近似的成分，然后将其杂糅到作品中。这种虚构之法只是小说创作的第一步，《大江大海》无疑做到了这点，而且做得很好。但是，作为一种艺术形式，文学更需要与现实生活拉开距离，这是文学之所以为文学的本质特征所决定的。没有在现实基础之上的高度抽象和升华，小说的创造性就会动能不足，进而文学性和艺术性就会大打折扣，很难产生与众不同的陌生化的独特文本，与纪实性作品无异。

从社会价值来说，小说要体现时代风貌，更要体现“时代之心”。小说不光要描摹一个时代的风貌，更要通过故事讲述把作者对时代的看法隐含其中。这种“看法”要有改造社会生活的价值，不是简单的现实表面和私人常识经验。不与现实拉开距离，就不能以俯视的眼光洞穿生活那层隔膜，深刻揭露社会的本质，达到一种更为真实的真实，即所谓艺术的真实。《大江大海》尽管没有概念化、标签化地高调宣扬主流价值观，尽管极力克服脸谱化塑造人物，也无给典型人物拔高之嫌，但是缺乏有深度的心理描写，尤其是对立面人物形象的坍塌，使得主要人物遇到的人为障碍过于轻松，小说精神链的打造还不够完美，在深刻揭露社会本质方面有其不足，特别是批判意识的缺失，实为一大遗憾。作为一个有责任感的作家，应该有更高的站位，更大的胸襟和气度，超越世俗生活和社会现实，创造出更具现实意义的文本。

那么，在创作中如何处理类似《大江大海》这样的现实厚重题材的现实主义作品呢？很显然，小说不能仅仅依靠“原味的生活”，过于真切、拥挤的世俗空间，易致读者的神思固化，难见烟火气息之上艺术超拔。要完成文学审美的再创造，以文学的艺术逻辑统领现实的生活逻辑，即所谓“贴地飞翔”无疑是最佳选择。

所谓“贴地”，就是贴着生活写。作家要近距离地穿行于生活的琐细之中，并将个人从生活中获得的体验和经验，以文学的语言、文学的形象赋予笔下的人物，时代的基本样貌、特定人物的基本状况由此清晰地展现出来。很难想象，一个没有深入体验过笔下人物生活的创作者，能游刃有余地把握好现实题材的作品。

所谓“飞翔”，就是跳出生活写。需要作家有高度的文学眼光、哲学眼光、历史眼光，在思想层面和意识深层充分展示主观能动性，创造一个比现实生活还要真实的“第二生活”。在这样的一个虚拟的生活中，有犀利的批判铺垫反思，有高拔的精神引领未来。

极致的美好总在对错之间

——评张诗群短篇小说《最后的麦田》

《最后的麦田》是作家张诗群的一部短篇小说。小说用清澈、准确的语言，讲述了大学生村官江小蓝挂职村委会，解决了一户拆迁难题的故事，同时带出了孤老太李碧云对爱情忠贞守一、不离不弃的人生经历。小说饱含思想哲理、艺术品位、情感成色，是一名初试小说创作者的不凡出手。

孤老太李碧云拒不搬迁，湿地公园建设无法推进。在仁渡村村主任孙大明的眼里，江小蓝是不能“打硬仗”的柔弱女孩。与之形成鲜明对照的是，旁边仁河村的大学生村官黄萍萍，势如破竹拿下了最难缠的钉子户。江小蓝住进李碧云家，是粗俗、急躁的村主任堪称阴险的一招。如果不以大学生村官个人考核不合格为由，李老太的家中绝不会放进一个来客。吊诡的是，不被村委会信任的江小蓝，却得到了孤老太的充分信任。信任是开启心门的钥匙。不过，古井不波，一开始江小蓝再怎样殷勤，李碧云也总是不冷不热。当然，人心都是肉长的，何况深情者。所以，转机就在一瞬间。江小蓝的真诚和细致，一张封闭六十多年的心门，被缓缓打开了。于是，江小蓝知道了，李碧云不肯搬的原因是那块麦田。

疑窦由此而生。故事的跳转水到渠成。一个“油盐不进”的老太太，之所以不再坚守内心的秘密，放下维系一生的执念，全在于江小蓝的以心换心，不是亲人胜似亲人的照应。真心，这金子般的真心，让江小蓝靠近了生病的老太太，进而帮老太太“晒霉”，而晒霉使得江小蓝进一步迫近了秘密。串着三颗弹壳的银链子的“失而复得”，可能还有在南京办美术班男友赵逸舟对江小蓝的责备，让李碧云终于不再矜持，打开了话匣子。原来，那块金黄的麦地，见证了她和初恋情人韩建勋之间，最初的海誓山盟与最后的道别承诺。两个月后，他托人给她带回了一件纪念品：三个弹壳串在上面的怀表链子。然而，一个甲子过去，她还在等他，他却没有兑现承诺。她试图用那片麦田，锁定刻骨铭心的幽会和离别场景，没有丝毫的敷衍和松懈。

这段无法遗忘的记忆，就是李碧云老太太的爱之初心。为了一个动人的承诺，一辈子孤独终老，江小蓝对此充满了怜悯。不过，老太太试图在改变，就在风烛残年，缘由仅仅是为了不难为好姑娘江小蓝，更不能让她在村里的考核不合格。为此，她摸黑去了趟麦田，与“男友”韩建勋商议此事，不料跌倒在土沟里，导致左胯骨粉碎性骨折。事实上，韩建勋抗美援朝参战，一去不复返，肯定是牺牲了，老太太怎能不知，只是到了一病不起的时候，她才真正有了悔意。可是，这悔意并不决绝。老太太在拆迁协议上签了字，江小蓝也工作期满。她对来告别的江小蓝说，“要是我不在了，你要是能来一趟，把那个链子给我戴上……”这时，麦田变成了链子，一往情深的涛声依旧。

读完小说，我想到了大仲马的《基督山伯爵》，同样是关于“等待”和“希望”的故事。那个被冤屈的基督山伯爵默默等待了二十多年，最后才伸张了正义，大功告成。反观李碧云的等待，连驿寄梅花、鱼传尺素都没有，就是一个无底洞，不会有希望的回声。没有希望的等待，就真的毫无意义吗？这是《最后的麦田》留给我们的思索。当然，这样的思索必须首先回到以爱情为缘由的基座上。

爱情，人类最本真最原始的感情，是亘古不变的生命旋律，男女心灵最美好的碰接，最蚀骨的纠缠。爱情的甜蜜，并不意味着生活的无忧，生离死别常常戕残着爱情，就像配在身上的绶带，既有可能是锦缎，也有可能是荆条。如果生活中有不幸的事故，毫无疑问，受伤最深的一定是用情最深的那个人。孤老太李碧云六十多年的执迷不悟，早将自己的痛苦和快乐，矛盾地交融在等待韩建勋回来这个问题上。一般认为，执念，如在正确的方向上，就是被人们推崇的执着力量；如在错误的轨道上，越坚持己见就越南辕北辙，其后果不言而喻。但是，永不改变是真正爱情的内核。即使爱情中出现了罕见的一面，也不应该寄放其于庸常的世俗里，作出合乎大众的评判。基于此，张诗群在用一种当代文学久已生疏的理想主义情怀，确证着爱情的永恒存在，唯有这些最可宝贵的精神，构筑了生命中最初的信守和最后的依凭。在逃离、出轨、背叛如同家常便饭的年代，《最后的麦田》中孤老太的爱情坚守，是我们这个时代所稀缺的。因此，小说凝结着对当下世态人情、社会风气，乃至个人灵魂的深度追问与无情嘲讽。清丽婉转的文字之外，更有独立于世的寂寥与旷然，不啻一股清流，让人如饮醇醪如沐春风。

无论时代如何改变，不变的是人们对美好事物的追求、对真善美的向往。只是，凡事都有限度，正如真理往前一步，也就变成了谬误。细究会发现，一个永久而孤独地生活在逝去时光中的人，深渊般的痛苦，肯定远远大于臆想中的快乐。在李碧云深度自我精神空间里，虽也有一股清冽的人格芬芳，但老人的坚守更像是对自我天性的摧残。这看似是个死结，其实并非不可解。极致的爱之执念，的确值得仰视尊重，但不可以成为爱情的常态，毕竟，极致的美好总在对错之间。“短篇小说不是现实生活本身，而是越出现实常规的产物，是这个正常世界的一次意外事故。如果说，小说在这个世界上还有一点用处的话，用处就在这里——小说用具体的‘个人’试图去刺穿那个庞大而坚固的观念堡垒，从而可以将活力和可能性归还给生活，将自由归还给人类。”这是作家艾伟说的，拿此话解释我对这篇小说主旨的解读，再恰当不过了。文学的功能，主要在于领悟人生真谛，陶冶精神情操；文学的主张，从来不乏理想色彩。

小说是结构的艺术。《最后的麦田》故事简单，却妙用了回环嵌套的叙事结构。在讲述江小蓝故事同时，让我们走进了李碧云的故事。双层叙事层恰到好处地切换、穿插，两者达到了高度统一和默契，增加了小说的厚重感和叙事层次感。细心的读者可能已经感到，细腻、执着的江小蓝身上，有孤老太李碧云的影子，只不过一为事业，一为爱情。这种类比、隐喻手法的运用，体现了一种美好，在隔代人之间的传承，是作家竭力宣扬的一种处事精神。

《最后的麦田》叙述婉转多姿，却又波澜不惊，文字背后的悲喜足以感染读者，震撼其心灵深处。文本达到令人感慨唏嘘、灵魂洗礼、精神升华的程度，写作技法功不可没。在情境上，尽量集中笔墨攻其一点，使人物、场景、情节诸要素相谐调。面对与众不同的江小蓝，村长的言行，男友的举动，孤老太的自责，都会让人产生现实的联想，以此丰富小说的题外之旨。在语言上，简洁、精准带来的效果是真实生动。有时寥寥几句，一个完整的意象生成，人物和事件的意蕴随之翻飞；有时一个微小的动作如耀空闪电，刹那间灼亮人眼。在人设上，次要人物的存在，都是为了衬托主要人物。所有人拥有自己的声音，自己的秉性，自己的观点，于是，孤老太的冷酷又仁慈，江小蓝的柔弱又坚强，孙大明的颟顸又进取，黄萍萍的泼辣又冒失，奇妙地黏合在一起，达成了对立统一。

读张诗群的文字，能够感受到萦绕其间的温情暖意，坦诚相见的文字照面，像清泉流润心间，即便人物命运坎坷，也不会太凄戚，反倒滋生出拥抱这大爱人间的力量。

在我看来，《最后的麦田》具备中篇小说写作诸多要素，理应有更多承载与延展。当然，不要苛求一名小说创作新手，张诗群能织出这天鹅绒般柔软的感人故事，值得点赞。

为洪流浩荡的时代放歌

——读洪放长篇小说《追风》

一

长篇小说《追风》，是洪放先生倾情打造的一部现实主义力作。我读后的第一感是，直面现实的作家，推出这样一部“难写”的作品，绝不是一时冲动。从小县城到省会城市，时代发展惊心动魄的一幕幕，洪放一定感受到了，惊叹发自内心，感佩情不自禁。正如古人所说，情动于衷，不得不发。

现实题材书写的繁荣兴盛，已成为近年文学创作中的独特现象，强势复兴的现实主义文学精神，成为文坛的一道耀眼风景。没有经过时间的淘洗和沉淀，这类作品大多容易主题先行，被写成图解政治的应景之作，宣传功能大于艺术功能。在我看来：《追风》选择市域一地发展的现实风景，通过缜密的结构，深度勾勒先锋人物砥砺奋发的开拓经历，可谓全程坐实、全程高潮迭起。掌控大局者的审时度势，知识分子的道义担当，用入木三分的文字予以镌刻，磅礴有力，能让读者在体验世道人心中，感受时代洪流的奔腾浩荡。特别是辩证演绎发展理念，书写科技兴市背后的艰难险阻，让人们看到守责一方的从政者的初心使命，体现出浓郁的时代风貌。小说没有因主题厚重而大而化之、空洞说教。主人公杜光辉对真理的探寻，不折不挠，他对待高尚事业与家庭情感的态度，彼此穿插、水乳交融，恳切真挚，甜腻适度。在大树参天的宏大叙事中，小角度嵌入几株摇曳的花草，使得在波谲云诡的发展竞争中，滴水映日的时代先锋形象，愈加可感可爱可信。新时代波澜壮阔的社会生活盛景，精彩展现，从宣传品到艺术品的坡坎，成功跨越。由此可见，《追风》的现实价值在于，在科技实践领域，时代特有的精神内涵被阐释，强烈进取的时代特质被艺术化地彰显。

《追风》是洪放热忱拥抱生活、精准把脉时代的重要文学成果，体现了一名优秀小说家的责任担当。事实上，他的这种精神与小说所要诠释的时代精神，达成了某种同构。试想，这些时代弄潮手的壮举，若不衍变成艺术形象奉献给读者，时代曾经拥有的真实现场，很可能就随着时过境迁，化作烟云了。更为可贵的是，注重作品的文学性和艺术性，圆融大气的《追风》，与作家早年类型化的官场写实小说，已不可同日而语，也与同类题材的非虚构作品，在纯粹的艺术层面拉开了距离。

二

长篇小说重在结构，难也在结构。如何结构这部正能量的作品，杜绝浅表型、模式化、掠影式表达，洪放显然有自己的考量。在他看来，即使是线性叙事结构，也不能单线掘进、平铺直叙，而双线缠绕与环环相扣的小“线圈”链接而成的“仿直线”，要远远优于单调的直线。

《追风》所设计杜光辉的事业和情感两条线，被“双生花”式地扭结在一起，虽有倚重事业、辅以情感的权重差别，但它们的源头几乎是并流的。初来乍到的杜光辉，因有南州大学四年的经历，所以生出故地重游之感。而作为小说极具艺术的切入点，让杜光辉一下子回到从前的，是南州的方言，而南州的小吃，又来了个锦上添花。杜光辉喝着鸡汤，脑子里突然闪出初恋情人田忆的画面，味蕾激活记忆是太正常不过的事情。宝贝女儿可心走进内心，也是看到一个像极了可心的小女孩，飞速滑着滑板的身影。这是触景生情，更是牵挂过度产生的幻觉复现。由女儿顺带出爱人茹亚，就像由蛋想到了鸡，顺理成篇。这种导出关系也说明，女儿是他精神世界的最大支点，妻子茹亚远远莫及。久远的田忆很容易被忆及，似乎也印证了这一点。这样写，目的是给杜光辉的情感软肋早早地刻下标记，更为后来他与孟春的恋情做足了名正言顺的铺垫。文武之道，一张一弛。两条线在一刚一柔潮汐般势能的涌动下，最终将诸多枝蔓收于坚挺的一束。

所谓如环的小“线圈”，形象化表达而已，实为主干上插入的一个个小片段，就像藤上结的瓜，虽小却有独立的形态。上述对田忆的回忆，对家人的联想，包括来南州前与省委常委、市委书记唐铭的交流，对在科大读书时南州的回忆，以及来南州挂职的原因等，这些不断插入的独立场面或情节，都是由杜光辉见景而生、缘情而起，却又各自闭环、排列推进，借此构成了这部小说最基本的布局模式。显然，所有独立的场面或情节都不是孤立的，都有其用意，尽管有时潜伏、暗流了很久，但有累积的“因”在前，波及很远的“果”，就不会令人突兀，反倒更显时间的价值意义。比如，杜光辉还未到南州，就从同行的新华社记者陆颖那儿，得到南州东区一家汽配企业发生了锅炉爆炸的事故。这绝不是有意挑动读者的神经，其实，它牵动着全书的布局，也是为后来宗一林的出事，早早地抛出一条伏线，生动诠释了在时代发展潮流中，邪不压正、正定压邪的道理。还有垒沙雕的大男孩，几次出现在杜光辉的视线中，看似闲笔，其实，它不仅把志同道合的几位科技工作者缩结在一起，也为杜光辉和孟春为首的两个家庭融为一家，提供了更多的细节和情感，还体现了宝贵的科技理想，在下一代身上的接力弘扬。

为了实现价值理想，杜光辉以一名小有成就的科研所所长身份，接受领导地方发展的重任，无论如何都是一项不可能立竿见影的挑战。跳开上述布局设计，我们发现小说开启的情节“远征模式”，恰恰是文本深层价值所在。就像唐僧不远万里取经西天，历经九九八十一难，最终求得了真经，修成了正果。所以，小说让杜光辉恒立于舞台的中心，所有的大事小情都由他来贯穿。他得到唐铭书记的邀请和重用，经常被施以援手，为了感恩这样的馈赠，当然还有为了实现自己的理想抱负，他立下雄心壮志，要甩开膀子、大干一番事业。这种动力体现在工作中，就是他敢于直面矛盾，妥善解决了非常棘手的“东方电子”“南州洗衣机厂”等难题。可能刚开始没有被人事纠葛捆住手脚，再难缠的事情，他都无所畏惧。但是，随着他成为别人的竞争对手，各种掣肘、刁难骤然多起来，甚至引来纪委的介入调查。他一度心灰意冷，竟有过打道回府的念头。关键时刻，组织的信任，群众的拥护，亲情的力量，唐铭的稳健调度，让杜光辉拨云见日，以一市之长的身份，大显身手于科技兴市战略，义无反顾地追逐罡风正劲的时代潮流。艰难曲折的经过，如愿以偿的结果，小说打造了现实作品“远征模式”全新范本。

高明的作家只负责拉开帷幕，不当操控手，不会将自己的思想意识，固执地浸入到叙事之中，只是让人物在自己的天地尽情表演、恣意成长。从科研型人才到科技型副市长，果断转型的那刻起，杜光辉满心思追逐的，无非是紧迫的地方发展大业。当然，温馨的家庭情感，对于他同样不可或缺。小说将感性的弥漫，萦绕在抽丝剥茧的理性之侧。这样的逻辑起点，就是力求理性与感性的平衡。事实证明，理性的自觉与感性的生发轮番起作用，更有利于读者，看到一个立体、真实的杜光辉。小说没有将官场过度复杂化，更没有故意营造一种深奥的氛围，以期达到装腔作势的深刻。在与保守势力较量时，没有过多的辩驳诘问，更多的是风卷残云，大势所趋。很多时候，是立场的坚定胜过精神的复杂，良知的觉醒超越了个人的偏狭。

《追风》是一部经得起推敲的作品，还得益于洪放的工作经历和悟性。小说对市级党政机关，对应时代的气氛描绘、特征捕捉，典型而准确，人物之间的对话和身体语言，有恰当的分寸感，一些禁忌与规矩也了然于心。譬如，聚宴都是私人掏腰包、自带酒，没有违反中央八项规定。类似于此的，没有彻底了解写不出，即使写出来，也会漏洞百出，凭空闹出笑话。小说所用语言单位和语体色彩，都比较适中，尽量回避一些“大词”，但也没有脱离官场的特有语境。

就《追风》的结构布局，还想再说一点。那就是故事情节的起承转合，过渡场面乃至段落之间的衔接连缀，人物情绪的起伏摇摆、翕张流动，都高度自然，也非常巧妙。就像优秀的主持人，串联一台演出的串场词，几乎找不到生涩、强扭和断裂的地方。作家的考究在此，功力也在此。如果细究秘诀的话，那就是聚焦主流，只取“典型环境”和“典型人物”，避免领域细分产生一地鸡毛式的琐碎，但也不遮蔽现实的多元和复杂。因为现实中的官场，辐射社会万象，小说无法囊括其全部。如果不只是攻其几点，不及其余，那么以《追风》十倍的篇幅，也不一定能容下这里的错综复杂。事实上，也没必要将事无巨细的政府工作，作万花筒般的拼凑。毕竟，小说只是现实的提炼，其思想艺术水准很大程度上取决于这样的提炼。

三

典型环境中典型人物的塑造，是现实主义小说的首要任务，怎么强调都不过分。在人物塑造上，《追风》似乎毫不费力，就获得了相当大的成功。我想，除了功夫在诗外这一主因，如此长篇没有密集地引入角色，只设杜光辉一个重量级人物，且次要人物也只在十人左右，可能是秘诀之一。人物的简化，相对作者和读者来说，都有便利。但决定人物形象成功与否，却在于人物刻画的深度。这好比打井，不在于数量多少，最终需要的是若干不同口径的井都能出水，井井都有风景。当然，下同样的气力，井少比井多更容易挖出水。

小说紧随观照区间而调整人物的精神向度。杜光辉这个中心人物，如果没有工作上的巨大变动，算是一名业有所专的学者，他的形象大概率不会有变化，更不会骤然裂变生长，一步步趋于高大丰满。小说把他推向时代的风口浪尖，委以重任，就是要他充当破局突围、革故鼎新、振聋发聩的英雄。他的角色定位、面临的处境，决定了他必须如此。这样的人物怎么塑？洪放深知，小说不能只把读者引向形而上的精神高度，蕴于平凡之中的伟岸，才是真的伟岸。塑造这样的人物一味高举高打，不见得有好的效果。但也要规避人物叙事过于简明，而让人物形象趋于扁平。所以，小说将他的事业和家庭互为因果地缠绕在一起，就是为了使其形象，尽可能展示出多维立体、矛盾复杂的面貌。透过世俗的生活与人的七情六欲，编织家庭、情感这条叙事线索，把官场之外的相关人物与细节聚拢起来，就可以看到一个更显有情有趣的杜光辉。从来就不存在什么孤胆英雄。小说的一切选择都是在为人物服务。杜光辉始终在解决一种困境或矛盾，表面上看是一个人在战斗，实则对他背后的支持者也很关键。唐铭书记的鼎力支持不在话下，来自亲情和爱情的力量，也左右着杜光辉事业的成败。茹亚和孟春的鲜明对照描写，说明最残忍的背离中也有唇齿相依，最美好的忘情里也有霜侵雨袭。这种西方不亮东方亮的格局，支撑杜光辉度过了事业的艰难期。

杜光辉跳出熟悉的舒适区，说到底是一种信仰的召唤。做足了思想准备的他，扑下身子，不辱使命。一开始，他事不避难，事必躬亲，长驱直入，处理问题很有亲和力，以官场老手不屑的方法打开了工作局面。但在担大事、处烦嚣、抗打击上存在短板。这完全符合其经历和个性，如果不这样，反倒不正常。小说深切体察并直面人物的心理纠结与波动，对守旧与创新明里暗里的较量，都有准确刻画。挫折使人成长。杜光辉很快就能从被人暗中诬陷的阴影下走出来，本身就是他不断进步、玉汝于成的一个注脚。他按照自己的节奏在奔跑，从不搞个人风头主义。当他切中肯綮地蓄足了能量，在置之死地而后生的那一刻，就像湍流冲出峡谷，如此酣畅淋漓。这不得不让人感叹，大江大海，大风大浪，已锤炼了他宏阔的胸怀与气度。小说通过杜光辉的成长巨变，诠释了人不为己的背后，超越性的时代意涵。

《追风》题材严肃，事件集中，人物以正面形象为主。小说始终在人这个核心元素上下功夫，发出每个人自己的声音，展示出自己与众不同的个性，力求让读者眼睁睁地看着他们“立”起来。唐铭作为一名副省级领导干部，他大局观强，与时俱进，高瞻远瞩，思路开阔，加之从政经验丰富，能审时度势，知人善任，关心下级，是南州超常规发展的最可靠的掌舵人。可以说，没有他的英明果断，就没有杜光辉的御风而行。宗一林久经官场，却也能吃苦耐劳，且做过贡献。但他心胸狭窄，目光如豆，忽而妄自菲薄，忽而狂妄自大，心中装满个人私利，眼中尽是世俗之见。事实上，善于伪装的他，心里有受贿的暗鬼，最终东窗事发，咎由自取。市长刘振兴，可以说是保守势力的代表。他资格老，自感仕途按下了暂停键，开始变得圆滑世故，故步自封，满足于守摊守成，节奏总是慢一拍，擅“打太极拳”，甚至虚与委蛇。类似于他这样的官场人物，还有能写大材料的简主任等人，他们不求有功，只求无过，盼的念的是能在仕途上更进一步，这也是他们还没有撂挑子的主因。但是，人性深处的复杂，敌不过大势所趋的时代风云，这些人难逃被淘汰的命运。当然，他们都是时代演进中的重要参与人物，除了以身试法者外，没有绝对的好坏，也没有绝对的善恶，更多的是视野、格局、担当精神的高低差异。杜光辉的形象塑造，需要这些人物作为衬托。

毫不逊色的几位女性角色塑造，给文本注入了暖色调，平添了几分瑰丽色彩。拥有博士头衔的孟春，理想与激情不仅体现在事业上，也在爱情上有同等的释放；敢作敢为的茹亚，是反传统的女性，她的一意孤行，让自身价值追求走进了死胡同。陆颖精明睿智，明察秋毫，嫉恶如仇，快人快语，具有优秀记者诸多宝贵品质。就是年轻一辈的杜可心，也有生动刻画，读者从她身上体会出父亲杜光辉更多的复杂心境。这些女性都与杜光辉关系密切。

可以纳入杜光辉团队的还有李敬、蒋峰等人，他们是科技兴市的中坚力量，身上的每条神经，都跳跃着科技创新的色彩。《追风》将这些人置于中国文学的传统血脉与精神气场之中，所有的不期而遇，都启程于岁月深处的跋涉，印证着大同理想的初心。正是因为时代大潮中有他们参与的齐奏，南州城主战场最美妙的和弦才被奏出。人有千面，物有万象。抓住特点，白描到位。很多时候，一个有效的细节，就使得人物冲着对应的个性而去。每个人物在不同阶段至少出现两次，哪怕再小白的边缘人物，也都刻画得生动到位，不刻板，更不概念化。

典型人物是时代的灯塔和丰碑，每个时代都不会缺席。其重要性在于，能够代表时代发展凝聚起的精神内涵与主流价值，具有激励人心的现实力量。他们中的一些人物，具有广泛而恒久的影响力，成为时代的偶像和象征，在一定程度上影响着人们的价值取向与人生态度。因此，典型人物的形象塑造所追求的艺术水准，往往代表这个时代的主流文学高度。《追风》这种不遗余力的正面强攻，正是因为作者深刻认识到了这一点。

四

有效融入中国式现代化伟大进程，反映社会现实，引导社会思潮，最见现实主义作品的功能承担。《追风》堪称以高视野大格局重塑现实主义创作、艺术地见证时代的文学范本。小说向真实的主流空间敞开，聚焦城市发展现代化转型，用与时俱进的时代语汇，解密时代变革、地域发展的信息密码，以科学火种点亮理想之光、信仰之灯。小说并未沉浸一种道德成见，而是以家国同构的新时代故事新讲法，水乳交融的精神脉动与感情脉流，为时代赋值，为生活赋彩，一抹精神亮色在几经挣扎后，最终鲜艳夺目。小说显示出一种对生命价值的深度思考，是时代精神的深邃表达。

洪放以其敏锐的洞察力，挥洒自如的叙事功力，兼用虚构作品少有的社会调查和采访，完成了一次非常有意义的小说探险与美学突围。如果确要找出相对的不足，那就是设定的矛盾冲突，更多地被隐藏在四两拨千斤的暗流之下，缺少短兵相接的现场感，对于人物形象的塑造乃至艺术升华略有削弱，不能产生直击人心的效果。这既是技术选择问题，也是细化提炼不足之故。这点瑕疵并不影响穿透表象、直抵本质的《追风》，在文学表现力上的应有价值。

长久以来，我们的很多作家与关心大事相比，更愿意关注自己的内心。泛滥的私人经验写作，使得小说叙事日益小事化、琐碎化、虚泛化，更有甚者，为了迎合消费文化的喧嚣，有意将身体和欲望的故事，堂而皇之地推到大众面前。那些真实上演的坚韧的、强悍的、美丽的生命，集奉献者、斗争者、开拓者于一身的劳动者，却遭到无视。文学不应该从最重要的精神领域退场，新时代召唤着新的文学创作。我们的作家有责任面向时代变革的精神扬厉，自觉讲好中国故事，书写恢弘气象，为洪流浩荡的时代尽情放歌。

写到这里，我竟然突发奇想：小说题名《追风》，不仅旨在着力打造一座城市的精神符号，温暖一代人的记忆，似乎还有一种不是隐喻的隐喻。那就是，文学工作者也应拿出迅捷潇洒之姿，追逐时代的猎猎之风，留住岁月光影中那些信仰的光芒、人心的暖意。如果为文的你有此意，我会以一个评论者的眼光相告，从《追风》中可以得到你想要的现实作品写作启发。揆其要者，大致有以下“三度”。

锐度。现实主义创作的前沿精神，决定了作品应该具备锐度。新时代画卷徐徐展开，气象开阔，境界雄浑，但也呈现出更为复杂的社会、自然、历史、人文语境。我们的作家要投身其中，就要以锐利的眼光透过纷繁的现象，捕捉创作题材和主题，在艺术加工的披坚执锐中，击中时代的靶心，书写反映社会现实、彰显社会良知的作品。具体说，就是切口要小，目标要准，在时代的要害处发力，同时发挥对生活的聚集、虚构、想象效应，提炼升华作品。当然，叙事的锐度隐秘着作家激情之外的理性与见识，高扬着时代主流存在和意志，还有利于我们打开一个崭新的、有深度阐释价值的视域。

温度。好小说应以超越体表的温度与时代相遇。现代文明社会，让身处其中的人面临的难题，不比历史上任何时期少。作家要将自己的生命体验注入作品中，将刚劲有力的精神内核传递给读者，支撑、鼓舞更多人有前行的力量。人禀七情，情感的表达，是最打动人心的地方。从小事中见人情，在常识中寻真谛，需要打破单纯的冷冰冰的零度叙述，让人感到作家诚挚的心灵在燃烧，而作品是在给时代提供希望、给生活提供真真切切的温暖。这是为“人间送小温”的汪曾祺长盛不衰的秘籍所在。需要注意的是，温度不等于煽情，过犹不及的包装、渲染，反而会使作品失去温度。

尺度。这里所说的尺度与情色无关，主要是指作品的火候把握。虽说小说源于生活、高于生活，但要拿捏真实与虚构的尺度。只有臆想的比例被调试在恰当范围内，不至于影响作品的真实性、合理性和逻辑性，才会坚定读者的阅读感受，使开卷的读者更加入戏。强大的叙事掌控力，清晰的方向感，是校正作品尺度的前提。但是，作品更需要透过原初世界的皮相，生成一个艺术处理过的全新世界。这个世界是剔除原石多余部分露出的雕像，轻浮与厚重、匀兑与畸形，所有细枝末节均需锱铢必较，有时事情虽小，却毫厘攸关。在微妙地带游走穿梭，勘察细腻的皱褶和纹理，更见闪烁的人性光亮。语言尺度与内容相匹配，不在话下。

在“现代”和“传统”中各取一径

——马洪鸣长篇小说《铁活》印象

于我而言，马洪鸣是陌生的，尽管我俩生活的城市仅仅隔着五十公里的距离。她的作品我只涉猎了长篇小说《铁活》，一个从老工业基地衍生出来的情感故事。窃以为，这部小说具有模糊而笃实、通俗而高贵的艺术品质。想必，她是一位实力不可小觑的女作家。

一

《铁活》由六个章节连缀而成。每章之间，彼此相属，而又相对独立，完全可视为六部系列中篇小说。首章写的是当下，尾章复归当下，确切地说都是2018年，就在这年的夏天和秋天，小说分别完成了故事的设疑和解疑。中间四章兜了一个很大的圈子，从主人公路志平九岁时的初心萌动，到父子观念、眼界差别乃至代沟的形成，从路志平成家立业养成了生存惯性，到老工业基地国有企业巨变跌落，以致人们生活转型的疼痛呈现，半个世纪个人命运与环境的纠缠，情感的释放与羁绊，就这么一路扭结而来。

小说的大背景，从来都是当事人无法逃离的时代。即所谓社会环境，它左右着故事情节发展的基本走向，也是小说人物个性形成的熔炉。在《铁活》中，尽管有让路向东牵肠挂肚的大儿子路志远，有令路志平魂牵梦萦的情人乐熙、儿子波波等人的远走高飞，但路向东、路志平父子始终与这座新兴的钢铁工业城市不离不弃、唇齿相依，他们没有炼成钢铁般的秉性，却在情感发展的道路上钢铁般坚贞不屈。随着市场竞争背后的资本扩张，资本对底层社会空间的挤压，企业改制后工人身份的转变，很多人在经历了一段不适后，也都在试图与生活达成和解。路志平浸润成长于这样的大环境中，注定他与父亲路向东之间，既有理解也有不理解，既能共情又差异甚巨。在世俗人生的家族传递中，他们互相依靠、互为因果，而互为镜像的“心灵地图”，就是他们无法实现理想的悲剧宿命的暗示。

这是一部情节淡化、故事平常的作品，也是一部倾向于追求语言意绪色彩丰富而整一的作品。小说在西方现代主义和中国古典传统中各取一径，且让这种搭配并不违和，形成一个有机的系统，取得了水乳交融、效果倍增的价值。于“现代”取其结构，于“传统”立足语言。

二

一般来说，传统小说依靠序篇、铺垫、发展、高潮、结局等步骤，来推动情节发展，塑造人物形象，奠定角色成长。《铁活》没有沿袭这种模式。整部小说波澜不惊，主要人物几乎没有遇到大困大悲、大是大非，也没有生死攸关的艰难抉择，除了结尾，很少有牵引故事逆转的特异情节，有的只是“日常性渗透”，可以料到的阴差阳错。人物之间并不是没有矛盾冲突，而这种矛盾冲突往往只发生在人的心里，表面上看什么也没有发生。甚至，在这部长达30万字的长篇小说中，难觅真正的高潮，包括那些常有的激动人心场面，偶发的一些感触不等燃爆就会熄灭，像微波不兴的大湖投入了一枚石子，短暂掀起涟漪后，很快复归平静。

长达半个世纪的时间跨度，从路志平孩提时代，一直追踪到他过了天命之年。这样的全程扫描，小说几乎消解了情节和性格，即使有那么一点情节和性格的因素，但出发点不是生活的情节，而是情节的生活，不是人的性格，而是性格的人。尽管小说有意突出“童年经验”对于人生的重要作用，但没有角色的成长是不可能的。审视《铁活》中的人物成长，更多的是一种内心愿望的成长，或者说，是情感和精神在衍变中的成长。因此，小说采用心理结构的艺术方式，即以心理过程为小说的发展线索，着力于心理描写，剖呈人物的精神世界。事实证明，往人的内心深处走，在个人的心理体验上充分挖掘，同样可以揭开一个“现实世界”，或许更加真实的现实世界。进言之，作家把对社会现实的反映，聚集在人物心灵世界的塑造上，使一切外在的景观经由艺术之功，生长成人物的精神景观，可让读者从中读出作家内心巨大的悲悯、疼痛和光亮。

合上书本，我无法归纳《铁活》的主旨，它促使我有多向度的思索，而每一路径的思索都不甚分明，这在我以前的阅读中并不多见。恰恰说明，在主题的阐发上，这部小说同样具有现代性。很显然，这得益于结构。因在结构上，情节退居次要位置，打破惯常故事的线索切割，另辟情感和精神主线书写，以至于故事的核心意蕴，都在人物的精神世界里。加之，主要人物没有极端激烈的情绪，亦没有遁入虚空，不温不火地始终在心随境转、任意散发，倒也无逻辑、情理、常识方面的破绽，充分体现出现代主义小说不突出作家主观倾向的特征。还有，在小说的结尾，路志平的希望破灭，最危险的敌人就在身边，而荒诞处境中人性的不确定性，恰恰就是这个不确定性社会的缩影。不确定的社会，当然很难有确定的主题。不仅如此，小说通过淡化情节，致力于未经梳理的现实生存状态的纪实性描述，呈现出社会日常关系的全部微妙性、复杂性和难以理喻性，在某种程度上，也是一直在展现“主题”应有的不确定性。就像雪崩，没有一朵雪花是无辜的。

模糊而多义的小说主题，刺穿了我们固有的经验表层，指向时代的嬗变，指向人的命运搏击和精神情感的成长，所指越是趋向抽象，能指就越大于所指。可以说，正是玩转了现代主义的结构手法，小说在不动声色中，形塑了特定地域两代人最真实的精神情感。

三

如果说，《铁活》在结构上大胆采用了现代主义表现手法，取得了成功，那么，其语言则是在中国传统里汲取养分，完成了锦上添花。事实上，如今移植西方现代主义招式写中国小说已不新鲜，倒是用中国传统的民族艺术语言叙述小说，形成诗意的回归，对年轻作家来说，更像挑战。

中国古典文学有别具一格、令人叹服的审美范式，崇尚含蓄、淡雅、韵致、情趣等艺术风格，《铁活》呈现出落墨的情趣和韵味，境界的含蓄和朦胧，无不与此一脉相承。显然，这在很大程度上与小说最外在艺术形式的语言休戚相关。

“他在空中画了一个空洞的圆圈，包括了整套房子，房间里的实木家具，家具上的光泽。每次他都要这样画圈，画圈叠加在一起，变成一个令人兴高采烈的现实，挤走那些失望。”这句话表现路志平的心理活动，靠的是抓住某一种特殊动作并将其最充分地展示。这说明，有时一个新颖别致的动作细节，会瞬间攫取住读者的心，连同当事人长久地留在记忆里。因为，独特的细节往往是特定人物心灵世界中的一个再生形象，它注入了主观因素，才发生了脱离常态的变形变异。

“嫁出家门的前几日，初丽萍在堂屋里注视着枇杷树。果实已尽，树叶更加苍绿，那绿油油的叶子，每一枚都像是有想法。”内心充实而犹疑，通过拟人手法，完成环境与内心相互阐释，旨在表达谁也不想离开谁。当语言的精密准确与事实和想象相呼应的时候，正如钟表机械齿轮天衣无缝地转动啮合。当然，揭示内心的秘密离不开外在的刺激、触动、诱发。很多时候，这种违背客观实际的描写，恰恰达到了心理感觉上的逼真。

“母亲转身回到厨房，她打开水龙头，双手接住水流，像是寻找一种缓冲的感觉。”用水的流泻、连绵、光亮、浮动，当做人物不同情绪的外射喻体和交融物，就产生了“实生虚”“静化动”的艺术效果。大跨度的比喻是想象层面上的重新创造，是有边际有约束有实证基础的想象，是贴地飞出的一只金凤凰。正是这种无意识层面上的镜像投影，将生命本能般的熟悉乃至潜意识中的生命同构体，纳为自身血肉的一部分。

“离开车厢留下来的念头正在变大、变强，冲撞着路志平的内心，拍打着他的肩膀、他的双腿。路志平挤向列车员，挤出车厢门，他的泪水安慰着他，并且念念不舍地留下几滴，留在车厢之内，代替他，奔向远方。”一连串的动作，写得传神准确，随着大量经验细节的蔓延铺垫，制造出特定的语境氛围，以弥散的方式指向隐秘的核心。如果把这些文字形成的意象，投射在一个广阔无垠的社会、人生、自然的背景上，就会使所描写的一切得到超越，在本体意义之外获得某种暗示、象征，从有限通向无限，短暂通向永恒。

“相比于热火朝天的生产现场，备件库是寂寥的。路向东记录、统计生产线上的备件，它们是铁质的，拥有强硬的外表，缺乏思想，却不容忽略，要理出次序。”把感觉的触角伸进读者相对陌生的领域，拟人化的手法，使感觉更加直观地超越自身未及或无法及的层面，上升为一个隐喻象征体，这时语言开始滑动、扩展，产生超出文字以外的意义值，使无法确定性解释的要素，获得更多的审美理解和感受。

从上述列举的句段来看，马洪鸣的小说语言传神写意，具有画随语出、言尽意不尽的特别味道，是中国古典文学细节描写的感觉化和意象化的当代创造。与莫言五彩缤纷的“感觉流”不同，她的感觉是朴素的，是普通人就有的那种生活质感；与王蒙眼花缭乱的“意识流”也不同，她更具有率性与克制相互交织的魅力。这是她在运用中国传统诗意表达的同时，努力追求让语言回到生活本身，像生活本身那样涵容一切的成果。正是这个语符系统，成就了《铁活》令人欲罢不能的文学魅力。

四

行文至此，我突然有了一个想法，马洪鸣为什么偏偏要取这“两径”呢？

有人认为，小说这种文体形式上的成熟，是与“现代”世界的日趋“定型”同步推进的，小说适宜参与“现代”世界的精神性构建。《铁活》中的钢城，作为曾经在一夜之间冒出来的重工业基地，经历了初创、发展、鼎盛、衰落、新生的过程。生活在其中，人们的情感和精神肯定经历了阵痛，他们的生存境况肯定有别于他处。在中国工业化、城市化进程中，物质与精神的对抗，极具时代特征。看似普通的底层人物，如果没有遇到环境改变，也许永远不会被人发现，并且关注到他们丰富的内心世界和高尚的人格尊严。人物与时代的关联和人物在时代中的变化，从来都是小说力求表达的重要方面。很显然，用传统小说手法结构这部长篇，不能达到马洪鸣想要的“人们的内心在生存中默默感知生命的状态”。

现代主义文学是资本主义垄断时代的产物。作品致力于探求人物的内心真实，侧重于探究那种混乱的多重复合的意义。《铁活》中路氏父子有着朴素的底层情绪，他们封闭且自我，甚至是一根筋地倔强，在文学意义上很有迷人之处。现代主义表现手法可以贴着他们的魂魄，准确而深切地关注他们，为其造像，把读者带到人物的内心状态，成功复活他们的集体经验和集体美学的记忆。正面迎向人性危机中那些不断下沉的、离散的灵魂，在历史或事实已被确定后，寻找作为人的敞开性意义，可以说，现代主义是为此赋形的最完美形式。这正好印证，艺术创作内容转化为形式，同时形式也转化为内容。

语言是思想的形式，是思维方式的文本化。诗性语言是中国文学的传统，使人读后往往顿生妙不可言的领悟，感受到甚至连定性分析都无法触及的内容。

马洪鸣熟悉钢城这座城市特有的气质、气息、气味，熟悉这里不同的人微妙情感在心湖投下的涟漪。既然《铁活》重在表现人物的内在真实，而人的内心是一个无垠广阔的领域，那么作家一定会深掘细绘层出不穷的极其丰富、多彩、新鲜、微妙的心理细节。每当世俗生活与情感欲望掰扯不清时，需要有一种非常规的语言方可抵达人的内心，这种语言需要每个词句，都充溢着生活万象与情绪起伏。融含着诗的抒情气氛的古典诗性语言，在生活化、常态化的基础上，更加文学化、表意化、心灵化，往往可以探秘蕴藏在人们灵魂深处的奥秘，可以在急雨飞云的时代，发出在人们心灵深处的震荡之声，成为时代的波涛扩散出来的波纹与浪花。

伍尔夫说，好作家得有雌雄同体的能力。《铁活》表明马洪鸣也有这种能力。她把关注的目光投向了钢城的两个男人，好像比他们本人还了解他们。她细腻，敏感，柔软，冷静，把比一般人多得多的对生活的同情同理之心，通过语言的丰富复杂，微妙有趣，无比贴心贴肺地表达出来。小说既关注局部和细部，也对抵达的时空范畴作整体上的把握，与瞬息万变的社会现实紧密咬合，并以鲜明的个体，深察了普遍的人的困境，是历史的、现实的，更是情感的、精神的。

《铁活》的天地虽然狭小，但是完整；虽不十全十美，但已足够惊艳。弥散在小说空间中的强烈地方色彩，独特，甚至狭隘。小说覆盖了我们的经验，却以轻松的方式抵达深不可测。是年深月久，赋予文本这份沉重，构成了城市气质、气场与文学故事的合理铺陈、融洽叙述。

善于向古今中外优秀的文学作品汲取营养，成就了《铁活》。不过，需要特别提醒的是：全书六个章节各自成篇，看上去更像是拼接起来的老式火车，完全靠几条铁链在维持拉拽；而为了追求整齐一的意绪化语言，也少了一些本应有的清澈和明亮。

一款深情的青春祭奠

——读张正福长篇小说《泊长安》

读张正福的长篇小说《泊长安》，我猛然联想到前辈作家程海先生的《热爱命运》。都是艺术感觉一流，表现力上乘的长篇作品，我想，两者间是否有某种关联呢？

20世纪90年代中后期，张正福求学西安，喜欢上了文学，心里埋下了创作种子。那时候，文学陕军征服全国，主将之一的程海，陕西财大的兼职教授，凭借长篇小说《热爱生命》，所向披靡。该小说属于爱情题材，重写灵魂，别开生面，被誉为具有超常艺术感觉的扛鼎之作。在文学初心萌发的地方，张正福读过《热爱命运》，是有可能的。《泊长安》最突出的优点，就是出类拔萃的艺术感觉。微妙的心理，微妙的情绪，源于一群风华正茂的大学生，他们的爱情意识、感情纠葛、青春悸动、内心成长，在作家的笔下，无不惟妙惟肖，鞭辟入里、细致入微。正是程海珠玉在前，才有了张正福的怀璧其后？当然，我的主观臆测如此。或许，《热爱命运》对《泊长安》的影响，是潜移默化的，作家本人未必自觉；或许，张正福压根就没有受到程海的影响，他们只是类型相同的作家而已。

决定《泊长安》艺术感觉之超凡脱俗的，还有更显豁之处：自传色彩浓郁。有人说，作家的首部长篇小说多有自传性质。张正福的这部长篇小说，也不例外，不管从哪个维度去判断，似乎均有创作者的影子。这个影子，时而与主人公高天龙合二为一，时而又跳立在高处，作万能的审视。抛开这些技法因素，最关键的是，张正福在写作时真诚面对，纯粹灵魂、调理情绪、放飞心情，写出了只有亲身体会、感同身受，才会有的刻骨铭心的记忆。可以说，小说凝聚了他全部的青春热血、生命体验和人世深情，蕴含着青春的巨大生命能量。

一般来说，艺术感觉的基础是感受和体验，动力源是情绪和情感，如再插以想象和幻想的翅膀，就可将知、情、理、意有机融合，形成超越一般感觉经验的心绪流布。这种综合复杂的精神活动，渗透着作家的审美体验、审美感情、审美个性。《泊长安》题材不新，故事不新，人物关系不新，尝试的“旋转门”式的结构，也不复杂，更没有编织引人入胜的情节，却在叙述和描写上，辟出了新径，处处充盈着新意,展示着功力。随便翻到哪一页，新的感觉、新的形象、新的意境，都在玲珑剔透地招手。这种只有文学才可以带来的美感，对读者心灵的穿透，精准而有力，以至于震撼是深层次的，影响是长久的。感谢作家的艺术素养，带给我们的福利。

张正福在《后记》中说，长篇小说他不敢轻易尝试，写《泊长安》酝酿了很久，腹稿也打了很长，他心目中有理想长篇小说的模样，正是怀了且畏且敬的心情，挥洒着激情，一口气完成了初稿，几经修改打磨，才付梓成书。我读出了这些话的弦外之音：这是一部攒足了强烈写作欲望的小说，也是一部精雕细刻之作，更是一部真心诚意之作。所有那些发自于内心，对青春爱情的顶礼膜拜，对青春奋斗的真心颂扬，是作家挥之不去的过往，一段华彩岁月的收获。它们充塞于心既久，化为一种不得不倾诉的潜意识，最终成为作家创作的原动力。情到深处人寂寞，情到深处人也疯狂。说白了，这不是一部想当然的作品，创作者高度认真，高度审慎，高度负责。

敏感重情，是作家的气质禀赋，这方面，张正福丝毫不逊色。心思尤为细腻深邃的他，就像一位读懂了女人心思的大师。小说对来自不同地域、不同家庭，且长相不同、性格各异的多名女大学生，在恋爱时的不同心理和情绪，尤其是在外因突变的情况下，她们各自不同的应对和处置，都有明确的、符合逻辑的、令人信服的描写，极细微，极隐秘，极精准，极到位。同时，才貌双全、浪漫不羁的张玉峰等男大学生形象，也极为生动鲜明。小说的时代背景，是风气蝶变、活力盎然的20世纪90

年代中后期。这期间的大学生，不同于80年代的天之骄子，也不同于新世纪后的大学扩招生。张正福聚焦的时空坐标，恰同步于自己的生命轨迹，小说因此没有貌合神离的不和谐感。当然，没有厚实的亲身经历，不可能有如此入木三分的刻画。这也表明，在生活和交往中，他不仅有推己及人的能力，更有“雌雄同体”的禀赋。可以说，他比女性还了解女性，比当事人还了解自己。张正福正是凭此独到功夫，拨动了读者的心弦，纯净了读者的心灵，震撼了读者的灵魂。此乃文学，特别是纯文学，贵为一种艺术，无可比拟的力量。

良好的艺术感觉，如果没有与之匹配的表现力，也是枉然。张正福深谙此道。他重视语言表达，炼字炼句，似乎已经达到了古人写诗填词苦苦推敲锤炼的程度。他喜用极短的分句，连缀成信息量丰饶的句子，具有撒豆成兵的仪式感；又特别擅长骈偶，将两两分句叠加，形成对仗或递进，弥补了短句的罅隙，增加了语言的密度，增强了句子的弹性、节奏和力度。有时，大段大段的叙述，流畅之极、绵密之极、细腻之极、完美之极，堪比有情节的汉赋或宋词。在唯美的同时，表现手法也别致。当爱情的火焰方起欲炽，总是从极细微处扇风，化模糊不清为活色生香，仿佛能听到他们狂乱的心跳；当生活的光芒突然暗淡，总是于最艰难处驱云，化雷霆万钧为丽日霞光，彰显青春磅礴的力量，给人烦襟尽涤之快。还有，对时代特征的捕捉，对时代氛围的描绘，具有典型性，非常准确，给人以恰到好处的分寸感。加之，无论是深探内心的隐秘，还是展示外部的环境，都无装腔作势的深刻，亦无故意营造的深奥，总是针脚绵密地竭力还原，把那些稍纵即逝的形象，慢慢捣入人心，轻轻带出感觉。

《泊长安》贴心贴肺的叙述，获得了成功，呈现出来的是，最深情的一款青春祭拜。但是，这是张正福的首部长篇，且他欲在小说艺术上葆有不懈探求，有必要在此多泼几盆冷水。首先，在立意上，与青春爱情并列的青春奋斗，是小说另一条主线，明显不够坚挺，除了李静宜不光彩的上位，包括高氏兄弟在内的部分，都草草收场，没有体现出昂扬的奋斗价值。其次，“旋转门”式的结构并不完美：好像怕读者“断片”，多了些许重复性的表述；一味拼盘讲故事，产生了一些不必要的生硬的解释性交代；全部以两个字为章节标题，有的不能挈领全章，有的深化主旨欠缺。此外，在体量最大的恋爱情节上，多是客观讲述过程，类似于结尾处的巧妙设计不多，使痴迷于情节者，减了一些欲罢不能的阅读兴致；与《热爱命运》相比，丝丝入扣的心理分析较少，心理描写尚有提升空间。

良好的艺术感觉，真实的情感浸入，唯美的语言表达，极大提升了《泊长安》的艺术审美品质。不过，优秀长篇小说，离不开博大，脱不了精深，每个维度都不应有短板。好在，有了这块垫脚石，张正福攀登他想要的高峰，已经容易了很多。

在合理取径上引水成渠

——读何世平小说集《去城市》

何世平在小说创作的路上，已经走过了30年。正所谓念念不忘，必有回响。近年来，他的小说接二连三发表，呈现全面收获的态势，当是对他长期坚守、孜孜以求的最好回报。文学，何曾亏待执着的人?

《去城市》收录中短篇小说18篇，都是作者近年发表在省市文学刊物上的成熟作品。小说内容较为广泛，但总体不离改革开放新时期以来，发生在农村与周边特别是城乡之间的凡人琐事，聚焦生活的变迁，勘探人心的迷乱。描写的底层小人物，大多在短时间内，从乡村社会生活的急剧变化中感受到人情冷暖，或是因乡村熟人社会跌进城市陌生人社会导致的巨大落差，在内心投下暗影，由那种不安迷茫、无所适从，到寻找出口、迎面挑战所经历的成败得失，全面而深刻地呈现转型期农村的种种现实。小说以小见大，背景清晰，以良善为根、以个性突出的底层小人物的在场感和参与性，见证了一个急管繁弦的变革时代。

何世平坚持写自己有生命体验的文字，尽管后来定居县城，但未真正离开乡村的他，让小说植根于丰厚的乡村生活土壤，不追风逐流，不花哨时尚。经过多年的锤炼，他的小说形成了自己鲜明的叙事风格：细致绵密，不疾不徐，逻辑缜密，有效信息都是在最恰当的地方，一点一点透露出来，有一种流水不争先、水到渠成的畅达。他没有宏大叙事的企图，总是从一个不经意的小切口开始，一点一点地打开、转场、推进、合围、收束，不砌辞藻，不纵声情，甚至没有所谓的“高潮”，每一个转折处都很自然，内在的逻辑性纹丝不乱、环环相扣，在做足了一切准备后，结尾处常有的情节突转，虽然出人意料，但亦在情理之中。还有小说中的人物、情节、场景都是不可分割的，如同互相带动的齿轮，紧密地加以互推互进，这样讲述的故事是从庞杂生活中抽离出来的一根链条，极具整体感、严密性，由内而外焕发出持久的生命力。如《在叔叔的屋檐下》围绕王小川找叔叔要工钱这个执着信念展开，通过倒叙、补叙完成叔叔、父亲、妻子对这件事的不同态度，强化了王小川执拗性格的生长、发展，小说最后的反转很有意味，深化了“代沟”可以弥合这个隐秘的主题。《龙虾》采用少见的第二人称叙事法，一气呵成地叙述了一个狂热的文学爱好者经历的梦想与爱情故事，被世俗包裹着的两个心心相印的青年人的纯真情感，有着超凡脱俗的特别价值，而以“龙虾”为题且在故事结尾和盘托出，有美好的东西原来就在身边的寓意，大大提升了小说的内涵。

何世平致力于讲好每个故事，寻常的却又有点意味的故事。他坚信，小说不同于其他文体，如果没有故事，读者基于作品的感受就无由出之，更遑论情感的共鸣、思想的会意了。故事是由情节组成，情节决定故事的品位。在情节设计上，他的小说从不走极端玩噱头，但也不平庸死板，而是不脱离底层生活的沉重，用一种与常人经验、理性不完全相同的视角，真实地再现有想法之人的生存境遇和情感困惑。如《一条游来游去的鱼》就是从半大孩子陈小涛的视角，写出了成人世界光怪陆离、匪夷所思的现象，极具批判性。很多时候，这些故事看上去眉目了然，但仔细想想，却又不那么简单，只有一层层打开，跟随那些散发出去的光芒，才能寻到人性之所以至此的根源。换句话说，故事背后的“为什么”完全需要读者自己去想象。这种想象不是凭空的，它的引爆点是生活包裹着的内核，而爆发力的大小，完全取决于读者的水平。读这样的小说，需要经验和阅历，尤其是对新时期的农民有足够了解，才能作出深刻的剖析。

值得称道的是，作家没有滥用自己的权力，没有口号式、标语式的乱贴标签，也没有让小人物讲大话，而是站在中立的立场上，叙述与时代真实生活相对应的情境，尤其是渗透在情节中的细节描写，更是将一切化为坚实牢固可以触摸的生活，展现出一种原生态的面目，只等待人的灵魂出窍。如《在叔叔的屋檐下》中，到底是叔叔在“杀熟”，还是对侄子王小川不放心，作者没有说，但叔叔阻止他上高中的动机却非常可疑，这些留给读者各自去认知去推演。有不确定性才有生命力，写作和人生都是如此。不把小说的主旨说出来，连概念性、倾向性的东西都没有，这种写作理念，何世平一以贯之地恪守，这是他的小说超越同类许多作品的一个重要因素。还譬如在《还乡》《把一块钱给我》等作品中，小说写到了城乡之间的落差激发了人的欲望，这种欲望在实现过程中，会产生意想不到的更大困惑和痛苦，在经过努力一切看似已遂人愿的时候，又弓崩弦断。小说到此也就结束了，是完全开放式的结尾。这部集子中几乎都是这样看似无主题的作品，但仔细想想，人物的思想变化、所作所为，怎样从一步步走向深渊、自尝苦果，不完全是咎由自取，还有许多客观因素。从本质上说，可发、马健们也是受害者，怎样理解这些失败者，就是小说给出的时代命题，而非答案。小说的高明之处，就在于最大化地呈现多义解读的可能性，从而最大程度地调动读者各自的再创作。

总的来说，何世平的小说没有刻意追求戏剧性，无论是情节设计，还是故事方向，都符合彼时彼地平凡生活的全部真实，尤其是通过比较另类的主人公对美好生活与人间真情的追寻，让我们看到在静水深流的叙事铺展中，一些棱角峥嵘的人物浮出水面的意义，正所谓千人诺诺，不如一士谔谔。这些小说总让我有反复阅读的冲动，如果不是作家的叙事智慧和叙事能力，如此缺少戏剧化冲突的小说，怎会有引人入胜的阅读趣味？一切看似随意的背后，是作家小说结构能力和创意能力的高超。

在我看来，创作一篇有分量的中短篇小说，除了具备不俗的叙事功力，很大程度上还取决于小说人物的塑造。《去城市》的人物塑造无疑是比较成功的。在这个维度上，何世平也给了初写者一个可资借鉴的范本。

首先，是人物的设定。小说的人物都比较少，往往是一个中心人物，三两个次要人物。主要人物多是青年，他们初涉世事，性格和想法与周围的人有很大不同，他们对社会的变迁敏于常人，所以他们不甘被动和落后，主动追求幸福生活，找寻脱离生存环境而存在的意义，《优秀青年王小力》中的王小力、《在叔叔的屋檐下》中的王小川、《把一块钱给我》

中的马健都是如此，这是小说得以有情节有故事的基础。次要人物多是主人公的亲人和熟悉的人，他们之间产生的“杯水风波”，说白了就是小圈子范围内的磕磕碰碰。这种设定，对作者来说，可以集中笔力写好仅有的几个人，特别是可以须臾不离主角即完成故事的讲述，小说的集中度高，线索单一，就更容易往深里走，更容易曲尽其妙。而读者的便利在于，很容易跟着情节推进，一点点积攒起主要人物的鲜明形象，读后，也更容易留下深刻的印象。当然，选择作为主角的一号人物需要深思熟虑，综合现实中的多个人才可定下，毕竟他们是被生活异化的人，生活中并不常见。作家将关注的目光投向这些杂糅而成的特殊人，突破文学题材同质化的桎梏就有了新的可能性。

其次，是人物的性格刻画。除了符合人物各自性格的语言，作家也善于将人物的动作性格化、个性化。如在《还乡》中对可发的描写：“可发用手薅进头发，想在头发里找到办法，当手从头发里出来的时候，还是没有办法，却把头发揉得像鸡窝。他想对女人说句甚么，可是他不知说甚么好，他急得脸上都暴青筋了，还是找不到合适的话安慰女人。”一个没有主见、心地善良、老实木讷的青年农民形象，在一连串的动作中显现，表面上是写形象实际是写性格。“娘没有说话，半晌，她又想说什么，最终，一个字也没有说出口。”这是《失母记》中的一个场面，把一个遭受恫吓而心有余悸的母亲形象迅速勾勒出来，给人的感觉是，原来乔龙宝不省事的母亲也是胆小怕事的善良人。这说明，何世平谙熟笔下人物的生活习惯、动作表情直至性格特点。很多时候，小说既有对小人物内心坚硬如磐的刻画，同时又弥漫着一种怜悯的痛感。他们的生活无疑是沉重的，一根筋似的执拗、总是走极端的行为方式，其实正是弱者自卫性攻击心理的外在表现。作家呼吸着他们的呼吸，同情他们的苦难，维护他们的尊严，呈现出一种幽暗与明亮互见的光泽。

此外，从故事情节的发展变化中把握人物性格，逐渐让人物深层的特征显山露水。《失母记》是集子中情节冲突较为激烈的一篇。村民乔龙宝和李黑皮本是好朋友，因李黑皮为暴发户丁百万购买乔龙宝承包山林的黄土一事而闹僵，后又因宅基地问题矛盾逐渐公开化。李黑皮得到村长王大宝的暗助更加有恃无恐，这时本对李家心怀怨恨的乔龙宝母亲，尽管年老多病，但不信这个邪，多次据理力争。在争斗升级中，双方损失惨重，特别是乔龙宝的母亲还被警察带走，吓得差点丢了老命，最后离家出走。出人意料的是，在小说的最后，乔龙宝竟然不要林场松树被一个上坟祭祖的老奶奶意外烧毁的损失赔偿。看似不可理解，其实是善良的乔龙宝从自己母亲遭受的变故中悟出了道理，良心发现的他自然动了恻隐之心。吊诡的是，就在这个时候，乔龙宝却设下圈套，把为李黑皮撑腰的王大宝和叶干警“送入当铺”，而自己在得到失踪母亲消息后，不得不去自首。这篇小说，就是通过情节的推动，将几个主要人物的性格最大化地挖掘出来，让人感叹人性的多面与深不可测。《幸福像花儿开放》的人物塑造也非常成功。无论是山里佬、剃头匠四毛，还是荣花、荣华姐妹，都个性分明，惟妙惟肖如在眼前。特别是对嫌贫爱富的四毛老婆“小大姐”的性格刻画十分到位，采取的就是寓人的言行悄然改变于一波三折情节中的手法来实现的，打个不恰当的比喻，就像温水煮青蛙，由量变到质变，“小大姐”对待山里佬态度上的一百八十度大转弯，就不难理解了。

《去城市》看似写小人物，心里装的却是大时代。何世平把时代的变迁、社会的变化，快速地反映在小说之中，折射出人物的生存与精神的难题。写小人物内心的种种纠结与困窘，记录生活、书写时代，无一不与社会问题紧密勾连，而且它们本身也是社会问题的构成部分。小说的价值或许即在于此。

总的来说，何世平的小说创作属于具有民间叙事趣味的底层写作。不过，随着认识和技艺的提高，与他早期作品已有了不小的变化：自觉的多样叙事追求，深切的人文关怀，拓展了小说反映生活、表现人性的深度和广度。如果说还存在令人不够满意的地方，小说最大问题是与现实拉开的距离还不够大，换句话说，下笔还不够狠，还不能通过有效虚构，特别是更多借鉴象征、隐喻等现代主义手法，抵达一种更深层次的真实。

文学是寂寞而神圣的事业。30多年坚守的何世平，以一种精神修炼的方式不断前行，他已处于冲破瓶颈、再上一个台阶的关键期。期待他涵养气质，大胆创造，推出更多具有大情怀、大品格、大气象的作品。

一只“麻雀”屡屡折翅的隐忧

——读许祚禄长篇小说《子孙满堂》

《子孙满堂》是许祚禄继推出《沉默的群山》后,又一部颇具分量的长篇小说。这充分展示了作家驾驭不同题材创作的实力。

我们知道，在社会生活中，光明与黑暗、先进与落后总是相伴而生。小说家的一项重要使命，就是努力用自己的叙事艺术，呈现生活的斑驳原貌，甚至有意聚焦时代的盲动或暗流，目的无非是寄望更多的人去反思和校正，继而用正义战胜丑恶，用光明驱逐黑暗，共创人类更加美好的前程。《子孙满堂》就是这样一部极具历史纵深、时代质感的批判小说，它汇集历史进程中道德滑坡和人性扭曲诸多事例于柳思延这户普通家族，旨在解剖麻雀，小中见大，即由小家而国家、由公民而民族。裸呈不肖子孙的劣行不是审丑，更不是唱衰时代，实质上饱含着作家对家国兴旺、民族复兴的殷切希望。这，也是这部充满黑色幽默元素的小说思想力量之所在。

采用家族叙事的《子孙满堂》，讲述了主人公柳思延漫长一生的所见所感、所忧所憎，时间从20世纪前叶的战乱时期，一直延续到改革开放以来的新时期。柳思延从小接受儒家教育，传统知识分子“修身、齐家、治国、平天下”的理想深入其骨髓，无论时代风云如何变幻，他都没有放弃这个理想追求。美好爱情的幻灭，使他失去了走出柳树镇施展抱负的唯一机会。为了养家糊口，他不得不放下知识分子的清高，成了一个勤苦的农民。理想似乎从此离他而去。

柳思延感到自己的理想传承有了希望，是在四个女儿三个儿子相继出生后。为此，他满怀自信竭尽全力培育子女。但是，事与愿违。随着儿女相继成家立业，令柳思延无比愤怒的一幕幕轮番上演——没有一个子女（包括女婿）令他称心——他们都在为个人利益干着无耻的勾当，与他兼济天下的理想完全背道而驰。随着岁月流逝，更为庞大的孙子辈们忽又成行，柳思延的希望之火又熊熊燃起。但是，他的付出依然是竹篮打水一场空，希望有多大失望就有多大。例如，被他寄予厚望的小孙子柳强国，不仅考上了重点大学，成了公务员，还年纪轻轻就当上了城关镇党委书记，却因贪念权色，间接杀人而被判了死刑。相濡以沫一生的妻子巧妹，倒成了柳思延的最后慰藉，不料惨死于车祸，先他而去。

接连不断的沉重打击，将柳思延的人生悲剧推向无以复加的境地。这使我联想到著名作家余华《活着》中的徐福贵。仔细咀嚼，却发现二者之间又有着明显差异。徐福贵的不幸虽是外在力量赋予的，自己也难辞其咎，而柳思延的痛苦是自我感觉上的，自己并无过错；徐福贵是富家子弟，缺少起码的养儿育女观念，而柳思延是那一代普通公民的代表，以自己的辛苦付出，养育了一个子孙满堂的大家庭；徐福贵面对苦难所持的是麻木忍耐甚至消极达观的人生态度，而柳思延忍受的却是一种自己抗争也无济于事的精神苦痛。就人物而言，柳思延完成了对徐福贵的颠覆和超越。

《子孙满堂》试图传递出一种理想，一个人的家国理想。为此，柳思延不屈不挠抗争了一生。他是在删除了现世的所有人和事后，才准备离开这个世界的。他死前挥臂欲呼的形象令人揪心。柳思延虽没有喊出声，但那源自内心深处的呐喊意味深长。至少说明柳思延对未来仍然充满信心、抱有希望。我想，读者对此自有想象和认知。这样的书写，也与同类作品拉开了档次。

著名作家许春樵说许祚禄“有着扎实的创作姿态和强烈而明确的文学企图”。通过《子孙满堂》我们可以感到，许祚禄是带着成熟自信和丰富多彩，有意向厚重严肃的经典回归。他以历史唯物主义创作态度，深植于皖南农村，以梦想和焦虑交织的眼光考量这方土地和乡民，呈现出的是农耕文明在向现代文明转变这一历史进程中的全部事实。不可否认，新中国成立尤其是改革开放新时期，我们的国家发生了惊天巨变。但是，任何时代都不是单色透明、纯净无滓的。许祚禄竭力想做的就是忠实记录历史变革中人性的变与不变。他写人的狡黠与丑陋，得意与忘形，同时也写人的苦难与痛楚，纠结与悲愤，写尽了人心的种种可能，所有这些无不昭示，作家对于人类正能量的渴望、期待和赞美。如果作家没有积极的生活投入，没有切身的社会体验与感悟，没有个体生命意识的溯源与群体社会价值的求索，没有对人类美好未来的追求与向往，是写不出这部作品的。

纵览全书，《子孙满堂》尽管存有叙述不够精细、语言过于直白的遗憾，但是，柳思延这个人物带给我们的震撼是货真价实的。

当代乡土新异的文学样本

——读白中玉长篇小说《女儿花红》

读青年作家白中玉创作的长篇小说《女儿花红》，让我似有心房紧收、浑身欲颤之感。这只在早年读莫言的《透明的红萝卜》、韩少功的《爸爸爸》时有过。作家将乡村作为书写场域，用自己的方式，打开了世俗生活的又一方视野，给当代乡土文学提供了新鲜而独特的样本。

小说聚焦长江下游面江倚山的小村庄丁家墩，通过乡村最为灵敏可靠的时尚风向标——青年男女情爱，来透视世俗生活的千姿百态。在几对男女轮番出演的爱情舞台剧上，我们看到，在时代大潮冲刷下，在历史转换过程中，价值观念的冲突嬗变、伦理道德的忤逆变异、个人命运的摇摆转折，无不深刻影响着爱的走向。小说鞭挞消费时代人欲的野蛮膨胀，阐明爱与恨、善与恶、美与丑，这些人性的外在形式，都有可能在欲望的张扬下，成为同一个人的两面。在乡村传统日渐式微的挽歌声中，作家试图从仇恨中提取爱，从险恶中提纯善，从丑陋中提炼美。于是，那些对生活充满理想、对情感葆有纯度的一群聪慧女孩担起了重任，她们的成与败都至关紧要，都是重建乡村文明和现代秩序的宝贵经验。

小说成功塑造了丁秀秀、丁雨红、丁雨露、丁小美等青春女性的形象。她们多是同学，或是姐妹，都有一个共同的生活背景，却各自演绎着不同的命运。她们像一株株带着露珠的青苗，从豆蔻年华的纯真纯情，到早熟女人的芳华绽放。她们何曾停止过梦想和努力，只是生活的风雨太过残酷，以致有的香消玉殒，有的日趋平庸，不过还好，也有的通过坚守与打拼，闯出了一片生机，抵达了命运交给她们的最后归宿。小说在无奈与希望的两端达成了平衡，给人无尽的感慨，更有强烈的生命感动。

爱情是这部小说的核心叙事推动力。从美善合一的角度，表现女性的天使本色，既有柏拉图式的爱之纯美色彩，又有弗洛伊德式的爱之精神分析。可以说，爱情就是开心锁和试金石，这样的解读是精准而深刻的。在层层展示和剥离中，将当事人拉回到生活的现场，用生活本身的节奏，缓缓剥开生命的丰饶。于是我们看到，她们的爱情都是随缘而起，在一种波澜不惊的状态下潜滋暗长，甚至男女情事，都没有风花雪月的渲染和烘托，只有原生态的蛮野之气充溢其间。没有强烈的情绪鼓荡其中，却又让你深深共感。这种杀人于无形式的感染力，不仅需要写作者有较强的阅读生活、提炼生活的能力，更要有深刻体验不同角色心理特征、理解特定人群性格的能力。文学悲天悯人的特质，很大程度上体现在对卑微生命的珍重上。唯有热爱、怜惜笔下这些如乡野花草一般的小人物，才能有如此的用心用情。因此，没有强烈的悲悯之情，不可能写出这样的作品，说这部作品是作家和着血泪写成的也不为过。

大体上看，这部小说不是以设计好看的故事情节来吸引读者，而是通过丰饶、精致、温润又或冷峻的生活细节，以期直抵人心的。这种灵动锐利的细节美，就像繁花点点，在读者的心中生姿摇曳，亦真亦幻，想不放飞想象都难，以致掩卷之后，依然久久不能释怀。尽管闪烁着诡异骇人色彩的“水鬼”意象，有其象征寓意，但同时也使小说有了逸出常态的惊奇，给文本增添了现代小说的特质。可见，叙述上的高妙效果，离不开作家良好的艺术感觉和超强的想象力。“其实人心就是一片海洋，瞎子的心里却比常人多了一盏灯塔。”我感觉白中玉就像瞎子丁小美一样，敏于在幽微处体察隐秘，在幽暗中想象光彩。

要想写出不一样的作品，就得有不一样的文字。这一点，白中玉做得非常出色。他的语言走的是一条形象化的诗意路径。大量的修辞句如银河泻地，琳琅璀璨，将他的五官所感、头脑所思形象化到了极致。描写时，更多的是在文字上做加法，向着繁复细密的纹理精心扫描；偶尔也做了减法，于简约中传递出说不出的人生况味。

细究之下，这部作品亦有无碍大局的瑕疵。主要有：在表征社会变迁和人心异化时，虽杂糅了丰富的世情兴衰的情感体验，道出了亘古未变的生活哲理，却没有在思想含量上进行更为饱满的书写而使之充实。尽管针对不同人物的叙事，作了相互之间的勾连、照应和互补，因为没有突出的主角，使得结构看上去依然不那么坚挺，部分章节的划分亦欠利落。语言上精益求精没有错，但过分追求唯美，且叠床架屋，有时难免显得形式大于内容。

白中玉有着令人羡慕的小说天分。这个多情善感、宅心仁厚的男人，性格中又有坚韧执着的一面，他对文学创作的虔敬和野心更属难得，这些都是写出更好作品的前提。在当今重视文艺人才的大环境下，他定将脱颖而出，有一个光明的前程。

转镜细演梁山好汉

——简评卞小静《阮氏三雄》

《水浒传》是我国古典文学四大名著之一，它所达到的文学高度是一座大山，后人很难逾越。在芜湖，却有几位“好汉”，结盟对其“谋反”，短时间内便大功告成，这就是安徽师范大学出版社2014年11月集中推出的水浒系列十本书。这些书都是以原著人物为原型，以全新的思维，宏观俯瞰的视角，借枝开花，编演出自成体系的故事，使得无论文学上还是思想上都有欠完整的《水浒传》，有了更多个性化的想象和推衍，丰富了读者的认知与解读。

这里单表“女将”卞小静的《阮氏三雄》。卞小静何许人也？名不见经传的她，浸淫文学多年，这次投靠芜湖民间文坛盟主李幼谦，总算遇到了明君，才秀出自己的十八般武艺。一番刀光剑影之后，观者无不惊讶，身手确实了得。

如同各怀绝技的梁山好汉，卞小静呈现的阮氏三雄，果然要的是一条另辟蹊径的套路。故事是从“石碣村”和“九须鲶鱼”两个意象铺展开来，一场硬与软、正与邪的较量已不可避免。虽说是双拳难敌四手，可智商不低的三兄弟岂是等闲之辈，他们将计就计，巧妙周旋戏弄着一帮官痞兵匪，居然以少胜多，取得了阶段性胜利。直至生辰纲在黄泥冈被劫，三兄弟慷慨接纳了带着金银躲避于石碣村的吴用等人，才有了主客一拍即合共上梁山，开启他们为理想而奋斗的历程。招安后，三兄弟与方腊多次鏖战，阮小二战死，阮小五也误传战死。攻陷方腊的最后堡垒时，阮小七在内苑深宫觅得方腊的一套伪龙袍和玉带，穿戴上身后，才发现锦衣玉饰非己所好。这就预示着后来尽管加官晋爵如水到渠成，这个活阎罗却很不开心地老马恋栈了，所以在被奸人告状曾着方腊的黄袍、龙衣玉带之事图谋造反，被皇帝老儿追夺官诰，复为庶民后，他不怒反喜，驾着阮小五留下的船，带着母亲回到了石碣村。在卞小静的心目中，阮氏本生于自然山水之中，是骨子里讨厌威严与强权才起身造反的，当自己成了自己造反的对象时，不仅水土不服，内心更是抗拒的。小说就这样鲜活地呈现了三个有勇有谋、有爱恨情仇、有理想家园情结的草莽英雄形象。值得一提的是，小说的结尾也颇耐人寻味。

卞小静的《阮氏三雄》，自觉或不自觉地继承了中国传统小说的诸多精髓。一是故事性较强。有一套自成体系、血肉丰盈的精彩故事，且把它讲得痛快淋漓而不失原味，是很了不起的。何况这些故事被演绎得细致入微，曲折生动，章回相续，环环相扣，令人欲罢不能。故事好，读者当然愿意读，大多数读者接受小说的兴趣很大程度上源于故事，也就是说，小说家的成功与否故事是第一块试金石。二是人物个性鲜明。阮氏三雄在原著中并非最重要的人物，比之宋江、卢俊义、吴用、林冲、鲁智深、武松、李逵等人，看点相对不足。这倒正好给了作者一方大塑特塑的空间。生死、人性、亲情、爱情，这几个塑造人物绕不过去的终极命题，皆贯穿于文本之中，只是三兄弟各有侧重：作为大哥的阮小二是一位珍惜手足之情，儿女情长的好男人；心思缜密的阮小五，心灵手巧，最有远见，是智者化身；阮小七排行最末，却大胆任性，所以有一段令人扼腕的爱情。卞小静塑造的三兄弟虽性格迥异，但无妨英雄本色，其一言一行，都在强化各自是与众不同的一个。三是有一定的历史感。优秀的小说都是有历史感的，历史小说更应如此。当然，小说的历史感不等同于历史小说。《阮氏三雄》的历史感集中表现在古典文化的情境上，写古人就是古人的范儿，让读者如临其境，如见其人；风俗、环境、器物等也都是宋代的，并体现在细节上，拿捏准确，交代清楚，没有易代之感，更没有穿越，让现代读者很容易获得历史的认同感。可见作者是有意沉潜于历史典籍中汲取了丰厚的资源，以尽量合乎大宋风貌的。四是语言的传神。没有语言就没有文学，文学之所以为文学，在于它高出应用文一筹的形象化语言。有人甚至认为，语言是小说的第一要素。

语言明快洗练，生动准确，状人叙事，多用白描，能够抓住主要特征和细节，是原著的突出优点。《阮氏三雄》继承并个性化地呈现了这一特点。尽管应出版社要求写得很快，但快而不糙，语言的准确性、语言的气质、语言的张力都很不错。由此可见作者的潜力。

不可否认，这部小说在结构的经营上和节奏的把握上还存在不足。这对于初次写长篇的人来说，是不必苛求的。总之，这样一部融入了作者个人思想和新历史观的改编小说，是会给人以开卷的教益和审美的愉悦的。

世道人心之变　文学翻新之源

——读朱幸福短篇小说《界址》

在写作上，朱幸福走过了四十年，创作了数百万字的文学作品。近年来，他的小说以成熟老到的面目渐入佳境，获得了众多文学期刊的信赖。在同类型作家大多创作疲软的情况下，执着于乡土文学深挖的他，却有了后劲勃发之势。朱幸福的文学生命何以“逆生长”？带着疑问，我阅读了他的部分小说新作，直至细读了发表在《莲池周刊》头条的这篇《界址》，我才恍然有所悟：唯有与时俱进的作家，方有与时俱变的作品；没有与时俱变的作品，纯文学最后的体面与尊严，也必将失去。

与时俱变中的“时”，从宏观上和外在方面讲，是世道，普遍的社会状况；从微观和内在方面讲，是人心，由个人泛为群体。而作家紧扣这个“时”，文学创作就有了现实的基础，文学作品紧扣这个“时”，文学的翻新就有了切实的保障。现实主义创作从来都视文学为现实的映射与回响，一个不与世道人心建立深刻联系的作家，作品必然创新无力，裹足不前，也必然是隔靴搔痒，难获共鸣。茅奖作家徐则臣认为，当下纯文学需要寻找新的增长点，笔者认为所言极是。外在的结构、形式和手法、技法是“增长点”已被开发的几个方面，且多已穷尽，内在的新认知、新思想和新伦理，则是更为重要的方面，且它们还未能得到应有的重视。从《界址》来看，朱幸福敏锐地抓住了小说创作与时俱变的不同方面，尤其是后者，相当有力有效，令人折服。

《界址》在尺幅之内串联了三则小故事，即“一块荒地”“一条田埂”及“一方池塘”。小说聚焦乡镇司法所调解员老马的日常事务，故事当然简单明了，情节推进也不复杂，节外生枝的桥段几乎没有，更无有意设置的吸人眼球之处，只有争执双方当事人或代理人的轮番上阵和相互交锋，有理有力甚至有节地陈述与护卫着各自的观点。在其中，着墨并不多的老马对各种信息照单全收，予以综合分析，迅速作出评判，明显起到了四两拨千斤的作用。说白了，小说有点像一位高明的调解员，在主持化解三起民事纠纷案例的实录。不过，这种略显单调的串联式结构拼盘，看似松散，却暗藏了作者的机心。

从叙事角度考量，三起民事纠纷都围绕“界址争执”展开，的确，现实生活中，人们有着强烈的“领地”意识、“红线”意识。若细究起来，三起民事纠纷，代表了众多界址之争中完全不同的三种类型。从“一块荒地”的争执双方来看，洪维名代为埋葬的是其叔婶，而申家老大代为操心的是其三弟遗产。事实上，洪维名不是有意鸠占鹊巢，而是记忆错误所致，而申家老大也不知道申家老三的想法，只是怕在维护家族价值利益上有所闪失。如此错位之争，结果被一招化解，皆大欢喜，非高手不可为。在“一条田埂”中，老马迎难而上，主动调解陈二、刘三两家几十年来的田埂争执。他发现，化解善良陈二与狡猾刘三之间的矛盾，必须打破常规，另辟蹊径。为此，老马做了大量的案头工作，在确凿的档案记载面前，再阴险的刘三也无计可施，果然，田埂线被重新界定，无可辩驳，而田埂最终被抹去，那是世道人心的力量。“一方池塘”的处理颇有难度，“争执物”几经变迁是难点，宋、方两姓实力悬殊也不可小觑。老马着眼长远，采用综合施治，甚至多次咨询律师，以期圆满解决。在解决过程中，他并没有诉诸法律，而是循循善诱，因地制宜，最终达成超预期的和解，也让方家老四的人性闪光了一回。这说明，对界址之争作出迅速准确评判，不是一件难如登天的事情。久经沙场的老马看得太清太透了，以至于很多时候，需要采取怎样的方案，才能打破人心的藩篱，他早有所谋，且总能切中肯綮，当事物的发展有了更大惊喜，也得益于老马公正调处预留的空间。

从人物塑造角度考量，短篇小说的人物形象能否鲜活，是小说成功的重要因素。《界址》没有轻视人物塑造，尤其是对主要人物老马的塑造，更是关键处用关键手段，起到了特殊的效果。小说中“同事赵”这个人物的设置，不仅盘活了故事，也盘活了人物形象。同事赵时时处处鲜明对比着老马，结结实实做了老马的背景板。像同事赵这样的“庸员”，思想上胆小避事，工作上怕下苦功，碌碌无为，并不鲜见。不仅于此，他对老马并不友善，甚至没安好心。三则故事鲜明着同事赵的三种态度：在调解“一块荒地”前，刚刚完成三起婚姻纠纷调解的老马“心情很是愉悦”，同事赵这时有意怼他，嫉妒之心溢于言表，当有人上门找老马评理，同事赵又摆出一副幸灾乐祸的嘴脸。着手“一条田埂”的处理，完全是同事赵激将给老马的，他认为这是不可能完成的任务，所以“嫁祸于人”，成功了，自己也有份，不成功，丢的是老马的脸。然而，这个久拖未决的纠纷老马甘之如饴，妥善解决后，同事赵对老马的态度有了明显改观。当同事赵无法回避“一方池塘”的纠纷时，立马向老马打电话求援。这时，他才感到有能人作靠山是多么重要。老马这个人不惧怕接受新任务，处理纠纷每有神来之思，显然，一件民间纠纷调解不足以容纳他的睿智与丰富，又因“事不过三”，所以小说巧妙串联了三则故事，既多元立体，也不繁杂冗长。三起纠纷都如愿化解，如果不面临差异化的种种挑战，一个自信、沉着、认真、智慧的基层调解员形象，不会如此栩栩如生，呼之欲出。

三起民间纠纷成功调处，在某些人看来不亚于登天，敬职敬业的老马厥功至伟。的确这样，事业的成败在人，尤在于那些关键岗位上的能人。不过，稍加分析就会发现，除了老马能力出众、功夫深厚，显得毫不费力外，争执双方的当事人或代理人，并不总是愚顽狡黠，蛮横无理，恰恰相反，大多数人讲情讲理，与传统概念中的信访户有很大不同。在“一块荒地”中，社会的发展加速了亲人的离散，而亲戚之间那种血缘根脉没有割断，洪维名和申家老大都在替亲人办事，为亲人着想，而在苏州定居二十多年的申家老三，作为“受害”方始终未见态度。最后，随着申家老三媳妇清明节回来，提出“一块钱”的土地使用费后，这起纠纷就以一种契约的方式完美收官。申老三媳妇那句“万里长城今犹在，不见当年秦始皇”的感叹，令人肃然起敬于她的认知和格局。在“一条田埂”中，恢复原状的田埂被拆除，是因为全村连片的土地承租给了种粮大户，田埂已经多余。在“一方池塘”中，当事人老宋作为弱势一方，频频上访，从未放弃维权努力，并不是见人家发财而眼红，只为了争那么一口不服之气。这些人的想法和举动都挺新颖挺时尚的。老马对这样的观念更新洞若观水，最大化顺其意，所以才有了远超预期的调解。

老马堪称新时期优秀基层调解员代表，他不夸夸其谈，不做表面文章，心中总是澎湃着一股正义的力量，这是他强烈事业心的基础。当然，老马的精明强干与其极强的综合素质分不开，也颠覆了传统认知的基层调解员形象。老马永远持有化解纠纷的自信，面对人们唯恐避之不及的鸡毛蒜皮“小事”，他善用深思熟虑赋能一言一行、一计一策，调动一切积极因素向好发展。当申家老三媳妇那句肺腑之言刚出口，老马即受感动，继而借题发挥：“感谢大家今天的见证，希望我们都能从中吸取教训，学会宽容和理解。”由此可见他肯学善学的态度。当听了村干部关于土地承包不影响每家利益时，他会心笑道：“车到山前必有路，办法总比困难多啊！再难的事，都能被时间解决。”这是他信念坚定、斗志昂扬的一种外化。面对老信访老宋的电话问好，老马也会报以“好个屁啊”的粗口。这是他灵活运用调解方法的一种策略。对于成事不足、败事有余的同事赵，他没有降维打击，而是耐心地传帮带，使得同事赵对他从嫉妒转为崇拜。这彰显了老马以事业为重、不计个人恩怨的高尚情怀。总之，与新型农民一样，老马的形象得益于“前所未有”的新异，是当下社会土壤中孕育的基层人物典型。我们的小说创作，要为这样的新面孔画像塑魂，以别于文学画廊中的已有人物。

世事流转，人心趋变。社会的思潮流向、大众的人心游移，即所谓世道人心，无时无刻不在发生着嬗变。文学是时代敏感的探测器。鉴于此，我们的现实主义小说家，不能刻舟求剑，不能故步自封，不能闭门造车，须以入木三分的洞察，恰到好处的翻新样式，不断解构和重组体现世道人心变化的作品。如若直面当下的乡土，还在一味地风俗化、风情化书写，是多么不着调，还在一味地揭露丑恶、批判愚昧，又是多么无知可笑。那些与有心读者的认知越拉越大，被吹得神乎其神，美其名曰创新的作品，不过是徒有其表，与文学欺骗何异？创作不是建造空中楼阁，而是作家基于特定领域的观察、体验、想象、思考及记忆的总和。只有立足现实，深入特定群体，凝视无数人心深细裂纹的走向，才有思想和形态双创的根基。朱幸福深谙其道，他从不蹈空玄想，脱离生活的土壤，从不借助伪饰的诗意，脱离时代的语境，干那种割断地气的事情。他敏于世事，又善于作形而上的思考，精于观察，又富有同理心，总能与底层民众心有灵犀。他的小说致力于将日常化乡土叙事，拧进社会潮流宏阔的精神坐标。其中，新形态新样式的探索构建层出不穷。诚然，生活的葡萄只有充分酝酿、发酵，才有可能成为甘醇的美酒。

时代的进步，人性的觉醒，为文学提供了源源不断的思想母题，也是现代小说勘探人心，深究表象背后的本质，展示逻辑性大于形象性的前提。《界址》中的三则故事都有清晰的逻辑线，小说只求对准幽微的人心，不求外在的张力，只掺和人物心理微妙的驿动，像生活那样稀松平常，远离传奇，加上文字吻合角色定位，呈现出严实，均衡，诚正，理趣，结实的风貌，是每一锹下去，都能翻起一块土的踏实。从传统“底层叙事”窠臼中超拔出来，是《界址》最大的成功，也是最有力的翻新。现代人能够坦然面对外在冲突，是人的观念、人的心智、人的灵魂变化使然，与时俱变的文学须采用新形态，重塑小说的骨骼与肌理。事实上，小说在构建人为的心理秩序方面，从来就没有缺位。反观那些脱离世道人心的写作，绝不会有精神价值的新挖掘。

丰沛的底层生活积累，特定群体思想观念的精准捕捉，恰到好处的结构匹配，足以让《界址》成为一部令人难忘的小说。如果说有不足，我想，叙事的精炼度上尚有提升空间。小说这门艺术，没有几个人敢说他已炉火纯青。现实主义小说家，只有抓住与时俱进这个法宝，文学思想大厦的构建就不会停歇。毕竟，时代的所思所想才是文学的精神皈依。这也是《界址》给出的忠告。

融合与新变

——从第十一届茅奖作品看长篇小说创作趋势

2023年8月11日，第十一届茅盾文学奖颁给了5部长篇小说，分别是杨志军的《雪山大地》、乔叶的《宝水》、刘亮程的《本巴》、孙甘露的《千里江山图》、东西的《回响》。揭晓已有一段时间了，坦率地说，反响没有预期的大，似乎一届不如一届反响大。想想，既正常，也不太正常。说正常，指文学从20世纪80年代的全民追逐，已经回落到了作为一门艺术，只是部分人兴趣爱好的恰当轨道；说不太正常，指文学的社会影响连姊妹艺术音乐也比不上，早茅奖揭晓23天发行的《罗刹海市》，刀郎的新歌，带来的社会反响和震荡，比茅奖大得多。没有比较，就没有伤害。我说音乐跟文学是姊妹艺术，是高抬了音乐，中国历史上，音乐何曾与文学相提并论过。文学式微是不争的事实，能不能触底反弹、恢复影响，值得我们思考。

本届茅盾文学奖238部参选作品，为什么获奖的是这5部呢？有人说作品“主题好”。我承认，但是能够参选的，几乎没有主题不好的。有人说作者“名气大”。5位作者的名气都还行，是事实，但比他们名头响的大有人在，冯骥才、余华、叶兆言名气大不大？他们这次提交了参选作品，也都没有拿过茅奖，为什么获奖的不是名气更大的他们？有人说作品“题材好”。《雪山大地》聚焦雪域高原社会生活的变迁兼及生态环保精神，写过这类题材的作家很多，我熟知的海南作家杜光辉就是个中高手，并不稀罕。《宝水》聚焦的乡村振兴为当下潮流，是最近几年最热门的小说题材，没有之一，写者如过江之鲫。《本巴》抽取蒙古族英雄史诗

《江格尔》的部分史实，进行梦境化再造，完成了带有成人童话色彩的创作，这种嫁接本身并不新鲜，类似的长篇小说，古今中外不乏其例，网络小说尤其多。《千里江山图》系红色背景的谍战书写，算不上新奇，麦家、海飞等名家屡有尝试。《回响》写的是破案，也写了婚姻家庭，在通俗文学泛滥时，这两类小说都是主打，放眼古今中外，这样的作品从来不缺。显然，这些所谓的"好"，统统都不成立。

既然上述认定，主观、狭隘、片面，无法令人信服，那么，这些作品到底凭什么获了奖呢？大家肯定有了答案：就是"写得好"。我们习惯于文学艺术并称，其实，文学也是一门艺术，而且是艺术的母本。是艺术就有高下之分，评奖一个重要目的，就是分出高下。文学作品写得好，艺术性高，有价值，才是获奖的理由，才更有资格脍炙人口、广为流传。因此说，获奖是硬道理之一，另外两个硬道理是大刊发表和常规出版。文学的价值，一般不依赖单独从作品中抽离出来，被浓缩而成的概念，只有文本好，价值方能彰显，写得不好，却价值很高的文学作品，我没有见过，如果有，那它可能是哲学作品，而非文学作品。凭什么断定作品"写得好"呢？这是一个难题，加之文学评判的维度有很多，可谓见仁见智。我用"融合""新变"两个词，试图对本届的5部获奖作品进行串联，似有"抓住一点，不及其余"的意思。但，无论是管窥蠡测，还是洞若观火，终归可从一个侧面，看到这些作品努力摆脱平庸的地方。

先说融合。

《雪山大地》得票最高，我的确感到意外。杨志军从未进入我的阅读视野，尽管他的长篇小说《藏獒》非常有名，上届茅奖获得提名，也就是进了前十。看了《雪山大地》后，对作品获奖的质疑，冰消雪融。抛开诸多技法，这部小说有融合性考量。

一方面，有两代人视角上的融合。作者以"我"的视角，讲述父辈们的青春、热血、激情和奉献。杨志军祖籍河南孟津，现定居山东青岛，但他出生在青海，长期工作在青海。几十年的高原草场生活，让他生命里流淌的血液，融入了雪域高原的特性。这一点，与其父辈们没有不同，因此，两代人视角融合毫不违和。同时，这种切身的生命体验和文化浸染，与个人经历相关，真实而自然。赋予作品本色书写，共情性既不需要特意营造，更不可能有隔阂。这部小说的情感浓度，还是比较高的。文学作品的情感浓度，一个时期以来，似乎不大提了，其实这是文学的优势所在，忽略了，不啻舍本求末。

另一方面，有语言文字上的融合。《雪山大地》虽为汉语书写，但着重书写的牧民日常，用了藏式特色语言，原生态地还原生活，使藏民族的文化特色自然而然地流淌出来。小说中马、羊、鹿等动物，都有名字，雪莲、杜鹃等植物，都有呼吸和感觉，甚至，像风雨雷电这些自然现象，都有情感。人与自然亲密无间，需要语言上的贴合，小说考虑到了，完美地予以了满足。如果，你曾生活在那儿，身边也有“桑杰”“卓玛”“才让”“日尕”，肯定共鸣强烈。藏族同胞的品性、信仰，乃至生命观，因语言上的灵慧表达，诗性叙事得到强化，使读者距离藏族同胞的精神和心灵世界，无形中更近了。

《宝水》以日常乡土叙述，讲述最新乡村故事，观照的是乡村新情感，讴歌的是乡村新精神。《宝水》和《雪山大地》一样，都是中国作家协会“新时代文学攀登计划”“新时代山乡巨变创作计划”支持项目。作为乡村振兴热门题材，小说瞄准活泼泼、热腾腾的乡村大地，重在提炼时代精神。这样的主题创作，很容易主旨先行，写成主观性、概念性、宣传性的作品。事实上，列入“两个创作计划”的很多作品，的确存在这样的问题。乔叶的聪明在于，有巧妙的融合。

一方面，是复合视角和乡土变迁的融合。小说以“我”为视角，这个“我”，是女记者地青萍，她因患病提前退休，由城返乡。小说以女记者的女性视角，书写乡村女性的情感经历与性格命运，聚焦她们内心世界的成长、独立人格的形成，有温情、细腻和包容的格调。地青萍从城市来到乡村，有足备的现代认知，以她的眼光，见证新时代乡村振兴背景下的农村多元力量，不会偏颇。此外，地青萍作为农村娃，曾对家乡有成见，若干年后的归来，既是“造访”，也是“复位”，乡村的新和旧、变与不变，她最有发言权，小说巧妙运用“我”回乡前后认知变化的视角，写出了历史纵深处的一串乡村脚印。这种女性视角、现代（由城看乡）视角、对比视角，与当下乡土实际变化相融合，完成了小说多角度、立体化、纵深化的创作。

另一方面，是宏大题材和琐碎日常的融合。小说聚焦新时代乡村振兴中的文旅产业，是对太行山深处的宝水村，一次文学化的解剖。如此宏大的主旨，写法上却极其细腻入微，精绘了日常琐细生活与民俗风情，氤氲着乡土独有的烟火气息。小说拒绝概念的植入、理念的先行，甚至没有大的构架，只有四季流转，日复一日地更迭。细致入微是小说的一种重要写法，能在背后支撑起这一写法的，是作者的洞察、善意和智慧，由此，小说的触发点和及物性乃至深度与广度得以确立。小说在建构诗性与理想的同时，试图唤醒中国农耕文化传统，复活乡村审美记忆，更让读者看到，乡村变革是大势所趋，水到渠成。越是宏大主题，越要从小处叙述，越是大体量巨制，细节越要经得起推敲。这应该是一个原则。《宝水》创造性地遵循了这个原则。

《本巴》是刘亮程先生的长篇小说。我对刘亮程的印象，始终停留在散文上，毕竟《一个人的村庄》太过优秀，影响深远。读了他的散文后，我认为他睿智的外表下，有海洋般丰富的内心。上届他携带《稍话》，杀进了茅奖前十。《本巴》获奖因素很多，其中融合性不容忽视。

一方面，是古老和现代的融合。小说以蒙古族英雄史诗《江格尔》为背景展开。《江格尔》是中国三大史诗之一，描述了以江格尔为首的6012名勇士，为保卫宝木巴，与邪恶凶残的敌人，不屈不挠英勇斗争的故事。史诗在草原上世代相传，是蒙古族民众心中流淌的生命之歌，是活着的民间叙事。刘亮程生活在新疆，这里也有蒙古族，天山南北各有一个蒙古族自治州，辖有六个蒙古族自治县。《本巴》抽取了蒙古族传奇故事的史诗元素，只保留12个青年去救赫兰齐这一段，却以非凡的想象，完成了小说的创作转化。这种嫁接式的联想联动，营造出一个似如梦似幻的文学空间，在凝固的时间流中，引领读者窥见自己，窥见正义、力量和勇气。抛却史诗的外壳，采用史诗的元素和思维进行文学探索，串起了魔幻性和现实性，也不乏后现代的意味，小说取得了成功。《本巴》的史诗来源和神话背景，不仅是对真实历史的缅怀，也链接今天的现实，确证了华夏民族源远流长的文化自信力量。

另一方面，是小说和幻想的融合。《本巴》不是神话，是叙事性长篇小说，它的童话特质，让我想起了法国作家圣埃克苏佩里的《小王子》。

小说塑造了一个本巴国度：没有衰老、没有死亡，人人活在二十五岁。仅此，就可以称其为寓意独特的童话。用幻想题材的轻盈叙述，蓄满了飞翔气质，同时却在另一个维度，包裹着梦幻、生死和时间的深邃内核。正因为小说的这种属性，使得题旨跨越地域、民族、传统、现代等多重指向成为可能。唯有以文学的最佳表述形式，方能将深沉的历史幻化为飘逸的思辨，如果舍弃小说的童话幻想，几乎不可能实现。《本巴》的史诗化笔调，有适配的浅显意味，细品可见卡尔维诺式的轻逸与乔伊斯式的象征。立足中华文化多元多样，在葳蕤的绿洲上间种套种，兀自生长，拓展出了文学的新境界。

《千里江山图》是先锋小说代表性作家孙甘露的作品。沉寂多年，孙甘露推出的这部长篇引起了关注，收获了叫好声，甚至被称为“现象级文本”。小说与宋代画家王希孟传世名作《千里江山图》同名，看似巧合，实则有精神思想的深刻互文。小说的最大特点，就是众多元素的融合。

一方面，是正统和类型的融合。《千里江山图》来源于中共党史，是真实的历史事件，属于典型的“主题创作”，或者说“红色题材”长篇小说。按照正常的创作思路，很大可能会写成类似《红岩》那样的正统作品。《红岩》虽是“十七年文学”期间的小说，水准可不低，能超越它一些，已经非常了不起。显然，孙甘露并不甘心于此，拿出他当年先锋派急先锋的勇气，将“革命”与“谍战”“悬疑”等类型小说元素，通通纳于小说的叙述气质之中。当然，这种气质，还杂糅了民国江南的气息与风情等情节元素。孙甘露仍是30多年前的那个永不满足“追风少年”，对自己当年试手的先锋写作，又来了一次扬弃性的“革命”，成就了一场石破天惊的“红色叙事”。

另一方面，是写意和工笔的融合。小说讲述了一次绝密的中共地下行动，代号为“千里江山图”。从上海撤离转到瑞金，再转到更广阔的天地，在层层封锁下成功突围，这种天马行空的构想，手笔之大，想象力之奇，类似于中国画的大写意。在转移过程中，行动中有潜伏、计谋中有意外、成功中有失误、忠诚中有背叛，甚至还有阴谋与爱情的纠葛，都如同中国画工笔的细腻衬比，力臻达到动与静、明与暗、阔与狭的完美结合。运筹帷幄之中，是为了决胜千里之外。小说情节险峻、刻画人物细致、深掘人性隐秘，时时震撼着读者。传世名画《千里江山图》经舞蹈诗剧《只此青绿》成功演绎后，“千里江山图”这一符码，扩展了历史文化内涵，小说附丽了这个空间诗学，于是信仰的“鲜红”，复魅了古典的“青绿”意味。

《回响》可能是这5部小说中知名度最高的，之前有改编的电视剧，还有网剧。这部小说获奖后，争议却最大，有人认为是不折不扣的类型小说。从指责中，我们感受到了这部小说的跨界融合特征有多显著。

一方面，是故事和文学的融合。据说，东西写这部小说是“十年磨一剑”。如果仅仅是为了完成一部旨关破案的类型小说，或者说讲好一个婚姻家庭故事，何至于此呢？显然，作家的用心，放在了文本的文学价值上了。破案只是小说的外壳，案子能不能破，怎么破，都不重要，重要的是，深掘人心，以期发现导致中年婚姻危机的人性根源。书的卷首有句设问：“你能勘破你自己吗？”类似于希腊德尔菲神庙的“认识你自己”那句箴言。显然，小说隐秘的论题，涉及深层次的观念和精神，为此，小说不惜笔墨，将由心理和情感引发的种种诡异难测的风景，铺陈于无际无涯的心象，以期印证自我、理解他人。当然，我们置身的世界错综复杂，外在限制既多且难免，欲勘破自己，又岂是内在心灵的感应就能摆脱？从来是，一切对应的意识与潜意识，都是相互掣肘的。换句话说，我们永远无法勘破自己，至多可得到一个拖着冗长回声的喧响。《回响》再次证明，小说的文学性，很多时候需要体现在哲理性上。

另一方面，是推理和心理的融合。很明显，《回响》尝试了“推理+心理”的双线结构。因以“夫妻”双方的视角叙事，案件的侦破是一条线，家庭婚姻危机的演进是另一条线，双线交叠，并置悬疑，曲折前进。女警察冉咚咚在案件与情感的双重缠绕中，穷思竭虑，雾障眯眼，复杂的案件本身，不比她勘探心灵的浩瀚更为艰难。事实上，“大坑案”告破后，来自家庭的情感创伤并没有“破案”。小说通过心理分析，徐徐展开广阔的社会生活，深度揭示人物心理，直到试图发现问题的本源，以求窥得最幽深的人性。这是一味走套路走捷径的小说做不到的，体现出长篇小说的创作难度。小说语言有智性，虽不顶尖拔萃，可读性还是有的，除心理活动令人心烦外，情节也能吸引人。有人说，这部小说为滴血的灵魂自白，颇像太宰治的《人间失格》。其实在日本，推理悬疑类小说很流行，其中“社会派”推理，在探究真相时，也深蕴重要社会问题的反思。

再说新变。

这五部作品，因“融合”的着力点不同，呈现出的新变也不同，但都有锦上添花之效。

《雪山大地》将西部文学的美学风格，作了有力拓展，丰富了当下西部文学的样态。小说近60万字，人物众多，故事情节庞杂，因力求淡化情节，少有冲突性戏剧性，行文似涓涓细流，不激不厉。如此迂徐从容地将人事，转化为历史进程中的插曲，厚重感因累积反而更易获得。就像并不刺眼的一盏高原明灯，将人们起伏的命运与奋斗的姿态，清晰地探照，藏汉兄弟对雪山大地的信仰表达中，蕴含的生态文明理念，被形象化地激活。还有，着力描述如诗如画的壮美，而生存艰难中葆有温暖的诗意，既注重讴歌性格各异人物的奉献与牺牲，也不回避他们的缺陷。这种书写，洋溢着凡人可为的哲理力量。此前，杨志军的创作，更多观照环境保护和自然生态平衡，他的《环湖崩溃》是中国第一部纯粹的“生态小说”。前些年畅销的《藏獒》三部曲，也以藏区为背景，突出一种生灵标准的理想境界，冀以消除现实中的道德危机，从而扛起特定的文化责任。《雪山大地》重叠两代人的视角，景深化地观照传统社会形态和生活样貌，全景式呈现从“一间房”康巴基，到一座沁多城70余年的巨变。这种团结奋斗历程充满强烈的家国情怀，是庄重的民族史诗、精彩的中国故事。由此可见，情牵高原的杨志军，思想之深邃、功力之深厚。

《宝水》作为新时代山乡巨变的文学新样本，以高质量的在场感，补足了同类题材作品的匮缺。首先，小说主人公地青萍，从城市逆向奔赴乡村。在宝水村一年，她由客变主，经历了乡村新与旧的势能转化，产生了很多现实思考。也正因为宝水村安放了地青萍，她对新时代乡土中国的变化得以坐实，对乡村怎样疗愈己疾有了切肤之感。小说借她的眼光打量新农村，改变了知识分子依靠书房想象看问题的局限，这种真实不虚忠于内心的体验，非常宝贵。其次，通过密布生活的细节，写出了民间智慧与民间能量的生生不息。多少得益于乔叶早年散文创作时练就的精于细节刻画、长于渲染生活氛围的笔力。特别是巧用以情写俗的手法，从鲜活的乡村现实中，提取顽强保留的农俗、农情和农风等地域文化因子，复魅乡村古老的根魂，彰显新时代乡村新的精气神。这种取事微小、散点描摹的写法，除了特殊审美效果得到营构外，也提升了读者对当下乡土题材小说的信任感与共情力。不过，有一利，必有一弊。这种深入肌理的写法，呈现出如在眼前的风俗画卷，不免有散文化倾向，使小说产生了显性叙事动力疲软、情节戏剧张力断裂等问题。对此，乔叶有所警觉和防范。小说在尽显日常生活的生动细腻外，有意加入不同样态的传统元素与时代线索，以故事背后的故事得以穿插，聚串起琐碎的“鸡毛”，取得了不错的“增重效果”。还有，在日常流水叙事中，始终贯穿着“我”，即地青萍，与乡村的爱恨情仇。如果说，在时间流动中悄然发生的变化，是小说隐性叙事动力，那么，“我”这条线索，则构成了小说显性叙事动力。此外，小说语言有作家内在情感的投射，为文本增色。我们知道，乔叶写诗出道，后来又以美文名世，文字功夫一流。《宝水》用了三成书面语、七成方言土语，非常细碎、绵密和准确，寓张力于内敛之中，需要读者仔细品味。

《本巴》取材于地方史诗，地域元素高度集聚，但文本呈现出的艺术特色，绝不仅限于此。刘亮程的散文艺术性很高，有空谷足音的味道。受其散文影响，他的小说叙事往往不依靠现实逻辑展开，而是语言之间的带动、修辞之间的递升，产生的多米诺骨牌效应，碰撞出新义。小说中，那位名叫“齐”的说唱老人，在讲述自己不同年岁时说：岁月、时间跟自己捉迷藏、自己的牙齿跟自己捉迷藏、头发也开始跟自己捉迷藏，将句子复沓和绵延，在重复、错位和延展中衍生语意。这样独特的表述，古今中外的小说中都罕见。还有，小说恪守自身的内在逻辑链条，发生发展的一切，都在维系和增强着整体的梦幻感。事实上，将史诗《江格尔》中的“人人活在二十五岁青春”这句话，演绎得滴水不漏，并不容易。小说的叙事穿梭于梦中，梦中又有梦，梦套梦只在唐代传奇小说中，才有的故事手法。万国来朝的大唐，与西域、印度、回鹘等地文化交流非常密切，传奇小说吸收了异族的此类想象是可能的。《本巴》文字浅显直白，但阅读起来，多少有些成人童话的“烧脑”。正因为此，也给了读者一种全新的阅读体验。未读进去时，总觉得云里雾里，一旦读明白了，就会被其严密的思维逻辑所折服。《本巴》的美学风格独特，超越了一般的传奇，也超越了一般的童话，好像古老的秘境、时间的简史，经语言照亮，一一落于樽前。这种新质与新变，大大拓展了西部文学边界，提升了当代小说美学新境界。

在构思《千里江山图》时，孙甘露下足了案头功夫。他参考了大量史料和文献，小说内容力求贴近历史真实，甚至人物、事件、地点与历史背景相吻合，体现了虚构作品也应具备的历史真实性。让人物何时何地出场，是作者必须考虑的一个难题。这部小说在叙述中，不断出现新的人物，给人产生借新角色来推动情节发展、转折故事走向的印象。长篇小说鲜有的这种做法，是孙甘露借鉴先锋戏剧手法，以期获得的一种情形，即：主要角色定位后，其他角色就以符号化的方式出现，他们分别起作用于某个环节上，事毕，悄然退场。当然，这样安排也更符合史实。不过，小说重心转移到广州后，必然展开大量情节，而在新环境中出现很多新人物，是另外一码事。如莫少球、老肖和孟老等人，他们在小说情节尾端链条上的作用，均不可替代。孙甘露调动多年创作经验，致力于创新主题小说的叙事范式，效果是显著的。小说节奏快，情节密度大，语言动感强，将惊心动魄的迭爆的危机有力推进，形成了一种叙事激情美学。表面上波澜不惊，于无声处总让人感觉，凝重、压抑和不安的氛围，似乎马上就要爆发，这是一种艺术，摄人心魄的大艺术。值得一提的是，孙甘露赋予乱世人物，合理真实的人性逻辑，极端环境下的忠诚与背叛、爱恨与情仇，均纳风云变幻于风轻云淡之中，这是当代小说叙事气度的新收获。

东西是有探索精神的作家，善于直面触目惊心的现实问题。《回响》关注当下社会婚姻家庭带来的情感困惑，试图用破案这个具体对应的方式，勘破婚姻伦理和人性道德，思考人的存在本身。小说借助悬疑推理的外壳，对当下社会特定群体的个体心理特征，进行了深入细致的挖掘，抽丝剥茧地分析婚姻生活和情感关系，在纠缠的人性和心灵中，碰撞出绵绵不绝的“回响”。案件结束的地方，文学开始。DNA式的双线螺旋结构，既丰富了叙事，又提升了现实题材的艺术表现力，为直面现实的长篇小说创作，提供了新的叙事路径。紧密文学与现实的关系，用当代素材来做人性实验，东西是真正的开拓者。小说通过设立极致的人物命运和情境，探索人性的幽微与复杂，对日常生活和心理世界的双重观照，重铸了爱的信念。缩系与并置个体认知与现实生活的芥蒂，突出个人的心理感受，这种有意识地把现实纳入人物心理感觉中，显示出心理现实主义小说的新变化。小说语言有意增加了智性，妙语警句直抵人物内心，属于“满是语言的生活”，这种生活，跟东西此前小说虚构的“没有语言的生活”一样，都不是寻常的现实。还有，与类型文学比较起来，《回响》细节更加饱满，人物也更有血肉，对人性的窥探更见深度和力度。比起满足刹那口福的“速成品”，值得反刍的作品不是更好吗？

从茅奖获奖作品，甚至可以扩大到所有参赛作品来看，当下的优秀长篇小说创作的重点，正在兼容更多的艺术元素为已所用，以期实现新的突破。其中，以融合为前提的新变是最重要的考量。为什么要融合与新变呢？在文学日益式微的形势下，探求文学融合发展、力求革新的道路，既有文学因素，也有非文学影响，两者常常混杂在一起，相互激荡，加速了文学的裂变、演化和新生。不过，这是笼统的说法。细分起来，我认为长篇小说的融合与新变，主要有以下八方面的现实需要。

其一，创新发展的需要。文学作为一门艺术，创新是其灵魂。没有创新，纵然写出的作品与前面的同类作品一样好甚至更好，也不会得到认可，尤其是专家的认可。包括长篇小说在内的文学创新很难，创新的作品，多数情况下，不一定好，但不创新，肯定无法突破。十次创新如有一次成功，就不算失败。文学就是在不断尝试中创新发展的。优秀的原创作品，会拓展审美的边界，甚至，会创立一种新的美学标准，超越既有的雅俗界限，提升文学的境界。

其二，主题创作的需要。《雪山大地》和《宝水》都列入了新时代文学攀登和山乡巨变两个创作计划，属于主题创作范畴。主题创作因需要正面强攻，弘扬正能量，常规写法很容易坠入概念、说教、矫情的窠臼。

如果不融合多种创作手法，确难写出令人信服的高质量作品。只有摆脱先验的预设性认知，兼容并蓄，求新求变，现实主义创作的技法和水平，才能得到有效丰富与提升。试想，上述两部获奖作品，如果没有融合和新变，怎会取得上佳的艺术效果？

其三，文学衍变的需要。在互联网、智能手机等新媒介的技术支持下，传统的类型文学，因其受众多，竞争激励，更容易在宽广的媒介平台上，对自身加以完善。其审美表现形式，不再是单一化的“类型模式”了，而是融合了其他跨界类型的创作元素和方法，促进了文体的不断衍化、重组。你中有我，我中有你，类型文学与经典文学的界限，越来越模糊。在观照社会的意识广度、思想深度、精神高度方面，二者落差也没有想象的大，完全有可能兼容了。

其四，深度阐释的需要。无论是现实主义作品，还是浪漫主义作品，如果浅表化、模式化地表述，即使有清晰完整甚至惊心动魄的情节，也很难让如今见多识广的读者餍足。读者永远需要作品提供更多可咀嚼的东西。超越表象的肤浅，意蕴繁复，歧义迭生，让文本具有更多阐释的可能性，逐渐成为好作品的标配。运用“融合”带来的碰撞与纠缠，形成小说的深度模式，这既是一种价值意义的追求，也是有所作为的作家，建构一种深刻叙述的必要手段。

其五，小说“破圈”的需要。21世纪以来，西方现代派小说在国内大行其道，愈演愈烈。学院派作家联袂学院派批评家，彼此唱和，形成了小圈子，言必称希腊。现代派小说全靠面壁虚构，多不接地气，很多时候，如同脱实向虚的文字游戏。所以，他们越努力创作，读者可能越不认可。物极必反，提高作品可读性，成了很多人的共识。当前，包括艺术在内的各行各业，都在“出圈”“破圈”。于是，包括融合在内的文学新变，就是为了增强作品的可读性，力图“破圈”。

其六，“类型”挑战的需要。本来，类型文学是从通俗文学脱胎而来，两者并无本质区别。21世纪以来，类型文学完成了文体形态和文学生态的重塑，以更清晰的取类面目出现。被传统文学精英式的严肃作家嗤之以鼻的某些类型文学，如科幻文学、生态文学等，已经茁壮成长，甚至登堂入殿，出尽风头，颇有经典先锋文学气质。还有，很多网络作家占据了作家富豪榜，作家类型的划分毫无意义。纯文学有必要来场自我革命，增强挑战类型文学的勇气。

其七，靠拢市场的需要。作品的价值不仅在于有人阅读，也在于能否影视改编。现实情况是，文学作品离不开市场这只无形的手。当今写推理悬疑的作者很多，原因是市场有需求，很多人能力不足，只是跟风才写了破案推理，作品质量可想而知。东西敏锐地用自己的文学功力碾压了他们。《回响》获奖前，就拍了电视剧和网剧。我们过去以纯文学不宜影像化为荣，东西启示我们，思想会随着社会流动，文学也是，没有不变的真理，文学需要新的开拓。

其八，自我突破的需要。很多小说家写多了，也小有名气了，就会按照自己舒适的习惯性套路来创作。结果是，作品的质量会随着视野的收窄、题材的枯竭、手法的老套，不升反降。一个有雄心抱负的作家，一个想拿大奖的作家，定有写作目标，绝不会低水平重复。为了抵达光辉的顶点，他们通过自我加压，不断挑战写作的难度，以期取得自我突破。事实上，作家勇于向自我宣战，就已经左右了作品的成色，由此带来的作品含金量，谁又能轻易否定？

任何时代，文学都需要发展进步。一方面，作家不能“躲进小楼成一统”，而要与周围世界产生深刻关联，在日新月异、无限跃动的现实面前，不断增强创作活力。另一方面，互联网与科技联姻，已使得文学成为一种无差别的群体写作时，专事纯文学的作家们，只有将融合与新变付诸实践，放胆行文，突破写作上的僵固路径，才有可能扭转被动的局面。

这是一个羞谈文学的年代，四年一度的茅盾文学奖光芒，并没有掩盖这一事实。我常常想，文学存在的价值到底在哪里？奥地利小说家赫尔曼·布洛赫认为，小说存在的唯一理由，是发现唯有小说才能发现的东西。这句话，我总觉得未能抵达深意。读完刘亮程《本巴》，我突然有所顿悟。这部小说通篇写梦，永远不醒的童年梦，但有一只醒来的左手，可以拿到梦中的东西，也可以把梦外的东西拿到梦里。或许，文学就是这只醒来的左手，它不去创造价值，而是在梦与醒之间频繁穿梭，把世界变得如梦如幻、亦真亦幻，从而深刻影响我们的灵魂。

文学的价值没有变，也永远不可能变。凡作传世之文者，必先有传世之心。融合是一种姿态，新变是一种内涵，若要获取更多的内涵，就应该有更多的类似融合这样的手段，共同推动，生成一种新境界。

下　编

散论无由，至文似“耍”

——读唐玉霞《和张岱一起去看雪》

唐玉霞再出文集。这本《和张岱一起去看雪》列在“闻道学术作品系列”之末，私以为，是考量学术背景及齿序，不是顺带。相反，唐著的加盟，给这套系列书增添了意趣。

书中集纳的文章难称学术随笔，除第三辑“一纸情深”外，与传统书评书话区别甚大。我感觉像是读书随感：由读某位作家作品的感受，进而给出对作家的评价。这个评价立足文本又超越文本，既品文又鉴人，贯穿以作者长期的悟读过程。令人仰慕的文学名家，他们的经典作品乃至别样人生与精神脉动，作品以外的广搜博览，女性敏锐的直觉加持，落入唐玉霞一己眼光的锐评。

这些文章，与规整板肃的学院派不沾边，也与追踪热点的媒体人身份不符。唐玉霞读书多，档次又高，很早开了眼界。这就不难理解，她总是标新立异于文章创作，练就了几副笔墨。识得她文字旨趣的读者，随时会激起阅读的惊奇。不喜欢的人肯定也有，就像草体是书法的最高境界，但很多人不会欣赏，甚至反感。我是欣赏的，较之往昔程度有所加码：一为读的文章多了，“观千剑而后识器”，很多被抬得很高的作家，想来也不过尔尔；二为识破了唐文的某些机关，对其平地而起的新颖观点、娴熟驾驭的文章技巧，更加敬佩。

此类文章，议的成分大，观点举足轻重，所谓“意者，文之帅也”。书中的文章，难以论观点有无，是因零散的小观点奔涌不止，很难归纳成一个总观点，即文章的立意。形散，意也散，篇篇如是。我对《我们总是怀念过去的日子》有统计，不足两千字的短文，散融在文中的观点达20多处。发现此秘密，我很惊讶也很自责，如果没有细致解析，我会继续给唐文一个注重感觉、淡化意识的标签。为什么会犯这样的低级错误？思来想去得出答案：这些细微观点，都是感受性和感觉性的，无法剥离于文字飘忽气场，甚至因承接上一句过紧，无法从段落中抽出，若强抽下来，文字就会散落一地。各种零散观点参与了行文的取径，成为叙议一体、不可分割的主干。

奇就奇在，如此观点不引人注目也就罢了，还不知其所来。为何无来由，不是一句“文字感觉好”可以搪塞，得作具体的文本分析。“对于有距离的东西，我们一般都用敬意将其归为同一阵营，也将彼此之间的高下划清。这是尊崇对方，亦是抬高自己，至少我是这样。因为我没有看懂废名，又耻于承认自己阅读品位低下。”此乃《废名不废》一文第二自然段中的前三分之一部分。显然，三句话句句是观点，但也可视为一个观点，即累积了两次再递进后升华而成。作家的凌厉在于，思想的火花时时闪烁，且人人心中未必有，笔下笃定无。认知的广博，境界的深邃，精神世界的通透高蹈，忠实于内心的坦诚自嘲，孕育了粒粒晶莹的思想火花。它们落点密集、不成体系，却质地饱满，形塑了文章的气质；它们看似脱口而出、零度抒情，却角度刁钻、格局高标，助推了文脉的充盈。关键是，它们只属于唐玉霞，足矣！

过滤掉零碎观点，文章还有知识的闪光。不是装点门面，更不是掉书袋，是文章必要的知识文化佐证。有时，宁愿减少阅读的流畅感，也要增加文本的延展感。从单篇《和张岱一起去看雪》一文看，唐玉霞是熟知晚明史的，她对张岱的研究，建立在社会文化大背景下，所谓知人论世，大抵如此。她看得深广，也看得透彻，具有鞭辟入里的眼力，更具有一针见血的概括力。这些，死读书的人非但做不到，而且望尘莫及。我感觉，这类文章需要大开大合大纵深，非大手笔大智慧不可为，唐玉霞也只在知识储备完备的领域有所挑战。其实，怕不怕是一回事，写好与否是另一回事。横竖比较来看，她是擅于此类文章的。这类文章让她的风格、才识、智巧，愈益水落石出，也愈益光彩照人。

曾有知情者说，唐玉霞行文极速，一篇千字文顷刻间点画到位，还能心有旁骛，一边写一边回复信息。我一度坚信不疑，如今懂了一些文本分析，看法却已动摇。唐文不仅主观意识密集、知识信息密集，而且在写法上布局巧妙、机关重重，更为不易的是，预设的技巧不露痕迹，仿若天成，真正做到了大巧无形。这样的文章给人感觉如玩似耍，而这种“耍”势必要融进缜密的心思。如果有人坚持说她文不加点、一挥而就，我承认，可那腹稿不知已经打了多少回。

书中的文章，做法是极其考究的。

标题已不同凡响。《我的鲁迅》《作家不能总是写自己，作家终归还是在写自己》《休休》《告诉我，哪里不冷》《路过》《如果达洛为夫人积极独立》……在我们的固有观念中，这些压根不像文章标题。若切若离，虚实各宜，词句皆有，长短不拘，没有几把刷子，谁敢这么写呀。当然，艺高人胆大，善“耍”者心知肚明，借此，既达到了一种陌生化效果，又祛除了匠气，消灭了俗气。题为文眼，从题开始不拾人牙慧，以题范文，她的文章想同质化都难。

布局行文最见功力。起承转合间，春草萌生，夏潮涌动，秋风卷叶，冬雪漫天。那些横生的观点一路紧跟，繁茂的知识自如灌注，曼妙的意味余响不绝，无不受益于起调的导入有方，运行的宽博跌宕，收束的另辟蹊径。

开头力求简短峭拔，提挈全篇。像演员舞台上惊艳亮相，抹去了前期化妆、候演、走台等环节，甫一发声，就气场强大，直抵人心。切入点尽可能恰当，视野尽可能敞开，思路便于深进，也便于旁逸斜出。行文力求自由张翕，逶迤起伏。“文似看山不喜平”，唐玉霞深谙的此道，被她灵活运用到了每一个段落，甚至每一句话上。很多时候，随着思维齿轮转动的一段话，递进了几个层次，每层意思都灵动婉转，出人意料。那些令人惊悚的观点，像高山坠石，不知其来，却承接有力，缱绻多姿。这样的段落比比皆是，不想举例在此占篇幅。还有，避免稀松寡淡，有意增加叙议密度，在必要处多绕几个弯，多打几个漩。结尾力求有意味，豹尾续貂。因文而别，巧设结尾，或反转或升华，或余音或激浪，隐喻象征，独具妙谛。

语言，还是要说到语言。唐文句式灵活，几乎所有探索性的新句式，她都想方设法为己所用。“杨绛的传奇，在于她的不传奇，她的不传奇在于她没有传奇的心，没有使出传奇的力，所有她的传奇没有龇牙咧嘴的恶相，没有漏洞百出的尾巴，没有捉襟见肘的仓皇。仿佛无意成就，却于无意间成就。”这段话把汉语的妙用妙味，淋漓尽致地展现出来，对唐玉霞来说也只是寻常。再看她并不刻意，只用于刀刃上的修辞。“秋天走到深处，季节呲出冷白的牙齿，越来越大声地啃啮着时间。”这句话采用习见的拟人、通感等修辞手法，却给人一种现代派诗歌的感觉，功力可见一斑。名言似乎都是名人专利，不过也不尽然。“艺术不能全息、全范围，市井也是一种风格和主张。”我惊讶于这样的话，出自唐玉霞之口，哲理含蕴和大家风范都不缺，即使与王尔德的鸡汤文字相比，也不逊色。

我在构思本文时，有致敬作者的意思，想着行文也要一要。大家看后便知要得如何了。是的，写作上有些东西是学不来的，没办法。

一个文化人的流年诉说

——董金义《咏流年》读后

很难说荆毅先生的《咏流年》归为何种体裁的文集：散文、随笔、艺评，乃至艺人小传，集子中均有。他说，“咏流年”不甚贴切，只是为了接近写这些文章的专栏名称。我倒以为：这些机杼自出的文字，点滴汇聚在一起，彰显了一个文化人的情怀。而有意将聚焦的景深拉长，岁月中的文心艺质，芬芳邈远的意味，显然更加充足。很多时候，流水冲走了泥沙，是时间将真金留下。

《咏流年》全书三辑，篇数最多的是第一辑“纪事芜湖”。占据头条的这篇《东郊路的岁月》，以回望的眼光，写出了作者立足东郊路后，陪伴他的，那些难忘的人与事。这是一篇言简义丰的作品，夹杂着个人复杂的人生况味。荆毅由乡入城的过渡阶段，既有追逐文学梦想、小有收获的惊喜，也有中年困境的猝然来临、愧对母亲和女儿的内疚。毫不避讳地描写母亲“集物癖”，最见一个孝子的宽容与心痛；对华丽转身的东郊路，仍唤其旧名，是一个文化人，直面一去不返的光阴时，内心的怅然与挽留。当然，文章的内涵和外延绝非限于此。透过文字，我们可以看见一个时代的沧桑蝶变。《夏天絮语》诚如这“絮”字，把散文之“散”，发挥到了极致。从童年乡村之夏，到青少年梦想之夏，到近年城市之夏的焦躁惶然，再到乡村之夏的满目嫣然，兜兜转转，复回城市之夏，定格于船家温暖祥和的美好水居情景……文化人的生命状态，有时就这样感性而敏悟，斑斓而驳杂。最终，在酷暑隐去、心路绵长的自适中，是作者眼前的这个夏天，买回的灵璧石，爱不释手地赏玩；还有读文友们的赠书，润心凉体的文字。可见，文化人的人文情怀，彻底敞开后，是怎样的通透！

无论是写芜湖的水、老街、小吃，还是写故乡南陵的江河、村街、“十碗八碟”，荆毅都一往情深。潜之以境，投之以诚，质朴的乡村情调，信笔写下，却醇于生活，雅于生活。没必要拔高，也无须矫饰，结实而深刻的真，比花哨而浅薄的假，永远更具持久的魅力。当然，这样醇雅的生活，成为安妥自己灵魂的力量，离不开灌注了丰富文化的心灵。于是我们看到，像《风筝，风筝》《故乡过端阳》诸篇，每起一念之微，即便是来自故乡的惆怅，也是颇具文化色彩的。这是文化人的眼光，总是在别人疏忽的地方，采撷文化的元素，攫取生活的本质，特别是通过对往昔岁月的追怀与再现，重梳文化的肌理，发现生命的光亮。不说《故里散记》中古色古香的文赋、楹联，就是《小院春秋》里的草木，有了文人骚客的加持，也变得不同凡响。这些篇章无意于成为体系，却在作者的文化体认中，连缀成锦，妙有余姿。很多时候，作家对外界的观照，是自我人格的外化。写万物，就是写自己的精神生命，而精神生命，本质上就是文化。

荆毅的爱好很多，用功最勤的当属书法。这让他有机会接触一些同道。书中第二辑“艺文芜湖”，甚至第三辑“纸墨光华”，都与此有关。他写文友韦斯琴：“她很静，也很率性，生活的状态是随意和自由的，正像她的画和字，温婉清雅中常逸出一片细细的草叶来。”他形容画家王彪的诗人气质，却体现在乒乓球比赛上：“那一场球，如果他发挥得酣畅淋漓，一定会出现特别精彩和富有想象力的好球，并伴有略显夸张的潇洒球姿。”这些精妙的文字画面，是文学家的才情，加上艺术家的修为，合力生成的，非两者叠加，不足以至此。我想，个人的颖悟力倒在其次，友谊的纯粹，心灵的相通，灵魂与灵魂的靠近，才使得这些文字，超越了寻常人的眼光。

只缘身是此中人。于书画艺术，荆毅潜心悟道已久，炼就了一颗本乎天地的艺术家之心。在求真、求趣、求美的艺术言说中，不乏源于实践的艺术观照与思考。他认为，书法中的“清”，就是最难得的书卷气；书法应该技巧与境界并重，书写者要守住自己最擅长的东西；文人画笔墨的后面都有时代的大背景，画者不可能游离在时代之外，其精神与内涵也会随时代发展而变化。他甚至认为，在宣纸产地泾县，清澈的河水、质朴的工匠，成就了泾川的底色，映衬出无尽的文脉。这些一鳞半爪的思想哲理，是艺术家的如炬眼光，是探索者的真知灼见。这样的艺术评论，如果没有蕴藉的人文情怀、扎实的文学功底，断然不会如此精炼。在文与艺之间游弋的荆毅，愈加超脱的姿态，愈加无间的融合，所获笃定良多，当然亦有精神的高蹈、审美的自觉。

荆毅文章的语言，向有精简、清正、典雅、从容的本色，《咏流年》也是奔着逸品之高格的路子去的。很多文章有话则短，无话则免，快速切入，直抵曼妙的腰身。他信奉，限制与边界构成了艺术，堆砌、臃肿、拖泥带水，是艺术之大忌。写作还要学书家，认真对待每个字，中锋行笔，开合有度，保证笔笔精到，真气圆满。如许文字，似荷叶盘里的积水，珍珠般的圆润与清透，只等日辉月华来相照。读这样的文字，使人沉静，你可以有一些牵动性联想，也可以什么都不想。生命和艺术于此，就有了人情物意之美。看惯了文字的千姿百态，总有一天，蓦然回首，相信你会感觉，这才是最熨帖的文字。

还想说一下，本书装帧之好，似是同类书的天花板了。显然，荆毅深度参与了设计。风格即人，大体如是。集文学与书艺于一身者，并不鲜见，尤其是在古代；但能够致力于从生活文化到文化生活、从艺术真实到生活真实的人，并不很多。我想，荆毅是一个。

在沧桑回望中寄望

——读杜光辉散文集《都是人生》

我国散文的源头是甲骨卜辞，距今有三千多年历史。春秋战国时代，先秦诸子哲理散文竞相迸发，高标准奠定了我国散文大国的地位。“五四散文”对现代理性精神的张扬，建构了现代散文的框架。从20世纪90年代开始的新时期散文探索，乱花迷眼，褒贬不一，但累积的成果有目共睹，堪称“五四散文”的嗣响。

作家杜光辉以小说名世，近年来，他创作了数量可观的散文。《都是人生》是继《浪迹巴山》后，他的第二本散文集，成功入选了《文学百年·名家散文自选集》。在散文名手如过江之鲫的现当代，杜光辉的散文何以备受推崇？带着疑问，我细读了《都是人生》中的35篇散文。总的感觉是，有自家面目，情、理、识俱佳，神、趣、韵兼备，文章不属于标新立范的潮流之作，却牢牢依附在千年文脉的主干上。

《读书：对抗抛弃的坚盾》一文，着意于生命本相的凝视与勘探，叙写了作者在人生困局中的心灵挣扎与命运蝶变。在精力旺盛的青春年华，仄身大巴山深处的毛坝关火车站，单调，无聊，放纵，使不甘堕落的杜光辉绝望得要自杀。只是为了父母体面地活下去，才没有干出傻事。杜光辉命运的重大转机，始于《新体育》杂志上的一篇小说。被作家张洁的这篇《含羞草》深深打动后，他决定用写作把自己拽出深陷的泥淖。在本该读书的年龄，杜光辉驾驶军车奔驰在青藏高原，如今想要写作，除了拼命读书别无他途。志如磐石。渐渐地，读书之乐战胜了读书之苦，读书收获代替了生活困惑，写作成功确证了读书价值。与命运的角斗中，书籍是制胜的不二神器。有了书籍，一位写出了大作品的知名作家兼大学教授，神奇地淬炼而成。读书改变命运，一条清晰的跋涉之路，蜿蜒在杜光辉的身后。本文列在第一辑“思睿篇”之首，看重的正是读书能使人从逼仄中，涤荡出辽阔的新境，在倡导全民阅读的今天，励志意义不言而喻。

胸藏历史，笔有丘壑。《情思古战场》是一篇反刍历史与呵护生命的厚重之作，透射出强烈的悲悯情怀。文章触景生思，以物系人，从武侯墓之于诸葛亮、定军山之于黄忠和夏侯渊，到褒河之于“衮雪”喻赞、死后七十二遗冢的曹操，将勾取手法提挈的历史事件串联，一部魏蜀相争的历史徐徐展开。考量这些历史人物，作者发出胜败又如何的喟叹。文章剑指这些因战争而留名史册的人物，因他们害惨了陷入涂炭的百姓兵丁。杜光辉思接千载，视通万里，用知识和慧眼，用经历和感悟，积淀出对历史与生命的思考。他甚至认为，古典名著《三国演义》是数百万兵丁百姓的骨山血海化成的精灵。思绪仍在蔓延。据此，反思战争，串联古今，思考宏大而深邃。从说服嘉靖皇帝不要征伐的唐胄，想到太平天国运动导致的人口锐减，从个人战争观的滥觞，想到理想文学必备的反战功能，正面强攻之下，又旁敲侧击，隐晦的生命至上道理被阐明，振聋发聩。开阔的视野和多方位的观照，文章不仅生动践行了“作家的责任是人类生存境遇的深刻洞察”，更是呼吁在社会文明进步中，人类应该持有博大的胸襟。

杜光辉早年的人生苦难我略知一二。读了这篇《感激苦难》后，震撼超出了预期。他的苦难堪称天花板级的，任何一点闪失，都有可能将他变成苦鬼冤魂。文章坦露、掰开并祭出苦难的伤疤，还原了从遭受重击、鲜血淋漓到缝合结痂、反哺肌体的全过程。换言之，就是将遭受、承受、享受、感恩苦难一线贯穿，让人们看到，是怎样的苦尽甘来。只有真诚的作家，才会如此毫无隐瞒。不在苦难中灭亡，就在苦难中爆发。杜光辉选择的爆发不是硬刚，在最困厄时，虽曾有卖掉一个肾的考虑，但取径上却是一种四两拨千斤式的转化，他将所有的苦难化作文学创作的丰厚滋养，身体力行地证明，苦难的确是作家的一笔宝贵财富。基于此，不惜反驳他尊敬的文学大家的观点。杜光辉不跟风时髦的题材，不追随流行的意趣，只写自己想写且能写好的，原因正在于一己生命的体验，是小说强劲表现力的最好源头。文章感激苦难，也是希望给那些在苦难中挣扎的人们看到希望，不大困者不大亨，艰难困苦成就的不仅仅是作家。

杜光辉审视社会的目光笃实厚重，处处闪现出哲思的光芒。《阅读：谋善的基座》可与《读书：对抗抛弃的坚盾》对照着读，以便体会两篇文章视角的差异。这篇说理散文，辩证地指出读书也只能是清者自清、浊者自浊，围绕读书提升德与善的否定之否定，告诫世人读书不是万能的，唯有夯实书籍劝善的基座，读书才更有价值。《仰头望珠峰，低头用抹布》一文，在对比中碰撞火花，得出观点，颇具杂文特色。文章认为当代主流道德观的社会倡导，所定目标如珠峰般高不可攀，是不切实际的虚伪做法。人人皆可用之的普通广适标准，却类似于生活中擦拭脏污的抹布，被视为不值一提。文章指斥精英思维导致的社会道德宣扬不接地气，深含哲理的力量。明白杜光辉身上的诸多优良品德，源自良好的家风家教，是读了《父端子正》《母慈子善》两篇触痛心扉的亲情散文后。在饥馑的年月，父亲省吃俭用让一家人挺过难关，自己却病倒于长期饥饿和过度劳累，而他居然是掌管省会城市粮食调拨的主官。母亲勤劳慈爱至极，宁可亏己，不愿亏人。熬过凄苦的年代，好人好报的母亲得享高寿。可以想见，父母的高贵灵魂与人格光辉，是杜光辉一生奋斗进取的无穷动力。

用真诚的散文之眼，放大视角，升华题材，杜光辉走了一条守正与突破并重的散文创作之路。他恪守意为文之帅的传统，每篇文章都围绕核心要义铺展开来，将他对历史、自然、现实、人生的认知与洞察靶向其内，使情趣、神采和气韵氤氲其中。说理散文有思想的高度。直面现实或透析历史，总是站在理性的层面理解事物，尽可能地调动考证资源，展开哲学层面的演绎归纳，即使有的极具撕裂感，但打开了格局，贯通了知识、经验和思考，严肃负责地拷问，断然难免这样的兔起鹘落。抒情散文有生命的惊喜。直面荆棘丛生的来时路，将对人生的辩证思考，对生命的智慧感悟，对生活的感恩博爱，和盘托出，内心奇景一目了然。完全有别于画饼充饥、虚假励志的心灵鸡汤，有力回击了一股消解文学崇高性的逆流。亲情散文有精神力量。杜光辉对亲情的书写，满溢着返璞归真的味道，他用最朴实的语言、最真挚的情感、最贴近人心的方式，攫取生活中复活的横截面，沉浸式地展示给读者，让人不得不情感共鸣、身受激励。

在当下，散文体量的扩容不足为奇，但文字包浆，葆有生命的光和热，似是普遍缺失的绝技。《都是人生》中因文章题材不同，语言特色略有差别。总的来说，杜光辉的散文语言简洁劲爽、活泼快意，不臃肿不拖沓，不玩虚不唬人，每个字都充满生命活力，像是音符在段落中跳跃。即使有时真理在胸，逸兴遄飞，洋洋万言，也不失灯火扑面的可亲。有时幽默，冷的："看到漂亮女娃就驻足不前，眼珠里能伸出钩子，企图把人家钩下来。这样确实下作，确实资产阶级。但只看不说，不动手动脚，就上不犯国法下不犯路规。"有时辛辣，极形象："虱子隔着喜马拉雅向大象求爱。"这样的文字，得之于心而应于心，是精神背景、知识储备、个性情趣的完美结晶。不敢说杜光辉创造了一种新的散文美学，但阅读的快慰，是掩饰不住的。

《都是人生》写出了生生不息的生命深情，是历经磨难、好学善思的杜光辉，收获的一枚沉甸甸的文学之果。文章连缀起人生的片片风景，看似驻足独白，叩问灵魂，显然于己于人均有所寄托。作家的清醒慧思、强大心智、宽广胸襟，撑起了作品的厚重力量。只有阅尽沧桑，才有资格如此长袖善舞，输出大爱与温暖。当信，阅读这些文字，必有新奇的收获。

风韵可人的意象之“花”

——读刘琼散文集《花间词外》

在古典诗词中，盛开着明艳的繁花意象。它们秉自然之性，涵养心智；发物类之情，陶冶情操。各有所寓，各有所寄。千百年来，丰厚了中国人的精神生活。

检索书网，凡涉及花草的诗词解读、鉴赏，脱不了字面化、感官化、陈旧化的窠臼，实难令人餍足。能不能有一种言说，给品评不尽的百花诗词，以深邃化、心灵化、衍续化的阐释，让不同花草的意象，在当代人的切身感受中，获得更为宽泛、且有新变的价值认同与情感认同呢？当然有。刘琼散文新著《花间词外》恰逢其时地填补了这个空白。

《花间词外》集纳文章12篇，一篇文章只写一种花草。文是相对而言的长文，每篇8000字以上；花是名头响亮的寻常之花，兰、梅、菊、海棠、芙蓉、丁香、水仙等，悉数在列。每篇文章均从咏花诗词切入，一路芬芳演绎。古典诗词是中华文化的瑰宝，花是大自然的精灵，两者联袂，称得上天作之合，脍炙人口的佳作很多。如本书提到的陶渊明《饮酒》(采菊东篱下)、王勃《采莲曲》(采莲归)、李清照《如梦令·昨夜雨疏风骤》、纳兰性德《浣溪沙·残雪凝辉冷画屏》等。这些诗词，表面上描写了花草的自然属性，甚或只是一种自然状态，实际是爱花赏花的主人内心情感的映射，乃至人格理想与生命精神的寄托。

我们熟悉的梅兰竹菊“四君子”，书中除了竹，都有专章叙述。千百年来，四君子是贤人逸士的高标自况，也为平头百姓所钟爱。这种人格品性的文化象征，是经由古典诗词的不断加持，一代代强化于旧式文人的脑海心田的。还有荠菜花这样不想自我表现的花草，朴素反而提升了它与生俱来的魅力。刘琼以此古人心为心，站在现代人的立场上，放大了视野，串联起古今，诉诸灵魂，提升着格局。不仅指陈一花一草的风骨与神韵，梳理古今传承与嬗变，更于个人的日常生活和生命体验中，揽得一份时移俗易的新意，提炼一种与时俱进的新质。在前人有意隐晦或尚未悟及的地方打开，旧瓶装满了新酒，即用纯正的高端审美，诠释花草各美其美的深层内涵，赋予繁花意象贴心润肺的时代气息。似花还似非花，花随风万里。这不得不说，是时代使然，心境使然。

《兰生幽谷无人识》这篇中有一段，从中国兰的品相写到《陋室铭》《天论》的作者刘禹锡，然后，水到渠成地感慨一番："在有哲学视野的诗人眼里，人和外部世界的关系是辩证、变动、普遍联系的，有什么样的人便有什么样的环境。由人及物，梅兰竹菊，便也着了君子相，为君子所好。"显然，这是一种文道合一的书写。作者不扬文而忘道，亦不显道而隐文；既没有徒有虚表，也没有盈篇思辨。我不否定，这种散文风格承续的是"五四"散文精神的传统，有纵眼天地、吞吐古今的胸襟与器识，称之为有风骨有内涵的"学者散文"亦无不可。

我总感到，《花间词外》最突出的价值，还体现在审美观照上。书中引用的花草诗词，是诗人进入特定的审美情境后，以充满独特情韵的眼光，看对象物的观赏与会晤。也就是说，当代人面对这些花草意象，仰观俯察和远观近察，同样不可或缺。这是向文章注入个人生活体验的重要来源。诗词是文学，也是艺术，是艺术就有规律。好的艺术来源于生活，更要高于生活，如果艺术只是对生活的简单再现，就不成其为艺术。《花间词外》以艺术化的语言，以作者亲身与花草打交道的经历，在别人的司空见惯上发现美，建构、重塑和阐释古典意象之"花"装点下的日常生活，并为它增加人文的温度与思想的深度，拓宽掘深现代人精神世界的景深，进而赋予生活更多的意义和价值。

以审美的眼光扫描意象之"花"，注重表现自我与生命的本真，《花间词外》是散文别出心裁的尝试。知性、感性、理性兼备，底气、灵气、才气俱足。

在刘琼看来，“写作的创新，首先是认知问题”。丹青难写是精神，花草亦如是。要像优雅的花蝴蝶，在历史与现实之间的芳菲地带，随进随出，自由穿越，方可捋出古典意象背后结实的精神链条。为此，个人丰富的知识和阅历掺杂其间，必不可少。当然没有“掉书袋”，也没有陷入文化和文字堆砌的泥沼。恰恰相反，知识的灌注，给文本注入了丰盈的文化含量。若说前人相关表达是一茎春草，那么刘琼的叙述就是一竿翠竹，不光是体量倍增，更有筋骨的硬朗、姿态的潇洒、眉眼的清晰。这是学问家的做派，所到之处自然会花繁叶茂，蝶舞蜂喧。也很好地践行了作者“写作跟阅读一样，经验丰富，视野杂，写的东西才有可能好看”的主张。

将自己摆放其中，书写个人与花草打交道的经历及体验，是《花间词外》最具“散文”特质的地方。“窗外已是春光。腊梅今冬没见，去年在去太平湖的路上碰到，有一枝被带回了家。白梅、红梅和绿梅，也只有回江南去看了。”这样走心的表述，感性十足，是心灵对自己的密语。一方面，说明对花草的喜爱，是自己生命情感的本真流露；另一方面，也说明细腻的洞察与艺术的敏悟，诸如花草的色香味道、情趣意旨，很多只能从个人体验中来。这些文章，之所以说出了别人想说而没有说出的话，就在于打通了古今、他我、言行的界限，让破圈而出的溢出效应成为可能。或许，艺术的灵性即在于此。

一般来说，理性思维不是作家所长。但是，刘琼是学者型作家，文艺副刊编辑、艺术学博士。她有过良好的专业训练，学识丰赡，学养深厚，眼光独到，驾驭文字举重若轻，言之成理。她认为：宋词的细腻隐忍是一种迫不得已的“向内转”，是“国家不幸诗家幸”的表现；优秀诗词作品往往是副产品，是怡情养性和应酬交际之作，是歪打正着。诸如此类不刊之论，的确是道前人所未道。在写法上，信手拈来的知识，古今中外无所不包，虽有时宕开很远，但最终不等落地，又收拢回来。就像古典诗词那样，频繁转换却浑然一体。清新简雅的文字，如蝉翼清透，是提纯后再蒸馏，捕捉阐释概念精准到位，洞若观火，与古人的写意精神完美融合。

读《花间词外》就像读古典诗词中的意象之“花”，值得反复涵泳玩味。你肯定能感受到文章传递出的那份再创造的愉悦，进而会想，一个人可不可以像一枚花草，在天地间优雅地生长。

言简义丰，境生哲蕴

——丁祖荣散文印象

丁祖荣先生的散文，我读得不多。几年前浏览过一组，在《人民日报》副刊上。细读的，只有发表于省市文学期刊上的《时空时雨》《雕塑》《垛子上》等诸篇。

读丁祖荣的散文，最鲜明的感受是，一种简古的异质感，氤氲而来。当下散文的同质化比较严重，雷同的腔调也很普遍，而着意追求陌生化表达，实属难得。一般来说，异质感，给人的感觉多是由外而内的，也多于第一印象便产生。显然，作者个性化的语言，起到了最直接最外在的作用。这是一种怎样的散文语言呢？空说无凭，不妨作点文本分析。

“盘桓一个多小时，听元本讲，矶立于岸边高处，石多含磁，磁铁形成场，与人交互感应，形成气象，象中有昭示。每三百六十年一周期，六个甲子，因缘际会，生发种种现象。近年，江沙流布，矶石隐现。元本偶得密书，苦思难解。书奇，元本称有此书，秘不示人。”此为《时空时雨》中的一段。有类似于精湛文言文的披沙拣金、惜墨如金，还有斫轮老手的击玉敲金、点石成金，是它的最大特点。其语言取向明确：不说无关的话，说透管用的话；说准每一句定性定量的话，让普通的话团结起来产生聚变效应。所述之事，虽烦琐玄奥，但言简意赅，读者感觉不到那种无聊絮叨。不动声色的零度情感，又有独到的属于自己的语调，极客观，极冷静，极庄严，极禅意。

“东南入，山坡平缓，绿意丛生。愈深，曲折多变，间以小桥流水。夕阳下，沼泽地，各种植物丛生，随风起伏。时有各种鸟，起落多姿，使人流连。神山神采。”“山间的湖，湖水轻漾。山，显隐。水，微波。意幽人远。湖连着大阳埕，在东南面连缀几地小湖，势成湿地，湿地野生各种植物，尤其是棋布于各处的荷。”这是《雕塑》中的两句白描勾勒，就像余赘尽除的雕塑，筋骨遒劲，立体有致，留有凿刀醒目的刻痕。一词一句，没有敷衍处，省去了定语修饰，活用了词性，以最节省最有力最灵动的笔墨，最大化地丰富内容，拓展读者的想象。山光水色，动静相宜，诸物和谐，人立其中，宠辱偕忘。如读宋词小令，空间流转，意味叠生，咀嚼不尽。

《雕塑》述“神山神采”，是通过山坡、绿树、小桥、流水、夕阳、沼泽，以及随风起伏的植物、起落多姿的飞鸟等，一连串的画面获得。而幻化出的“水墨神境”，与夏夜雨后的芙蓉湖有关。蛙鸣虫响，萤火明灭，荷珠滚落，白荷散香……灵动的自然界，可闻，可视，可触，可味，可感，哪怕迟钝之人，感觉功能也会被充分调动。此时，在更广袤的天地间，繁星密布，山影入湖，画面豁然开阔，别有景象。作者的主观介入，心中意与眼前景相碰撞，遂生物我相融的意境。只是过后陶然，“如谛听灵魂轻歌”，且“一时难以自持”。让人感到，作者天人合一的顿悟与通透，是一个多重镜像下的精神自我，就像神秘星空妙不可言。

《雕塑》写神山蛙雕及山中诸物，都是眼前实景，作者将其转换成画面并非难事。而《垛子上》这篇散文，通过对故土的深情回望，打捞出明晰的记忆矩阵，文字的画面感也超强，令人意外。读者的眼睛好像跟着一台摄像机，在还原那些逝去的场景。垛子首先进入镜头，具体说是“董垛”。六户人家的分布，乃至周围的沟塘、丁家的祖坟都有定位，沙盘一样眉目清晰、毫厘不爽。甚至连祖坟顶上的野桃树，春花夏果，群儿攀摘，皆历历在目。这是生命成长最初的场所，也是精神游子心中的圣地。面对此景此境，想不思及故人都难。让人物从特定的生存境况中，渐次“走出来”，踩在故乡固有的土地上，神随境出，颇为高明。

董垛的外来户老雍最先出场，源于记忆深处的一把铜唢呐。这把常人吹不出声，而老雍可吹成《东方红》的铜唢呐，后来五十块钱被卖掉。这里既有对“高手在民间”的赞叹，也有对无知者的怜悯。出了大队书记的孙家，与作者家纠葛最多，掰扯不清。从作为大队副书记的父亲被排挤搞副业，到作者儿时被诱骗写毛笔字差点闯下大祸，再从父亲为了维护家产与孙家拼命，到丁孙两家结为儿女亲家，文章描述当事人的特定状态，不仅有形象，似乎还有心跳声。接下来，救己一命的杨家、女主人会来事的钱家、陷入困顿的黎家悉数入文。人性多样、世事沧桑，感慨缅怀，重温与审视间，夹杂着个人成长。在以人系事、化繁为简中，文章获得了一种骨感的丰盈。

文章转折自然，那是因为“今年我回去一趟”。董垛已夷为平地，老邻居们散落各处。“城市化浪潮，裹挟着半生不熟的新生活冲刷每一个人。”这时，作者借老母亲的话，完成了现实与过往间的延展与嫁接。而人心的孤寂与澜起，体现在对事物微变的敏锐捕捉上。譬如，母亲怀念垛上老屋，前往看到曾经热火的灶膛里，长出一棵大青蒿，于是眼泪流淌。红火与青蒿，仅凭色彩上的张力，就会让人不淡定，何况当事人？散居的村民“仍有意无意往一起凑”，又不染辞藻地活画出一种最为质朴的乡土之情。“不仅仅是反刍和念想”，在作者欲言又止里，思虑的沉淀、理性的回归、生活的辩证均有，并不完全是“眨眼已过六旬，走路都有些力不从心了”。

读丁祖荣的散文，尤其是《时空时雨》和《雕塑》，分明可体味到潜藏势能的个人风格化语言，在左右着格局。其间，作者的思绪飘忽萦绕，很容易把人带入一方悠悠哲思的空间。

《时空时雨》全文四大段落，前两段是游记，后两段可归为“意识流散文”。它们组成貌离神合的整体，蛟矶大龙湾是共同指向的焦点。初次造访，获得了书本上未有的识见：“磁场共振之效”。此时，听到喜鹊清亮的群鸣，加剧了此认知。进而认为，眼前的石立龙腾，不过是“大江浩荡”“三国争雄”的另一种状貌。再次造访，看春花秋发，喜鹊闹腾，念念不忘“江心第一境”石碑。于是行走江滩，瞥见芜湖第一楼。夜返，品茗，心惬。接下来，天马行空的联想，为“造境一个时空”而造境时空。看似不循先后、随心所欲，却尽精微、致广大，于表象中体现隐微，在限定中突破边界。写法上，气氛烘托在前，道理阐述在后。文章在感性思维加持下，理性思维持续突围。时空挪移之突兀，思绪翻飞之快捷，如江流奔涌，吞吐无穷。

精神的烛照，当有文化内涵的丰赡，也少不了哲思底蕴的深厚，例如文章涉及的时空观。时间和空间的根本观点，是哲学世界观的重要命题。儒、道、佛各有其解，自然、物理、天文等学科亦有其概念“图像是时空的凝固，是时空纠缠的造境。人在蛟矶这个时空里，随性变异，因时转换，构成一幅幅图像，呈现一个个愿望。”每个人都可以造境自己的时空，表达自己的愿景。这是作者时空一体、变动不居的时空观。其中哲理深蕴：时间的刹那永恒，只在特定的空间中方可生成。时空互为体用，万古长空，可凝为一朝风月，一朝风月，可涵尽万古长空。时间与空间、无限与有限、不确定与确定，既圆融无碍，又一如不二。

丁祖荣惯于思考深奥的哲学问题，自然不会数典忘祖。中国古代先哲创立的天人合一思想，他自有独到的理解。《雕塑》一文，静默于夏夜雨后神山芙蓉湖的神奇物象中，作者刹那间摆脱了主观情绪，进入超然的层面，达到了庄子所说“天地与我并生，万物与我为一”的境界。不过，很快被湖边的声响和气息侵扰，“一时难以自持”。自觉与自醒，都十分真实可贵。

“非彼无我，非我无所取”，毕竟不是常人可为。真气弥满、万象在旁之境界，因缘偶得，时可回味，岂不更好。

深情的回眸，澄澈的烛照

——读时国金散文集《此心安处是圩乡》

一

时国金先生的散文集《此心安处是圩乡》，我断断续续地读完，接受了满满的信息，想说的话有很多，临屏弹指，却不知从何说起。在我写就的百余篇评论文章中，有过斟酌不定的情况。那是为了鼓励造诣并不精湛的作者，有意凸显其文本的优长，又不显得过于拔高，在遣词造句上的一种破费拿捏。这次，完全不同。我感觉，即使拿出我的十八般评论利器，也恐难心手相契，表达出我对这部作品集的真正感受。

《此心安处是圩乡》收录散文二十五篇，依据所写风物的类别，裁成了五辑。辑与辑之间，文意文风乃至文采，并无明显的区隔，只是让散落的珍珠一线贯穿，使芜蔓的野草稍稍归拢。文章均非短制，每篇多在五到八千字之间，是文学期刊青睐的篇幅。这些文章，以金宝圩为渊薮，延伸多点散发的视角，串联起浩瀚圩乡的点点滴滴、星星簇簇，幻化出一方清纯、富蕴、立体、厚重的岁月。这些文章，将个人的记忆和想象发酵，每篇瞄准一个主打物象，以物系事，以事系人，使得风物、事件和情感相生相绕，纵向的叙述有了横向的展开。这些文章，认知透彻，人情练达，叠映着缤纷的纹路和细密肌理，是单调中的驳杂、朦胧中的清晰，细绘了一幅人情淳诚、万物相依、大美无言的斑斓画卷。这些文章，是个人回望来路的心境敞开，有妙悟自然的味象，有安妥灵魂的澄怀，深蕴着个人的聪明才智与精神格局。这些文章，乡土浓郁，质朴无华，在古老地域文化的传承中，在重新发现自然的蓬勃生机中，积淀了气韵浩然的个人理想，灌注了天人相应的自然哲理。这些文章，是作家时国金天命之年情不自禁的流露，是天选其人、适恰其时，与故乡的天地、万物、众生达成的共情共鸣。

这些文章，让我们擦亮眼睛，惊讶地打量着金宝圩，心生三分疑惑、七分敬佩。人们眼中平淡无奇的圩乡，为何像打开了万花筒，令人眼花缭乱？时国金笔下的金宝圩，为何散发着清正、端雅、庄重的生命气息？毫无疑问，金宝圩就是时国金的文学地理，一个聚宝盆似的存在，纵横绵延的繁复谱系，为作家提供了永不枯竭的文学能量。金宝圩与时国金在双向奔赴中，实现了风雅颂与精气神的双相赋能，或许二者早已为一、不可分割了。这种有生命力量的文字，别人阅读体验如何，我无法得知，至少我感受到了征服，也庆幸于这样的征服。

二

眼里有光，心中有梦，运思为文观照的是世道人心。时国金回眸一瞥间，展现了超越常人的睿智，透射出文章的哲思之美。

乡土中国并非一成不变的。改革开放以来的数十年，中国乡土社会的形态，从来没有被如此深程度、快节奏地被打乱和重塑。在万字长文《碧水盈盈珠梦远》中，我们感受到一粒珍珠折射的时代变迁。20世纪80年代，珍珠养殖热潮蔓延到圩乡，迎合了不少人迫切想富起来的心理，在鼓励发家致富的年代，嗅觉敏锐、行动迅捷者被视为敢想敢干的能人。文章忆及自己混迹在一帮小青年中，找寻借以发财的蚌类，超过了一半篇幅。其间，吃手抓饭、睡乱坟岗和斗门顶等不堪，已经“看上去很美”。正如文章所言，追求自身价值和对未知世界的好奇，“已如春天的田埂长出了一片细如绿针的巴茅草，无边、扎实，毫无惧意”。那是时代的觉醒传递给个体的自觉。当然，文章立意不在于此。

文中一条清晰的双峰线，勾勒出了养蚌热的潮起潮落。培育珍珠收入可观，人们自然趋之若鹜。不过，随后受制于瓶颈，使20世纪80年代的养蚌潮，注定在圩乡昙花一现。娴熟掌握育珠技术的圩乡姑娘，彼时，成了已实现养蚌技术巨大突破的苏南地区的香饽饽。但是，这样的“好景”也不长。先发地区的工业化加剧了水域污染，育珠难以为继，圩乡再次成为养蚌基地。育珠基地蝗虫一样，飘落在了金宝圩大大小小的水面。生态本已脆弱的水乡，因坝埂割断而流水不畅。成袋的鸡粪倒进水体，致使水域腐化，加剧了生态的崩溃。好在政府及时重拳出击，水生态环境得到修复。轰轰烈烈的育珠热潮，再次偃旗息鼓。

知其然，更知其所以然，行文鞭辟入里，颇具说服力。实践昭示：一切非科学的发展最终都要付出代价，一切非理性的行为都不可持续。可以想见，文中大段的个人经历叙述，彰显作者摸清了育珠业的命门，并非冗余；相关摸蚌扒蚌知识的注入，从一个侧面体现出劳动人民的智慧，那就是善于在实践中发明创造。这是一篇饶有趣味的大散文，也是一篇思精证严的哲理文。文章没有一味讲道理，而是融入了个人生活经验的拼盘，呈现出密集的底层趣味与知识信息。言他人所未言，颇有见识。或许，文以载道即此。只有思想之根深扎现实沃土，充分吸收阳光雨露的滋养，才能浇灌出如此情理兼具的文章之花。

刻录岁月的沧桑，沉淀生命的高度。一个人的成长，肯定离不开他所处的环境。就以此文为例，作者儿时的玩伴赶着潮头组团去找蚌，大家饥肠辘辘时，是来根带着大伙到他的姨娘家，饕餮了一顿终生难忘的美餐；而来根姨娘发自骨子里的热情宛在眼前。嗅觉、胆识过人的华海，创办育珠培训班，可他因摸蚌寒侵病体，导致一病不起，最终“停息了澎湃热情的青春”，让人感慨扼腕。还有根子关键时刻的顾全大局，不完全归因于幡然醒悟。水乡人遵循的道理，牵连着大道，融入了基因的密码，一代圩乡人形塑岁月，也塑造了自己。回眸大地，反刍道义，一方蓬勃的生命无须呼喊，就已散发出年深久远的殷实气息，叫人觉得善，觉得美，觉得安心。

看似在写野草的《野有蔓草》，实质上讲了很多寻常的道理。时国金看重的学识见解，多从生活实践中得来，即所谓实践出真知，而纸上得来终归浅薄。精心打理的一畦韭菜，每次割完都要处理杂草，有心的作者受益于这重复劳动，认识了不少野草，印证了很多道理。人所共知的是：不管人们愿不愿意，生物多样性是大自然的选择，人为干预只能阶段性起作用；如果毁灭这种多样性，生态系统就会失衡，最终遭到大自然的报复。还有早年饿饭，外公一家人野菜充饥险丧命，而如今人们为了健康喜食野菜，两者看似矛盾，实则反映事物具有的普遍性和特殊性。令人沉思的是：水草很大程度上决定水质的好坏，知道这一点的人不少，但鲜有人愿意利用水草改善沟渠湖塘的水质，宁愿花时间锦上添花于人工园林；清除外来有害物种一枝黄花，人们更愿意在一片黄花绽放时，轰轰烈烈地行动，不愿意幼苗时就事半功倍地拔出。有民间智识的是：在棉农锄刀下顽强生长的巴茅草，连根拔起是上好的烧锅柴，煨成灰烬后又是绝佳的肥料。可见，有用与无用，只是此一时彼一时也。来自实践的经验是：雨天是拔野蒿的契机，拔一棵，雨水漏进根穴，断茎烂根，不再发芽生长。令人愤慨的是：现在很多地方只顾所谓的气派，场地道路一律硬化，导致顽强的野草永无露头之日。时国金能把道理说通透，在于用心领悟。他的思考深邃辽阔：草是大地的密码，将远古与未来串联；万物皆有灵性，善待万物就是善待人类自身。

“打理一片菜地，也要统筹好方方面面的资源，每一块土地都有适合生长的植物，每一个季节都有唱主角的蔬菜。所谓时蔬，是指应季而生。”《拾得泥土一段香》中这句话明示，作者种菜除了有乐趣外，更悟出了道理。在作者看来：“所有的果实都是种菜人和土地、气候交流合作的产物。”不是吗？心情不好时，去菜地劳作，在汗流浃背中悟出和世界妥协是快乐之源；夏日清晨去看蔬菜花开，算是人间一大乐事，甚至强于纯粹的种花赏心，缘由是可以解决口腹之欲。文章指出：那些花有没有人关注照样开，开花是为了凋零自己，成全果实，进而得出孕育生命是花的追求，开花的本真。当然，文章最后着重诠释了“人勤地不懒”、人与土地相互成全的朴素道理。这样的文章，说理不枯燥，而道理无论大小，都具有哲理意味，甚至寓言色彩。

《贴近泥土的云》的独特在于，通过反观内视，写出了自己青春岁月的心境。文学梦想的加持下，心绪演绎得格外摇曳，而质朴的底色，增添了岁月的包浆与奋斗的张力。回望来路，因坚信自己不会搁浅乡野，无限憧憬于外面的世界，于是，无来由地狂爱文学，一份油印小刊，在文友们不懈努力下诞生。身处卑微，不甘命运安排，让文学辉光抵达并照亮心海。事实证明，这样的人，脱离了文学也会从逼仄走向辽阔。时国金心智上成熟，文学的哺育功不可没。文中有个细节：年少的作者穿着白衬衫，骑在牛背上读《水浒传》，浑然不知把爬满牛背的苍蝇压死在身下，白衬衫上血迹斑斑如梅花绽放。此种“呕心之美”惊醒你我，成功都不是偶然的。走上工作岗位后，从未停止读书思考，时国金对人生和社会有了宽博透彻的感悟。就像遗落圩乡的一块璞玉，澄明的心性，终归要拨云见日。文友良秋意外身亡，现实与精神的拮抗，让他历经一个心寒的夏日，顿悟：“有些事无须深究，有些人无须多想，过于执着，反而远离心灵的绿洲，走进荒凉的沙漠。”一位女性文友辞别，丢下的一首小诗，多年后读了感慨万千。终于看清，只有在复盘的现场，方可还原本相。而遍寻文友不见，却发现普遍的人生道理：随缘是一种境界，川流人海，有念想便是一缘，怎能奢望诸念随愿？金宝圩，时国金的文学始发地，这里藏有他的秘密，只有流水知道。一个脚踩泥土、心逐白云的人，这种世间行走无论高贵与否，至少滋养了敏锐，提升了悟性。这篇文章呈现的生命力量，同样揭示了生活的某种真谛。

三

业兴其内，物育其中，彰显生命活力的是人情风物。岁月变迁中，坚守的公序良俗和生态底线，透射出文章的伦理之美。

金宝圩，始建于三国时期，距今一千七百多年历史。全圩有良田十万余亩，水面五万余亩，大小村庄一千多个，人口近十万人，是宣城首圩。圩内阡陌交错，沟渠纵横，土壤肥沃，旱涝保收。烟火气息弥漫的金宝圩，不只是地理意义上的存在。在水域、田野和村舍，她是万千子民赖以生存的鱼米之乡。水乡膏腴之地，最常见也是最重要的两样东西，就是船和牛。时国金深谙此理，他把深情的笔触，给了这两样生存的工具。在畅达文思中缓慢流露的，都是烙在心底的原初记忆，并不汹涌，却娓娓而来。就像永不挣脱的流水，在人情世故与生活常识上缓缓展开，却涵容着传统深厚绵延的天地伦常。

在以船为车、以楫为马的圩乡，船有“小划子”和“大板船”两种，各有其用。只不过那时“小划子”几乎家家都有，而“大板船”生产队才会有那么一两艘。书中写这两种船的文章各一篇，可以对照着读。在《生产队的大船》中，当章仕大爷带着一众小伙子，把生产队定制的崭新大船划回时，正好遇到襁褓中的作者“十二朝”，宰猪置酒庆祝的时家，专门为买船的男人们准备了两桌。“船员们”开怀畅饮，个个烂醉如泥。仁慈宽厚的时家人，让这些相濡以沫的父老乡亲，远胜过年那样绽放了一回。在《小船情缘》中，划船功夫过硬的作者，被接亲的人家请去划头船。因陪嫁姑娘与自己斗嘴，遂临时起意作弄她们，把船划得像摇篮一样在水面上漂移，导致新娘脸色煞白，眼噙泪水，两个陪嫁姑娘病恹恹的。这时促狭者却笑着躲得远远的。可以确信，时国金没有隐瞒这个小插曲，真诚是一面，而农村喜事“闹”的风俗，甚至刁难新娘的出格之举并不视为过分，是主因。农村生活繁重、单调，获得快乐的方式有限，借着清明打柳枝，有时不地道，也是一种释放吧。

章仕大爷不满赛龙舟的名次，愤然游水离去，不慎将祖传的旱烟杆烟袋遗落水中。其子丙牛乐领了找寻任务，很快就完璧归赵了。章仕大爷就着丙牛顺带网捕的鱼喝酒，还拉开架势教导儿子怎样赛龙舟。章仕大爷拽老资格，不仅在于他有能力，很强势，更为关键的是，长辈得到尊重和爱戴，是水乡人恪守的人际美德。通过此篇我们看到：出身富贵的舅爷爷刘绵远，被打成“右派”，下放农村。他从没干过农活，对技术和体力要求都颇高的捞塘泥，完全外行，以至于效率低下，人也累得不行。这时，和他同组的海生叔就帮助他干，长此以往，海生竟然学会了戽泥的左右开弓。舅爷爷平反后，格外关照海生。舅甥之间，这种亲情关爱格外令人动容。文章没有涂脂抹粉，对乡土伦理、人情世态的描摹，生动，诙谐。促狭乃至缺德的事，多发生在针对公家或平辈之间。丙牛下水寻烟杆，因有一纸通行“证明”，又有善捕好友在侧，于是行鸡鸣狗盗之事，背回了公家塘里的一篓小鱼。还有《小船情缘》中，作者之所以敢对新娘和陪嫁姑娘造次，另有其因：年龄相仿，难分长幼。在《捕鱼》一文中，时家村的捕鱼高手根海，接受老婆的教导，不戳带仔的黑鱼，其认知，可媲美“老吾老以及人之老，幼吾幼以及人之幼”。

这本书中，我们能窥见水乡人日益清醒的科学生态观。如果说，大集体时期所有水面归公，客观上私人不能明目张胆地捕鱼，而主观上赖以维系的以农为本，遵循的正是“千行万行种田上行，搞鱼弄虾荒芜庄稼”古训。不管是魏家的“打旋网”、梅家村的“张丝网”，还是时家村能人的“拖拖网”、鱼叉戳鱼，这些传统捕鱼方式对自然环境的破坏，微乎其微。恰恰是善戳黑鱼的根海，总是勤奋地清除水中恶霸，维持着水域鱼族的生态平衡。从《碧水盈盈珠梦远》中，我们可以窥见水乡曾经遭遇的生态危机，这种发展中的阵痛，作者没有隐瞒。事实上，新时期生态文明更加深入人心。渐入老境的根海，临河垂钓是他的生活常态，手中渔具已由钢叉变成了竹竿。最能感同身受的底层民众，从事实和经验出发，养成的行为自觉，与高端发展战略，达成了同频共振的默契。

《圩乡耕事》由一组短文合成，主角当然是农耕文明生产力的象征：耕牛。文章列举了三种牛，它们的命运各不相同。远其家的牯牛因为没有“去势”，特别犟，有次耕田戏耍了远其。恰恰远其是个火暴脾气的男人，回家后余怒未消，对自家的这头牛鞭抽不止。这头牯牛不堪其痛，拖着固定牵绳的石磨扎进门前的沟中，坠没在水中。远其自惹的祸，怪不得别人。从他事后“嚎啕大哭”来看，他极其痛悔并非铁石心肠，乡亲们“唏嘘不已”，分明也感受到了。接下来，那头多灾多难的老黄牛，先是被粗心的用户弄瞎了一只眼，又被粗暴的用户弄豁了鼻子。这还没完，走一脚歪一脚的它，起早贪黑完成了几十亩田的犁耙耘耖，瘦得只剩下一口气。牛郎中检查发现老黄牛的左前蹄已烂成孔，孔里且有铁钉。为此它受到队长的特别优待，但也没能恢复元气，最终老黄牛以不麻烦人类的方式诀别。与时人和宠物之间的关系完全不同，队长的眼泪和老黄牛的清泪，是“信任”“感恩”所不能涵盖的。这恰恰说明，农民在艰难困苦中，与像耕牛这样的牲畜胼手胝足、相濡以沫，理所必然。

耕牛应得到厚爱，是农人的共识。譬如生产队的那头母水牛，公社领导出面买回，队里给了它一间土砌的牛笼屋，交给行事谨慎的华富看管。华富一门心思伺候它，不亚于时下顶级主人优待自己宠物时的竭尽所能。当然，这种付出获得了对等的回报。华富耕田，母牛特别配合，双方像“表演”一样，完成农田杰作。人与自然生物相依相存、相互信任，印证了古老中华朴素的唯物观。当作者成为“放牛娃”时，母亲叮嘱：“你对牛有爱心，牛就对你忠心。”这是母亲的切身体会，把动物当“人”看，动物就比人更像“人”。正如文章所言，圩乡耕牛远去的身影，是渐行渐远的农耕文明。时国金写下这些文字，不啻唱出了个人心中的一曲挽歌。

一方水土一方人。在水乡文化的熏陶和原生环境的涵育下，民风淳朴的金宝圩，自有一份大朴不雕的美感。在《月光深处的背影》一文中，为人师表的老师，都是怎样的名副其实。如果说早过退休年龄、贴着心认真教学的王石林老师，为保证英语发音准确，换了满嘴假牙，令人无比敬仰的话，那么，与时国金亦师亦友的刘宗宝老师，如同一缕和煦春风掠过圩乡的上空。因罹难车祸，他的生命戛然而止。那种不是兄弟胜过兄弟的情谊，令作者深深缅怀，也令读者动容。《师心如船载明月》一文中，无论是冲破世俗偏见、全心扑在教学上的刘玲珍老师，还是舍弃大城市生活的米昌先老师，都是恪守传统师道的典范。还有，外表冷漠、内心温暖的学校食堂伙夫杨师傅，感念逝去的女知青、亲植女贞树在她坟头的公社书记王鸿树，这些普通人身上的怜悯大爱，在岁月深处熠熠闪光，隐秘而伟大。中国乡土社会的差序格局，在生产方式变革中发生着剧变，农村的生活习俗、人际关系与观念意识在冲突中融合，在融合中再冲突，碰撞与弥合，循环往复。走进时光深处的圩乡人，时至今日，还能带给我们一丝人性的感动。时国金借助文字的梦幻，再现乡间卑微个体对于人生价值的追寻，那些疲而不倦的灵魂，应该感到慰藉。

四

情深意切，置身万物，讲述圩乡旧岁确凿可信的沧桑往事。花繁叶茂处，给人耳目一新的享受，透射出文章的笔墨之美。

在《此心安处是圩乡》中，时国金以一种散点错落、纵切扭结的形式，全面反刍金宝圩的过往岁月。这些自带个人生命体验和世象观察的文字，将金宝圩的性灵、秀美和包容立于纸上、俨然眼前。时国金笔下的江南水乡，具有无私哺育万物的品格与胸襟。换言之，作家受惠于此，诚恳接纳了金宝圩的馈赠，将感恩之心化作了这些文字，回报于圩乡万物。

这些文章，受驱于情义的内核，打动我们的唯有真情。《心中的圩乡》一文作为“后记”，发出了情感最为恣肆外溢的回响。故土深情，一生入梦。情感是文章的原动力，很难设想，没有个人情感的生发，没有赤子之心的投入，时国金会把杳然如流水的人情世态，引流进文字的锦盘。人过中年，强烈的故土情结潜滋暗长，作家的情感不再蜷缩于隐秘的腔体堡垒。于是，一埠一水、一草一木、一船一屋，作为情感的投射物，将这方天地的光影闪烁、生活起落、人事代谢悉数网罗。书中人的平凡生活，一经深情回望和抚摸，粗粝之事便有了生活的温度与岁月的聚拢。普通人的情感被珍视有加，却没有拔高他们的形象，只是通过清晰的生活细节、琐碎的家常絮语，给出他们应有的光泽。疼痛或悲悯，轻轻拾起，又袅袅放飞。作品情韵弥漫，悯恤中有感恩，大爱中有敬畏，妥妥地贴近了人心律动。如此个人情感的抒发，也询唤出你我生命深处的共情。作家感叹：未曾远离的故乡，挥戈而过的时间何其无情，披荆斩棘的生活何其坚韧。我们掩卷惊讶：时国金保留的这座与天地相往来的院落，原来是芯片版的金宝圩，积蓄着生活的玄奥、生命的深情。

这些文章，始终聚焦生活的现场，均有特定的情境。新时期以来，城乡二元对立渐消，为乡土散文提供了书写新支点。在金宝圩，单纯且单调的日子，被少数人频增的欲望，弄出了未曾有过的声响。其实在水乡，大事小情从未干涸断流，只不过新时期更显波涌流急而已。作家的智慧在于，只写与己有关的人，只写自己熟知的事，几乎每篇文章都隐含一个“我”字。时国金把具体的生活，放在广泛的生活之中，在金宝圩这个现场，寄寓和衍生文字，写就了一篇篇严格意义上的“在场散文”。他坚信，只有还原到日常生活的情境中，散文才能走心，才能真情流露，才能灵魂自白。一篇文章围绕一个物象“价值点”，讲述纠结缠绕的人与事，荡漾出去，就有了人文涵摄和价值充盈。没有鲁迅式的文化批判，也没有沈从文式的诗化意向，而是攒足了生气、真气和灵气，将一言难尽的斑斓岁月裸呈。因在现场，可犀利切入想要的内核，发现庸常中翩跹的精灵，聆听生命拔节的声音。同时，致力于高拔的天地情怀，建构文学高贵的精神品格，便有了往事随风的释然。

有水的地方，就有灵气，自古而然。在金宝圩这方宝地，野无静树，川不息流。怎样的文章才能与之形成同构？显然，时国金想到了，也做到了，那就是风行水上，自然成文。一篇文章就是一个角度，一方场景就是一个视点，在全方位、立体纵深扫描下，一帧帧镜像拼贴出全部的“圩景”和“水世界”。很多时候，借助水的灵动，传递出时代的律动和变化，呈现出朴实通透的生命形态，丰富了属于江南的美学形态。

人的感受力是不同的，有人能迅敏把握事物本质，有人却反应迟钝。现代人目迷五色久矣，看不清说不透事情，很常见。时国金有着逆龄的艺术感觉，能发现人们未曾发现的美。在《生产队的大船》中，他写道：“装满棉花的船行驶在清澈的水面，水中的倒影与水底的蓝天白云相互映衬，两岸的柳树、菖蒲、红蓼向后退去，简直分不清是在水上还是在天上。”这段描写语近天然，却深美闳约，具有明亮、纯真、轻柔的意象。读到这里，时间似乎静止了一会儿。这是瞬间澄澈的即逝之景，因为作者在场，也给人以身临其境之感。闭上眼睛，仿佛感到那岁月的芬芳，依旧在金宝圩的河水里流淌。

以亲历的现场感，细节呈现生活中的观察与体悟。“停电了，月光皎洁，机器不响，大家就躺在稻堆上看天上的月亮，七嘴八舌地憧憬着外面光怪神奇的世界。此时倒担心那停了的电马上就来，稻堆上嬉耍所发出的阵阵清音，实在比脱粒机隆隆的轰鸣，让人沉醉。”这是《寻找稻田》中的一段描写。不惊乍也不突兀，更没有高喉大嗓，几重转折却又波平如镜。让人感叹，烟火漫卷的本真生活，自带生命本身的智慧与生机。作家眼光锐利，俯瞰岁月流转，捕捉世道人心乃至人们的一笑一颦，绘出了形状，也绘出了心声。换言之，掐准了俗世生活的历史坐标点，给予读者亲切感、年代感和代入感；准确拿捏人心，发现细部的跃动，经得起反复品啜，堪称时代歌板上捞起的一枚表情包。

灵魂的宽广、理性的思辨和穷尽物理的探索精神，带给文字水乡春草般的鲜茂。不过，时国金有意赋予这部作品深沉的文化意识。他的心中不仅装着圩乡的长风浩荡，也装着圩乡源远流长的历史。溯源探流，他肯下案头功夫，绝不讨巧，总能找到常识之外的稀罕之物。《神秘的宣州窑》《重提水兑仓》诸篇，于时间的微距和长焦之间切换，流转自如。神秘久远的史实，放在时代河床的冲刷下，打开一代代人的视野，成为文化的瑰宝。这些文章，深入历史缝隙间探寻，有一说一，有二说二，没有奇观化、过誉化，在严肃、冷峻、残酷的历史外壳下，不时增添诗意的温润。细致、宏大，文章兼而有之，且化纷繁为条理，层次清朗，一派葳蕤，站成了水乡的稻阵。有些事情，看似芥子却容纳须弥。拂去岁月的迷障，是求真意志的闪光，越发亮眼。

万事有心，人间有味。想当年，年幼的时国金，好奇于群鸭听命主人，赤脚越过几多埠子跟着赶鸭人，以期找到原委。这种好奇心，丰富了他深广的阅历。加之天性敏锐，根植于地迥天高的乡间，深入事理的洞察力和颖悟力超强。他审微察细，辨锱析铢，依赖令人信服的丰沛细节，文章曲尽人情物理的精微实相。如对于河蚌育珠的描写，用语简练，点穴式精准勾勒繁复的环节，爽透地将这个过程抽丝剥茧，回归事理的本质本原。白描细部的纹理，语言不事雕琢，反而强化了文字的质感和弹性，字字句句，如同盛放在青白瓷碗里的新鲜米粒，晶莹可爱。他还善于强化瞬间的感觉。如在《生产队的大船》中："翌日朝霞微露，全班同学就来到了教室，这是我们学校历史上第一个标准化武装的教室，记得那天早上的读书声格外响亮。"在《月光深处的背影》中："直到今天，闭上眼，我依然能感受到那铁勺与饭缸的轻轻一碰的震颤。那震颤中所发出的余音掠过食堂里的嘈杂声久久地回荡在我以后的红尘路上，那么清晰、悦耳。"偶尔也会幽默一回。如在《碧水盈盈珠梦远》中："大家都有疲惫之意。一行人有点像乞丐，但又比乞丐富有，袋中有米。"总之，尽可能在朴素叙述与灵动采撷之间取得平衡、获取张力。

五

胸藏万物，卓识大千。时国金重磅推出《此心安处是圩乡》，写出了金宝圩的丰厚蕴藏，写出了一代人的精神成长、情绪欲望及风向流标，展现了特定时空蓬勃的生机力量，不经意的深邃蕴含其间，拓展了乡土书写的新内涵。可以说，是作家的半生阅历与精神长相，升华了这些文字。

时国金这代人极为特殊。他们当中，很多人靠读书跳出了农门，到过很多地方甚至出过国，常年摇摆在城乡之间，目睹传统乡土悄然远去，深知乡村经历了怎样的变化。正如他所言："时间犹如漫漫黄沙，会淹没许多闪光而又有生机的东西。"是的，一切转瞬即逝，我们如同置身时间的沙漏，无法抓住其间的一鳞半爪，唯有文字可挽留记忆，不确定的人生，需要我们用形象为之赋形。

有关金宝圩的文字，时国金最有资格写出来。这里有养育他的恩主、积淀着他人生最初的况味。早年，他狂热追逐文学梦想，写作上训练有素，保持着一份敏锐，没像专业作家那样"感情"被过度开发。源自坚守，成于磨砺，若是久疏语感，幻想一动笔就一鸣惊人，无异于痴心妄想，虽天才也未必做到。这些文字于他，不用面壁虚构，不用绞尽脑汁，调动情感积累和生活记忆，思绪即如打开的水闸，汩汩而流。繁忙的政务并未耗蚀他的文学灵感，且积蓄既久，沉淀益厚，发酵越烈。就文字纯熟度精美度而言，他已超过很多靠文字谋生的人。他把这些文字，作为精神实存定格在心海，委实是在隔着一层光影，发现另一个自我。就精准性、驳杂性而言，他为地域散文产出了一枚金果。仅此一点，功莫大焉。

"黄金无足色，白璧有微瑕。"就像伸出去的手，终归要收回来。说了这部作品诸多特色和优点，不说些缺点似乎不够意思。任何作品，如果中规中矩、指向单一，注定难成上乘之作。我们知道，作家多长于直觉而疏于事理，这在时国金身上全然不见。他的每篇散文甚至每段描写，都清晰透彻，如电脑扫描。然一味坐实，就难觅朦胧、虚幻、空灵之美，赏鉴的味道反减三分。还有，对文体的冒犯和越界不足，演陈的满天云霓、一地风絮，缺乏巧拙相生、正奇互搏的调配。或许，在透明、端正、守道上作些减法，在深沉、含蓄、朦胧上作些加法，作品可进入一个新的境界。好在，时光依然在流水中游走，金宝圩的馈赠永无止境，作家的使命，就是更好地歌吟。

纸面上优雅舞蹈的思想精灵

——读刘琼文集《格桑花姿姿势势》

《花间词集》叫好声余波未息，刘琼携带她的《格桑花姿姿势势》，迈着轻盈的步子走来了。前者是专栏文章集结，相对齐整，可称系列；后者涵盖了叙事散文、文艺随笔和文学评论等体裁，所以裁了三辑，以示区分。后者收录的文章，花样多，反差也大，更显情智兼胜，又恰是在我阅读前者萌生的期待中获得的，便有了一份果不其然的快意。

《格桑花姿姿势势》体量虽不大，内涵却很丰富。这些文章，不按常理出牌的地方很多，我更乐意称之为创意文本，以至于我感到，它们像是在翩翩起舞的思想精灵，无论从哪个角度评论，都只见树木，不见森林。于是，理出了几组辩证关系，以期讨巧地归拢我的那些不成体系的想法。

博大与细小

“思接千载，视通万里”，刘勰对于超越时空想象的称颂，刘琼的这些文章，轻轻松松就可以做到。不管是在审视一株花草容颜的时候，还是行走于途、投身大自然怀抱的时候，她的思绪，总是从眼前事生发开来，贯穿古今，指向未来，而视野，好像开阔于万里之外。文思如此，视野如此，奠定了刘琼的大手笔。稍加分析便会发现，这一风范的养成，离不开作家强烈的时空意识与广博的知识体系。

我们知道，时间是物质存在和运动的持续性和顺序性，空间则是与时间相对的一种物质存在形式，时间一维和空间三维，组成了四维空间。刘琼笔下的四维空间是独特的，也是篇篇不同的。如果把时间对应为历史，空间对应为地理，那么历史与地理，从来都是她的兴趣所在。立足历史和地理两个维度，时空便有了纵深，视野当然开阔。在聚焦皖南地域空间的《通往查济的路上》，学堂、桃花源、徽州驴、地名、文人痴梦等考察点，都遵循各自的路径，让时间一次次回溯到它的源头，有文明记载的源头。时空的变迁流转，使得空间获得了最大的承载、最长的景深。可以说，是时间赋予了空间的价值意义，丰沛的文史知识，赋予了文本的博大雍容。

不止于此。很多时候，同一篇文章中的空间设置，也是变动不居的，以此空间联想到彼空间，以彼空间映照着此空间。如在《格桑花姿姿势势》一文中，围绕格桑花，打开的地域空间就有：张掖城外的马蹄寺、北京城内的小区、临夏的布塄沟村、兰州的黄河边，还有丰饶的江南、辽阔的青藏高原、广袤的欧美大陆，可谓无远弗届。换言之，格桑花在作者思绪中，随进随出于无数个地域之门，任由它们并置、串联，叠加、变幻，令人大开眼界。当然，浇灌这朵格桑花的，只能是跨界的知识、睿智的识见。如此乾坤大挪移，想不博大，都难。

博大的文本，大抵有着厚实的底座。不然，就会成为空中楼阁。厚实的文章底座，同样得有充盈的血肉、细密的肌理。因此，抛开那些知识和识见，我认为刘琼的叙事散文中，最见细微的生活与精细的表达。

“赶在正午时分回到刚察，雨还在下。在养路工的帐篷里烤干了衣服，等车。养路工的话真少。地广人稀的地方，语言似乎失去了意义。暖炉上围成圈的土豆与拥挤的简易床，成为特写”。这是《刚察往事》中的一段。作为历险后的几个莽撞年轻人之一，刘琼这时不仅观察格外细致、感觉格外敏锐，而且凭借最精炼的语言，传达出了一种劫后余生、人间温暖的感受。这种感受，是不需要用话语讲出来的，心有灵犀的人自然会意，就像那个缄默的养路工。试想，如果没有真切而又细微的个人体验，怎可抵达这样的境界？的确，好的细节是文章的血肉。这篇回忆文章，思绪自始至终能够从流飘荡、任意东西，仰仗的就是无数个生活琐碎，被密密实实地编织成为立得住脚跟的“千层底”。很多时候，我们记住的唯有那些恰到好处的细节，它们成为作品最直观、也是最恒久的价值。正如刘琼所言：“一切文学作品，真实度最终都源自细节的合理和逻辑的合理。”

至于《祖父的青春》和《姨妈》，书中仅有的两篇亲情散文，更易见尘世烟火的琐细、世俗人生的欢欣与艰难，于此，生活的情调与生命的优雅，更显弥足珍贵。“祖父祖母来家的日子，是小孩子的节日，不仅口腹之欲大大满足，因为有祖父母的依仗，父母对我们的管教也会适当放松。可惜，不等自带干粮吃完，祖父就说要走了。母亲一定是苦苦挽留，小孩子也眼泪汪汪。这种情况下，往往是祖父先走，祖母再单独留下来住上半个月。待到祖母要走时，祖母自己先就不舍、流泪，临行前还会给每个孩子都留下零花钱。”这种纯粹的白描文字，情感真挚，心思细密，富有生活质感。这是散文的质地，更是心灵的质地。《姨妈》弹奏的亲情之弦，如芒如炬，照彻生活的罅隙之处，读了心颤。

上述观点，用了不同的文章举例。其实，书中任一单篇，都有博大与细小的同场竞技、比翼齐飞。博大与细小看似矛盾，实为对立的统一体。大义微言，小中见大，沧海一粟，见微知著，它们往往相辅相成，相互映衬，相互补充，相互成就。擅长游走于这两极的作家，博大的是眼界与格局，细小的是感觉与笔触。

感性与理性

任何文章都有感性的一面，也有理性的一面。就体裁而言，散文随笔尤其是记事怀人的散文，偏重体验与感觉，感性远大于理性；理论文章包括文艺评论，则偏重观点与认识，理性远大于感性。《格桑花姿姿势势》一书中，叙事散文、文艺随笔和文学评论都有，是否符合此规律呢？读完全书后我发现，感性与理性所占比例，并不因体裁不同而泾渭分明。

散文和随笔的理性成分有很多。如在《泗水流，静静流》这篇散文中，认知与观点俯拾皆是，就好像举着“议”旗，一路而下。从小时候觉得泗县遥远、荒凉，到百度百科里的泗县词条释义；从认为1953年那次省际边界调整打破了很多传统归属，到比较安徽与江苏的经济发展水平；从定位泗州戏的个性，到辨别安徽和河南等省市地方戏的差异……篇头到篇尾，几乎一段不落，都有属于判断和推理的理性叙述。当然，文本不排斥感觉、知觉等心理活动，只不过这些感性的因子，更多地承担着润滑的功能、升华的作用。独特的文本美学，造就了这种读起来特劲道的散文。“文学家也是思想家”，搁在刘琼身上不是虚饰。

如果说《泗水流，静静流》有文化随笔的特质，理性成分多，尚情有可原的话，那么《姨妈》和《祖父的青春》这些纯散文又怎样呢？事实上，这两篇文章的理性成分依然醒目。大的方面有：《姨妈》中时时穿插姨妈与母亲的比较，从长相、气质、做针线活，到为人处世的不同；对盘根错节的家族、亲情等关系，不厌其烦地厘清，得出了新的认知判断，认清了很多人的真面目。《祖父的青春》伏笔于前，抖落出祖父极不光彩的往事；好在，随着时间的推移，儿孙们都选择了原宥。可见，刘琼并不为尊者讳、为亲者藏。理性对待家族往事与长辈，恰好呈现，一个较真的晚辈应该持有的态度。这是一个拨乱反正、越来越明晰的过程。所以，文本就此有了分析，有了推理，有了判断，甚至还有肯定、否定、肯定后的否定、否定后的肯定。作家笔下没有过滤掉祖父之过，也是事理的逻辑使然。在深情缅怀之前，客观冷峻的审视断不可少。

文学评论的感性成分也不少。文学评论是一种以作家、作品、文学创作和文学思潮为评价对象的理论文体。《格桑花姿姿势势》一书中的散文随笔与文学评论，完全是两副笔墨。其实，我更喜欢这些典雅清透的评论文字，有感性色彩缤纷其间的感觉，在文本中理性成分大大退缩后。想必，刘琼是把这些学术文章，当作散文随笔来写的。

《文学与人文》是一篇演讲稿，虽然题目给出了一个很大的概念，但终归还是一篇针对文学的评论。文本在着力打造完整逻辑链条的同时，尽量融入形象思维，使之成为一篇美文。譬如，这样为真正的好作品作喻：“一定是作家聚拢了一大盆原料最后提炼出来的那一小瓶精华，而不是本来只有一瓶原料，却勾兑成一大盆汤汤水水。经验的浓度越高，作品才越有信息量。写作的过程，是将知识和景仰酿成生动的细节和形象。”字里行间，形象的羽翼轻盈地飞动，让你在妙悟中，更加牢记了这些主张。这篇演讲稿，极为成功地从学院派的藩篱中突围，让读者获得了趣味盎然的接受效果。刘琼以纵观古今的气魄，坦陈文学与人文的关系，很好地传递出穿越时代的声音。

致敬李修文和《山河袈裟》的《重建写作的高度》，是书中唯一的文章专评。这篇典雅的文学评论，在质地上更像是一篇文采飞扬、元气淋漓的散文。文章写道：“李修文十年磨剑，用33个篇章20万字记录的这些阅历、经验和体悟，其用力之猛、用情之深、用语之新，极如望帝啼血产生的鲜明极致的美学成果。作为阅读者的我们，仿若久陷雾霾之后突然看到湛蓝透彻的晴天，内心除了惊喜、恍惚、感动，还有不解、不信：这一个晴天从何而来？”作者的感觉、感情，视野、境界，乃至人格、修养，都在这方思想的天空中尽情翱翔。我想，既然是致敬之作，有如此评论当然愈显敬重，而如此感性的表达，诚如刘琼在文中的倡导：“纯粹的文学鉴赏状态，首先是文字层面的感官愉悦，其次才是意义层面的认知共鸣。”

早就有人指出，文学评论作为一种文体，应该成为文学创作的一部分，用感性的文字写评论，有时看似模糊，实为更加精准的判断。不过，像刘琼这样从容切换、躬身实践的人还不多，尽管兼戴作家和评论家帽子的人并不少。

综上，隐约可以看出：越是及情的文章，越是克制感情，尽可能多地说事明理；越是讲理的文章，越是设法共情，让人感同身受。这就是刘琼的辩证法。

创新与继承

当下，我们的时代在呼唤创作新变。刘琼敏锐地意识到这一点。从《格桑花姿姿势势》辑录的文章看，这是一个创意文本的集合，有太多针对传统叙述方式和样态的颠覆，同时也执着继承了一些过去证明行之有效、目前已不大运用的文学手法。刘琼手执创新与继承两把利器，赋予了文本独特的审美和价值。

中国散文历史悠久、包孕宏广，是中华民族精神的重要载体。以“自我表现”为核心理念的现代散文，滥觞于“五四”新文学。从20世纪90年代开始，散文的定式逐渐受到冒犯和僭越，参与这场散文疆界拓宽的人很多。刘琼不属于专业散文家，写散文只是偶尔为之，却蹚出了一条极具辨识度的个性化散文之路。

书中第一辑，几乎都是叙事性散文。当然，细究还可以大致分为咏物、游记、议理、写人等类型。除了写人的两篇，其余数篇当中，咏物、游记、议理的成分均有，只是占比不同而已。这些混合、杂糅及裂变的文本，极像一个杂交复合体。特别是有时“散”得过分，在散文“形散而神不散”一度遭到质疑的情况下，刘琼深信不疑，将其提升到一个新的境界。

《福清的小和大》就是穿着游记的外衣，既咏物又议理的。在写福清品牌小吃“光饼”这个具体实物时，很多虚幻的想法次第冒出来，有知识性的，也有观念性的。接下来，作者看到了黄檗山万福寺，又是一连串的联想，古今中外，大到一个现象，小到具体一个人，均有涉及。当然，文章最核心的观点，在于通过点明福清历史文化丰厚悠久、福清人崇文好学等特别之处，推导出文化的养成非一朝一夕之功。这些知识和观点，是一路走一路思时得来，还是在写文章时激发的“风暴”，已不重要，重要的是，它们使文章丰盈起来、厚重起来。思维跳跃，大幅穿插，似是思想开小差，实为在别人用心处不甚用心、在别人不用心处狠狠用心。这样的文章得益于立意上的坚定，故能驭散乱的思绪野马，纵横于缜密的思想领地。

写人的散文虽然只有两篇，可分量委实不轻。《姨妈》篇幅较长，内涵丰富：重点写了姨妈，也漫天撒网地写了母系和父系两个家族的繁衍迭代，以及相互间的恩怨流转。文章不仅表现亲情主题，还涉及人与时代、亲戚关系、文化代沟等，有普世的人类情感思考，深藏个体命运的追问。在写法上，通过无数具体而微的日常图景，还原了姨妈的真实面貌，也试图让“个人史”与“家族史”构成某种关联。特别是在描写旧式家庭的人伦亲情时，刘琼的内心一定很陶醉，目光一定是闪亮的。在亲情这根链条上，纵有吊诡和难以捉摸之处，但时间会用宽容这块纱布，擦拭掉那些斑斑的锈迹。一个普通人淹没于尘封的历史，没有惊天动地的大事情，却也能依靠文字，爆发出强劲的生命张力。我想，文本中有很多穿插、点缀，这些看上去溢出边框的细笔闲笔，虽有冗繁、细碎之处，却是作家的独门功夫，涌动着明净而笃实的情感浪花，参与成全了姨妈的优雅形象。看来，拨亮文学之光的，正是作家那颗不甘于浅显表达的悲悯之心。

散文，尤其是散文中的随笔，是极其需要智慧的文本。第二辑中7篇文章，以文艺随笔的姿态呈现。文艺随笔通常形式灵活、笔调轻松、富有趣味。刘琼抓住了这些特点，又在联想上天马行空，力求文艺的深层解读，思想的沉实睿智。《叙述、存在与历史》是大题目，该文的观点很明确：文艺创作是在叙述历史，文学是历史缝隙和细节的一种记录，在认知维度上文学等于历史、影响大于历史，文学对于历史的叙述应该保持审慎态度，文艺创作者要用心创作还原历史的真相。文章随性而谈，娓娓道来，看不到刻板而空洞的说教，也没有只抓一点、不及其余，多角度的阐释似无任何规矩可言，实则围绕一个核心观点，四面八方、中外古今都予以照应。《从扎耳洞开谈》是难得的小切口标题，篇幅也不长，奇怪的是，文章并未“从扎耳洞开谈”，却抛出了女性写作时代变化的新颖认知。这类文章行文不羁而自有中心，归根结底是在书写文化。这类书写，不管妥洽还是出格，尽显放任之姿，是作家飞舞的生命节奏，艺术眼界的山高水长。

文学评论文章有六篇，占据着第三辑。整体风格统一，只是略有变奏。这些评论文字，打开天窗说亮话，随便从哪页哪段读起，都没有理解障碍。也没有大话套话，尽量摆脱前人已有的思路，规避学院派的僵化与死板。同题《一个人的“五四”》，分别以鲁迅和胡适为例，重视两位大师文本的分析与比较，抽丝剥茧，理出新文化运动的文学路线，阐明文学的文化烛照与个性化的差异。《女性与文学五题》以敏锐的女性立场，重新标举女性写作的价值尺度，精准而犀利，把握问题的实质，令人信服。致敬李修文和《山河袈裟》的《重建写作的高度》，文字优雅，别开生面，似乎隐藏着某种游离于作品之外的情愫，有令人沉醉的亲切。

这些主题庄严的评论，与刘琼所有的文章相似，以思想为统摄，综合了历史学、社会学、审美学、心理学等学识，也掺杂了评论家的人格投影和精神亮色，是评论文本规约性突破的新范例，打开了评论文章可供生长的辽阔空间。

刘琼跃跃欲试于文学新变的时代潮流，不是故作激进，而是其思想深处的旋流，为其冲破当下散文随笔和文学评论的刻板、拘谨，提供了充足的势能。有意思的是，读完全书后发现，刘琼的文学主张，已在其创作实践中得到了体现。或者说，这个创意文本，打包了她的理论与实践，让“两张皮”完美地融合在一起。

小城有光

——繁昌近年文学作品阅读札记

一

繁昌出诗人，有人曾列出当代有影响的新诗“八大诗人”。多年过去了，繁昌的诗歌创作势头不减，人多量大不说，关键的质还有保证。在我看来，就芜湖而言，在诗歌的冲击力上，繁昌只稍逊无为一筹。

总的感觉，繁昌诗人的入选作品好读亦好解。他们从传统或俗世中抽身而出，并没有坠入云里雾里，诗歌的文化印记和生活情境，妥妥地保留下来，提供鲜明的意义指向与地域辨识度。读这些风格迥异的诗作，时而心胸豁朗、逸兴遄飞，时而神思渺渺、灵魂出窍，时而羯鼓催花、钧天广乐。

白鸦的这首《武当》，我读出了李白的仙风道骨、剑气纵横，也读出了庄周的人生虚无、万境归空。据说，白鸦游历的佛教寺庙和道教宫观，不计其数。或许，这是诗歌与宗教之间，难以言明的深邃联系使然。抽丝剥茧，这首诗，将人到中年生命意识的觉醒，轻纳于狷狂浪漫的侠道之中，无不得益于炸裂的想象力。很多时候，诗歌需要想象力。想象力爆棚的，还有陈东吉的《航天林》。这片树林被冠以“航天林”，看上去没有异于其他树林，但，诗人据此名号，乘着“飞天”的翅膀，打开了宇宙的门径。那是神舟飞船开辟的通道，“航天林”主管公司位居贡献者的行列，便有了与有荣焉的神采。于是，林叶摇曳的光芒，好似瞬间完成的“量子纠缠”。结句“点火”，陡然，是典型的陈氏幽默和巧思。

读到诗人莱马的这首《望天门山的样子》，我有些吃惊，再看另一首《我现在有点低沉》，更惊讶。莱马早年以抒情诗出道，这些诗，堪称一百八十度的大转弯，零抒情，寡淡如水。将和谐让位于内心的矛盾冲突，个体与世界相遇的隔膜，刹那奔涌。这两首诗，在“纠结”之外，均慰以人一种摆脱荒谬的精神性传递。这是莱马与时俱进的创作新探索。张军写诗多年，几经转型，风格多变。这首《打水漂》使用了生活化、接地气的语词，如水库“像个巨型水瓢”“它敞开大肚子”“胳膊猛地轮上几圈”，不求渲染和夸饰，却形象凸显，增强了表现力。结句总令人意外。在这首《长江水就要引进村里》中，因事系人，写出最卖力挖沟引水的父亲，猝逝于水到渠成的前夕，给人弦断帛裂之痛。

凛子是位女诗人，她的诗特别之处在于，面对人生和命运的困境，忠实于精神的不安，以及内心的颉颃与悲悯。世事纷繁，心存静气，一切脱离肉身的情绪，都不再沉重。清澈又迷离的意象，营构了一种寓言性氛围，搭建了语旨曲绕的迷宫。她深知诗歌的堂奥，不追求虚妄的真实，而是在丛生的意念中，凛然击碎心中的块垒。崔厚明是狂热的诗歌“钉子户”，与诗歌耳鬓厮磨了半生，深情浓烈如酒。他的诗歌多源于生活，直击生命的华服与褴褛，幻化成一片流淌的诗意。叙事中常有抑制不住的抒情，丝缕有形，捆缚诗核，力求绾系一片惠风和畅。老诗人张宏树为多面手，能文能诗。他的古典诗词融入了时代的典型风貌，似乎比新诗写得更时尚。新诗手法略显老套，但情感蓄得满、积得深，对凡人所为的感慨，直抵肺腑，对生命大义的叩问，振聋发聩。

二

繁昌散文有优势。散文被认为低门槛文体，似乎人人能写，但恰恰是，要写出令人耳目一新的散文，绝非易事。

张诗群的散文创作起步早，持续时间长，其间，有过一次破茧成蝶的蜕变。十多年前，她摆脱报纸副刊的拘囿，从深度、广度和难度上，向散文发起挑战，取得了成功。有大散文气象的《凤凰，远去的故乡》，将历史与现实叠映在一起，亦真亦幻，美轮美奂，与沈从文的传奇身世和天真浪漫气质相吻合。这篇文章极具流动感，好像因势赋形，随意而出。其实，除了文学手法巧妙娴熟运用外，与早年她对沈从文有过深入研究不无关系。文学早已过了有天赋就可以胜任的时代，若想作品出类拔萃，达到同行仰望的高度，文字训练、案头功夫和实地踏勘都必不可少。

说到天赋，我认为张诗群的文学天赋虽高，但不算顶尖。她之所以佳作迭出、收获颇丰，在于她始终沿着正确的轨道努力前行、精进不止。考量其文字，这种严谨、准确、绮丽的书面语，非一日之功。她也擅用比喻，如“这片土地流淌过的传奇，是被岁月风干的九死还魂草，一经缅怀的潮汐浸润，就舒展开所有干瘪的皱褶”，这句话本体和喻体跨度很大，还将喻体二次利用，“脑洞”和难度不是一般般。但我感觉，好是好，并未到闪电灼眼的惊艳程度，就像百炼成型的馆阁体与八面出锋的米芾体，总有一些差距。当然，本埠舞文弄墨者中，张诗群已是翘楚了。

考察繁昌区的散文，程万平、程红旗是绕不过去的存在。书中，姐弟二人各有两篇散文入选。其中，程万平的《骨科病房》是上了《散文》杂志的。程红旗也曾有数篇散文在《光明日报》发表。

程万平的散文，给我的印象是文字俏皮洒脱，冷幽默的色彩浓郁。《骨科病房》虽留有幽默自嘲的底色，但作为病人，观察更冷静，体验更细腻，由此写出了一种处处对比下、可作形而上思考的内心驿动。这篇文章信息量丰沛、内涵深蕴，与偏短的篇幅不相称，也与《散文》杂志淡雅的风格不相称。当下，写出个性化散文，不算过分要求，而此文争到了千分之四的上稿率，肯定是打动了不会轻易被打动的编辑。她的另一篇《我并不遥远的财神湾》，也以不羁的气质统摄全篇。文章用了大量“边角料”，却没有琐碎拖沓之嫌，相反有种无意于文而文的境界，转场切换、关联映带乃至气韵消长，都恰到好处，看似没有技巧，实为大技巧。再看，戛戛独造的语言，写出了人人心中有、个个笔下无。程万平理应在文学上走得更远，她的才华，稀见！

善写故乡荻港小镇的程红旗，这篇《随风翻页，轻轻抚摸你的脸》索性把眷念之情，升格给了大故乡芜湖。文章切入的角度很独特，百年前的外国人视角，构建了一种地域历史景深。行文没有匆促之气，绵柔细密的补缝连缀，消除了大跨度带来的断裂危险。读着读着，你就静下来了，与作者一道沉浸在岁月的无声巨流中。

孙建康是一位本色写手，他的散文多从庸常生活中择取素材、获得话题。心存诚敬，而又卑微不拒，特别善于捕捉困境中的意识流动，人间美好或人生思索，氤氲而出，令人心有戚戚。《上海亲戚》一文，小切口楔进一方人情风俗的特例，将丑陋人性遮蔽的亲情，毫不避讳地撕开，展示，入木三分地讥讽，透出复杂的人生况味，质朴近乎口语的絮叨，反增了情感的真挚。读施明荣的散文，每次都会想到梭罗，写《瓦尔登湖》的美国作家。他们都写生态散文，都有自己的“领地”。施明荣围绕家园，写了又写，如同那些春风吹又茂的山林，年年扩容。无预设、不刻意，是他的优势，纯粹以一己体验，为勤劳淳朴的山民代言，还有，感恩大自然的丰富，礼赞人类与大自然的和谐相处。此外，丁俊、吴文宁、程自桥等人，以平和的语调叙写日常，初具自家散文面目。

三

小说难作，芜湖一度鲜有耕耘者，繁昌也不例外。近年来，繁昌小说加速崛起，肉眼可见。俞莉的墙外开花墙内香，只是其一，蒋诗经、黄在玉、陈友铭、鲍山宏、安艳莹、章健等人，各负“炸药包”，冲锋陷阵，大有攻城拔寨之势。

黄在玉写小说属重操旧业。他的小说，保留传统叙事优长，纯正饱满，详略有致，在琐细和精练之间力求平衡。《去跳南门河》讲述一则凄美的爱情故事，读完复盘，总觉得女主人公不至于为爱殉情，小概率事件都有苛刻成因，小说给予的理由，谈不上充分。转念又想，如果小说都按照世俗的套路来写，建设性何从谈起，何必还要顶上“创作”的名头？因此，宋小妹的形象是独特的，是虚构的逆情悖理典型。因作祟于青春的荷尔蒙，一切皆有可能。小说散点透视于人心拿捏，但是，看清这一点，并不容易。以“跳”的动作为题，一一呈现不同人的数次跳河，有玩水，有自杀，好像好运与恶果，同在这一跳中。小说稀薄的表述，使得惯有的象征隐喻，缺乏令人信服的生成。另一篇小说《回乡记》，黄在玉同样没有平铺直叙，是大段插叙，让事情的脉清络现。结尾颇为意外，但不是无据可查。之前男主人公小呆瓜，不愿带女友诗芸回乡，本是虚荣心所致，却被女友视为骗她的用心所在。的确，有些矛盾是虚荣心造的孽，受害者却一头雾水。只是，嘴上说的话，不如巧妙埋设牵动性的线索，更具诓骗性。总之，黄在玉深耕小说，还需在艺术完成度上，再加一把劲。

蒋诗经的小说，叙事、结构和语言均无短板，优长在于张弛有度，与心跳同奏的呼吸感，技能如此成熟老到，肯定没少训练。就像蝉在枝头一鸣惊人，已在黑暗的地下摸索了多年。从谍战、悬疑和武侠的风声鹤唳、刀光剑影，到这篇儿童文学色彩鲜明的《薄荷糖》，笔触变得如此精巧，灵动，将少年心思的细腻处，一一照亮，把懵懂少年的清纯之气、成长之惑写出来了。不管何种年纪，读到这类小说，封了盖的童心总会悄然打开，甚或发现，那些可笑行为蕴藏的美好，依然顽强地珍藏于记忆的秘室。安艳莹的短篇小说《刘百万》，是近距离观照当下的现实题材作品。疫情使得运输业按下暂停键，也将矛盾激化出来。小说围绕刘百万与妻子之间的矛盾展开，刻画了一幅为情缰利锁羁绊的众生相，江南小镇的风情，并未因此停止摇曳。结尾反转令人蒙头转向，韩佳作为牵着隐线的重要人物，露出马脚哪怕是露脸都有限，显得突兀。这种陡峭美过于陡峭了，实为相关细节铺垫不足所致。章健的《闯荡》、陈友铭的《乡歌》和汤明余的《秋月》等，语言简朴俗白，不装不作，白描到位，在人情事理中展开情节，生活化的感觉，深化了人物的刻画。查君书等三位作者的四篇小小说，也别具一格，各具棱角，巧思中的意外，实为一针扎破的功力。

俞莉是从繁昌飞出去的金凤凰，她的小说创作渐入佳境，令人刮目。中篇小说《魏先生的几次消失》以曲折繁复的先锋笔致，撒网收线，设套解套，毫不违和地化现实为传奇。富有传奇色彩的魏先生，为什么要“玩”消失？游走在波峰浪谷间，他是自渡还是渡人？“消失”统摄全篇，小说对此带来的极不可靠，表达出深层思考。考量复杂多变的魏先生，既要与永在流动生长、创造奇迹的深圳相联系，也要与社会生活中群体“泛意识”挂钩。我们的思路豁然打开后，小说更大价值的秘密，才会被发现。俞莉另一部中篇《流到香江》，标题自带美感，有那首广为传唱的歌曲加持，很是诱人。读完小说，发现底层社会的温馨浪漫并不易得。好在人生的遭际，所谓的好和坏，都有定数，一定条件下会相互转化，诠释着祸福相依。女主人公秋芬踩实了命运的跷跷板，赢得家的温暖时，维多利亚港湾的烟火也在绽放。俞莉以女性的细腻敏感，体验着世相的纷繁，用平和的心态和穿透的眼力，写出了梦飞海岳的沧桑淡定，留给读者的思索，不会随着香江迅流远去。

四

繁昌，山清水秀，殷实富有。这里的文学爱好者，水准在线，低调勤奋，久耕文苑，成果斐然。他们热爱家乡，深扎故土，沉湎于内心世界，传递着人间真情，透露出灵魂世界的澄明洁净。他们不空言，不炫技，不因东施效颦而丧失自我，始终秉持本色创作的真理。

文学的道路，从来不会平坦。如果抬高标杆看，繁昌作者的不足，显而易见。认知上的固化，路径上的依赖，不善于发现和思考时代背后的东西，除了跳出来的俞莉，直入现实的力量仍显单薄。不是他们丧失了社会责任感，恰恰相反，他们那颗文以载道的心灵，丝毫未减滚烫。很多时候，是鼓不起与既往割裂的勇气，缺少一种敢冒风险的超越。还应该看到，队伍中老面孔多，有潜力的文学新人，日益匮乏。

文随世运，日日趋新。繁昌文学要接受时代的砥砺和考验，呼应时代气象，满足人民趣味，彰显地域新风，呈现出强烈的时代风格。繁昌的作者，视野和思考，还应更深厚、更开阔和更锐利，以奋斗之姿，挑战创作的难度，加速奔跑，从唾手可得的“夷以近”，到凭借睿思实现作品价值的“险而远”。

文学点亮生活，托起人间烟火。小城繁昌，有光。这是一点点的文学萤火，汇成了炬。相信此炬，会越燃越旺。

纸上风情，幸福滋味

——读朱幸福散文集《乡村情愫》

岁末年初，一直在忙。稍闲，除了扒拉手机浏览资讯，我几乎不再看文学作品。朱幸福发来他的散文集《乡村情愫》电子版，已有些时日，我没急着点开拜读，原因有三：一是幸福兄的散文我读过不少，心里有谱；二是这本集子虽进入了出版程序，估计成书尚早；三是春节假期将到，选择整块时间一次性读完，或许可以更为顺畅地写出评论。

天遂人愿。当我在春节最后一天假日，一口气读完《乡村情愫》后，心中奔涌着有话要说的冲动。

清楚地记得，那是1997年6月1日，幸福与本市几位实力派作家，在芜湖新华书店集体签名售书的情景。一字排开的几位签售主角，幸福最年轻，三十刚出头的样子，英姿勃发中透着几分庄重严谨。给我挨个在新书上签了名的老师，都是快笔，未及抬头，匆匆数秒掠过。唯有坐在门边的幸福，在接过我递上的姓名纸条后，礼貌地朝我笑笑，然后，郑重其事地吸气，运笔。他手握那个年代流行的美工笔，潇洒的行书完美呈现在写得最多的“幸福”二字上。字写完了，又将一枚红底白字的阴文印章，盖在了日期上。那枚方正的大印章横纵都是三厘米，与其主人方正的大脸盘，就这样清晰地定格在我的脑海里。若干年后，这个小插曲，成为我们一起酒后常常提及的话题。当然，那本洋溢着作家早年清新之气的《太阳雨》，我一直珍藏。

在文学这条小径上跋涉了三十多年，早已两鬓斑白的幸福兄，依然不悖对文学的虔诚初心。我很佩服他，不管干什么工作都全力以赴，就连交友、应酬、娱乐也从不敷衍，更为难得的是，他还能开足马力，不间断地奉献出多种门类的文学作品。《乡村情愫》是他的第七本文学专著，我想肯定不会是最后一本。就其创作上的高产，我曾问他有何秘诀，他憨笑着回答，他是农民的儿子，写东西比干农活要轻松许多。可以说，幸福对文学的热爱，已融入血液、渗入骨髓，纵有酒精刺激、细胞衰老，也不会稍有更改。

文如其人，多数时候是准确的。幸福文学作品的质地和样貌，如果用一个词来形容，我会毫不犹豫地选择“平实”。这本《乡村情愫》，可能是散文的缘故，也因此跟他的为人贴得更近，真诚质朴而又不失仁义豪情。这个江南水乡养育的方正后生，深爱着这方乡土，无论身份怎样转换，难褪农民底色。几十年来，心中澎湃的情愫，都化作了纸上的风情。这样的表达或倾诉，无边的幸福就会充盈其心，好像只有在这样的思索和追寻中，生命才会沉淀出特别的意义。

散文没有一定的范式，几乎成了当下人人可写的普及性文体。在文坛高端，散文界的文体革命已经走得很远。我现场听过当代一位著名散文家的演讲，说散文可以虚构，她的许多散文就是虚构的产物。至此，我对她的仰慕一落千丈。说散文可以虚构，估计幸福也不会答应。他的散文，修辞立其诚，形散神不散，以真为核，以情动人，都是传统路子。

这本集纳了幸福十余年散文作品的《乡村情愫》，除平实的特质和样貌外，不同的文章，还兼具充实、结实、厚实的特点。教师和记者的职业历练，使他的文章十分严谨，看不到虚夸的成分，也没有虚张声势或故弄玄虚，有一说一，有二说二。有时为了表达更精确，他会追根溯源去查资料，也会按图索骥去采访，直到知晓了事情的来龙去脉，才把构思写成文章。第一辑“遍地美景”中的诸篇，立足乡土，涵盖古今，不仅史料翔实，还有丰沛的新闻元素。作家超强的写实能力，像推土机一样向前推进，叠砌的一座座小山，尽管并不高大，俨然一个个稳健厚实的堡垒。

《红杨树之“红”》是此辑中并不显眼的一篇，作家用超过三分之二的篇幅，叙述在抗日战争中，驻防在红杨树的新四军三支队官兵，依靠群众，发动群众，用智慧和勇敢，多次玩弄日伪军于股掌的事迹。兜了一个超大的圈子，在文末解题，就是为了说明红杨树之“红”源于这段历史，并非以树命名，因为世上并不存在“红杨树”这一树种。影像般地复活一段历史，使其面貌清晰地浮出水面，这样的散文不唯美，却在用一种负责任的态度，审视家乡，宣传家乡。

此辑中这篇《行走在芜屯公路上》，我很喜欢。一条路牵引出的记忆，是那么的斑驳梦幻，与之有关的感受又是那么的刻骨铭心。作家想要说明的是，路在变，人在变，生活在变，那是因为背后立着的时代在变。文章中有多处孩童心理的精准描述，非感同身受者实难体会，非亲身经历者，万万写不出。

《春天去野外吹吹风》是较为写意的一篇，似乎游离于本书的风格之外。写这篇文章时，我相信是在酒后，幸福恍惚中想起这次野外踏青，一种清风出袖、明月入怀的情愫涌上心头，于是凭着记忆，一路挥洒成篇。文章少了刻意与剪裁，却平添了几分宠辱不惊、物我偕忘的诗意，更有一种手挥五弦、目送归鸿的大气。

第二辑“徽风皖韵”以游记为主，所涉范围不离江淮大地。幸福的游记，并非状景摹形的纯游记，而是通过以游系人、以游系事、以游系感，全面地呈现出他履痕下的洞察与体验，使得单薄的记游丰满厚实起来，大大拓展了游记的疆界。

《儒韵全椒》的篇幅不算长，“干货”却堆得满满的，这几乎是这类散文相对容量的极限。文章开头点明去全椒的缘由，是召开省级文学创作大会，于是疑惑产生：这么一个重要的会议为什么要放在那儿开。接下来，把自己对全椒仅有的认知和盘托出，尤其是对全椒新时期的经济名片“全椒柴油机”印象深刻。接着宕开一笔，从全椒的风景写到全椒的人文，进而引向全椒的文化昆仑吴敬梓，看似天马行空，其实已经水到渠成。说到吴敬梓就不能不提他的传世名作《儒林外史》，而这部巨著与芜湖的关系是那样的密切。幸福不惜笔墨写下这些，就是为了完成古今文学创作的勾连，让省级文学创作大会在全椒召开意义彰显。文章并未就此完结，通过此次采风，又看到了完全不同的“全柴”，看到了吴敬梓在全椒人心目中地位已今非昔比。同一条线索，来回串联了两次，在加深读者印象的同时，也让文本获得了辐射面更广、内蕴更深的价值。

此篇，以文化的视角，捕捉一地的发展新貌，并言明更为深刻的意义，非常规游记可比，因此荣获“全椒文学奖”，堪称实至名归。

第三辑“尘世写真”中的文章，大多短小精悍，说是散文并不算错，但随笔的特质在某些方面愈加明显。因为写出了对当下生活的感悟，也传递出了深层的意蕴和题旨，鲜活的生活风貌和浓郁的时代气息，更显锦上添花。

《想当农民》《回家吃饭》等篇，题显文意，直截了当。作家的人生观和价值观，在文中有了一百八十度的大转变，不过这并非矫情，细细想来，当是时代发展使然。这种源于新生活的烦恼，一方面值得庆幸，即我们赶上了这个好时代，另一方面，也在针砭时代之弊，目的是生活得更好。事实上，一个时代有一个时代的困难，一代人有一代人的使命，在看似逃避的背后，是作家给出的一剂“非暴力不合作”的药方。换言之，这些文章的立意，都是幸福对自己心性的砥砺，对人格的修炼。

此辑中若论创作手法高妙，非《一捆甘蔗》莫属。文章巧用对比手法：写在明处的是，过去许爷爷种的甘蔗尽管看管很严，也还是有人偷；而现在他的儿子许叔叔种的甘蔗无人看管，品相更加诱人，却没有人偷。还有一个未经挑明的对比是，许叔叔送给幸福一捆甘蔗没有任何附加条件，那份诚意令人动容；而幸福在把甘蔗分送给一群孩子时，却遭到了不友好的“礼遇”，认为甘蔗肯定有毒。熟人之间的情谊，顽强地保留下来；而小孩子对陌生人的信任，已降到了最低点。当然，孩子们并无错，教孩子们这样做的老师也无错。错的是，损人利己、坑蒙拐骗的社会现象时有发生，让人们不得不设防。此文的价值，不仅仅在于鞭挞这一社会现象，更在于作家用行动，纠正了孩子们的错误认识。

第四辑名为“文人书事”，单篇的篇幅相对长些，内容愈加充实，有的是系列回忆的集束，最见作家作为文化人的性情。可以看出，幸福一路走来，既有酸甜苦辣，也有花好月圆。

《我的文学启蒙老师崔之建》是一篇悼念文章。作家满怀深情，回忆了崔之建老师，如何引导他走上文学创作道路的点点滴滴。行文层次清楚，细节饱满生动，表情达意凝练，遣词造句准确。没有声嘶力竭，也没有过分渲染，所有的表述都是自然而然，摒弃了一切刻意的经营。生活把质朴给了幸福，让他的情感沉潜在文字深处。不等掩卷，崔之建老师的形象就已跃然纸上，一位如君子般的智慧长者，超凡脱俗、爱生如子的高尚情怀，给读者以强烈的心灵冲击，可谓未见其人，胜见其人。朴素的语言，最大特点是无须修饰，用于此类文章，起到了超越修饰的特殊效果。

这辑中的《缝缝补补十六年》不能不提。这篇文章是幸福在结束了十六年的编辑记者生涯，带着不舍和缅怀的心绪写下的。当初，幸福放弃中学校长的职位，来到县报当编辑记者，很多人难以理解。他的毅然决然，不是一时冲动，想必是骨子里的文学情结使然。事实的确是这样。他进报社不久，就提议县报增设副刊，其意不言自明，就是为了给更多的本地文学爱好者，有发表作品的园地。副刊甫一批准，他就恭请安徽文学大家鲁彦周先生题写了刊名，并独自承担了副刊的编辑任务。16年来，县报副刊“荆江文艺”出刊492期，经他编发的文艺作品超过了2000篇。离开报社，幸福又接手主编县级文艺期刊《鸠兹鸟》，更是如鱼得水，风生水起。作为县文联和县作协负责人，他还经常组织文学采风活动，为本县有成绩的作家开作品研讨会，策划集体亮相有影响的刊物，尤其是对年轻作者呵护有加，助一批批文学新人崭露头角、茁壮成长。

早年身为教师，幸福带出了很多好学生；作为县作协主要负责人，他同样带出了很多文学骨干。而且，在个人创作上，也获得了大面积丰收。对于幸福来说，与文字相伴的人生，就是奋斗的人生、幸福的人生。我想，人生的美好际遇，化作了纸上的风情，是更值得品味的幸福滋味。

总的来说，《乡村情愫》亦有不足。全书有深度的文章占比不大，与他的第一本散文小小说集《太阳雨》相比，部分文章的语言欠缺了凝练，表述上略显直白，也拉低了全书应有的艺术价值。在此建议幸福，集中精力再多写一些具有挑战性的作品，因为你的能力、阅历，均已具备。

与幸福相处，总是愉快的。他平和淡定的谈笑、积极稳健的心态，让人感到幸福就在身边。真诚舞文弄墨、又认真生活的人，不说稀缺，已经不多。

草木有本心，我亦如是

——朱晓云散文集《路过诗经》读后

网络的敞开、智能手机的普及，让写作者如过江之鲫。人们在感叹一个时代文化普遍提升的同时，转而又叹息：当下，能规范使用汉字的人已不多见。尽管文学作品的语言需要过滤，有艺术审美的鉴衡，但是，粗制滥造的情况同样存在，有些可以说是到了有辱斯文的地步。看到朱晓云的散文集《路过诗经》，第一感觉是语言的规范、精准，且不艳俗、矫情，实为网络时代文字中一剂可濯心濯肺的清流。

据说这本《路过诗经》源于作者朱晓云与儿子打赌立下的“军令状”：一年内完成书稿，否则“家法”行事。那时，她的散文集《低眉听风》刚出版，信心爆棚自不待言，而天生与草木果蔬相近相通的心性，无疑添加了底气。那是骨子里的东西，朱晓云文字生涯的必然兴会，逃都逃不掉。

认识朱晓云很多年了。那时我们之间最可靠的话题自然是文学这个共同的爱好。感觉文字上早熟的她，只把写作当作自娱的方式，并没有要搞出名堂的野心。后来她工作调动，我们很少见面，也就断了交流。作为经常想起的文友，她给我的印象还停留在真诚中有一丝狡黠的抿嘴浅笑上。想想，这么多年过去了，我已不再为赋新诗强说愁，而她是否亦有了新的文字情怀？恰好，这本《路过诗经》给了我明确的答案。

《路过诗经》是朱晓云的散文新著，汇集的56篇散文，多数以《诗经》中提到的草木果蔬为题材，一物一篇，篇篇走心入味。“撸一把时光转身向后穿行”，朱晓云没有一点轻慢的姿态。她回望如流的缤纷岁月，用心细捡与这些植物的相知相遇，感恩它们带来的人世清欢、芳香甜蜜，不觉忘情其中。这是揭橥作者真性情与生活状态的一本书，童心、情趣、才智、识见、灵性，一个都不少。很难想象，在中年逼仄的天空下，在生活被切割得十分细碎的都市里，朱晓云修炼得如此安宁自在，内心丰盈。

书中的这些植物，无论是生长在水岸草坡，还是田中果园，依然是《诗经》里的模样，容颜没改，姿态没变，气味没走，依然春荣秋萎，花开蒂落，依然野火烧不尽，春风吹又生。不同的是，它们遇到了两千多年后的一位都市女子。这个女子有一颗感恩草木的心灵，有一双审视美好的眼睛，还有一技高妙的文字造诣。相会一笑，都是人间美意；流波一转，皆为草木风情。于是，在诗意栖居的江南，生命中注定的那些美好，一一闪现于晨曦微茫的来路。

这些美文触发点都很轻，像微风细雨，如歌的行板，慢慢洇染开来，就有了人间烟火的缭绕，还有生活常识的充盈，独独没有岁月飞逝的怨艾。即使偶有无名的惆怅袭来，很快就转化为草木无言、岂改初心的淡定。这是钟情大自然、热爱生活的人，才会有的草木观：审视每一株植物，就是审视每一个微小的灵魂，最终也是审视自己。这颗坚守的初心如此通达，使得这些一路相伴而来的生灵，愈加鲜活可爱起来，这是被知遇者的生命勃发，灵性高蹈。草木果蔬皆著我之色彩，这里应作如是观。若把散文视为生命的栖息地、灵魂的家园，那么《路过诗经》就是这样的诗意文本。它滤尽了所有的虚情假意，完全以作者的亲历，从生活的经验和生命的体验出发，把个人的精神气质弥漫在满是江南气息的草木果蔬之中，谱一曲自在安宁、单纯快乐的田园牧歌。这是古老东方的审美情趣与智慧，也是朱晓云“把内心的土翻腾出来”，培育成的文字版的葱茏草木。

在写作上，我以为朱晓云永远是一株寂寞的红蓼，不是大红大紫的牡丹。她的散文少有宏大题材，更不喜欢抬出好为人师的大道理，不贪大显摆，不装蒜忽悠，只是尽可能地把内心敞开来，意思表达好，能否给读者带来一点共鸣、一剂清凉、一丝慰藉，那就各随其便了。她写散文多年，工匠之艺越发精湛，就《路过诗经》来说，每篇文章几乎都做到了：布局谋篇严谨规范，遣词造句新颖爽利，描摹状态准确清晰，表情达意浓淡适中，为初写者的范文最合适不过了。这是一种心平气和的文字，有大自在，亦接近生活的底色。如苛求不足，表达的力度不够勉强可算，以及由此产生的轻巧冲淡之貌，或许是某些人不喜欢的地方。但我相信，有了一定阅历的人读这些文章，会舒心熨帖的，甚至像嚼橄榄，回味无穷。

我是雅爱这些文章的。因为在我看来，每一株植物都幻化成一个与之灵犀相通的女子身影了。所有女子的美好品质，从古至今都一样，内敛，含蓄，从不张扬，就像这些草木果蔬。

绘一捧粲然的生命火花

——读吴云峰长篇纪实作品《绘梦》

创作《绘梦》一书，吴云峰是下了大功夫的。

一

手头这部《绘梦》是我索要得来。当时，答应云峰写评论的语气颇为坚定。拿到书时，投入阅读的态度也很积极。可是，写评的事却一直未做。近来被琐事缠烦，不是充分理由。深层次原因，可能是我怕写不好这篇书评，畏手畏脚是潜意识在作怪。

还有一个确凿的原因，是许春樵的“序言”珠玉在前。这篇序作站位颇高，要言不烦，从个人的精神追求与文艺的价值取向角度，凌空切入，阐明主人公曹运祥（朱明德）与西河古镇的“彼此接纳”“相互成就”关系，从而实现了一个艺术家的“精神还乡”；同时从写作学角度，略谈了作品的创作手法，顺带褒扬了吴云峰为此做出的艰辛尝试。最后“许序”跃向更高的审视平台，指出“西河古镇是时代的现场，曹运祥是圆梦的实证”。许春樵的深度剖析我无力抵达，更无法超越，以他选择的视角来品评显得蛇足。既然承诺了就得兑现，冷静想一想，许春樵没有提及或稍加概括之处，恰好是我可以打开的地方。

书序精彩撑起门面，“前言”也不甘落后。这篇不足600字的精粹短章，不同凡响之处在于，上接天线，下接地气，将新概念与深体会，将世界观与方法论，将形而上与形而下，杂糅一体，融会叠合，用节奏鲜明、气脉充盈的长句，错金镂彩般铺陈出来，感性十足，给人别出机杼、耳目一新之感。其理念与文采也是“彼此接纳”“相互成就”，艺术的张力在不经意中生成。接下来的“引子”也很棒。文章聚焦西河古镇的渡口，取景于最能焕发炫目光彩的夕照时分，而这样的时候并不总是充满诗意的愉悦。2019年9月的一天傍晚，一位老太太与摆渡人刘松火之间发生了龃龉，人们再次见证了五年前从北京来的“大善人”曹运祥，超强的调动情绪、和解关系、化解矛盾能力。这简直就是一篇新颖别致的散文：情景交融的抒情笔法，精心布局的情节结构，针锋相对的戏剧冲突，更有“摆渡人”的个人使命隐喻，灿烂晚霞映满天的人生晚景象征。视点人物的出场堪称完美。

二

我知道，吴云峰创作《绘梦》的过程异常艰辛，有过一次另起炉灶的大返工。通过这次思路调整，原本按时间顺序追踪主人公的结构被打乱，有意将曹运祥在西河古镇“发挥余热”的近况，作为全书的重点内容置于前端。就这部作品的主题而言，无疑是正确的选择。全书由“梦在乡土”和“梦由心路生”组成上下篇，事实上就是以2014年为界，将曹运祥来到西河古镇前后的生命状态剖分叙述。这是截然不同的人生阶段，却构筑起一脉相承而又彼此观照的辩证视角。上篇和下篇各包括若干章，每章各有若干节组成，一节就是一篇完整的文章，节与节的内容往往相连属。尽管每篇文章都有独立主题，但又毫不例外地统摄在总主题之下。

在《绘梦》面世前，关乎朱明德（曹运祥）的新闻报道网络上有不少，无外乎是他在职时的良行善举，以及组织和参与的文艺活动，退休后在西河的事迹渐渐地也有一些。说句实话，仅凭这些浮光掠影的报道和介绍，我们并不能从内心真正敬佩这样一位走在时代前列的文艺工作者。一个优秀的人若要在他人心目中“高大”起来，百闻不如一见，百见不如一干。这个“干”应该是具体可感的实际行动。吴云峰的职责即在此，他要还原曹运祥在西河古镇是如何“干”的，方便人们直击现场，全方位感受这位空降的“美术轻骑兵”。基于此，他把全部努力都用在了高保真的“还原”上。于是，收集第一手素材，捕捉一种含纳视觉、声音和气味的生活原味，点点滴滴地汇集起来、展演出来，叫人觉得曹运祥是怎样与众不同。这是长篇纪实文学特点所在，更是优势所在。

可以肯定，从姓名“回归”曹运祥开始，颇有知名度的朱明德通过多方寻觅，缘分般地相中了江南古镇西河，低调完成了人生的一次重要转身。成为“西河街民”后，他“对自己人好”，竭尽所能帮助街坊们转变思想观念，提升生活水平，成为人们茶余饭后热议的“真正的好人”。在第一章《口碑、性情与思维》中，密集地引入西河方言，这些毫无违和感的老词儿频出，目的不仅仅是体现一种地域味道，更是曹运祥角色转换之快之好的表征。很多时候，语言的无隔阂融入，就是外来者最真切的融入。曹运祥串百家门知百家事，比号称“地保”的当地人知道的都多，他与老百姓打成一片，自己也收获了真心快乐。他沐浴时与街民互相搓背、逮到哪家有好吃的猛“七一饱”，还是熟悉庖厨的家庭主男……这些极具生活味的形象，运用类似小说情节的“生活流”表现方式，真诚坦率地加以镜头演绎，摄像机回放一般忠实呈现。特别是聚焦诸多丰饶细部的特写，是日常生活包裹下的民间风俗、地域场景及人际对话中密布的细节和瞬间。这些细节和瞬间都是和谐的、幽默的、愉悦的，无一关乎宏旨，可正是这些逼真、独异的存在，有力地说服了我们，从而使我们笃信文字的全部真实。也就是说，作家不写出来我们可能不去想象，艺术化地叙述出来就是实况直播。

人物采访是纪实文学创作的前置手段，通常不容或缺。有备而来的创作者对采访对象的循循善诱，最见功夫。吴云峰对曹运祥的采访老是跑题，看上去很不“成功”，但换一个角度分析却很成功，类似于种瓜得豆，失之东隅、收之桑榆。如在第二次采访曹运祥时，西河的春天非常“架相”，铺展了一幅绝美的江南画卷。然而，此良辰美景却被一场丧葬仪式弄得沸反盈天。这种习俗是与活人有意在争地呀。曹运祥忧心忡忡、耿耿于怀，以至于作者明确“谈过去，不谈现在”的采访主题，被他跳跃性思维冲击得七零八落。这样的“跑题”思考很快得到了回报，曹运祥开出了解决死人与活人争地问题的药方，既有孝道文化的创新，也有殡葬改革的创意，完全合乎实际，又利在长远。“一起努力吧。”无可奈何的采访人吴云峰，得此一句意绪沉实的激励，不由得敬佩有加。谋事成理、对症有方，明言显志、着眼未来，以此插曲纪实写人，切入角度之精巧深邃，叙述向度之摇曳多姿，笃定能深化读者对曹运祥的理解。主要人物的深度，就是纪实作品的高度。

丹青难写是精神，人物又何尝不是？然而《绘梦》很好地写出了曹运祥的人文理想与奉献精神。一个人仰望一座古镇，欲改变其世俗力量中的落后部分，着力锻造共同的历史文化根基，凝聚起通达未来的精神，不可或缺且又十分艰难。从第二章开始直到第七章，在别样迷人的烟火之气中，我们看到了曹运祥用心用力用情地在实践。他没有盲目急躁，而是深入了解西河成为“一本活的地方志”。他不搞大轰大嗡，宁愿自己充当“红色义务讲解员”，弘扬红色文化。他注重一招一式的言传身教，像永远不争的流水滋润万物，以崭新的视角校正着人们固有的观念。他采取一户一策、一人一法，帮助那些拥有传承技艺而不知的街坊们，创意转化，创新发展，打造属于自己的技艺品牌。他注重文化引领，力推提炼传统民俗中的有益成分，转化为地方文化的一部分。他视孩子们的德教大如天，且将以身说德做得风生水起，专业老师也自愧不如。他以笔作枪，用美术作品为时代画像、为时代立传。他游刃有余地绘就的观念图景在街坊邻居脑海中生成，激荡出的晕轮效应，在更广大的范围内让新观念醇风化人成为可能，从而与古镇达成只可意会不可言明的文化发展默契。很多地方打造古镇不计成本，所耗靡费，效果往往适得其反；亦有很多地方，缺乏真正的行动力，堕入自我逃避和自我价值否定。没有比较，就不知道曹运祥有多出色。

这一切与水有关吗？当然有关。点滴渗透的群众工作方法、与群众打成一片的鱼水情谊、清廉似水的品德、静水深流的性情、着眼长远的宽广眼界、兼收并蓄的博大胸怀、没有明确规划又处处擘画的大局观，与西河乃至全天下的水何其相像。与水的不解之缘，的确滋养了曹运祥与水相似的独特精神气质。不过，他深信真正能穿透时间壁垒的，是常情常理的韧性和普通人的坚守，所以才有了他细水长流而不争先的大格局。在写法上，一不揽二不拽的叙事腔调，自然适意，不刻意追求张力，自有分量。不管翻到哪一页，很快就会把你定位于生活现场，而并无穿越之感。清澈如水的语言风格，涤荡一切虚假藻饰，静观理念传递的路径，“大众化”与“化大众”实现了有机统一，文学的价值充分彰显。懂事理、明大义，长知识、悟学问，《绘梦》是一部经得起内行人挑剔的作品。

三

《绘梦》下篇从曹运祥的家世身世说起，串起他的人生不同阶段。少年萌发画画的志向，青年走进军营大熔炉摔打成长，中年为官数地造福多方，老来“文艺轻骑兵”的自我低调定位，相伴一生不离不弃努力精进的画艺，人生的尖峰时刻如同弹幕一般匆匆掠过，汇成绵绵不绝的岁月之流。这些成长道路上艰难跋涉或指挥若定的侧影，显现出奋斗者不断进取的最美风景，让人相信天赋和努力、性格和际遇，共同铸就了他的精彩人生。可以肯定，人品砥砺的坚持不懈、人格锻造的水火相济、文艺涵养的雨露滋润、时代逐梦的深沉思考，无不得益于他遍尝生活的百味，更源于信仰与理想的始终坚守。从来就没有天生的能者，真正改变人生的永远只有自己。在写法上，看似将一个故事的两个部分简单相邻并置，其实吴云峰并没有只图省事，而是重新裁定了比重和次序等要素，充实了新闻报道、日记、内省文章、发言稿等有价值的信息载体，尽量使平淡无奇的情节多一些自带含量、多几分起伏环绕。最难能可贵的是“悬镜勤政事”这章，平民化叙述视角，与坚持以“六戒”从政、留下一串过硬政绩的朱明德（曹运祥），包括他倾情打造的传统文化标本爨底下村，形成极为吻合的互喻互证与理想跨越。上下篇的规整谐调是当然一招，统一为过滤了杂质、焦虑和浮华的平实风格，与心平气和、特立独行的主人公曹运祥，保持精神气质上的高度一致。丰富的人生经历，律动的心路历程，频增的才能智慧，为突破纪实作品所能抵达的边界创造了条件。

“尾声”一章含纳“绘梦者的总结”和“为人子的遗憾”两节。看似游离于主体内容之外，实际上是曹运祥对自己绘梦人生的客观评价。这个评价，面向艺术和亲情两个维度，敞开了一个与时俱进者十分难得的清醒认识，凸显了一个理想主义者乐于自审的真性情。人生岂能尽如人意，但求无愧我心。人生无法更改，遗憾衬托终生。一个普通而不平凡的人，一个平凡而不普通的人，曹运祥多维、立体、澄澈的形象，于此，面目清朗起来。

四

萍水相逢，却一见如故，这里固然有曹运祥的人格魅力，也有吴云峰的惺惺相惜、心灵震动。

吴云峰笔名“红杨树”，是红杨镇洪山头人，而西河古镇（社区）隶属红杨镇。吴云峰自小经常玩闹于西河古镇，熟悉这里的每一条街巷、每一座房舍、每一项技艺、每一味美食。他怀抱诚笃庄敬的态度，曾在这有限的空间里，最大可能地上溯时间的纵深，审视古镇缥缈的前世。他对西河民俗文化的传承发展尤为关切，时时感受着它的脉动与呼吸，与曹运祥的古镇“必须从民间勃兴”观点不谋而合。写完民间英雄袁时发，有意来写曹运祥的吴云峰，接到创作任务时的那种激情飞扬、责任感爆棚，展现了一名文学工作者的正义与良知。如果作家执意要写什么，那里肯定有他心动的东西。情感的浓度、见识的向度、哲理的深度，吴云峰均具备，唯求行文新颖而准确，表达出一种独特的典范存在。为此，在长达数月的采访、搜集、构思过程中，吴云峰陡添了许多白发，说是“为伊消得人憔悴”也无不可。不过，吴云峰和曹运祥一样是幸福的。他们明白自己所做之事意义何在，使命感是他们以苦为乐、心甘情愿的最大动力。

《绘梦》没有刻意营造就写出了最质感的生活，让人们从日常不足为奇的事物中窥见美的芳泽，揭示出某种真相真理，表征一个人广阔的襟怀眼界和高远的精神追求，收到了平中见奇的艺术效果。有人贬低笔者不会“批评”，对业余作者太过“仁慈”，给出的参照标杆一向不高，总是褒扬他们的小有成就，给人一种“久未见莲花，便觉牡丹美”的浅薄。没错，这部作品至少没有浮皮潦草，没有矫饰作伪，没有浅薄油腻，我依然要赞美它是地方纪实文学的精品力作。当然，我还没到不会指瑕辨谬的地步。吴云峰的文字能力在业余作者中当属上乘，就拿这部作品的语言来说，优点固然很多，但过于均衡和晓畅、严谨和求全，几近律文的长句较多铺陈，少了一些无所拘束的放达与随意，使得因简省而跳脱、留白而蕴藉的效果不显，也因轻重、缓急，主次、明暗，参差、疏密等形成的张力感有所淡化，难觅一份阅读上兔起鹘落的快意。

五

曹运祥，一只翩然而至的白鹤，徜徉在古镇弋水边。他不躁不厉，真诚可靠，有阅尽千帆后的坦荡，无举世皆醉我独醒的傲气，总以随性、轻盈、温润的质地滋养灵魂，用文化和艺术的双重目光赋能古镇。于是，人们心灵的河床长出丰盈的水草。

仰望渡口霞光，那是一捧粲然的生命火花，弥足珍贵。

老树春深，更著一朵“报春花”

——评传记文学《年广九与“傻子瓜子”》

昨晚，我再次翻开《年广九与“傻子瓜子”》这部长篇传记文学作品。熟悉的气息、熟悉的感觉、熟悉的味道，从字里行间飘逸出来，就像“一嗑四开、香脆可口”的老品牌“傻子瓜子”，令人畅快，以至掩卷多时，依然回味无穷。

猛然间，我有了新的感触：这部传记文学作品不可等闲看。一个时期以来，出书者如过江之鲫，多了滥了，自然泥沙俱下，拉低了出书的价值。《年广九与“傻子瓜子”》却不然，它不仅是何更生个人文学生涯的集大成之作，也是芜湖文学的重要收获。70岁后创作再起高潮，何更生以极大的热情和时不我待的职责使命，先后推出《“傻子瓜子”与中国民营经济发展——年广九口述史》《年广九与“傻子瓜子”》两本书，一举填补了芜湖当代人物类传记文学作品的空白。正所谓：“日暮苍龙还行雨，老树春深更著花”。不过，何更生所著的是一朵“中国民营经济的报春花”——“傻子”年广九。

在改革开放进程中，年广九是具有独立案例价值的风云人物，他的故事在坊间流传甚广。因天生个性张扬，遭人嫉恨，被人夸大其词地抹黑在所难免，更为不堪的是，这些以讹传讹的不实之言积非成是，很有市场。这本书的面世，以无可辩驳的事实力量，给予有关年广九的所有谣言以有力还击，达到了以正视听的效果。这是最直接的收益。本书更大的收益在于，让人们看到了改革的艰难曲折，看到了“弄潮儿”敢为人先、勇于突破的不易，展示出百折不挠的个人风采，折射出昂扬向上的时代风貌。这本书为不惮前行者提供了信心与勇气，更为芜湖这座“创新之城”提供了有力的事实支撑，增添了“皖江明珠”宽广的经济发展底蕴。

因是《“傻子瓜子”与中国民营经济发展——年广九口述史》姊妹篇，可以看出，作者在构思创作《年广九与“傻子瓜子”》时，不想大动干戈打破既定的时空秩序，以及情节、场面等流程，毫不犹豫地选择了第一人称叙事。这种叙事代入感强，能让读者直击现场，更加容易地走进主人公的内心世界，感受他的心路历程。这种有板有眼、娓娓道来的叙述，无形中又增加了叙事的真实感。的确，读此书就像是听年广九在聊天，聊的是自己过往的美事、难事和糗事，一桩桩，一件件，缘起缘灭，流转变迁，起落无常，小葱拌豆腐般的清清爽爽，没有添油加醋、涂脂抹粉，也没有隐瞒真相、洗刷污点，几乎做到了无所禁忌，将情节的温润度和饱和度推向了高处。第一人称叙事，拉开了时间的长焦，体现出人物成长发展、情感波动乃至命运转折所必需的量变到质变的过程，依靠的正是一个个逻辑支点锻造了情节链条的走向。质言之，第一人称叙事，以一种纯写实的方式，让读者在不事渲染处看清看透事物的发展，能够最大化地兑现何更生所倡导的文学之真、文学之情、文学之美。

不过，第一人称叙事，沿着“我”的时间线直贯而下，不枝不蔓，除了略显“单调”外，也使得年广九的传奇色彩难以凸显。事实上，即便用第一人称叙事，年广九完全可以再“传奇”一些，结构上的考量仍有深化空间。譬如，在大大小小的关卡口、误会点和生变处，设置若干悬念，掀起读者情绪上的浪花、情感上的涟漪、心灵上的震荡。吊足读者的胃口，餍足读者的期待，或许更好。

除了第一人称叙事，本书还有诸多值得点赞的特点。其一，书中穿插写到了一系列政策层面的大事和各级领导人的关怀，都是真实的、严肃的，没有半点虚假，作者的处理是点到为止，不花费过多笔墨，目的只是将隐约的时代背景大致勾勒，置个人命运于时代发展的大潮中。这是必要的，也是有分寸感的。其二，语言上延续了作者最为擅长的平白如话、简易俏皮的风格，方言土语与主人公的“草根”出身，以及市井气、民间性和生活味，是完全匹配的、搭调的。写人物传记最怕穿草鞋打领带，榫对不上卯，文字也同样。其三，每章的标题几乎都是七个字，遣词很随意，且不讲究内在的节奏、韵律及风格统一，读完后，却发现提炼得非常精准，也增加了阅读透明度，老僧只说平常话，关键在于说得准，只要准，就是好的、管用的。

当然，这部作品的成功，还有一个重要因素不能不提。与年广九结缘40年，何更生一直关注着年氏家族的事业发展，因此写过许多宣传“傻子瓜子”的作品，对年广九的了解比较全面，几乎成了无话不谈的朋友。为了在原有多篇报告文学的基础上，写出年广九的生平传记，何更生没有偷懒，而是以“归零意识”重新采访。年广九毫无保留地“出卖”自己，说出的全部是掏心窝子话，高度信赖可见一斑。素材多了，真要处理起来并不容易。在作者的精心梳理下，这部作品在章节的划分上，非常干净、妥帖、到位，没有拖泥带水、夹缠不清，十分难得；还有更多的生活细节如尘土中的金粉，被淘漉出来，尤为亮眼。显然，年广九书中所陈述的，已是何更生“翻译”过的语言，既原汁原味又有所调配。这种转换，与“铁到芜湖自成钢”有异曲同工之妙。

可以说，不以“真理在握”的话语姿态主观介入，而是还原事情的本来面目，是这部人物传记成功的最大秘诀。

何更生的文字，滤掉了浮躁的气息，有着小溪淌水般的流畅。在捕捉自然生动的画面时，善于从细节出发，与时代对话，将微小生命个体的奋力前行，与时代风云变幻巧妙绾结在一起。通过这部人物传记，一个敢想敢干、勤劳智慧、机灵倔强的“傻子”形象丰满起来、站立起来。再次明示：任何人都不可能随随便便成功，成功者头上的光环，都是用荆棘编制而成的。

坚持不懈，老而弥坚。何更生为了这朵“报春花”，是不是也沾染了一些“傻子精神”了呢？

写给故乡的陈情书

——读吴泊宁《大地上的乡愁》

在芜湖，散文创作者众。我感觉，吴泊宁是最艺术的一位。他是诗人，真诗人，由内而外无法掩饰的那种。他的散文难脱诗的意味，甚至，比绝大多数的现代诗更像诗。读他的散文新著《大地上的乡愁》，强化了我的这一判断。

130多篇短文，被冠以“大地上的乡愁”，其愁之酽，可见一斑。事实上，乡愁不可脱离“大地上”而孤存，必有其主。显然，这主人就是作者自己。这是一个人的乡愁，被铺展于“大地上”，其意深焉。至少说明，与土地纠缠过的一代人，他们的乡愁，像大地一样沉重宽广，也说明个体之极具代表性，大地上因有农村一代人的涅槃，当然会有相似的乡愁，故此有以一当百之象征。20世纪80年代以降，农耕社会经历了千年未有之变局，乡村的生存逻辑被深刻改变，走出乡村的这一代农家子弟，如今放眼的乡土，俨然回不去的家园。过往的那些快乐、奋进、痛苦、挣扎，那些逆袭的成长或永远沉没的人与事，不仅刻骨铭心，而且缅怀感强烈。每一篇文章，都在一径梳理和还原，都是一帧帧的特写和闪回。就“曲调”而言，《大地上的乡愁》是沉入静谧岁月的深处，在谱一曲感伤的农耕时代挽歌。

细品书中的这些短章，我很容易想到最近常读的《散文》月刊。这本老牌杂志，个性极其鲜明，在形塑自我的路上走得越发坚定。文学作品的高端化，是不是注定都有一个趋向小众的过程，我暗自思忖。因为，总感觉《散文》刊发的作品，多边缘之感、俱寂之味，甚至孤僻之气，似乎永远沉淀在红尘之外。我敬佩作者的才情，但我相信，不喜欢此类风格的人，当不在少数。这类文章，总在狭窄而隐秘的地带，深深地切下去，碎碎念的接续中，生命中的那些幽怀绮梦，缓缓而流，由此产生的新奇感、陌生化，完全贴附于个人的极致化体验。打破了散文同质化，浑然中涌出一股清流，值得肯定，但也让共鸣者稀。或许，诗歌的最好状态是小众，散文也大抵如此。当然，在人人可写散文的年代，“清流”是需要的，也堪醒目濯心。但我想表达的是，泊宁的散文，在很多方面优于《散文》中的散文。选材不狭隘，叙述不唠叨，情感更真挚，诗味更绵醇，胸怀更伟岸。他的文章分明能窥见故乡田园、水泽深处，追忆者的呼吸吐纳，这是安顿灵魂的律动，时时传递出，天地人神共筑的深沉与博大。

依我看，泊宁的代表性散文作品，较之当今众多一流散文，更经得起时间淘洗。他有哲人看透一切的恬淡，亦有纠缠于生与死、有与无的诗思情义，每作一文如自酿美酒一盅，不到火候不发酵，若隐若现的张力无远弗届。与那些得益于针脚密缝、却不善剪裁和留白的散文相比，他的行文更简约，文字更跳脱，修辞也更艺术，文章平衡在“透”与“逸”之间。文字的坐实、摇曳及跳荡，总与作者的情感同频共振，于是，踩着鼓点的震撼与发自心弦的余响，在人读之而未及深思时，即有灵魂出窍之感。小艺术娱人耳目，大艺术震撼人心。泊宁的散文，实有大艺术之本质，文学史上一些数得着的散文名家，于此也未必做得到位。

泊宁的散文，多细腻。这种细腻，概得益于源头的清澈：观察精准。如写雪后或秋后田地里的麻雀，是“似走似跳的身影”，简单一笔，就把小家伙最灵动的模样，推到了读者眼前。同样写麻雀，一群麻雀“海底鱼群般翻滚”，不仅写出了“卷”动之势，仿佛能听到视觉之外密集声响的浩大。此间，麻雀的生存及困境，被简洁明晰地抖落，像是刚做完一丝不苟的田野调查。或许，只是作者的无心之瞥。在乡村广阔天地成长的孩童，谁还没有练就一眼即悟的敏锐直觉？当然，自律的天赋不可少，不是真正的生物学家，谁会长久地保持一个审视姿势？当然，有了观察的细辨率，唯感受细腻的文字，方能不言情而蕴情，不煽情而深情。譬如，麻雀牵引出了英语老师，她谦卑的身影，涵养着高尚的师魂，以至于这些小小的生灵，担荷了岁月沉重的生命。这是天地自然间的隐契，留在了一个人的生命中，如一羽经天而无痕。文章由物及人，同声应气，浑然一体；叙写上只言片语，情感却外淡内浓。如此细腻心思的加持，当下散文已不多见。

《大地上的乡愁》内证时间的魔性，展示了泊宁极为斑驳的故乡底色，极为复杂的心理意涵，极为飘忽的记忆思绪。细品发现，是一根情感的线索，将山川风物、人事亲情的变迁流转，悉数串起。或者说，是深彻情感的微火，点燃了酝酿已久的一次次闪爆。如此幽微细腻，如此凛冽静冷，如此悲悯阔达，如此蚀骨疼痛。当然，任何作品都离不开情感参与。好的情感介入，应超越生活的皮相，是痛彻心扉的心灵发酵。于此，泊宁当仁不让。他适合操弄文学艺术，是他骨子里与生俱来的大爱情怀。

若非如此，这些俱为普通材质的篇什，从日常出发，怎能抵达灵魂的深处？这种超越了乡愁的情感，不同于四处张扬的廉价忧伤，而是对生命本相的集勘，蕴藉在字里行间，引领我们感同身受。这种情感泛而深、厚而锐，很多时候，是血液流淌的深情，突然奔涌；这种情感，是从作者早年的逼仄中，激荡出的生命的辽阔诗意，闪耀着岁月芳华。原来，故乡的一草一木，都是承载情感的绝妙容器。于是，我们看到：在《河》中，一条河流见证了生生不息的故乡，带着少年青涩的领悟不断生长，一切潜意识终将上升到意识层面，河流的回旋处即情感的回旋处。旋起旋落的麻雀，将一颗低垂于尘土的高洁灵魂，映衬在简朴的载体上，底层人的命运，就像麻雀嘴里的一粒种子，不知会跌落何处，怎样地生根发芽。我们分明在《红花草》中，看到一道被呵护的微光，普通人也是一种坚韧的力量，悲悯众生的大爱之情，照亮了时代缝隙里的小草，携情回望，依然深悸如麻。与其说，这些是作者的感官敏锐，不如说泊宁有着超越常人的情感投射力。往日内心深处的台风海啸、顿悟时刻，确证了不屈少年的泅渡，从至暗到澄明的精神重生。情感融入哲思，洞开了一扇扇窗口，那些过往岁月伸手可捻。这是一片心灵的境界，情感的境界。

泊宁散文，有决绝的美。像是诗歌、散文诗和散文，杂糅出来的一种混合文体，丰润了美学上的胎记，有时凄美得几近残酷，悲悯得几近凶悍。《栀子花》开篇镜头一组，不循常理，别具物应品格与生命精神，亦有暗示和发散的意绪。这份平淡，趋近典雅，却浮冉着俗世烟火，透出一份久违了的归有光式的凄美。文章主打一个“情”字，却陈情不及情，写景不空景，从具体的人和事中，派生出交融的情与景。换言之，所有的情感，都有文字之外的悲悯在赋能，绝非空喊可出。生机为文章第一要义，得此者甚鲜。在《寂寞飞镰》中，一把锈镰刀亦能以诗人的方式，打开活色生香的时光。这是生机的最好诠释。生机排斥技巧，泊宁相信，技巧一旦高度纯熟，俗滥即来。这是他拒绝刻意、葆有松弛感的缘由。但毕竟是诗人，从一团混沌的往事中，提取轮廓清晰的秘境，艺术手法的妙用，恰到好处。古典的意境，现代的象征，均点到即止，带来艺术的简白与诗情的余绪。文不可纵，文境尤不可纵，清供小品绝不跟参天大树争夺空间。语感出众，从极简的标题开始，尽量删去修饰的枝蔓，留下无限的空间，同时敢于将单词，甚至单字，独立成句，且总能踩准句子的节奏，制造感觉，传递感觉。还有，文章修短合度不拉长，情随意转，止当所止，余音不绝。

我始终认为，慕强的泊宁有百里挑一的语感，千里挑一的才气，万里挑一的记忆力。数十年的文学浸润，他越发地心明眼亮，厚积的精神资源，丰富了多元创作理路，亦未改诗人的赤子之心，未褪理想主义者底色。如此，不写出好散文，真是枉费了天意。但文学又甚苛严，不缺任何一个文豪级的作者。

才情放逸，万事有心。在写作上秀出个性者，百不足一。在芜湖乃至安徽文苑，吴泊宁不可少。

聚拢一条江的缤纷多维

——读《行走青弋江》有感

青弋江纵贯皖南，是长江下游最大的支流。它源于黄山余脉，于峻岭平畴间一路潆洄，在芜湖宝塔根汇入长江。在农耕时代，这一泓碧水流珠铺玉，赋予周遭土地膏腴与活力，滋养了皖南门户芜湖的城市文化气质。

《行走青弋江》是芜湖传媒中心的几位编辑记者，历时三年，踏访探秘，通力完成的一部作品集。文章出自众人之手，不拘一格，形貌各异，很难说将它们归类为新闻报道、采访手记，还是风貌通讯、游记散文。采访组顺流而下，顺藤摸瓜般紧抓青弋江边的一座座重镇，深掘它们丰富的“矿藏”。民俗文化、古村古建、史上名人、红色印迹等被列为掘示的重点，因地域特色上的差别，在采访时，每个镇的主打还是有了侧重。聚焦的地点变换挪移，回望的视线一律延溯，在空间和时间两个维度，汇聚起青弋江流域的五彩缤纷和立体多维。书中描绘了怎样的一条江呢？开卷可知，不妨来读。

这是一条属于春天的江。此趟探寻之旅，采访组缘江而下，起步于源头千折百回的翠峰乱叠间。俯视收束了腰身的江面，青碧的一条玉带，环佩在巉岩壑谷之间。是时，春天已经远去，山影飘逸如云，峰林神完气足，依然可以感受到草木蔓发、春山在望的气息。跃出马头古镇，江水摆脱了山体的夹峙，陡然见宽，最美的风景留在了奚滩村的桃园滩。春天，桃园滩绿茵织堤，松林笼幽，孤峰独秀，盈盈一水，涤尽尘埃。前方西河古镇在望，无屏无障，江南水乡敞开了怀抱，草色铺展的沃野，裹挟着江水惬意流淌。还是在春天，沚津湾畔，鸥鹭半空展翅，鸡犬两岸相闻，大地缤纷入梦。忽然想到，流经盛唐的青弋江，也曾兴旺于莺飞草长的春天。富甲天下的宣州大郡，倚江枕碧，盛产被唐人称为“春”的美酒，每当江楼宴别时，旷野繁盛，一片生机勃勃。青弋江，处大唐江湖之远，依然呼应着巍巍庙堂的雍容气象。

这是一条属于文化的江。秦汉时期，逐水而居的山越人，隐身于皖南这方僻壤。融入汉民族后，他们拱手将文化的孕育，交给了徙迁而来的中原儒教子民。四方杂处，勤耕重读，“东南邹鲁、礼仪之邦”，渐渐有了根基。明清以降，文化与商业互为因借，徽商兴起，徽文化在这里发育成形。作为旧时重要通道的青弋江，逶迤而远，文化种子经外出的儒商一路播撒，一路开花结果，而沿江城镇无疑承泽最多。芜湖凭借天然的优势，接纳了丰厚的徽文化大礼，尤其是节庆、饮食、建筑、绘画等民俗技艺的渗融，催生了饱含灵秀的芜湖地域文化。膜拜于青弋江的恩赐，采访组此行倾情打捞人文往事，钩沉彼此关联的文化密码。留存于一江两岸不再鲜活的风俗、古建，既承载着记忆，也云散了诸多人事代谢。解析300公里血脉相承的文化基因，探寻传递至当下，与时代耦合的“家门口文化生活”，载量丰沛的文字漾在水波中，激起岁月的回声。

这是一条属于未来的江。几位爱刨根问底的媒体人，与一条江坦诚相遇，在深度对话中，理出细分的文题，既彰所长，也不隐忧，引发了众人的关注思考。的确如此，青弋江背负的徽文化，对应着无数敞开的时空，不同时空中的影响因素悬殊有别，以至于各文化类型轨迹不同，命运殊异。面对其中渐行渐远渐无迹的部分，我们又一次站在了是打捞、还是舍弃的十字路口。正如本书主编唐玉霞在后记中所言：“沿着文明的足迹与文化的烙印，昨日的皖南，明日的长三角，我们的行走，是历史与情感深处的抵达，是过去与未来的传古与萌新，更是一次放眼未来的奔流而下。”诚然，大浪淘沙，一去不返，唯一可控的是，青弋江属于无远弗届的未来。这未来，萌生于过去而超越过去，定是天更蓝，山更绿，水更清，也必定更有内涵，更具价值，更为乐民。这应该成为我们的共识，自然与人文相和，活力与富足并举，不是武陵溪，胜过桃花源。

慢慢合上《行走青弋江》，我的思绪明亮如江流不息。粼粼波光中，我仿佛看见，日月奔流罔替的倩影。乘着岸边的欢声笑语，踏上时代的铿锵节拍，新的浩大精神俨然跃动。不经意间，青弋江正揖别风情摇晃的往昔，奔赴众生谐逸的未来。

缤纷多维的青弋江，值得行走，值得书写，一本书怎可揽尽？更期待，有超越此书的大书特书。

补史志之缺，增一城之魅

——评《芜湖历代诗词》

丹青著史，盛世修文。中华民族历来重视文献整理工作，将别类分门、粲然大备的文化典籍，视为兴盛文教的基础性工程。多年来，中共芜湖市委党史和地方志研究室致力于系统梳理地域文献资源，收获了一批古籍编纂成果，2022年12月由安徽师范大学出版社推出的《芜湖历代诗词》，就是该市文史存藏体系的重要支脉，堪称诗词版的芜湖历史文化志。

《芜湖历代诗词》的编纂跨越了14年，历经3次跳跃，这项浩繁的系统工程始告完成。2008年初编纂工作启动，近3年后《芜湖历代诗词（上下）》出版。后因行政区划无为等地的划入，2016年4月黄山书社推出《芜湖历代诗词（增补本）》。上述两个版本面世后，颇得读者口碑，但遗珠之憾、不妥和舛错之处渐浮水面，很是扎心，加之“增补本”与首个版本虽书名一致，却“身首”两处，内容、篇目未能有效融合，分编在手，难窥全豹。鉴于此，2021年5月，重新修订《芜湖历代诗词》达成共识。编辑组采取线上共享编辑与线下统一调度相结合模式，积极审慎地推进。参与者多是古典文学爱好者，编辑经验缺乏，但他们高度负责，以勤补拙，弥补了学术功力的不足。遍寻资料的艰辛暂且不论，辨伪、辑佚、校勘、目录等环节，更需要全身心投入。无论是辨析源流、取舍版本，撷精去瑕、补缺修残，还是繁体字、异体字的辨识，乃至作者简介、注解释义、标点使用，都一丝不苟，力臻明白无疑、准确无误。编纂者笃信，只有较真较劲，尊重历史的求真唯美，尊重读者的求用唯善，庶可近之。

修订《芜湖历代诗词》，因注重思想性、文学性与文献性，相对于大而全，更在意好而确。所选作品上起南朝，下讫新中国成立，跨度达1500年。成书删除首个版本的作者30余人、作品近200首；新增作者320余人、作品1000多首。这一减一增，离不开悉心甄别：不属于本域的作品，再好也不入编，情趣低下或句意粗鄙的，概不选录；文采稍欠，但真实反映历史状况的作品适当选录；此前未经发现的沧海遗珠，打捞上来视为珍璧；对题咏同一事物却观点有异的作品，尊重诗人各抒己见，维持作品原貌。修订版囊括作者1400余人、作品4200多首。谢朓、王维、李白、李贺、李商隐、杜牧、欧阳修、王安石、苏轼、黄庭坚、陆游、萨都剌、高启、吴伟业、王士祯、袁枚、柳亚子等历代著名诗家悉数在列。杜甫的作品属于新发现，填补了诗圣芜湖没有留诗的空白。还有为数甚众的作者生平不详，他们为芜湖的历史文化，留下瑰丽的诗行，同样值得尊重。

芜湖，山川形胜，风物清嘉，一方宝地任由诗人吟唱。很多时候，诗歌以其主观性，触及社会生活的灵魂，赋予地理空间文化意义，为地域增添了无限魅力。一首诗就是一枚酵母，这样的文化因子成百上千，从这个角度看，《芜湖历代诗词》实为芜湖历史文化的形象集。“日落江湖白，潮来天地青。”尤擅五言的王维，徜徉于芜湖的山水间，将空灵邈远、情致盎然的意境，素雅而又磅礴地展示出来。“桃花流水窅然去，别有天地非人间。”诗歌与诗人同声相应、同气相求，诠释了超逸的诗仙李白，追觅自我理想与留念南陵山水的本质关系。“夜深忽起蓬莱兴，飞上青天十二楼。”这句诗想象大胆，取喻宏阔，是提倡“心外无物，心即理”的王阳明先生，诚于心感的一个小小佐证。还有“赭山亭边倚槛坐，蟂矶庙里剪波回”的袁枚，老朋友携酒与之嬉游，是阻风于芜湖的他意外之喜。这些路过芜湖的文化名流，或念于景，或慨于人，均陶然忘机。赭圻城江滨、格里碧山、化城寺、赭山和蟂矶等处，芜湖的代表性景观，被一一安放在诗中。

这些诗歌观照过的胜景，后人到此游赏，即可吟诵着诗句怀古。于是，一代代人的情感在此同频共振，一种诗意化的景观就此形成，并参与到地方人文的生动塑造中。也就是说，诗歌种下的心锚，会锚定人世间的永恒，使风物储有绵延不绝的记忆，纵使当年之景已沧海桑田、不复存在，人们心中的“景”却永远清晰鲜活。这就是景观的文化品格，源于自然山水与人文景观，持续对象化、审美化、人文化的过程。如果说外来诗人的“诗情”与“审美”，是陌生化的视角，那么，离开故土后的诗人，重新审视故乡山水，便多了一份熟稔的自豪与慰藉。“日照山如画，云浓水似烟”，芜湖籍南宋状元张孝祥眼中的宁渊观，境界开阔苍茫，美丽迷人。这就不难理解，为什么他要“春到家山须小住”了。清代大臣黄钺比张孝祥寿长很多，他的诗意家山于镜像之中，多了一份难以释怀的沧桑感。“蹉跎五十鬓须苍，剩有湖山梦不忘”，在这首《五日忆昔游》中，我们分明可以感受到，唯有故乡山水，可以抹去游子心中的创痕。

作为积淀千年的闪亮明珠，芜湖在历史长河中，既有物质上的梦幻岁月，也有精神上的高光时刻。唐代刘秩《过芜湖》写道：“相逢白头叟，击壤颂唐尧。”诗人所经之处，契合自己理想中的人间乐土，于是舞之蹈之，纵情歌唱。“堂上三千珠履客，瓮中百斛金陵春。”李白的此句诗，描写的是南陵人韦冰，我们感到诗人看到了他向往的富庶样子，美酒是尽喝的。“夹路垂杨一千里，风流国是太平州。”高度概括的诗句，极为丰富的内涵，饱含着宋代诗人杨万里的由衷赞叹。有宋一代，中国人思想价值体系开始定型，因偏安一隅都不成，士大夫的家国理念潜滋暗长，芜湖籍诗人词人于此颇为出彩。“我欲乘风去，击楫誓中流”，张孝祥的报国志向掷地有声。张氏词风婉约与豪放并存，一如养育了他的温婉故土，代代传承高涨的爱国豪情。“白叟青衿各私祭，年年万泪咽中江。”袁昶老师张之洞，如实记录了芜湖市民，自发悼念“庚子事变”中殉难的袁昶的场面。1937年8月，年仅16岁的汤柏林听闻芜湖妇女抗敌协会成立，喜极而赋“四亿同胞齐奋起，其中一半是英雌”，昭然于诗中的，是一种凝聚起来的精神魂魄。无为籍烈士吕惠生“忍看山河碎，愿将赤血流”，耿耿丹心，苍天可鉴。这些诗如尖峰拱起，挺立在百里湖山间，如星斗闪耀，勾勒出芜湖风骨风貌。

从某种意义上说，《芜湖历代诗词》汇聚的不仅是一首首诗词，更汇聚了一个个独属于芜湖的历史瞬间。一代代人在打开这些瞬间的同时，诗意的情感和思绪，就一缕缕汇入历史的长河。激起人们不断回望的无数历史瞬间，也在一次次地烛照现实，参与了我们这座城市的文化建构，助推了时代精神苍穹的廓张。因此，尽管只是史海一滴、史林一叶，但荟萃一编，传播开来，足以补史志之缺、增一城之魅。“莫向斜阳嗟往事，人生不朽是文章”，明代南陵人许梦熊的这句诗，或许成了这本典籍的最佳注脚。

纵贯千年浩繁的地方历史文化、已荣获安徽省方志优秀科研成果一等奖的《芜湖历代诗词》进入了公众视野，这只是传播推广迈开的第一步。在数字化时代，我们不能仅仅停留在纸质书阅读的层面，必须在“好用”和“用好”上多动脑筋。插上多媒体、多渠道、多终端阅读推广的“活化”翅膀，打造虚实结合、迭代演进的文化传播共享空间，通过古诗词VR资源制作、古诗词美景体验式游戏开发，古诗词主题影视节目录制、古诗词创意产品开发等当代新媒介的适配，进而与时下生活巧妙地予以移植、嫁接、融合，赋予诗词新的意涵，实现符合当代人认知习惯、行为方式、审美要求、价值标准的“转换”，只有看得入神、听得入迷、玩得入心，才能带动更多人爱上古诗词，不断从中汲取文化财富、精神给养，让优秀传统文化真正内化为我们灵魂深处的精气神。当然，取其精华也须去其糟粕，使之与当代社会相适应，与现代文明相谐调，也是创造性转化、创新性发展的应有之义。

阅读一座城市的诗词，就是在唤醒她的历史文化记忆。那些散落在光阴缝隙中、重昭天日的文字，流动着情与思，绵延着血与脉，气象蔚然于新时代文化的重塑，引领我们穿越烟云历史，走向灿烂未来。

从一眼百年到风光无限

——读“建筑可阅读@芜湖”专栏启示

一

芜湖传媒中心专副刊部推出的“建筑可阅读@芜湖”系列文章，以多媒体形式接续亮相以来，在江城掀起一股寻访古建筑的热潮。作为土生土长的芜湖人，这些古建筑，我大多零距离接触过。在现场，我感觉它们无非古旧一些，有来自时间深处的静穆。但在阅读这些文章时却不同，眼前总会闪现出一条时光的隧道，里面跃动着久远的人与事。

这些文字和图像，致力于挖掘中式古建筑和西洋古建筑所负载的信息文化，及物、及事、及人，从现实可见、不可见、隐约可见中，最大化地激活建筑物的“芜湖记忆”，带领大家重新考量这些古老建筑，开掘其深蕴的文化内涵，从实物维度去读懂芜湖的历史文化，增强更加热爱芜湖的自信力量。可以说，“建筑可阅读@芜湖”专栏，是当下阅读江城古建筑信息文化内涵的最佳载体，也是很有意义的基础性工作。

这些文章在写法上别具一格，兼具新闻性、史料性和文学性。由于谋划在先，不同的作者都奔着相似的风格而去。虽摒弃了散文随笔信马由缰式的主观表达，却用了散文随笔的娟秀文笔；虽弱化了新闻报道倒金字塔式的层次感，却将新闻采访的典型性客观性完美呈现；虽不以逻辑自洽的考证为线索，却有事物衍化的清晰勾勒。大致相同的文章结构，大体涵盖“建筑有话说”“漫步历史”“生活记忆”等拼盘内容。古今中外，须臾之会；风云变幻，跨越百年。品读这些文章，犹如跟着作者搭乘一架时光机，在现实与历史之间来回穿梭。

二

文章及物。在专业化的拆解中，让人感受到古建筑的细致精巧。

所及之物无它，就是一个个中式古建筑和西洋古建筑。它们不再深藏深闺人不识，而是有尊严的当然主角，以貌取物只会得出模糊不清的印象。因此，有必要事先“体测”出各种数据。就像NBA的选秀，数据综合分析后，才能给每一个潜在的球星定位，找到他的与众不同之处。“建筑有话说”，显然不是建筑自己开口说话，而是由专业的测体者代为说话。于是，葛立三、刘华星等芜湖资深建筑专家频频现身，充当代言人。

代言人毫无保留，甚至说出了能工巧匠的细腻心思。如葛立三详解芜湖清末官府，对每层楼梯为何设于层间不同位置给出了原因，强调这是设计者考虑对外接待与内部管理方便实用，而有意为之。他认为，在芜湖古城内保存相对完好的清末官府，打破了衙署建筑设计惯例，是新旧设计观念碰撞的产物，时代印迹清晰可辨。还有，代言人满嘴行话，中西方传统建筑术语，对应于建筑物的咫尺之间。在《大成殿》一文中，900岁的芜湖学宫大成殿，因其精致繁复而颇具个性。刘华星对这尊规格较高的“活化石”，进行了游刃有余的拆解，让我对古代宫殿式建筑“零件”终于有了对上号的感觉。这是很好的“建普”，也是专栏文章的价值维度之一。

文章及事。古建筑不会凭空而起也不会随风而逝，看清史事方可溯其源流。

在《老芜湖海关大楼》一文中，我们知道始建于1916年、于1919年7月正式建成的芜湖海关关廨大楼，是国内现存最早的近代海关建筑之一，还知道它的外廊式建筑样式，是西洋建筑文化在芜湖最早传播的典型代表。这些都有明确记载，或据史料即可分析得出，基本上不会有舛讹。甚至我们知道，如今的老海关大楼占地只为当年一隅，此有葛立三查阅到的“芜湖旧海关房产地盘图”为证。

物不孤存，决定建筑物兴衰沉浮的是一件件显现或隐蔽的事实。还是此文，对老芜湖海关的深度阐述离不开以事系物。1876年9月13日《烟台条约》签订，芜湖被辟为通商口岸。这个历史标志性大事件，直接导致芜湖作为口岸城市的优势凸显，从而吸引镇江米市迁到芜湖，成就了芜湖米市。再据史料分析：1878年至1914年芜湖对外贸易量激增，海关贸易空前繁荣，从事此项工作的人员增加，导致原先租住民房的海关办公场所已无法容纳，而新建海关大楼已是一种必然。这些事实先因后果，一环套一环，一脉相承。说明芜湖因有海关而更为开放，海关促进了芜湖开放包容文化的形成，而芜湖开埠也有“坏事变成好事”的成分。此文还提及潘赞化与潘玉良的雕像仍矗立在老海关大楼旁。我想，正是他们有超越阶层的爱情故事，才被人们至今津津乐道。

文章及人。那些“密接”了古建筑的人，架起了我们与古建筑对话的桥梁。

建筑物服膺于人的主宰，就像茅盾先生在《风景谈》中表达的人主宰“风景”一样。芜湖留存的百年老建筑早已物是人非，好在仍有健在的人与它们有着千丝万缕的联系。于是我们看到，与“益新面粉厂”老厂房朝夕相伴40多载的耄耋老人马继仲，退休后20多年来，何以会有割舍不下的与日俱增的情感；戴端秀老人来到阔别已久的“圣雅各中学”，抚摸着校舍的红砖外墙，那些散落了的曾经的温暖和微笑，何以会历历在目，又被她娓娓道来；熟悉广济寺及其周遭变迁、把有幸遇到广济寺当作一生幸福起点的王兵，何以会感恩这块“风水宝地”；还有共同见证弋矶山上老芜湖医院沧桑巨变的白衣伉俪何承斌和林干民等，何以会视“老红楼”为他们第二个家。诉说时光的流变，总是深情的美好的，这些老建筑无疑成了一种感历他们的精神图景。

氤氲着人间的生气，留下了生命的见证。这些普通人以恩念的姿态追忆，蕴藉的是一份个性化人文情怀。这种情愫很容易走进我们的内心，丰富我们对这些不可再生遗产的感知，唤醒我们对这些宝贵资源的珍惜。

的确是这样，建筑不仅是物质的载体，也是精神的具象。人与物交叠，昔与今贯通，人与人传递，正是这些古建筑精神传扬的体现。在某种意义上，古建筑就是城市文脉中肉眼可见的DNA。

三

芜湖现存中式古建筑187处、西洋古建筑38处。“建筑可阅读@芜湖”专栏，让我们“一眼百年”地领略了其中的精华。促进古建筑与新时代建立超强链接，是推出此专栏的应有之义。得此启示，笔者不揣浅薄，寄望于这些古建筑越来越“风光无限”，就像颗颗珍珠璀璨在长江、青弋江之畔。

首先，拓展古建筑的文化内涵。古建筑看似静止不动，实为一尊富有文化内涵的生命体，是地方历史文化的实物见证。目前，芜湖古建筑积淀的既往文化信息有了较好发掘，当然包括这些“建筑可阅读@芜湖”专栏文章的爬梳剔抉。不过，仍有研究尤其是综合研究、提炼升华的空间。更重要的是，古建筑的文化内涵是动态的发展的，唯有融入当下才能焕发新机。也就是说，芜湖要培育新的蓬勃向上的古建筑文化生态，就要与时代生活相融，与引领风尚的年轻群体产生交集。因此，要与时俱进地不断激发年轻人主动融入、积极分享的意愿。可喜的是，内思高级工业职业学校作为昔日芜湖最大的私立教会学校，其旧址已被打造成为文化产业园及内思剧场，完成了从工业教育先行区到金融产业领航地的华丽转身。类似的还有安徽近代工业出发地“益新公司”旧址的美丽蝶变等。这些与创新创业的芜湖城市精神紧密相关，而就此着眼于古建筑的文化阐释浮光掠影，完全可就其中的内在联系大做文章，彰显古建筑奠定的文化自信。

其次，加大预防性保护力度。每一座古建筑都是一本拿不走的大书，结晶着前人的智慧，含蕴着城市的品质。它们不可能存在真空中，在现实环境中不可避免地要面对自然灾害的侵扰，风化老化、结构变形、地基不牢等问题，时时可能会降临。预防性保护不是亡羊补牢，而是未雨绸缪，积极稳妥地做好古建筑的日常检测、排查、预警、修缮等防范保护工作，像尊重德高望重的“老人”那样尊重它们。在芜湖应该树立这样的理念：保护古建筑是全体市民共同的事业，是每个人应尽的责任义务。事实上，芜湖的古建筑，如躲过几乎所有兵燹、氤氲着一缕古典风情的宫保第，芜湖第一座西洋建筑英驻芜领事署等，均有过这样“修旧如旧”的防患于未然。但是，预防性保护不是一劳永逸的。要在保护技术更新、顶层设计优化、系统思维确立的前提下，遵循微干预、微循环、不间断的修复原则，按照循序渐进、稳扎稳打的修复步骤，确保古建筑的历史可读性，永葆其生命活力，使其以更从容的姿态，走向更久远的未来。

最后，推动创造性转化与利用。保护的目的是利用，而只有有效利用才能更好地加以保护。让古建筑在新时代“活起来、亮起来、传起来”，推动实现创造性转化、创新性发展，是时代赋予古建筑的当然一招。清末官府内的一角成为芜湖首家民营书房占川书局，老益新公司改造成文化创意产业园等，这些常规的转化利用十分必要。但要探索将古建筑充分融入当今社会经济文化的前沿生态圈，科技赋能是必经途径，而影像化、数字化等技术手段必不可少。芜湖学宫大成殿、清末官府、宫保第等可以通过数字场景模拟与还原、沉浸式参观体验，带领市民进行“时间穿越”，做一回古人；老芜湖海关大楼、英驻芜领事署、圣雅各中学等可以通过人工智能、线上交互场景应用，实现建筑物真正地“自己说话”。还有，将声光电酷炫的光效与百年老建筑激情碰撞，让古韵新潮激活城市奔腾的毛细血管。总之，古建筑的创造性转化、创新性发展，就是要让古建筑参与时代更新，与未来的智慧城市和人们的智能生活融为一体，相得益彰。

值得传唱的瞬间永恒

——读大型摄影图册《影像芜湖》

摄影的发明，改变了人类观察和记录世界的方式，堪称人类历史上最伟大的发明之一。从某种意义上说，照片就是定格的历史。相较于文字，照片给予阅赏者更多的自由想象权，相异文化背景的人有不同的观感，深者会产生广泛联想，浅者也不会无所识。

看惯了文字写就的芜湖史志，这册《影像芜湖》是我所期待的。果然，翻了几页，即有一种邂逅般的怦然心动。

芜湖是历史文化名城，也是活力澎湃的创新之城。19世纪末20世纪初，为古老中国新旧冲撞、英才辈出、风云诡谲、异彩缤纷的转折期。芜湖占得开埠之先机，于当时的各个前沿领域，多有抢眼的表现。在“照相”堪称稀罕的年代，芜湖就留下了诸多影像，既有社会民生风貌，也有标志性景观建筑，既有重大历史事件的剪影，也有风云人物小照。这些留影，记录并佐证了早年芜湖的不同凡响。

编写这册《影像芜湖》并非易事。照片的搜集遴选倒在其次，使编写者颇费斟酌的是篇目编排。几易其稿后最终确定，全书分上下两卷，上卷为纪实篇，以年代划段，依次为清末民初时期、民主革命时期、抗日战争时期、解放战争时期、社会主义建设过渡时期、全面探索建设社会主义道路时期，从芜湖开埠的1876年直至“文化大革命”结束的1976年，整整跨越百年。所选照片，尽量凸显不同时期的代表性社会、民生风貌，体现举世奔竞、抢滩逐鹿的新疆场。下卷为专题篇，分设遗址遗珍、鸠兹古韵、徽商遗痕、古建老宅、市井乡情、城市记忆、百年老店、非遗传承等章节，不受年代限制，旨在延展历史阐述，突出地域特色。上下两卷互为补充，多种视角交织，形成立体多维的丰富内涵。

一张照片，就是一面直观、形象的载体，一扇打开的感官之窗。解码一张照片，就是还原一个故事；读懂一组照片，就是复活一段历史。瞧！影像里的百年芜湖，原来是这个样子。

1876年芜湖开埠通商后，成为“西风渐进”的一个载体，体现于此的，是书中这个时期的众多“洋照片”。无论是那些在芜湖“工作”过的西方人，还是兴建于彼时芜湖的西洋建筑，都极具代表性和典型性。不过，我最感兴趣的一张图片却是明信片，这张1908年由菲律宾寄往美国的明信片，上半段幅赫然印有芜湖中江塔的倩影。那时，彩色摄影技术刚发明，芜湖的标志性景观即以这样的宣传方式漂洋过海，委实令我辈惊艳和自豪。

在民主革命时期，大批仁人志士云集芜湖。他们或传播新思想新文化，或发展民族工商业，或致力于教育，或投身于革命，成为时代先觉者。在这个理想主义时代，他们初心如炬，艰苦奋斗，舍身赴难，书写了风雨如晦、艰难困苦中的风雅颂，是我们这座城市历史画卷上殷红的印记。仿佛他们一开口说话，就会有更为纯正的乡音。如果追踪了解了这些人的身世，再反观这些照片，就会有一种雕塑般的立体感。这些载入史册的人物殊难想到，他们留下的这些被理想主义光芒晕染的肖像，就像时空坐标上的一个个星辰，照亮了我们进入历史的某个路口，借此我们可以浮槎岁月天河，穿越时光隧道，走进那个时代的真实。其中一张照片，格外引我注目，那是1927年3月10日，程潜、林伯渠率领的北伐军到达芜湖，芜湖各界在太古码头举行的欢迎大会盛况。照片上，清晰的长江，被热情高涨的人群挤到了远方。

关注社会民生，也是《影像芜湖》所倚重的。记录1931年芜湖大洪水的一组照片，信息量颇为丰富。狭窄的街道水深莫测，只能行船了，于是市民自救搭起了便桥，若有所惑地走过去。可是，洪水迟迟不退，好在国民政府的特派专员将芜湖灾情上报了中央，请求予以急赈。这时，来自国外的飞机也加入救灾行列。痛定思痛，就在这年冬季，芜湖组织了大规模的修堤大会战。

在社会主义过渡时期，影像的喜庆味明显浓郁，人民当家作主的时代气息扑面而来。这个时期的照片主角多为普通人，他们为来之不易的新生活，报以最大的真诚与激情，那种生机勃勃的投入感由内而外，以至于溢出了画面。在“推广第一套广播体操”这张照片上，一群动作不算标准的中年妇女飞翔的姿态，折射出昂扬向上的时代风貌。在打动我的瞬间，也让轻飘飘的旧时光沉甸甸。

下卷作为分门别类的专题，充分展示了芜湖的文化脉络与文化特色。有意思的是，越是时间跨度大的，呈现的越是新近的彩照。没办法，伟大的墨子并没有把他的“小孔成像”转变为实践应用。不过，为数不多的黑白老照片，依然价值不菲。如：1925年芜湖县城长虹门和中华人民共和国成立前芜湖文庙、城隍庙等处的原始照，为当下的芜湖古城规划建设，尤其是为它们自身凤凰涅槃、浴火重生，提供了最真实的模样。

大美不美，非画胜画。早期的照片谈不上高技巧，更不可能PS，也因此最为本真，无须验明正身。这些历史机缘之中出现的场景和面影，注入了时代灵魂，穿越了悠远时空，在光阴中静止，在意识中流动，给我们提供了一条幽深的回看历史的角度。恰如一面多棱镜，无穷无尽地敞开，映照出我们这座城市的沧海桑田，天然地赋予历史一个宏大的景深。

当然，尽管编写者将这些浓缩时间、重叠空间，淡化背景、稀释事件的照片，做了时序上的连缀，但依然是零散跳跃、非逻辑性的。这是照片的局限所在。当然，那时候几乎不存在摆拍，如果有此风气，那就更加考验后人的眼力了。所以，我们不能过分夸大照片的作用，它应是文献资料的有益补充。

囿于经验不足，《影像芜湖》也留有遗憾。我认为过于追求图文并茂，使图片的整体排列偏于局促，重要的照片未能凸显视觉冲击力，而少数品相不高的照片亦混迹其中。正因为有瑕疵，寄希望更多的人看到《影像芜湖》后，奉献出依然藏于密室的珍贵照片，以添彩于再版。

“纪胜可传唱，影像即笙竽。”作为芜湖人，定会被《影像芜湖》激发出对这个城市的挚爱，为匹配这座城市的高度，付出智慧和汗水。

鲜丽明亮的女性文学天空

——浅论芜湖女子文学的流变

芜湖有2500多年的建制史，自古以来就是人文荟萃的渊薮。李白、杜牧、苏轼、陆游、张孝祥、汤显祖、吴敬梓等，都为这片山水留下了绚烂的诗篇。“云开看树色，江静听潮声”，飞扬的文采，高度气质了这方秀丽山水，为这颗皖江明珠留下了绵长的人文余韵，生成和孕育了极富地域特色的文脉传统。事实证明，若要给一座文化底蕴深厚的城市，找到最为可靠的灵魂依附，文学这种极具情感和美感乃至精神和力量的表达方式，在其中起到的作用往往是决定性的。

如果说中国现代文学发轫于“五四”新文化运动，那么，作为安徽新文化运动中心的芜湖功莫大焉：陈独秀、胡适、张恨水、蒋光慈等新文化运动干将，都是从这里累基创业、扬帆起航，成就了一番惊天伟业。还有从芜湖乡梓走上革命文学道路的阿英、王莹，高标准奠定了芜湖现代文学丰碑坚实的底座。若探究芜湖现代女子文学的渊源，王莹无疑是绕不过去的第一杆界标。

王莹于1913年出生于芜湖。自幼饱经磨难的她，少年时代就加入中国共产党，积极从事左翼文艺运动，后来茁壮成长为现代著名话剧、电影艺术表演家和女作家。文艺天分极高的王莹，除演技出众外，还文采了得，身后留下了长篇小说《宝姑》《两种美国人》及大量精短文学作品。

《宝姑》是王莹的一部近似自传体长篇小说，作家以细腻而温婉的笔调，生动讲述了女主人公及其祖母、母亲一家三代女人各自不同的命运，真实生动地勾画出了一个失去母爱和亲人的小童养媳受尽苦难而不屈抗争、最终逃出牢笼的坚毅形象。《宝姑》极具时代特色和地域风情的文学表达，得到了茅盾、夏衍、施蛰存等文学大家的高度评价。书中详尽描绘了民国时期芜湖的风土人情，显得尤为珍贵。

2012年1月由海豚出版社出版的《衣羽》，是王莹创作的精短文学作品选集，涵盖散文、抒情小品、电影评论、访问游记、报告文学等体裁。虽然不是全璧，但这些作品文笔细腻，感情真挚，字里行间充满着诗情画意，使读者身临其境，深受感染，显示了作者高雅的趣味和良好的素养。今天重新审视这些作品，我们依然可以强烈地感受到，一位伟大女性对生活的美好憧憬和对人生的不懈追求。

王莹堪称芜湖现代女子文学的“老祖母”，她举起了芜湖现代女子文学的第一面大旗，然而遗憾的是，这面大旗下的文学“娘子军”未能迅速结集，有人跟进已是党的十一届三中全会后，随着新时期文学的爆响，才渐以不可阻挡之势，于20世纪90年代形成了新时期芜湖三种文学现象之一的“芜湖女子文学现象”，尽管在此之前短暂出现过撑起“南陵文学现象”半边天的“三张”。这一时期，芜湖众多女作家走上了文坛，逐步崭露头角，广受瞩目，代表性女作家有李幼谦、司旌霞、龙其霞、冯慧莲、鲁安娜、徐蓝清、程万平、李莉莉等人，其中前六位被冠以芜湖文苑的“六朵金花”名号。

最为年长的李幼谦大姐，是张海迪式身残志坚的作家。她自强不息，矢志攀登文学高峰，如今年近八旬，依然保持了旺盛的创作力，是芜湖网络文学的公认盟主和精神领袖。李幼谦的创作体裁多样，若论量大质高，当属小说和散文。从已出版的多部长篇小说来看，李幼谦的小说以历史题材为主，大多以因果律为事理逻辑，娴熟推进英雄叙事的曲折情节，彰显出历史写作的独立意义，并以其精彩耐读征服读者，总基调上的大开大合，彰显出巴蜀风和豪侠气。李幼谦的散文创作成果亦丰，《拉住弟弟冰冷的手》是笑对人生、踏歌而行的她，为数不多的泣血之作，让人看到作家的另一面。

司旌霞的文学创作起步较早，而立之年她就出版了个人散文集《芳苑漫步》，随后陆续有作品在省内外获奖，并又结集出版了两本作品集。

她的创作以散文、童话为主，构思精巧别致、文字清新端庄，具有纯净而悠远的风貌。笑眼如星的司旌霞，营造了一个晶莹剔透的世界，她总是用内心的诗意，轻抚生活的沉重。

龙其霞的散文，多是深入地方文化的方言书写，具有烟火气和市井味。她总是能够敏锐地捕捉现实生活中的闪光点和触发点，赋予生活新的情趣和道理，所以并不脱离时代与时尚。她的文字率性调侃，毫不矫揉造作，多是随手拾来，涉笔成趣，具有亲切、自然、坦荡、畅快、温厚的品质。

冯慧莲，这位奉“宁静致远，淡泊明志”为人生圭臬的女作家，在博览群书时以碎思录的形式，对众多历史文艺人物作出新的评价，这些弥足珍贵的真理颗粒，给读者崭新的启示和强烈的震撼。把写作视为慰藉心灵的一剂良药，使其始终保有一颗纯真的心，她散文作品的每一个文字都发自内心。

鲁安娜功底扎实，学识丰厚，从发表的100多万字中短篇小说、散文、报告文学、文艺评论来看，她的作品善于把感性与知性糅成一体，在时空变幻中纵横驰骋，跌宕生姿，具有丰富的时代内涵和深沉的历史沧桑感。她的文艺评论直抒己见、颇为犀利，是个人独到的审视和评判。

徐蓝清著有历史言情小说《书情剑泪》《荆楚绮丽男》等。这些小说有真实的历史背景，与时下流行的架空、玄幻、穿越类的历史言情小说完全不同。她的小说跳出了旧式言情小说的窠臼，采取历史故事新编的形式，大胆融会新时期小说的叙事技巧，情节引人遐思，更符合当代读者的口味。

程万平，长期生活在小县城的芜湖女作家，是20世纪90年代繁昌文苑的“五朵金花”之一。她的文章看上去平白如话，却形象生动，富有情趣，有时也捎带讽刺，强化了幽默的深意。程万平对生活的领悟是智慧的，这种智慧外化为幽默俏皮的语言风格，恰好符合她单纯明澈、率真洒脱的个性。

李莉莉要比上述几位年龄小很多，早年写诗的她，出版的首部作品却是散文集《缤纷岁月》。李莉莉的散文朴实无华，似与人促膝深谈，娓娓道来，将一个女人的心灵成长尽遣笔端，表现出一种圣洁的清醒。她还著有长篇小说《因为爱，所以痛》，这是一部对女性充满悲悯意识的当代爱情警世录，小说主题有着呼唤珍惜家庭、珍爱亲人，恪守坚贞专一爱情的正能量。

作家是时代脉动的晴雨表，无可避免地要同所处时代的生活发生碰撞。随着新世纪更加多元开放的时代新变，加之报纸副刊扩容的推波助澜，以及网络文学的异军突起，芜湖的文学新人大量涌现出来，其中的女性作者尤为突出。她们有才情，学识高、见识面广，很多人一出手便不同凡响。这里只能举其荦荦大端，约而言之。

若以她们的年龄大致数下来，至少有以下女作家进入了我的阅读视野：王毅萍、朱晓云、子薇、桂严、唐玉霞、张诗群、刘晓燕、王玲、郑芳芳、王玉洁、王静、许冬林、张梅、杨蓉、张尘舞等。她们是当前芜湖众多女作家的优秀代表，多有着较高的语言天赋，对文字精编细织，似工匠对于手艺一样的神圣。她们带着对生活的细致观察，用心放大着自己的感受和直觉，用“美”的眼光去体悟生活本身，并用相匹配的温婉细腻的文字表达出来。近几年，她们当仁不让地扛起了芜湖文学走出去的大旗，像一排排火山口，此起彼伏地竞相喷发。下面以小说及她们皆擅长的散文为例，分而述之。当然，本人并没有阅读她们的全部作品，这样的评点就像盲人摸象，往往只是抓住了一点，难免以偏概全、挂一漏万（前面的评点亦同），敬请各位专家特别是作家本人谅解。

王毅萍是“江南五妖”中的老大。她的文章自由舒展、坦荡辽阔，尤其是那些写美食的文字，往往有出人意料的金句，像高妙厨师与众不同的佐料，顿使全篇活色生香，是雅俗共赏的美文典范，与她的老大身份极为吻合。作为媒体人，王毅萍曾编导电视文化访谈节目，事业上成果不俗。

朱晓云是一位不太引人注目的才女。她写散文多年，风格初显：布局谋篇中规中矩、严谨规范，遣词造句不拉杂、不黏糊，爽利干净，表述准确，篇篇堪为初写者的范文。她的散文完全是从个人的生活经验和生命体验出发，把人的精神气质弥漫在文章中，散发着淡而有味的草木馨香。

子薇左手写小说，右手写散文。她的小说创作紧扣时代、融于生活，贴身大地、情关众生，是体悟生活本质、吃透生活底蕴的凡眼观照。她的散文形式多样，情真意切，尤其是一些感时托物、寄情抒怀的短章，如中国画那样的写意造境，在开合有度中摇曳多姿，在浑然天成中英气逼人。

桂严小说创作的成就已超散文。以长篇小说《金盏花》为例，可以看出她的叙事风格，尽显女性的委婉细腻、悄然声色，恰似静水深流，波澜不惊，但草蛇灰线、伏脉千里后的变化反转又是惊人的；表现手法灵活巧妙，情节推进环环相扣，人物形象呼之欲出。其散文亦多尝试，有创新，可观。

唐玉霞最得心应手的体裁是散文。她的文章视角独特，具有异质性审美特色，行文吊诡，拿轻捏重，翻转切换，水到渠成，绵密透彻。她的情感内敛，甚至是疏离的，偶尔也会在静水流深中泛起涟漪，极具慰藉心灵的情感力量。她的评论也有自家面目。唐玉霞的可怕之处，在于不动声色的努力，成就不可限量。

刘晓燕似乎没有创作野心，偶尔出手即不同凡响，像一位功力深厚、杀伐果断的高手。她的小说沿传统路径，踩出了新的趣味，也注意结合时代赋予文本深意，若能在形式上向现代派再迈进一步，定会更加可观。散文已走出了纯粹的抒情格调，生命的大喜悦大悲痛，常常游离于世俗层面，令人遐想。

张诗群的文学之路起步于散文。她的文章具有纯正的品相、清芬的格调，往往在绘影绘形中拥抱岁月、融入深情，在诗情画意中打捞缤纷靓丽的岁月。她不断挑战散文写作的难度，开掘心灵深处的那些细微感动，已渐入佳境。她转向小说写作的时间不长，经过短期痛苦的探索后，很快就打开了它的玄妙之门。

王玉洁加入写作行列的时间并不长，缘于当年那场全民创作《芜湖赋》。她不仅有扎实的古典文学功底，亦似有古代文人的那种天地情怀。她的文章裁剪得当，流转自如，毫无堆垛累赘之感，时不时还穿越古今、纵横中外，使浓郁的文化气息、个人感悟弥漫其间，显得超凡脱俗，使人过目难忘。

许冬林的心思细腻幽微，感觉敏锐精准，捕捉形象的能力极其出色。她的散文集真、善、美、趣为一体，洁净纯粹，虚幻迷离，有着深邃空灵的意境。她的文字熔铸了自己的生命痛感，是留给人间的一抹暖意。许冬林现已加大小说创作的力度，假以时日，肯定会让“粉丝”再次惊喜。许冬林的勤勉是不多见的。

杨蓉是80后，文笔老到似与年龄不相称。她的文章从立意上看，善于给简单的事物赋予一个深沉的话题，以出入古今的识见左右读者的思考，往往具有社会学的意义；从文字上看，行文铿锵，极富韵律，既有奔放的豪气，也有深笃的情义，这种健笔写美文的风格，尽显雄壮飘逸的姿态。

张尘舞具有一定的小说创作天赋。从目前公开发表的作品看，都市情感、青春言情、科幻悬疑等题材她都有涉猎。每种题材均有成龙配套的语言系统，或辛辣调侃，或干净洗练，或忧伤哀婉，或细腻唯美，她用文字支撑起小说的幻境，非常成功。偶尔为之的散文，亦流注真挚的情思，多能感人至深。

此外，白海燕、王玲、张梅、郑芳芳、王静、赵文琴、葛彦、章晓成、王金红等女作家，尽管还不太引人注目，但她们都是手握瑾瑜各怀绝技的，偶尔露出的古怪精灵、邪道妖神般才气，亦为她人所不及。

当然，放眼江城文学圈，风儿、简笺、凛子、张远琴、胡爱青、郑新华、王亚鸿、袁影红、端琼、吴红英、谢玉荣、马春、马燕等女诗人，囧囧有妖等网络写手，她们取得的成绩亦不可小觑；于佳、卞小静、王金飞的类型化小说写作，同是芜湖女子文学的重要组成部分。说不定，会有人脱颖而出，一飞冲天。甚至不在上述名单中。

21世纪以来的芜湖这批女作家，整体上已完成了对前辈的超越。她们各开路径，创作上的多元取向日益明显，但对文学的虔诚始终未变。更为难得的是，她们继承了前辈女作家的优良品格，从不张扬自傲，谦逊得像一株株含羞草。希望她们跳出小我，将沉淀的集体意绪，融汇在文字中，成就一份对世事敏感的玲珑之心。

纵观芜湖的女子文学，从王莹的一枝独秀到当下的群芳争艳，当是无与伦比的时代使然，包容开放的芜湖地域文化使然。希望她们继续引领江城的文学潮流，以鲜丽明亮的整体姿态，出现在更加辽阔的文学舞台上。

相信，芜湖女子文学之树常青。

拨亮文学高贵的灯盏

——读钱念孙评论集《文学的俯察与仰观》

钱念孙先生的评论集《文学的俯察与仰观》，连同自序和后记在内的31篇文章，我一字不落读得格外认真。吃干榨尽书中精华的最初动因，源自我对钱先生潜心学问的一份崇拜。不过很快发现，书中精辟通透的观点、生动清畅的语言，成为我不忍释卷的新动力。

钱念孙学养深厚，不仅稔熟中国传统文化，也对西方审美文化颇有研究。他的文艺评论文章，多能秉持中外文化演变发展的历史眼光，看待文艺发展面临的新情况新问题，针对时代巨变下文艺怎样表现生活、生活怎样影响文艺、文艺评论的挑战与应对等课题，提出了一系列富有启发性的创见。《文学再造生活并辉映现实》一文指出："文学是作家在作品中重新生活""好作品如电流，贯通文学世界与现实生活""人作为宇宙精华、万物灵长，不甘心于生命的一次性，不情愿人生的试步就是无法收回的脚步，因而借助文学作品对过往生活进行回忆、品味、再现和自警，以弥补人生棋局无法反悔、落子即为定案的遗憾"等等。这些新颖的观念之箭，依靠严密逻辑链和引人入胜的描述直击意义的靶心，令人信服。

钱念孙倡导有风骨的文艺。在他看来，"文艺为国民培根铸魂"，既要有精湛的思想价值赋能，也要给读者充分的审美愉悦，作家的使命与担当全在于此。《大众文艺的内涵和走势》一文，认为精英文艺融入大众文艺、大众文艺在接纳精英文艺中提升格调为双赢，从侧面论证了文艺家无可替代的社会责任，而履行好这种责任，必须因时而变、与时俱进。

这些道理本身并不高深，关键是化虚为实，深入浅出，讲得透彻。我想，是评论者的高站位与广视野，才有思想光芒的闪烁与广博知识的奔涌。钱念孙对我们这个时代重要文艺问题，作鞭辟入里的系统剖析，自会击碎一些人对文学的错误认识，使当下的文艺创作更好地步入守正创新的境界。

评论文章离不开说理。相较于偏执型和灵感型思维，我认为钱念孙的评论是辩证型的，彰显了一种辨析有力、见解通达的光彩。《文学的俯察与仰观》一文，从辨别“俯察”与“俯瞰”的区别入手，得出前者是指作家沉入生活底层、仔细审察生活丰厚意蕴、悉心感受民众酸甜苦辣的行为，后者是对生活的居高临下观望，摆脱不了浮光掠影、走马观花式的做派；接着揭示出“俯察”与“俯就”的差异，指出前者是明察秋毫于斑驳陆离的现实生活，意在甄别处理种种矛盾问题，而后者则是简单地顺从和迁就，是在五味杂陈的生活海洋中失去自我。文章通过对“关键词”的类比分析，阐明只有“沉入生活的底层”，才能发现生活的底蕴和奥义。当然，钱念孙没忘提醒作家，也要“吸收中外经典精华”，以广博的眼光仰观经典的星空，才能创作出底蕴、意蕴俱佳的作品。读来耳目一新。

《文学评论的简单与复杂》一文，通过论证真话与假话的关系，得出讲真话“与任何应酬之语、敷衍之论无关，更与任何不实之词、不经之谈绝缘”的观点；还有文学评论不应止步于对作品“还原性的阐释”，也应致力于“批评性的建构”；“文艺评论要把解读作品与解读生活融为一体，对文艺和生活进行整体透视和冷峻反思”等表述，既是辩证的观点，也是恰切的方法，对于重构当下文艺评论颇有启示意义。同样，对于创作者而言，钱念孙站在评论家的角度，在多篇文章中，反复强调琢磨生活的重要性：“只有先把生活琢磨深、琢磨透了，才能谈得上将生活的丰富性、复杂性和深刻性表现出来。”举“生活”这一纲，张“创作”之万目，这就是简单与复杂的辩证关系。

钱念孙反复强调的还有文学语言的重要性，举说诸多文学创作“寻找属于自己的句子”的成功案例。他的这本评论集，文章气脉畅达，文采飞扬，篇篇流露出雄美气质，显然找到了“属于自己的句子”。譬如，他论述文艺创作必须摈弃急功近利的浮躁做法，以“删除心灵里的垃圾文件”描述阐发，读来让人感到新鲜、生动、贴切。又如：他解说“俯察”的内涵，“不仅要以谦卑之心深入生活、扎根人民，还要在生活的厚土里旁搜远绍、爬罗剔抉，在研磨生活中发现孕沙成珠、点石成金的创作胚芽。”这些词句的累加排比毫不呆板僵化，如几行雁阵、数叠江潮，为语言表达蓄力造势，对观点的渲染、强化十分有效，有梯度的震撼力、说服力和感染力由此形成。

再如，他在说明语言与作品的关系时写道：“一部优秀作品犹如一颗晶莹剔透的钻石，而语言则是被用心切割和打磨的无数棱面，每个棱面既彼此独立又紧密关联，棱面与棱面相互折射辉映，最终将光一览收尽达到饱和，从而璀璨夺目。”这是用钻石的棱面比喻什么是好语言，动人的形象宛在眼前，使得寻常的道理有了不寻常意义，也使热炒的人工智能写作之弊一目了然。以文字之美编织理论的架构、用视觉形象凸显思想之精粹，如此致用的学识才情，打通了一条从晦暗走向敞亮的大道，可谓腴辞丽句有筋骨，一语入评担千钧。

作为新时期君子文化的力倡者，本书附录收入数篇有关君子文化的文章。钱念孙认为：君子文化是传统文化的制高点、融汇点和落脚点，以日用而不觉的方式浸润中国人的日常生活，是培育社会主义核心价值观能够直接嫁接并开花结果的老树新枝。作者在数千年传统文化的园囿中采花酿蜜，成就了对君子文化的当代表达。在观念的推陈出新中，作者不仅尝试以君子文化和乡贤文化为视点评述当代文学创作，还致力于在现实生活中倡行君子之风和君子之道。一语不能践，万卷徒空虚。缘此，我们能感受到一个文化学者，舍我其谁的使命担当，温润如玉的人格境界。

新颖独到的观点与通透潇洒的行文互衬，时代风骨与人文理想并重，铺就了《文学的俯察与仰观》的精神底色。钱念孙披文入理，把脉当下文学的律动，所展现出的睿识与文采，就是在为高贵的文学拨亮灯盏。

激发文艺蓬勃向上的动力

——读钱念孙《文学的俯察与仰观》启示

钱念孙是当代学术界的跨界学者，不仅在文艺理论、美学研究和君子文化等方面颇有建树，还在实践印证理论的层面游刃有余地亲身体验。钱老积40年之功，在多个专业领域切入视角、花费精力、产出见解，出版了等身的专著，有的一印再印，堪称长销书。惭愧的是我读得很少，可谓百不致一、挂一漏万。手头这本《文学的俯察与仰观》，是钱老快递给我的赠书，拿到书的那刻，我暗下决心认真研读它，学懂弄通蕴含书中的精华，必将大有裨益。

《文学的俯察与仰观》收录文章之“杂”，单篇文章内容之“博”，似乎也证实了这是一部跨界的学者之书。全书大致分三类：一是针对新时期出现的不良文艺现象，痛陈弊端，开出药方，指明方向；二是针对具体文学作品或某文化大家文艺创作的特点，给予全新角度的解析和评论，给人以崭新的认知；三是围绕“君子文化”及其相关领域研究所得，编排而成的系列学术文章。第一类文章为全书主体部分，包括辑一和辑二各8篇共计16篇文章，篇篇精彩，含金量十足。这本书给我的启示，主要来自这部分。

启示一：文学的“魂”不能少

文学要为国民培根铸魂、构建价值观，不负使命和担当。这是本书多篇文章中，反复提及的一个核心观点。在钱念孙看来，“魂”不是可铸可不铸的问题，而是文学必铸的最核心的价值。既然要铸魂，首先必须要有“魂”可铸。文学的灵魂取决于它的内容，更在于借由这些内容体现出来的思想哲理。中国有文以载道的传统，这里的“道”，既是车上所载的货物，也包含道德原则。思想哲理与道德原则都是形而上的，两者紧密联系、相辅相成，在传承过程中一脉而下、与时俱进。文学的这种负载，即所谓的“魂”，成了构筑人的精神、塑造人的品格、升华人的思想的艺术存在。无“魂”的文学价值十分有限。

为了阐明“魂”的重要性，钱念孙说：“作家再造生活创造的文学佳作犹如电流，经由读者阅读而传导和改变人的精神品质，进而不知不觉地输入和流布人的生产劳动和日常生活”。这句话说出了好作品在被人接受过程中，发挥出的功能作用。当然，能达到如此效果必须是“文学佳作”，而文学佳作必须是思想性和艺术性俱佳的作品。试想，如果作品“三观”不正、诲淫诲盗，读者在阅读时产生的“电流”，就会对本来健康的肌体，造成不同程度的灼伤，对人的精神品质的侵蚀不言而喻。即便中规中矩无大错，内容空洞、思想平庸、毫无启迪的作品，也不应该是被冠以“人类灵魂工程师”的作家所为。因此，文学作品的“魂”太重要了，应该成为捉笔为文者的基本准则。

怎样写出有灵魂的作品，让读者在获得审美愉悦的同时，更收获思想的启迪？钱念孙对此既教认识也教方法。在他看来，琢磨生活是作家的首要任务：“只有先把生活琢磨深、琢磨透了，才能谈得上将生活的丰富性、复杂性和深刻性表现出来。”他甚至认为：“文学是作家在作品中重新生活。”一般来说，知识与生活相结合，是写作者创造性想法和有价值灵感的来源。这种结合总在特定的时空中，人人皆有、各个不同，因此，作者的创造性想法和有价值灵感，也应该是继往开来、长盛不衰的。作家既要做生活的奴隶，更要做生活的主人，就如同在脚踩大地的同时仰望星空，巨人般地立地顶天。所以，钱念孙欣赏这样的作家：“以锐利铮亮的思想犁铧翻开和解读社会这部大书，让人生奥义的肥沃土壤滋养艺术形象的心灵和荣光。”总而言之，生活方式左右着文学的存在方式，与时代同行的文学工作者，就得潜入当下普遍的社会心理，用一颗求真的心去追求真理，在时代的急雨飞云中，敞亮校正航向的思想光芒。

诚然，作家要有思想和见识，并不是说作家必须是思想家或哲学家，文学作品蕴含的思想，也不必都像理论著作或哲学著作那样深奥难懂。恰恰相反，文学作品的思想多是平易、近民和普世的，且对当下具有一定的针对性，它通过作品这种艺术样式呈现出来，更加地锋芒收敛，不落言筌，以润物无声的方式使人乐于接受，便于理解，以达到教化人心、引领风尚的作用。就熏陶、洗涤乃至生发、升华效果而言，没有比文学更好的样式了。

启示二：文学的“美”不能丢

审美是文学的基本功能。钱念孙不仅认同此观点，还指出“文艺行当与其他行当的主要不同之处，就在于它是用审美的、艺术的方式把握世界”。就是说，钱老认为审美既是文学的目的，更是让文学达到更大目的的手段。《在文学的浅涉与深耕》一文中，他呼吁“让文学真正成为人类审美的风向标和芳草地”，更是进一步阐释了文学作为审美艺术的特征，在价值判断与语言翻新上，具有人工智能无法抵达的境界。换句话说，因有强大的审美功能存在，文学才没有被新的艺术形式所碾压、覆盖，文学的价值依然鲜明、坚挺。

文学的审美有哪些具体体现，书中多篇文章有阐述，钱老的观点可谓系统而完备。

文学的审美，首先体现在形象上。正如《文学再造生活并辉映现实》一文指出：“文学描写对象并非以扩大版图、增加数量擅长，而是以突出彰显形象特色、深化形象内涵取胜。”为什么一首写景状物的精致小诗，比干瘪空洞的长篇大论文章，更容易使人接受？文章举例进行了演绎归纳，最终推导出形象内涵的差距是其根由所在。文章指出，文学的形象亦是作者主观意识的产物。如李白以夸张传神之笔，写出了庐山瀑布的不同凡响，是个人主观意识对客体的强势介入。进而言之，一味强调文学形象的主观真实，而忽略一种以主观的逻辑、美学的逻辑为根基的，比现实之真更高级的真实，必将成为审美体验升华的障碍。很多时候，形象就是审美的标的物，不旁及其他。对此，钱念孙有着清醒的认识和明晰的阐释。

文学的审美，也体现在情感上。我们知道，文学艺术的一切审美特征，都是由情感表现这一核心本质所决定。钱念孙认为："文学创作的奥秘，要点就在赋予形象以情感。"他举例用了曹植的七步诗，指出这首诗巧妙地运用"豆秸煮豆"的意象，来比喻兄弟之间的骨肉相残，恰切而形象，于是有了更为打动人心的艺术力量。情感表现是文学艺术的本质特征，在钱老看来，能否对万事万物感情用事，能否设身处地、感同身受地进入和体察万物，与描写对象在情感上产生交流互融，同频共振，是"文学家与一般人在天赋或曰天性上的差异"。

审美作为文学的本质属性，还离不开文学的超越性。文学对生活的再造，就是文学的超越性。文学的超越性一直是钱念孙积极倡导的创作理念。他说："文学对生活洪流的千淘万漉，对生活矿石的千锤百炼，因而其所再造的生活比日常生活更加浓缩饱满，更加激动人心，也更加意味深长。"文学的这种超越性，也是一种艺术的美感，它同样可以滋养人们的心灵，提升人们的精神境界，甚至，反过来成为"人的生活的教科书"。言外之意是，超拔的文学会提升审美价值，也会在优化的审美中放大文学的价值，如同水涨船高，船利行速。

此外，文学的审美离不开自身的语言美。"即以文学创作上遣词造句这一最细小、最微末、最基础的工序而言，古代许多文豪巨匠都曾为之殚精竭虑、煞费苦心，直至炼石成丹、孕沙成珠。"钱念孙对文学的语言格外看重，书中多篇文章均有不同角度的详述，可谓不厌其详。事实上，作为一本学术性的文集，《文学的俯察与仰观》以大气庄重、形象优美、节奏感强的语言，完美诠释了钱老理论指导实践、而又用实践印证理论的实用主义精神。

启示三：文学的“评”不能歪

文学评论或曰文学批评，是文学活动的一个重要组成部分。文学评论通过对文本的分析解读，一方面影响作家对文学的理解，以及作家本人文学创作的发展，另一方面，影响读者对文学的鉴赏与文学社会功能的发挥。好的文学评论产生的影响，可以从某个作家延伸到群体作家，乃至波及一个时代的文学风尚；在提升读者接受能力与艺术趣味的同时，更能促进审美理想在一个社会和时代形成。现实情况是，文学评论自身不争气，它的重要性也被低估。

作为一名有影响的文艺评论家，钱念孙关注评论界的动向，对当下存在的一些评论乱象痛心疾首，直陈其弊。他的《文艺评论的简单与复杂》一文核心观点有三：一是讲真话是判断文艺评论价值的关键指标，也是辨别评论家人格境界的重要尺度；二是文艺评论不应止步于对作品做出“还原性的阐释”，还应致力于“批评性的建构”；三是文艺评论要把解读作品与解读生活融为一体，对文艺和生活进行整体透视和冷峻反思。这样全面精到的方法论，层层递进，鞭辟入里，可谓振聋发聩，启人心智。对在市场经济大潮中迷失方向，把文艺评论的重要评判标准抛诸脑后、热衷于“人情批评”的评论家，不啻是一针清醒剂。

在钱老看来，在一个喧嚣、功利和物质化的时代，文学评论需要做出的改变有很多。

当务之急是重建文学评论的风骨。文学评论既有恒定的一面，也有随时代发展而改变的一面。评论家应该坚持独立公正的评论观，保持基本的学术品格与艺术追求。因此，评论家要丰富自己对文学作品的体验和认知，提升审美趣味，通过对文学的多方位观照，逐步形成开放的思维方式。评论家不仅为作品和作家负责，更要为整个文化和时代负责。让评论家切实担荷这种舍我其谁的责任，就是我们这个时代文学评论的风骨。

同时需要重建文学评论的有效性。评论家要对文学怀有真诚的热爱，把文学批评当成一种事业，当成参与当今文学发展和文化建设的一种手段，以严肃的态度对待文学批评，殚精竭虑写出好的、具有影响力的批评文章，从根本上提升当下文学批评的档次。当一个评论家把自己的感觉、情感、精神与思想、理性、意志，乃至整个生命体验，融入文学评论中时，评论就有了生机和力量。

还有深层次重建文学评论的生态亦不容忽视。新时代的文学评论是求真理、扬正气、塑人格的文学评论。坚守文学评论的价值和本位，是营造优良文学评论生态的基础。具体要求评论家关注当下创作实际，强化评论的现实性，保障评论机能的现实活力；面向文本，用心谋求评论的针对性，增进评论的似真性；追求深度，在文学艺术的轨道上阐释作品，恢复评论的功能性；回归理性，倡行评论的包容性；尊重个体，张扬评论的多样性。此外，让不同精神立场和文学观并起和交锋，越是有所作为的评论家越该如此。

文艺的灵魂、审美和评论，是文艺发展中的重要问题。《文学的俯察与仰观》以正大的气象，给予这些问题有力的回应与辨析，为作家和评论家洗脑涤心，澄清模糊认识，在校正航向中，为他们拨亮前行的灯盏，增添蓬勃向上的动力。取法乎上，得乎其中。尽管主观上我想入宝山满载而回，但限于个人认知，以上所言，几乎涵盖了我对本书的全部浅见。

陈醅鲜酒，老树新枝

——读张双柱主编《百花新咏》

中华诗词，民族文化之瑰宝；花，自然之精灵。两相结合，人为天造，美美与共。故自古以来，诗花合体，车载斗量，脍炙人口之佳作，夥也。张双柱先生主编《百花新咏》，为今人题咏众芳之结集。所录诗作，撷生活之情趣，立精神之高标，较之古人，亦不遑多让。

所咏花卉品种甚广，十大传统名花之外，更有古人不曾涉猎之罕品。体裁有诗，有词，有曲。诗，又涵盖五绝、七绝、五律、七律、古风，不一而足。作为咏物诗，能赓续传统手法，目之所及、鼻之所闻、心之所感、情之所投、志之所向，皆可诗。或咏其独胜风韵，或吟其俱佳神形，或赞其秀雅标格，或颂其持重节操。更直面新时代新生活，陈醅鲜酒，老树新枝，迥异惯有。此“新咏”之谓，名副其实也。一著在手，恰似百苑畅游，馨风骀荡，万木流芳，于诗意弥散中，涵净灵魂。

一曰取胜于新意。“纵是瑶台第一枝，芳心亦念女儿私。若非身许寒冬雪，肯放春风逐柳丝。”张双柱之咏梅，看似平易，却一唱三叹，意味绵长，如此细腻、深邃之表达，古人同类题材中亦不多见。诗人将情感投射于梅花，凭其无畏严寒之风骨，更借其玲珑剔透之心思，达到憬悟自身生命本质之目的。花如此，人何以堪？张应中之《菊花》：“一夜西风扫众芳，黄金铠甲战秋霜。孤军突破冬防线，纵死犹闻侠骨香。”意象朗朗，境界宏大，似铮铮侠骨，伴金戈铁马而至，于天地间开新局后，又遽然而归，遂成绝响。结句引用王维名句，严丝合缝，续接有力，实乃性情中人，吐性情中语哉。

二曰取胜于新趣。汪奇圣之《咏荷》：“一笑嫣然妒洛妃，千枝万叶映朝晖。我来湖畔追仙子，却羡蜻蜓贴水飞。”“一笑嫣然”是花之一朵，“映朝晖”为叶之众态，群星捧月之“仙子”，因“可远观而不可亵玩焉”，故羡贴水而飞之蜻蜓。有景主导，有意点睛，有情驱动，趣味乃出。“半开星眼半羞人，晓雨恰添春一分。才到笛声郎怪处，莺啼恼破白纱裙。”袁影红之《梨花》，以“半开”“半羞”之刹那，凸显梨花绝色之姿。而带雨之花瓣，甚为娇媚，愈增春色。然此际，郎君之误，黄莺亦同恼。“破白纱裙”形如玉碎，令人感叹美之易逝。趣味盎然之中，亦有不胜之悲矣。

再曰取胜于新境。“素颜戈壁扎深根，何惧荒原独自芬。大漠丛丛花有意，边关处处景无尘。不追妖冶香盈袖，自剪芳华玉摄魂。纵使风霜催冷月，春雷似剑破天云。”陈东吉之《马兰花》，堪称当代边塞诗之翘楚。戈壁荒漠中，丛丛素颜之马兰独自芬芳，雄奇边境，壮丽之象立显。诗人以马兰自喻，爱国情怀，立天地，绽芳华。刘文君之《画堂春·雨中丁香》：“丁香噙泪逐风斜，那堪目断蒹葭。不知谁解雨中花，多少繁华。最是精神难打起，生生牵挂她啊。心思一曲托琵琶，何诧何嗟。”情绪为一种心理活动，乃词之帅，与外景互为映射，遂生意象之花。噙泪之丁香、蒹葭之目断，似不相属，又暗中牵连。借花诉说衷肠，茫茫心事，便有蕴藉之风致。无秀词，无警句，其佳在于，以心境辟新境也。

呜呼！今人写诗填词，了无新意者，与古人相似之句式、之语调，何其滥也。故审美疲倦，普遍存焉。放眼天下，万象新境，层出不穷。若为真诗人，实无必要、亦不可能，与古人同心同款。

当代诗词家，非止于词语重塑，更应直面现实，我手写我心。《百花新咏》之可资鉴赏，乃书中半作，臻于此境也。

收获诗意人生的情感硕果

——读陆宗文诗集《田野之歌》

陆宗文写诗，时间跨越了40年。首部诗集取名《田野之歌》，肯定有所考量。依我理解：一是生活的广阔田野，是他放声高歌的倚靠；二是在肥沃的田野里，他更能收获曼妙的诗歌。由此可见，勤恳、质朴、情真的农民本色，是陆宗文诗歌不变的情怀。

一片真心，一片血诚，一片大义。读了书中几首亲情、友情、乡情四溢的诗作后，我有了这样的感受。平白如话的词句，连缀起来，就有了一种魔力，生成的一股情感涡流，总能把人没头没脸地席卷。诗是情感发酵的产物，写诗，就是写诗的人将自己的情感文字化，从这个意义上说，情感决定诗歌的成色。基于此，我认为陆宗文的这些分行文字，绝对是诗歌。因为他是至情至性的人，对诗歌有着浸润于骨髓的酷爱；他写诗，总是先捅自己一刀，让情感流出血来，再和文字较劲。或者说，他不为诗而诗，只为真而情、诚而情、义而情。回到这本诗集上来，可以看出，诗人披肝沥胆掏出心底话，有时难免伤感，父亲的渔网、弟弟的瓦刀、故乡的炊烟、朋友的身影……生活中的生离死别，于诗人是怎样的情何以堪？但，伤感过后终究是幸福的：一种内在的生命表达，已化作了字砖，为故乡、为亲友相呴以湿、相濡以沫的情义树碑。

三山区是陆宗文工作的地方，也是他以诗歌为引擎，将文艺搅得风生水起的地方。每到油菜花黄时，作为一个旅游地，三山被很文艺地爆炒，每每溢出文艺圈。这是一位宣传工作者的撒手锏，更是一位愿以赤子之心深入生活的诗人，对现实满怀责任，报以极大热情，且又格外锐利和高效。三山的大地，他用勤快的双脚丈量，三山的山水，他用深情的眼光抚摸。三山的一草一木，都装在了他的胸中，故有《我是一只三山鸟》《写在三山的大地上》《三山，一幅美轮美奂的山水画》等反复吟唱。这些诗歌，意绪饱满而不繁，抒情到位而不过，高扬着激情澎湃的心灵律动，混合着人与自然的浪漫和谐。这些诗，打开三山三维画卷，触摸到了大地的灵气和底气，鲜明着温暖蓬勃的形象，厚重着价值指引的力量。

这本集子里，也收录了不少感时应势的礼赞之作，外在样貌上十分接近政治抒情诗。每当重大纪念节日和重要活动，热爱新生活、拥抱新时代的陆宗文，难抑奔放不羁的讴歌冲动。他的这类诗，也是缘情而起，有感而发，比那些言不由衷、有意粉饰的赞美诗，多了责任和担当，彰显忠诚与道义。这些尤其适合朗诵的诗歌，顶天立地，山高水长，风格豪迈，音韵铿锵，充满亲切感、号召性、磅礴力。有意思的是，诗人对抗洪英雄王能珍情有独钟，俨然能够互叩心门、互通情感的一对兄弟。接连写下三首英雄赞歌，角度各异，崇敬之情一首比一首表达到位，仿佛每个词句都洋溢着动人心襟、感人肺腑的情义。王能珍与陆宗文没有交集，他对王能珍的了解，来自看戏、听报告、观媒体宣传。英雄的大爱，英雄的壮举，诗人真的被深深感动。如果说惺惺相惜还有原因，那就是他们长得委实有点像哦。

总体上说，陆宗文的诗歌恰如其人，是外向型的，不给人距离感，既热情似火，又自由如风，既心无芥蒂，又口吐莲花，不吝于让爱、希望及力量拔节生长。可能有人认为，这些诗有些老套，罪魁祸首是抒情味重，加之言辞浅，内蕴弱，便不足观。在我看来，诗歌的一项重要功能是抒情，不管如何花样翻新，诗歌的抒情不是多余，只是滥情才会成灾。当然，《田野之歌》离优秀仍有差距，更多地体现在遣词造句的技法、统一意境的营造、深层意蕴的开掘等技术层面上。

可能意识到自己的诗歌不够时髦，近年来，陆宗文有了新尝试。《我们接你一起回家》《陶辛荷韵》《红舞》等作品，就是通过词语的险配、修辞的组合、形象的叠幻，形成更为简练的形式、更为顿挫的韵调、更为主观的意境，凸显出陌生化的艺术效果，诗味诗意都有了明显提升。

一个正经八百的人，是写不好诗的。嘴与脚都闲不住的陆宗文，一贯高调，但不倨傲，有意风趣，也不落轻佻。《田野之歌》可以说是耕耘大半生收获的硕果，以“怪”示人的他，这下玩了一回“正宗”。然而，这本书出版发行后，他反倒不自信了。我试着写了以上鼓劲的话，看他这个瘪了的皮球，能否弹跳起来。

生活的细微处自有诗意

——读刘表位《拙韵轩诗词集》

刘表位先生是繁昌乃至芜湖诗词界举足轻重的旗帜性人物。《拙韵轩诗词集》是他正式出版的第三本诗词选集。此书得到刘老惠赐，我不敢怠慢，花去了近半个月时间，细细赏读。如此认真投入，这是我在阅读同类书籍时，仅有的一次。

退休是人生的重要转折点，很容易出现两种现象：有的人极不适应，特别是在职时有权有势的领导者，难免滋生失落的情绪，以至于怨天尤人，闷闷不乐，孤独封闭，日渐衰老；而有的人却早有谋划，重拾兴趣爱好，整天为此忙碌，活力无限，像是焕发了人生第二春。作为曾经担任过地方领导的刘表位，在巨大反差面前反而成为后者。退休于他无异于海阔天空，天赐良机。摆脱了手脚羁绊后，他有更多的时间和精力读书思考，吟诗填词，参加文化活动，比在职有着更为丰富多彩的生活，且于己于人于社会皆有益处。我之所以作出上述判断，都是《拙韵轩诗词集》中的这些作品，明明白白告诉我的。

《拙韵轩诗词集》汇集了刘老2005年到2020年创作的大多数诗词作品。诗与词分开，按年度时序列出，一目了然。如果说多年前《江南吟草》反映的是刘老在职时的工作状态和精神追求，那么《拙韵轩诗词集》就是他退休后的生活情趣和生命状态，或者说，借助诗词将个人的情感和观念转换成形象，挽留下个人充满氤氲诗意的晚年时光。诚如他的女儿陈静所言：“现在有了《江南词集》和《拙韵轩诗词集》，可以说父亲是如愿了，而作儿女的我，这十多年一直远在千里之外的地方，只有通过读父亲的作品，感受父亲的情绪和思维的轨迹。”生活如诗，诗乃生活，诗言心声。的确如此，诗词真实写照了刘老的晚年生活。

从生理和心理角度，能不能接受新生事物，是衡量一个人心态老不老的重要指标。酷爱读书学习、观念与时俱进的刘老，保持着对新鲜事物的敏锐，似乎超过了绝大多数同龄人。打开正文第一页，三首诗分别是《短信贺岁》《文友相聚》和《访柳》。时值岁末年初，辞旧迎新，同庆互贺，在所难免，透过诗作，我们感受到了诗人的那份喜悦与祝福。不过，我想说的是，《访柳》这首七律，题后括号里“QQ群限题限韵作业”这个备注，非常惹眼。没错，那是2005年初，刘老就已经与一般诗友在QQ群里兴风作浪了。回想我自己，比刘老年轻了20多岁，有这样的追风举动，已是三年后的事情了。“健笔题笺当户晓，壮怀韵事满庭芳。”一个驾驭时尚超越了生理年龄的人，他的哪怕再大的雄心壮志，都是值得信赖值得期许的。

当然，纸上得来终觉浅，行动才是最好的证明。刘老在66岁那年学会了开车。《驾校C1学习体会》《考取C1驾照欣赋》这两首诗，说的就是这件事情。“网上媒题好应试，场中实练出偏差。陡坡起步凝思乱，侧位停车运目麻。”一个老者学车的艰难体会，就这样自嘲地勾勒而出，颇有老年白居易自我揭拙的风范。“练字题诗陶兴致，驾车上网逸襟痴。皈依残月清闲步，瞭望晓烟别有期。”从这两列对仗句中我们可以看到，一个宦海多年的人，一旦解甲归田，依然还是那个少年，依然对生活充满了遐想和希冀。古话说，“三十不学艺，四十不读书”。刘老以将近古稀之年学驾驶技艺，说明年龄不是问题，关键是心态。同时也证明，退休后的刘老，不愿意坐享其成，而是主动去争取自己想要的生活。从标注的时间上看，这些诗作都是事发当天写就的，是“心灵受到撞击”的时候，真情实感原封不动的记录，故给欣赏者一种不虚假、不做作的感受。

能够紧跟时代潮流的达人，定是热爱大自然的人。对于作为诗人的刘表位来说，屐痕处处，留诗处处，也是意料之中的。这类作品很难出新意，很多人把它写成了旅游说明书的升级版。刘老的此类作品，情景交融，亦趣亦理，多用自己更为擅长的词来抒怀。“霸气游轮剪，惊神栈道开。塞恩湖岸博延街。浪漫水天生色，奇景亦悠哉。”这阕调寄《喝火令》的词，上阕写的是作者漫步瑞士卢塞恩湖畔的所见，游轮、栈道，还有水天奇景，一幕一幕旋转到眼前，悠哉游哉，赏心悦目。显然，刘老没有把自己当作局外人，而是全身心融化在充满异国情调的浪漫奇景中。接下来“碧雾抛沙去，浮岗卷帕来”，陡然增加了眼前画面穿梭的动感，也是传统诗词中化静为动手法的巧妙运用。以“醉了吾侪，醉了玉人腮。醉了一帘幽梦，感慨壮情怀”作结，将内心积累的感受，用三个“醉”一股脑地倾泻出来，既水到渠成，而又最大化地抒发了礼赞奇景的情怀。

在我的印象里，刘表位先生是一位和蔼睿智、知识渊博的长者，言谈满面春风，略有乡音，透着三分干练，七分儒雅。2004年繁昌诗词学会的成立，他厥功至伟，被推举为会长。2014年是学会成立十周年，这时他欣然赋诗，调寄一阕水调歌头：“创会十年许，结谊鹭鸥群。几经磨合历练，欣慰度芳辰。稿约阳春白雪，刊发江南塞北，一路品甘芹。拼搏陶钧力，倾注赤诚心。　　求意境，斟律韵，铸诗魂。雏鹰老凤，勤奋鼓翅欲披云。同辟精神园地，共筑和谐社会，潇洒近斯文。细品子虚赋，相见白头吟。”一幕一幕都在眼前。繁昌诗词学会立足本地，胸怀天下，大力普及诗词文化，培养后备人才，成为地方文化大发展大繁荣的一支重要力量。在这块自己做主的地盘上，刘老团结带领一众同好，殚精竭虑，担当作为，不计得失，为本地乃至外地的诗词家、爱好者提供了展示才华、老有所乐的舞台。这种余热的发挥，对于刘老来说，既有精神上的慰藉，也是其诗词作品中深沉家国情怀的具体实践。

因为热衷于以诗词为内核的文化建设，刘表位先生广泛参加各类诗词交流活动，与诗友酬唱赠答，互切互磋，提高了诗艺，加深了友情。一般来说，唱和类的作品非常难写，很容易落入一般化、概念化和相互吹捧的窠臼，而缺少感人的意味，可以说很多不能算诗，只是符合格律的“人情账单”而已。但是，刘老以其掏肝掏肺的真诚，写出了一个德齿俱尊的宽厚长者，知难而进的态度，恪守原则的风范。譬如，这首《步和多多访云居寺有感》就不落俗套。诗曰：“深奥欲窥先费神，中间仿佛有清新。空山造化凄凉影，野寺生成寂寞身。无奈穷途愁处切，可怜吾道梦边真。径来幽境谁人会，何必相逢说避秦。”刘老没有顺着诗友竖起来的杆子往上爬，而是反其道而行之，说出了自己的高明观点。这并不是大不敬，而是更深层次的尊重。一个“吾道梦边真”的有信仰的诗人，是不会违背自己心志的；而一个执着于“道”与“器”诗性思辨的诗人，也会不经意流露出哲人风采。

雅集，分韵，酬唱，是快乐的，也是浪漫的。但生活并不总是如此。当我读到这阕《鹧鸪天》时，不觉泪目。“杏萼香消足可怜，莺声信断愈心寒。焚兰有恨弹丝竹，瘗玉无言掩素笺。鹦鹉赋，鹧鸪天，依稀梦幻鹤临轩。残灯素影斯文去，冷月清辉吊楚媛。”这首题为“挽Q群小友千纸鹤英年早逝”的词，写得情真意切，缠绵悱恻，是刘老婉约风格的代表性作品。全词均以意象串联，虽含蓄，但易懂，悲痛惋惜之情，遥寄尤深，具有很强的感染力。诗词是形象思维的产物。言不能达意，凭借象方可曲尽其妙。这位以“千纸鹤”为名，想给别人带去好运和希望的年轻女网友，自己香消玉殒，对刘老的触动之大可想而知。这十多年间，对刘老触动更大的是诗友兼同事李康庆的意外离世。悲恸之下，他一口气写了十数首作品，犹不能尽其复杂幽微的心理。当然，来自生活的触动也有令他欣喜若狂的时候，譬如看到晚辈们的成长成才。同样是对后辈，刘老对孙辈们的“进学”远远超过了子女。“牛刀初试防心乱，蚁梦还须放眼量”“男儿立志当高远，大浪淘沙看未来”“博选求贞器，细琢去微瑕”。这些寄语，是快意之时的清醒，不是随便说说而已，而是有很强的个体针对性的。当然，透过这些文字，一个守候家园的老人，一方面在亲情上攒足了快乐，另一方面实难打消关怀与牵挂，同时溢于言表。

刘表位的诗词风格多变。无论诗词，豪放者有之，婉约者亦有之；清逸者有之，深邃者亦有之；激励者有之，低沉者亦有之。这种多变的风格都有其源头开创者，譬如李白或杜甫、苏东坡或柳永等。不管师出何门，刘老均能从古人的生存境遇中跳将出来，以现代人的生活、个人的真实体验入诗，大大拓展了古典诗词的切入路径与题材范围。古典气质，现代意味，实乃刘老的不懈追求。他是在传承了古典诗词的前提下，赋予诗词时代的新内容，可以说，新风景、新内容、新感情、新思想、新境界，是他诗词有所成就的一个重要方面。换句话说，刘老的诗词创作的全部意义即在于此，这是值得推崇的重要一笔。

但总体来说，刘老走的是一条中和的风格取向，中正、平和，质朴、平易，自然、清新是其诗词的底色。越是深入老境，这样的特点就越明显。特别是将古代语言和现代语言无缝融合，在雅词与熟语之间创出新语，无论抒情还是说理，都毫不造作，真实自然。如此，打开了一个深入浅出的境界，达到了字句上的平易和感情的深厚、思想的深邃的完美统一。这主要得益于创作才华，而数十年孜孜不倦的深厚积淀亦功不可没。刘老的诗词作品几乎找不到格律上的瑕疵，虽然对古代的诗词名作早就烂熟于心，但他从不轻易仿作，如写辘轳体诗，也不轻易用典。正是因为上述原因，刘老的诗词可读可颂，人人可解，很多时候，秀韵天成的句式，彰显一派亲切可人的风采。

作于2015年9月，被冠以《秦皇岛行吟》的一组8首七绝，都是写景览胜之作。“戍台尘锁白云间”“介入狂澜景象佳”“波翻海沸接云天”“海煮云烟生妙境”“掠影浮光上碧霄”……这些写景的句子，形象鲜明，场面宏大，境界开阔，在古人的作品中是难得一见的。“遵四时以叹逝，瞻万物而思纷；悲落叶于劲秋，喜柔条于芳春。”这是晋代陆机《文赋》中的观点。可见，写景是我国文学史中的一个重要传统。从《诗经》“山有扶苏，隰有荷华”，到屈原“沅有茝兮澧有兰，思公子兮未敢言”，外在的景色和诗人内心的情感，总是有一种相互生发的作用。晋代文人张翰，因秋风乍起，而想起家乡的菰菜、莼羹和鲈鱼，便辞官回家，从此传为佳话。从来如此，很多描写自然界的诗词并不一定是自然景色的单纯呈现，人内心的丰富活动就在斑斓景色的背后。刘老作为诗人词家，当然既相信眼见为实，更相信心有所感。很多时候，他的眼中景色、心中感想不知不觉就融合在一起，化作了诗句，且是古人所没有的诗句。之所以有了超越，是因为绝大多数古代诗人是没有机会看到这些景色，即使有极少数诗人看到过类似景色，也未必有豁达通透的心境来铸就诗句。时代气象与超然胸襟，两者均须具备，方可以像刘老这样曲尽其妙。

刘表位认为，自然界本身没有社会性，也不会自带感情，但诗人的思想感情从来都不是超越社会与抽象难懂的。显然，对于自然景色的描述，毫无疑问多是作者思想感情的寄托和反映。请看《秦皇岛行吟》这组诗，在写法上，景、情、意、境层层递进，浑然一体，最终抵达的是最高的层次的“境”。“境”这一概念何解，我们不妨追溯到老子的思想。

其实，老子思想的根本在于“道”，“道”是宇宙万物的本体和生命，对于一切具体事物的观照，最后都应发展到对“道”的追索。但是，与具体物象不同，“道”既包括“实”，即实在；也包括“虚”，即无限性、无规定性。这种对于无限性、无规定性的追求，尤其反映在文学艺术领域，不管是诗词还是绘画、书法等，其终极目的，都不仅仅是对于具体事物的刻画，还有对于“境”的追求。由此观之，道与境通，造境呈道。这组诗让我们看到了祖国强大下的诗人无比自豪地放声歌唱，彰显宏大格局的气象，是新时代新生活的应有之境。不可否认景观之于诗词的触媒作用，事实上，诗词就是运用这种由内而外、再由外而内的感发力量，以期唤起读者同样感受的。

关情切事，我手写我心，不落时人俗套，是刘表位勉力追求的诗词艺术的当代表达。这阕《鹧鸪天·五四青年节有怀》，在感慨中来得更加浑成：“风雨经年感慨陈，弄潮竟日忆犹新。芒鞋两足犹冰铿，热血一腔如火焚。　　勤励志，苦吟身，咏仁蹈德善为人。而今欣沐斜阳景，物我超然不自矜。”摆脱了“老干体”的羁绊，刘老的作品越发显出豁达而海阔天空的人格魅力，更见一份时代大潮中深沉的家国情怀，更见一份高洁的精神追求。词中有对人生透彻的解悟，不管是对个人往事的回忆，还是对悠悠历史的追忆，读来真挚自然，给人精神上的慰藉。同样《念奴娇·莲花峰览胜》中的“寄情山水，劝君休论刘项”，《鹧鸪天·参观新四军七师师部旧址》中的“云开信口呼明月，日晓从头唱大风”，都是在突破陈旧的观念、僵化的思维，对世界和人生产生新的认识和感悟，蕴含辩证的、运动的、发展的观点，能够给人带来多方面的启示。同时，也提升了诗词作品的品位，焕发出新的审美风采。

刘表位亲历了当代中国的高速发展和社会巨变。数十年来，把吟诗填词当作一种乐趣、一曲心声、一份珍藏。所见所闻，所思所感，是诗人社会境遇和生活经历的生动呈现。“逐电追风一箭驰，太空续插五星旗。”这是七律《嫦娥二号卫星发射成功喜赋》中的首联，一股祖国强大的自豪感，被转化成风驰电掣的画面。而这首《题点绛唇广场舞小照》：“衣惹湘云着意飘，眉分楚岫足风潮。吟眸带笑多青睐，冰雪聪明一小妖。”在轻松酷烈中给人扑面而来的新时代生活气息。这表明，一个人不管处于生活的何种细微境遇，诗词作品都能成为情感的出口，舒缓诗人最为心动的感受。这些作品源于个人，源于时代，反映生活，反映时代，甚至启迪世人，引领时代思潮。试想，如果不能广泛接触现实生活，只是坐在屋子里，两耳不闻窗外事，是很难写出具有时代风貌的好作品的。当然，现代人更容易养尊处优，对生活的体会流于皮面，好作品自然也不会出来。总之，好作品与视角、立场紧密相关，更与体验、心境密不可分。正如刘老所倡：当代诗词必须在继承古典诗词的基础上大力革新，“仰沾时雨常滋润，得坐春风更上楼”，创造出无愧于这个伟大时代的诗词作品。

刘表位为人谦虚低调，内心丰盈充实。生活本身的丰富，为诗人提供了无穷无尽的养料。那些细微的东西，构成生活最真实的一面，赋予生活自身的意义。现实生活中，人们往往一味追求卓越辉煌，反而忽略了人生真正的乐趣。诚如刘老这样不漠视生活细节，充满生活的情趣，在细微处见真意，大抵才是有修养有境界的人。如《咏荷花》一诗写道：“蛙声一片过横塘，翠盖千张掩又扬。出水应分情笃切，凌波直冠气轩昂。伊人执着寻风雅，竖子痴迷恋羽裳。濯魄盈眸诚可鉴，云蒸霞蔚溢芬芳。”这首诗视角独特，跳出同类作品的窠臼，既叙景又叙意，辅之风趣、出奇之笔调，看似寻常，却含蓄有佳，使人联想，使人醒悟，余味无穷。“翠盖千张”“凌波直冠”等意象，突破了传统咏荷花诗词的局限，纤巧，自然，风趣，别具一格。用形象充分展示事物的意蕴，尽其神化妙用，荷花出淤泥而不染的高贵品质尽在其中。

对于刘表位来说，写诗填词也许最初就是一种朴素的爱好，中年后，更是为了使自己的情感与直觉不至于空无着落，并没有想日后成名成家的企图。当然，刘老的诗词尽管在退休后有了长足的进步，但与流传下来的唐宋精品尚有差距，与当今顶尖作品相比也存在不能让人眼前一亮的既视感。如果能够改“一天三诗”为“三天一诗”，在诗词的意境上再下些功夫，刘老的诗词创作可能会再上台阶。总的来说，这本《拙韵轩诗词集》是非常值得一读再读。

如同我们的祝愿，刘表位有个令人羡慕的幸福之家。妻子陈英，也是诗词行家里手，老夫妻俩夫唱妇随，同频共乐。女儿陈静文化素养很高，本书唯一一篇序言，就是出自她手。更亮煞人眼的是，孙辈们都纷纷考取了名牌大学，成为社会栋梁的预备队员。

这样的仁慧长者，耕心于生活的细微处，怎能没有诗意？

家园无限好，诗意慰平生

——在两江诗社第七次会员代表大会上的发言

非常荣幸，被委任为诗社的名誉社长。说来惭愧，曾经狂热追捧古典诗词的我，也创作过一些作品，也曾得意于一阕词上了《中华诗词》头栏头条。可是，近几年我离诗词越来越远了。自从写惯了文学评论，诗意的文本就与我绝缘了。

典型的名不副实嘛。在与谢祖才老社长微信互动时，我两次表示不能接受这个名誉社长。是呀，我何德何能，可以担负起两江诗社这块金字招牌赋予的至高荣誉？但是，谢老一再信任和坚持，错爱到底，我也就惶恐地接住这顶帽子。他老人家80多岁，我怎能拂了他的意？

在这诗社成功换届的庄严时刻，请容许代表新委任的各位名誉会长和各位顾问，向两江诗社第七次会员代表大会的顺利召开、两江诗社成功换届表示热烈的祝贺！向这次大会推选出的以丁以华先生为社长的新一届诗社领导班子成员表示衷心的祝贺！向以谢老为代表的为诗社作出巨大贡献、退出诗社领导班子的老同志表示最诚挚的祝福!

说起来，我跟两江诗社非常有缘，这个缘分源自我与谢老结缘。2003年秋，安徽方志界“黄山论剑”，谢老携其子迎春，一家两代方志人，在本该出尽风头的地方，却以严谨低调的风格示人，特别是他们父子曾经的“寂寞付出”，让我见识了什么叫“板凳要坐十年冷，文章不写半句空”。2006年，我曾受谢老之邀，参加了在六郎镇召开的诗社代表大会，很多在座的老同志参加了那次盛会。17年后的今天，我又以这样的“高贵身份”参加大会，环视会场，新朋故友各占一半，我也由青年跨入了中老年的门槛，的确有“年年岁岁花相似，岁岁年年人不同”之感。

湾沚是个好地方。在21世纪以来的20年，她是芜湖市域发展最好、变化最大的一个区域。她不但是一块创业的热土、旅游的热土、生态的热土，还是一块地域特色浓郁、人文底蕴深厚的文化热土。百姓在此安居乐业，幸福家园赛比桃花源。我在来桥乐居的路上，蓦然感觉诗意盎然的地方，原来就在我们的身边。湾沚区（以前的芜湖县），文化文艺活动一直走在全市前列，层出不穷的交流展示活动和主题系列创作成果竞相推出，为经济社会发展注入了生机与活力。两江诗社同样当仁不让，坚守诗词专刊，推出各种专集，为文艺发展文化繁荣，增添了一抹古典的韵味。

两江诗社成立于1986年，是中华诗词学会最基层的发起单位之一。38年来，诗社工作卓有成效、成果丰硕，老社长谢祖才先生调和鼎鼐，掌舵有方，厥功至伟。谢老对诗社工作认识到位、定位准确，工作方式积极妥当，特别是他老而弥坚、身体力行、甘当人梯、乐于奉献的老黄牛精神，直接影响着诗社的工作走向、工作效率和工作质量。期盼新当选的丁社长和各位副社长，充分认识到自己的职责和作用，向谢老看齐，切切实实地担负起协会之责和时代之任，团结带领广大社员，勠力同心，艰苦奋斗，不断擦亮一方靓丽的诗词文化窗口，进一步扩大诗词文化效应；全面开展诗教普及工作，不遗余力地普及诗词文化；致力于诗词文化的“破圈”，打造湾沚诗词文化板块。唯有有计划有目标地干一些实打实的事情，聚沙成塔，集腋成裘，才能开创出诗社工作的新局面。在丁会长刚才的讲话中，我们已经感受到了这样的誓言。唯有这样，诗社才能一届胜过一届，一代继承一代，为诗词文化不断兴盛发展，为诗词队伍不断壮大提升，为推动区域文化高质量发展贡献更多的智慧力量，增添更多的自信源泉。

昨天，是农历九月初九重阳节。重阳节，又称“中国老人节”。事实上，爱好古典诗词的总是老人居多。我想，如今你们可谓天天在过重阳节，因为你们无须“待到重阳日，还来就菊花”了。在你们眼前，每天都是繁花似锦，每天都有美酒佳肴，你们的心中每天都有诗潮涌动。有花，有酒，有诗，人的天性得到最大化的释放，就会闪烁着别样的光芒。也因此青春永驻，老当益壮，鹤寿龟年。

千树联花开赭麓　一江春水出天门

——芜湖市新春联大赛回眸

芜湖是江南名城。2500年的建城史，核心城区屡经徙迁迭代，陈迹斑斓，风云人物际会于此，史不绝书。芜湖别名江城，据江望淮，襟带皖南，优越的地理位置，成就了文化的碰撞、融合和开新。从张双柱等编纂的《芜湖历代诗词》可以看出，芜湖不乏深厚的人文底蕴，长期以来却隐而不彰，究其因，于很大程度上，乃目迷五色的商贸光环将之所掩。

20世纪80年代，文化复苏，文艺惠民，伴随着改革开放的匆匆步履。文学热，诗歌火，晚会潮，港台风……你方唱罢我登场，令人眼花缭乱。作为敢闯敢试的前沿阵地，芜湖每每高举流行文化风向标，极一时之盛，何曾令人失望？四十载倏然而过，水流花落，时过境迁，那些深度浸润过人们心灵的场景，大多成了受益者的一段美好回忆，几无形迹可寻。然而，有一项文化活动，历时之久、规模之大、影响之广，在国内实不多见，这就是“全国500项知名品牌大型群众文化活动”之一的芜湖市新春联大赛。

80年代中期，改革开放掀起时代狂澜，以经济为中心的革故鼎新，如火如荼于神州大地。文化界亦不遑多让。彼时，西方现代主义文艺理论，正在开始被国内前卫人士激情拥抱而大行其道。就在那时，芜湖市新春联大赛逆流而动，横空出世。农历寅虎年春节前夕，有了第一份成果。早在1985年的夏秋之交，有识之士谋划再三，高屋建瓴地为这项活动奠定了基调。自诞生之日起，她就扛起普及国粹的大旗，以群众广泛参与、喜闻乐见的“千家万户赛春联”的形式，一砖一瓦、一卯一榫地在弘扬中华优秀传统文化。此后，每当春节来临，创作新春联、书写新春联、赠送新春联等一系列活动，在芜湖城乡之间涌动奔流，经年不息。黄叶村、朱典淼、孙文光、潘海鳌、姜晓胜等，热情参与了首届评审。若干年后，主办方欣慰地感到，此举实为江城群众性文化活动，打开了一方虽不耀眼却广袤的天空。到了2004年，中华人民共和国文化部将芜湖新春联大赛，评定为全国500项知名品牌大型群众文化活动之一。成风化人，润物无声，该活动逐渐成为江城人民欢度春节的一项新民俗。

历届新春联大赛评委朱典淼先生，在第26届大赛过后曾有过一次精辟小结。他说，芜湖新春联大赛之所以能持续开展，且越办越好，原因无外乎五点。一是优秀的传统文化激发了群众热情参与的兴趣。二是归功于党委、政府的鼎力支持，得力于宣传文化部门的有序组织。三是企事业单位的冠名，资金多有保障。四是地方知名专家学者参与评选，提升了赛事品位。五是大赛主题一年一定，立足于贴近时代，反映民心，不断赋予传统文化活动以崭新的社会内容。朱老的归纳是一种居于事实的条陈。后期大赛尽管有了一些变化，但细细想来，任何一项活动能够历久弥新，都离不开天时地利人和，更离不开与人民同心、与时代同步。

春联，因囿于其载体，大多短小精悍，别具一格，是我国文学百花园里的一朵奇葩。“新年纳余庆，嘉节号长春”，五代蜀主孟昶这副春联开山之作，距今已逾千年。尽管岁序更替，时迁世易，即便战火纷飞，流离失所，一年一度的春节，人们何曾忘记借助春联，来寄托对来年的愿景？“千门万户曈曈日，总把新桃换旧符”，这一传统的、显然民俗化的文学样式，因与节日有关、与每个家庭有关，在芜湖文化馆这桌年夜文化大餐的推波助澜下，蔚成一种新风，显示出旺盛、持久的生命力，在新时代发出璀璨的光彩。

截至2020年，芜湖新春联大赛因疫情等因素停办，历经35届。稍加梳理，就会惊叹，大赛清晰地走过了一条全方位攀升的曲线。从来稿只有200多副激增到3000多副，从参与者仅限于市域爱好者到海内外楹联名家竞相追捧，从影响受众仅限于古典文学爱好者到普通市民的关注点赞，从追求联作相对的高质量到臻于国内同类赛事的顶级水平，可谓一路成长，名声在外。若问砥砺前行有无突破之年，答案是肯定的。2007年的“融汇杯”，首次打破了地域藩篱，是新春联大赛的转折点。那一年，征稿启事上了互联网，在互联网无远弗届的加持下，赛事活动一飞冲天，成为名副其实的全国性楹联爱好者的文化盛宴。

于是看到，省内外的一些楹联名家，越来越多地占据了获奖榜单。2007年有吴进文、严金海、刘敏、田鑫、肖奇光等名家。2008年的“交行杯”，来自马鞍山的吴进文、解云凤夫妇“霸占”了一等奖；那届颁奖隆重，其仪式与新春民族音乐会穿插进行，吴、解二人登台亮相，高举证书，颇为惊艳。最夸张当属2009年的“柏庄·春暖花开杯”，荣获等级奖者几乎都是外地人，如河北的白国成、北京的孟广祥、浙江的楼立剑，以及铜陵的周广征等名家。再看看他们的作品，那还真没得说。白联是“万象蕴和谐，喜姹紫嫣红，科学开花新气象；芜湖多俊彦，看蛟腾凤起，文明唱曲大风流”，孟联是“大业仗宏猷，党布和风，常拂镜湖细柳；古城流美韵，民逢盛世，重光赤铸青锋”，楼联是“二水抱名城，龙戏明珠争崛起；一湖涵丽日，春回大地启和谐”。上述联都具有节奏感强的架构和气势，且对仗工稳、首尾一体，更难能可贵的是立意独到，比绝大多数芜湖人还了解芜湖，端的令人五体投地。

获奖名单公布后，质疑之问、争议之声随后蜂起。自家的赛事，奖金都发给了外人，要不要这样捧鼓给别人打？主办方不免对此颇为踌躇。在接下来的两年中，因对网上宣传有所限制，外地来稿减少很多。当然，质量跟着也有所下降。质量是赛事的命根子呀！主办方经权衡利弊，决定还是上网广为宣传、诚邀更多的人参加赛事活动。笃定这是大势所趋，认为在时代潮流面前，我们不能螳螂挡臂、故步自封；外地楹联家及其爱好者广泛参与，有助于扩大赛事影响和宣传推介芜湖；获奖作品的质量有保证，档次明显提升。从2011年的“领秀城杯”开始，外地来稿再次大幅增加。到2013年后，每年的来稿总量皆维持在2000副以上，个别年份突破了3000副，近九成稿件为外地作者所赐，活跃在征联一线的国内高手，几乎都有过来稿。

实践证明，主办方的决策无比正确。仅就获奖作品的质量来说，有了海内外楹联家的看重，已然不可同日而语。2007年“融汇杯”之前的获奖作品，无论是在语言的推陈出新、意境氛围的营造，还是思想的高蹈、意蕴的深厚上，都与后来的获奖作品有着不小的差距。毫不隐讳地说，2007年之前的一些获奖作品，存在对仗不工、平仄失替等硬伤。在中国楹联学会《联律通则》尚未出台前，适当放宽标准，也是评委们的权宜之计。当然，诸如胡仲英、吴季华、方伫、胡之锦、吴林等从事古典诗词创作的方家，凡有联作出手，几无瑕疵可挑剔。

早年的参赛者，古典文化素养参差不齐，不过，还是有让人眼前一亮的作品。如方伫的“春苏湖上三千柳；政理人间十万丝”，任启华的“上下影摇湖底月；往来人渡镜中梯”，马忠的“镜湖漫酿一泓酒；江塔频催万点帆”，戴鸣的“吴楚风云成旧画；皖江梅雪蕴新春”，蒋惠秀的“桥剪一湖成两玉；塔挽双江共一春”等。这些联作立足芜湖，聚焦标志性景观，带着物我同春的新愿，有着满满的自豪感和幸福感；这些联境邃格高、情深辞美，如素月分辉，明河共影，郁郁真气，昭然其间。在技艺上也无懈可击：上下联的意思，既相对又相承，将各具独立的内涵连缀成一个完美的整体，堪称圭璧相配，互为生色。方联胜在将“大”的内容往“小”处讲，境界恢弘，是上下同心的时代精神结晶；任联胜在想象与巧思，还有把持不住的动感；马联胜在地域特色的彰显与修辞格的精神性赋予；戴联胜在今昔对比，而又未抑古扬今的大气豪迈；蒋联同样聚焦地域景观，春联的韵味因拟人化色彩而倍增。

下面重点介绍“湖上春逢人面暖；楼头日跃市容新”这副联。此联是1995年“迎客松杯”获奖作品，作者是我见过几次面未曾交流的章绍斌先生。这副7字联用最简单的汉字，通过描摹温馨怡人的世情，还有蓬勃向上的力量感，写出了铿锵向前的时代足音。“湖上”可以理解为芜湖，也可以视作芜湖标志性景观镜湖周边。“春逢”点出了时间节点，同时让春联有了最重要的“春”元素。接下来的“人面暖”因“春”而顺理成章，这个“暖”可以感受到，因为春来气温自然上升；同时不可忽视的是，因为这是欢乐祥和的春节，人们的笑脸也是“暖”的。一个“暖”字双关且点睛，温情全出。下联“楼头”指鳞次栉比的层楼一角，“日跃市容新”，指太阳升起来后大街小巷焕然一新。联语平常，浅显直白，而一次“日跃”，境界全出。这副春联朴素明快，格调清新健康，极具体验感和镜头感，于曲尽人情中，凸显时代变迁。

2007年后，随着来稿数量猛增，优质联作多起来。这时，考验评委的是抉择。各花入各眼。不要小看这种抉择，它往往是一个评委综合修养的体现。“东襟苏沪，西贯巢肥，北控江淮，南通黟歙，巨埠当八皖要枢，交流四海；赭塔晴岚，镜湖柳卧，天门浪碧，赤铸风清，春光将一城美景，酝酿千年”。这是孔军先生2011年参加“领秀城杯”的联作。单比27字的长联，难倒了一众评委。评委被作者才华倾倒，一致认为，这是一副切时切地切景切人，行云流水般灵动，有气魄有灵魂的佳联。但是，又觉得这么长的春联，不具实用性。最后主评委孙文光先生一锤定音，将其推为二等奖第一名。这副春联择取芜湖的区位优势与代表性盛景进行分述，联中自对，错落有致，蓄势起势，一叠再叠，既并列又递进，因果承袭，自成两套体系，结句时空对应，訇然作无声之鸣，境界阔大，是“八皖要枢”和“一城美景”将二者绾结。作者以充沛的情感，一气呵成的笔势，使郁勃之气、慷慨之音充溢全联，使人感到，那春光般的真气、正气无处不在。

题材不断拓宽，是芜湖新春联大赛一个鲜明特点。春节元素，地域特色，时代新生活，都会从不同角度，以小切口形式，越来越丰富多彩地被表现出来。农历新年，生肖是其特色。近十多年来，每年获奖作品中几乎都有拿生肖说事的佳作。如马年的“才见小龙驰捷报；又听快马踏春声”，猪年的“最喜雪花繁，春如紫燕声声切；惟期仓廪实，福若金豚字字肥”，犬年的“黄耳传书春快递；红梅报喜福先吟”等。反映小康生活的春联，最具中国式的人情味。如“大江佐酒春波绿；小院飞花日子红”“剪月季窗花，贴上三分喜悦；聚春宵酒宴，围成一个团圆”等。还有一类春联，用上年的流行事与流行语写成，也别具味道。如2012年的“驾自家车，欣观春色；上游乐网，点击华年”，2017年的“网上逛村淘，大妈点赞；掌中挑腊货，微信下单”等。上述作品真正做到了源自生活，见证时代。

正如文学杂志总是缺少好的头条一样，每年大赛，令评委们最头疼的是一等奖作品。他们认为，一等奖代表了征联水平，必须慎之又慎，有时候不惜以空缺来表达自己的态度。2013年评选时，尚缺一名一等奖作品，众评委轮番推荐了10余副作品，在合议时均被否定。这时有人提到了湖北联家郭熙凤的“岁月如歌，春之旋律春之象；城乡似锦，我的芜湖我的家”。众人沉默，在心中默念着这副作品。片刻之后，响起异口同声的“赞成”。这副联平易如话，却写出了“人人心中有，个个笔下无”，与“住在芜湖，住在伟星”的广告语有异曲同工之妙。2015年，来自我省枞阳的陈自如以一副“陈列山河，春开画展；装帧岁月，福集诗抄”独占鳌头。这副联豁人眼眸，可涤俗尘，修辞的妙用倒在其次，想象的瑰伟无人能及，这是独特社会氛围的独特情感表达。“红联万副春之作；绿色一城民所期”“一笛拂柳听春近；八皖耕霞燃梦多”，河北联家董海红2016年和2017年连续拔得头筹并非运气。这两副联已臻至雅，托寓至深，将时代精神、人民梦想、深沉意境完美结合，非斫轮高手实难为也。

芜湖新春联大赛一路走来，市文化馆（群艺馆）一直是承担比赛的大本营，在历任馆长尤其是王岭馆长的鼎力支持下，大赛结出了丰硕的成果。正所谓好事多磨，据可靠消息，已经中断了两届的芜湖新春联大赛，2023年即将全面恢复。作为一名2011年前的参赛者和2012年后的评委，就继续办好芜湖这项群众性春节民俗文化活动，在此谈一些个人的积想。

一是要把好评审关。要继续保留匿名评选、评委合议、主评委终裁等好做法。除谨防抄袭、化名等行为外，绝不让病联上榜。毕竟，对联的灵魂与精髓，就是词语的精对和声律的协调。如果有人说，这副联太好了，就是对仗或平仄有些问题，应该瑕不掩瑜。对此我不敢苟同。在我看来，作为最短文学样式的春联，于方寸之间见功夫，任何微恙都是致命的。二是要拓宽作品题材。以获奖联自身多样性为导向，引导参赛者打开思路：不是每副联中都要有“春”字才是春联，那些能让人感受到欢乐祥和气氛、辞旧迎新愿景、昂扬向上斗志、真情实感流露的，均可视作春联。三是要推陈出新。创新是一项连续性赛事的王道，无新意难以驰情，非巧构何能竞秀，要做到宁吃仙桃一口、不挑烂杏半筐。在提倡短联的同时，可量身定制某处长短适宜的春联，收获一批留得下、传得开的精品力作。四是打造互联网征联平台。设计网络征稿、初评、颁奖等赛事环节，让芜湖新春联大赛成为永不落幕的品牌联赛。此外，要延展赛事链条。集征集、书写、诵讲、赠送春联于一体，让更多人乐在其中。要积极争取对外合作，举办挂春联等极具仪式感的活动，扩大这项群众性文化活动的社会影响。

春联，这项传统国粹善于营造欢乐祥和氛围的属性，与我们这座城市的表情极为合拍。基于这一点，她必将在这片沃壤中茁壮成长，为弘扬优秀传统文化、增强深层次文化自信、提升人民群众幸福生活、扩大城市知名度美誉度作出更大的贡献。

30多载矢志耕耘，千树联花已在古老的江城，如焰火般绚丽绽放，无数或近或远的人们，感受到了美的播撒蕴含的正能量。未来，还会有更多更璀璨的“焰火”，照彻的不仅仅是“欢乐之城”的天空。

应运而“潮”，浚流可壮

——在首届“中江话联”座谈会上的发言

首先，祝贺芜湖楹联学会主办的“中江话联”开讲。邀请来几位活跃在“一线”的楹联名家，作为今天的主讲嘉宾，给芜湖的楹联爱好者传经送宝，形式新颖，效果颇佳，十分具有开创意义。几位楹联家毫无保留，谈了各自的楹联创作真知灼见，同时解析了自己的部分获奖作品，如剥笋壳，递现精华，让我们沉浸在楹联艺术的深层次享受中。

承蒙协会厚爱，让我也来谈一谈对当前楹联创作的看法。前几天，孔军跟我说时，我没有犹豫，爽快答应了。对当前楹联创作，我是有些想法的。我曾于2011年，几乎一整年时间，参加了全国各地大大小小的征联110次，获等级奖5次，优秀奖近20次。说实话，这样的成绩对于一个征联“菜鸟”，其实并不差。之后，在已故刘太品先生的照拂下，我还意外获得了2011年度中国对联创作奖。说实话，我心里清楚，才华的有限和耗时的巨多，我似乎已看到了我楹联创作的天花板。于是，2012年一到，我就知难而退了。作为一个脱离征联界（创作亦很少）十余年的逃兵，有资格就此话题来交流吗？想到这一层时，心里有了忐忑。忽又想，评论者大多不搞创作，何况我有创作实践和体验，且是跳开楹联界，从宽泛的文学角度谈楹联，至少视野更开阔。还有，机会难得，正好可将自己的想法，当面请教诸位老师。

一、楹联迎来空前发展时代

改革开放以来的40多年，楹联获得了极大的发展，当代楹联创作成就，堪称与明清联分庭抗礼的又一座高峰。

1984年11月，中国楹联学会成立，如起碇了一艘大船，树起了一面大旗，引航定向，猎猎招展。截至2022年初，全国成立的各级楹联组织已逾千家，百万名各级会员涵盖老中青，可谓兵多将广，后继有人。会员的学科背景，并不集中在文史方面，很多顶尖的楹联家，学的是理工科，他们的职业也不局限于文教宣传类型，很多人是工程师、企业家、个体户、银行职员等。2004年12月，注册成立中国楹联学会对联文化研究院，作为民间学术机构，专事对联文化研究。院刊《对联文化》杂志于2008年更名为《对联文化研究》，持续出刊近40期，向楹联爱好者赠阅15万余册。研究院致力于中国楹联文化史料资料的搜集整理、编辑出版工作，已出版《中国对联集成》（全国卷）、《马萧萧联集》、《清联三百副》等书籍百余种，数千万字。研究院在中国楹联学会的领导下，热衷于举办群众性楹联文化活动，主办或参与组织全国性征联活动百余次。采取名手约稿机制，尽锐出战，精准出击，为各类载体量身打造楹联精品。中国楹联学会多次配合中央宣传文化单位，完成楹联专题节目的制作推广，为楹联的普及不遗余力。

除中国楹联学会一炬高擎外，省、市、县各级楹联组织星星点点，郁郁蓬蓬。1999年3月，运城市楹联学会应运而生，依托河东深厚的文化底蕴，逐渐蔚成楹联创作的“河东流派”，渐现“联卷河东一片红”的盛况。2005年6月，运城市被中国楹联学会命名为“中国楹联文化城市”，仅仅7年后，又被命名为“中国最佳楹联文化城市”。2021年6月，中国楹联大厦在运城巍然矗立，意义不可谓不重大，影响不可谓不深远，形同中国楹联事业新的里程碑。成立于2006年5月的三门峡楹联学会，以普及楹联文化、发展楹联事业为己任，自我加压，踔疾步稳，呈现出多层次、多梯队的发展格局，成为国内楹联文化传承的标杆城市。该学会仅用3年时间，就助力三门峡市荣膺“中国楹联文化城市”称号。我省的人口大县蒙城，楹联文化历史悠久，喜吟善对者众多，1987年初《中国楹联报》在蒙城创刊，次年12月，蒙城县就被中国楹联学会命名为“中国楹联之乡”。我们芜湖楹联学会成立不到两年，诸位学会领导不甘落后，奋起直追，各项工作披荆斩棘，成绩有目共睹，已在全国楹联界产生了一定的影响。假以时日，也会给我们的城市，扛回金光闪闪的国字号招牌。

从20世纪80年代开始，征联大赛在神州大地风起云涌，搅起一池春水。1983年首届全国迎春征联大赛，是中央电视台会同中华书局等单位联袂主办的。上行下效，流风所及，我们芜湖的新春联大赛谋划于1985年，在1986年新春有了首个赛事成果。21世纪以来的20多年，征联大赛步入黄金期，每年不同层级的赛事总在200场以上，甚至高达400场。征联活动的常态化多样化，催生了一批“征联专业户”。我记得巢湖的宋贞汉先生，就是在参加征联获奖后，爱上楹联创作的，至今30多年过去了，仍没有金盆洗手的意思。名利之心，人皆有之。联赛获奖的光环效应，吸引了更多的文学爱好者参与其中。而参赛者越多，尤其是参赛的高手越多，获奖就越不易，偶尔获奖的喜悦与愈挫愈奋的斗志，都逼迫爱好者对楹联创作下更大的功夫，无形中提升了创作能力。在楹联创作整体水平水涨船高的征联界，有道是江山代有人才出，各领风骚三五回。没有哪位参赛者敢打赌，他（她）将获奖于某个赛事。这里固然有评选机制的因素，更大的不确定性来自参赛者中高手云集，水平不相上下，没有绝对震撼的作品，很难脱颖而出。每次征联揭晓，几乎都可以看到几个相对陌生的名字。著名与非著名是相对的，甚至是动态的。一些霸占“龙虎榜”的顶尖联家，靠的是勤奋，是毅力，是肯往深里想、不怕百回改的苦功硬功。

明清以降，楹联从诗词骈赋中剥离而出，谁也没有想到会有今天这种繁荣局面。究其因，我为准备这次交流发言，作了一些梳理，部分观点跟各位老师不谋而合，大致有以下几个方面：

一是楹联超强的实用价值。楹联短小精悍，至简至美，表情达意，寓意深刻，作用广泛：有锦上添花的装饰环境作用，有直抒胸臆的传递感情作用，有陶冶情操的启迪人心作用，有交际应酬的祈祝吉祥作用。作为其分支的春联，家家户户一年一度“总把新桃换旧符”的习俗，已延续了上千年，是中国传统年俗的核心意象之一。随着经济社会的发展，楹联的实用价值，尤其是楹联的宣传作用进一步彰显，借助于新风景、新风貌、新风尚及新媒介，楹联渗透到了社会生活、自然人文的各个领域，醒目的两行，起到了“四两拨千斤”的效果。时代需要楹联，楹联助力时代，在很多文学体裁的社会功能明显萎缩的情况下，楹联逆袭成长，发挥了与时代同步、与人民同心的独特作用。

二是互联网的“插翅效应”。互联网无远弗届的资源共享功能，深刻改变了我们的生活，小小的楹联也不例外。2004年起，联都、国粹论坛、中国楹联论坛等楹联专业网站相继设立，标志着楹联进入网络时代。一时间，如同磁铁，网站上聚拢了众多的楹联爱好者。网站设置的创作辅导与征联信息等栏目，以满足爱好者学习创作和参加比赛的需求。一批批经过培训的参赛者再经过赛事的磨砺，茁壮成长。亦有一些早已能诗善联的参赛者，是在搜索征联相关信息时，被牵引进入了网站，从此依据征联信息参赛不断。网站如同俱乐部，且将征联和揭晓信息一栏打尽，使得传统传播方式望尘莫及。征联大赛助推了楹联热，互联网助推了楹联大赛，可以说，互联网给楹联插上了腾飞的翅膀。

三是诗词爱好者的转型分流。楹联和诗词是一对孪生兄弟，创作上有很多相通之处。对联虽脱胎于骈句和律句，但没有骈文和律诗那样的起承转合空间，因此，楹联想要出类拔萃其实更难。而诗词根深蒂固的传统优越地位，使得它更易被社会大众所看重。诗词被视为高雅艺术，薪火相传，拥有雄厚的群众基础。20世纪80年代以来的老年大学，都把诗词创作列为教学主课，而主教楹联课的不多，偶尔会作为诗词教学的附带。很多粗通文墨的老同志，经过诗词创作学习，都能工工整整地凑个四言八句，被称为不乏讥讽之意的“老干体”。当然，很多人只是为了自娱自乐，写得不好又有何妨？不过，工于律诗的爱好者转写楹联，就并非难事了。事实上，包括在座的几位老师在内，越来越多的人，左手写诗、右手写联，均达上乘，令人钦佩。

二、当前楹联创作存在的问题

诗词和楹联关系密切。诗词爱好者号称百万，对联爱好者尽管也不少，但专事创作者的比例要小得多，百不及一。很多人是有了诗词基础才去写联的。写不好诗词的联家亦有，他们大多是从专业网站起步的，一直写联，无暇创作诗词。若他们真要专心写诗填词，也不会太差，甚至会很好。尽管对联的创新不比诗词容易，但目前对联的创作，在与时俱进方面，走在了诗词的前头。不过，陈词滥调和假大空，是它们共同需要解决的问题。绝大多数获奖作品，哪怕为头奖，传诵一时，也不一定成为经典。急功近利与粗制滥造，常常是一对孪生兄弟。更有一些貌似高深的作品，让人雾里看花，模糊了评判的准星。

当前的楹联创作水平是否"赶清超明"，很多人作过答案确定的叫嚷，业界未作鉴定。就创作人数和作品数量，已经远远超越明清总和，乃不争事实。但创作靠的不是人多作品多，看的是顶尖作品达到的高度。联坛有没有现实版的林则徐、曾国藩，有没有现实版的郑板桥、薛时雨？恐怕无人敢夸下海口，自己就是。有太平盛世这么好的条件，为什么不能有楹联巨人高峰耸峙呢？其实，当前的楹联创作有虚假繁荣的一面，已到该引起重视的时候了。

联律的制约过严。任何事都怕定于一尊，此举无异于刻舟求剑。格律上一味严工严对，制约了楹联创作上的自由发挥。对仗是楹联的基本要求，格律确保了音韵的协调，结构确保了秩序的谨严，这是楹联得以存在的基础。但是，读多了就会发现，那些极为工整的楹联，往往给人一种板滞、不灵动的感觉。正如伟人毛泽东所言，这样的"死对"，无异于点金成铁。有些人为了严格对仗，创作一副主题联时，只在有限的词语中选择，一方面造成联作似曾相识，有同质化之感，另一方面也降低了楹联艺术的表现力，而合掌嫌疑的作品也不在少数。反观那些独出机杼、给人眼前一亮、无比震撼的作品，大多采取的是宽对，甚至有意采取冲破律篱的天马行空型策略，收到了奇效。2008年中国楹联学会出台

《联律通则》，是基于楹联普及发展的一种规范，偏严的要求有利于初学者夯实基础。有些人错误地认为越严越好，对其中的放宽要求视而不见，在评审、鉴赏、宣传时顶格操作，误导了一些创作者。

征联的弊端显露。成也萧何，败也萧何。前面说了，征联助推了当代楹联的繁荣，但凡事有一利必有一弊，征联最大的弊端在于，它所要求的“切”，是一种貌合神离、小题大做的切。组织征联都带有不同程度的宣传目的，很多时候，是王婆想借你的口来夸她。于是应征者投其所好，尽往好的说，尽往大的说，“马屁联竞相奔涌”。果不其然，获奖联多是这类作品，那些极为吻合贴近实际的作品，往往遗憾落选。因为评委要拿评审费，也在一定程度上投主办方所好。此种风气导致很多地方挂出的联，不是帽子大一寸，而是帽子大一尺。本可挂在瑶池仙界的联，挂在了荒野土寨，令人啼笑皆非。因地制宜，量体裁衣，这是楹联创作确保切地、切时、切景、切人的前提。丢掉了征联的灵魂“切”，是好大喜功导致的急功近利，是急功近利导致的貌合神离。

情感的严重缺失。文学作品都是以情感人的。楹联要稳居文学体裁之列，最需要强化的就是情感。很多人视楹联为雕虫小技，很重要的一个原因，就是把楹联当作了奇巧智趣的玩意儿，类似于脑筋急转弯。我在没有广泛品读明清楹联佳作时，也是这么认为的。事实上，很多名联感情色彩浓郁，堪称言短情长，感慨寄遥，意味深蕴。反观当前楹联创作，普遍缺乏真情实感，这是楹联繁盛之下的一个隐忧。有的联内涵、辞藻、韵律俱佳，独独没有情感，像一具无法亲近的木乃伊。诸如应征联作的“违心”、应酬联作的虚情假意、“性情联”的过于自我，统统令人倒胃口，不读也罢。其实，楹联是可以表现真感情、大感情、大情怀的。“一饭尚铭恩，况保抱提携，只少怀胎十月；千金难报德，论人情物理，也应泣血三年。”曾国藩的这副祭乳母联，每读一回，我都有最初的感动，与李密的《陈情表》有异曲同工之妙。更不用说林则徐的“海到无边天作岸，山登绝顶我为峰”了，霸气、豪迈和自信无以复加，夫复何言？

畸长的问题突出。楹联与其他文学样式一样，内容决定形式，因此，宜短则短，宜长则长。春联大多相对短些，短的好书写张贴，这是常识；

人物联相对应该长些，不长不足以白描出人物，哪怕只是勾勒，也会以偏概全。笔者认为，联的长短无好坏之分，只是形式之别。短联易挂易记，但同一主题，字数少的短联，翻新余地就小，更难出精品。长联信息吞吐量大，表现力强，给创作者自由发挥的空间也大，当下楹联创作若想取得突破，在长联上多动脑筋要优于短联，这没毛病。但这种长也是相对的“长”，3到4个分句者尤佳，不是越长越好。现实情况是，很多人并不具备创作长联的能力，一味求长，没有4到5个以上分句绝不罢手，导致成联有肉无骨有气无力，内在虚弱。有的征联获奖作品全取长联，读得人眼前辞藻狂舞、意象纷乱、混沌一片。显然，写好长联不容易，要求创作者具有更多的知识储备，更强的取材调配水平，更高的遣词造句能力。

三、楹联创新有规律可遵循

楹联，一门独立的文学样式，已被越来越多的人认可。但总体感觉，其取得的成绩与其在文苑中的地位尚不匹配。怎么匹配？如同来之不易的认可，还是要靠作品。更多的上乘作品，一波波地袭来，进而形成一批脍炙人口的精品力作。没有大众传播，就难有美誉度；没有美誉度，就难入专家学者的法眼。上乘作品怎样获得？唯有创新，不断突破传统创作的边界，打开更多的可能性。创新，也是解决当前楹联创作之弊的有力一招，而一种文体只有动态发展，才会永葆生机活力。

刘太品先生认为：“对联是根植于华夏民族的哲学思想和思维方式。”我们知道，对立统一规律、量变质变规律和否定之否定规律，是哲学的三大定律。两两相对成为一体，楹联之所以独立成为文体，仰仗的就是这种对立统一。在漫长的发展演变过程中，明清联才真正有了高度，楹联从量的积累到质的提升，暗合了量变质变规律。如今，楹联面临高质量发展的迫切需求，是不是应该遵循否定之否定规律？答案是肯定的。问题来了，既然遵循，那么如何“扬弃”，做到改进和保留相统一呢？我想，不管是道是器，都应该遵循某些宇宙法则、自然规律和社会定律。

依此逻辑，笔者斗胆提出如下观点。

联律极工与甚宽之“78∶22法则”。以正为主、以奇为辅，奇正相生是中国传统艺术观念之一。孙子说：“凡战者，以正合，以奇胜。故善出奇者，无穷如天地，不竭如江海。”如果联律极工为“正”，它严守法度不逾矩；那么甚宽即为“奇”，它可以“开口子”，打开一方自由挥洒的广阔空间。联律宽严事关楹联创作潜能的大小，应该划定在一个合理区间。过于宽松，韵律丧失，会拉低楹联的文体价值，过于谨严，制约了楹联创作的个性化、多样化和陌生化，有损楹联的文学价值。怎样一个正奇比例，才是楹联可以承受的最佳比例呢？犹太人认为，世上一切都是按照78∶22的比例存在，譬如空气中的氮和氧的比例、人体中的水分与其他物质的比例。同理我认为，律之严宽正奇，完全可以遵循“78∶22法则”。即一副楹联，最多可有22%的地方不合律，对仗、平仄、词性、结构等要素均如是，或者说，只要有78%的合律，就不应该视为病联。这与诗词有起承转合，文学性仰仗的元素较为丰富，且仅为部分句子对仗的特点不同。当然，破律与否要视情而定。高手破律应为常态，因为破律加大了回旋余地，变数就多，更容易创作出具有陌生化审美效果的作品。新手不宜破，如同先打好楷书基础，才能创作出行书草书一样。

上下联比重之“0.618黄金律”。从理论上来说，楹联上下联的分量应该五五对开。但实际情况是，很多上下联为半斤对八两的作品，看起来很完美，但读起来很局促，赏起来很无味。原因出在哪儿了？显然出在了艺术性上。托尔斯泰说：“艺术的打击力量应该放在后面。”不管上下联之间存在的是补充、选择、因果，还是转折、递进、升华关系，下联在内涵和气势上，应该对上联有所超越。超越多少，是不是越多越好？肯定不是。我们熟知的黄金律又称黄金分割，是指事物各部分间一定的数学比例关系，即将整体一分为二，较大部分占比为全段的0.618。0.618被公认为最具审美意义的比例数字。我认为，从楹联的文学性考量，上下联之间的分量，可以拿黄金律说事。也就是说，如果全联为1，上联在内涵和气势上应占0.382左右，下联占0.618左右。其实，放眼宇宙，对称是基础，不对称才是锦上添花。不过，我们不可能要求每副联作都有此黄金比例，但尽量往这个方向去努力。上联稍弱，下联略强，不能差距太大，更不能弄反了，这就是上下联的“0.618黄金律比重”，或者简化为四六开。

真情实感之“物我合一”即“1+1=1”。物我合一是中国古代艺术观之一，指艺术对象（物）和主观创造（我）的融合统一。怎样做到物我合一呢？我想，首先自己要在场，真实地展现“我”对眼前世界的感触。“佛地本无边，看排闼层层，紫塞千峰平槛立；清泉不能浊，笑出山滚滚，黄河九曲抱城来。”清代梁章钜的这副《题兰州清泉寺》，是典型的有我之境，印证了“登山则情满于山，观海则意溢于海”。也就是说，面对标的物把自己摆进去，达到“1+1=1”主客合一之妙境。当然，也要反对过于小我，永远走不出自己的三寸心田。其次，我手写我心，恰切地表达出真情实感。创作冲动到来时，“心”有所动，“情”有所感，一发即中，感染力想不强都难。再次，在善于反思、追问的基础上，酝酿情感。在外物的感发下，情感是即时的、瞬发的，只有在反思过去、思考现实、追问未来的过程中，情感才如同酿酒有了浓度和醇度。还有，少参加征联比赛，尤其是没有到过现场亲身感受的主题征联。因创作此类联不能偏离主题，无法借主题酒杯浇自己块垒，即使侥幸获奖，也于自己水平的提高无益。

立意转为文和联之“周三径一律”。“周三径一律”就是圆周率π，即圆的周长与直径的比值，是一个无限不循环小数，近似值3.14，取其大略约为3∶1。π是自然界的神秘常数，难道也跟写联有干系？在我看来，用π值可以规范我们写联的长度。我的想法是，如果一副联的立意，用最简洁的白话文写出来需要的字数，与再用联语写出来的字数，两相比较，如同周长与直径的比值π，取其大略约为3倍。如果文是桑叶，联就是吐出的蚕丝，既有量变也有质变。楹联脱胎于古典文学，以尽可能少的字数最佳组合，充满张力地承载和表现，尽可能丰富的内容与内涵，是其本质特征。现在很多联依然保持着半文半白的风格，不虚飘、滞重，加之跳跃、省略及留白手法的使用，完全可以使我们的联作有别于平实的白话文，文学起来，艺术起来。“周三径一律”有助于校正楹联创作的畸长风气，让联语真正精短、精炼和精粹。

四、结语

有“诗中之诗”称誉的楹联，外能映射万物，内可审视人心，早已跨过了巧对、趣对、智对等纯粹追求一种趣味性的阶段，也远胜于具有怡情益智色彩的脑筋急转弯。楹联完全可以融缘情、表情和共情于一身，是文学范畴独特的袖珍类型。

文学艺术的特点就是独异性，而非趋同性。楹联的文学性有技艺层面上的，也体现在思想层面上。时代是思想之母，实践是理论之源。一代有一代之文学，不能新变就不能代雄。因此，只有与时俱进、不断创新，才能在传承基础上为楹联发展注入澎湃动力。何为好的楹联作品？我想，绝对不是那些主题先行、只起宣传功能的楹联，也不是那些囿于陈迹、乏于创新，腐烂和空洞得提不起精神的作品。既有时代共感、深具时代特色，又有个性差异，鲜活立体、有光泽和温度的联作，就像科技的芯片、语言的原子弹，呼应、匹配和助益着时代的能量场，散发出无可替代无法遮掩的光辉。毋庸置疑，它们就是佳作。

“真人不露面，露面不真人”。非常钦佩当下的楹联“隐士”，他们学识丰赡，楹联创作同属于顶级水平，有的甚至更胜一筹，却从不参加各类征联赛事。不过，他们的作品大多有个共病，过于追求“自我”和“性情”，营造的境界好像不食人间烟火。美则美矣，似乎与他者与社会无涉。这是从一个极端走向另一个极端，是个人情怀与时代发展变迁的脱节，是没有基于现实的另类思考。当然，也有各方面结合度都比较好的，如在座的几位老师。在现实与意象之间，你们以进取的姿态、适宜的尺度和充沛的能量，呼应着我们的时代，助推着当今楹联创作的水平。

特别欣赏写联很拼的孔军老师，不蹈袭前人和自我的旧辙，总是独出机杼，别有创获。他的那些轻盈灵动、腾挪自如的小切口作品，能够从纷繁炫目的表象中去芜存菁，提炼出深情和醇味，构建自己意境通透、雅俗共赏的联味色调。这与他的美学追求密切相关，不是一句神来之笔、珠联璧合可以概括的。应绿霞老师的联作深邃优雅，立意新奇，常有极富思想内涵的非凡之笔，并非美得脱离了地球，但就是可望而不可即。常常是有悖常理的一点心思，起到了于无声处听惊雷的效果。

楹联创作需要学识和才情，也需要毅力和灵感。很多人沉湎其中，苦在其中，也乐在其中。要建构鼓励和批评共重的社会评价机制，引导爱好者始终走在一条前进的道路上。但是，楹联艺术的发展道路绝不会是康庄坦途，在搬走执念和盲从这两块绊脚石后，只有始终坚持唯质取联，“两行文学”才能熠熠生辉。

新时代呼唤诗艺新标高

——刍议当下古典诗词创作

我所在的城市，有一家成立于20世纪80年代中期的诗词学会，据说，比中华诗词学会成立还早一年。既然是学会，就得有会刊，刊名曰《滴翠诗丛》。这家由大数学家苏步青题写刊名的内部刊物，30多年来，基本按照每年一到两期，径直办了下来。

大致在21世纪前后的10年，是学会办公条件和人手最为紧张的年月，会刊基本上由常务副会长吴季华一手操持（吴老于2022年夏天仙逝，高寿94岁）。其间我欲加入学会，曾登门拜谒吴老。那时他70多岁，除了行动稍稍迟缓外，思维仍旧清晰，且思想不保守，愿意接受新生事物。吴老说了很多勉励我的话，诸如“不管以后怎么样，都不要把诗词丢了”“诗外才能求得真诗好诗”等。他还说了一句话，我琢磨了很多年，直到近年我才似乎有所悟，也为我写这篇文章增添了底气。

吴老说：“没有古不成为诗词，太像古也不是好诗词。”吴老未作正面解释，而是指着书架上一排学会会刊说：“这上面，前些年有不少好作品。近年来，老年大学批发出来的学员，白话连天，能找到诗味的已经不多了。”

其实，吴老只诠释了“没有古不成为诗词”。的确，古典诗词一脉相承，仿佛一棵根深叶茂的参天大树，而每一首作品就应该为这棵大树上的一片叶子。如果不匹配，就很难名副其实，也就是说，打油诗、顺口溜再洗白，也跻身不了其列。它们的区分，平仄和对仗只是肉眼可见方面，而境界和格调是不可见的更高维度，具有定质定性的作用。吴老说老年大学教出的学员诗作，比打油诗和顺口溜有进步，是古典诗词大树上“匹配的叶子”，但是新的境界和格调，他们忽略了，或无力抵达，所以不能称其为诗。可见，“古”有内外两方面，缺少境界和格调的“古”，皮相而已。

为何“太像古也不是好诗”呢？在理解这句话前，先给大家讲两个在我看来十分“反常”的现象。

当今文坛尤其是小说界，常用代际划分作家，如60后、70后、80后等。这样划分的目的，无非是想找到同年龄段的作家相同或相近的创作倾向，以便概括总结。一日突发奇想，诗词创作可否仿此来划分呢？于是，我开始拓宽视野加以研究，发现改革开放40多年来，若以年龄为依据，可将诗词创作者划分为三种类型。

第一类，是有旧学根底的老一辈作者。他们大多出生在中华人民共和国成立前，乃至清末民初，有的读过私塾，有的还上过大学，不乏高校终身授业者，他们命运坎坷曲折。诗词创作上，他们脱胎于古典的底子，格律娴熟，遣词精炼，善于将现实生活和时代风貌，融于诗词的意境之中。吴老所说的好作品，多数出自他们之手。

第二类，是经过培训上岗的诗词爱好者。这批人比第一类人年龄小一些，多数学历不高，因早年爱好诗词，又以一个体面的职业退休后，于是想重拾雅好，老年大学诗词创作班，正好满足了他们的愿望。他们的作品，说白了，就是穿着格律外衣的顺口溜，离本质上的诗，差得不是一点半点。

第三类，是游离于诗词学会等组织外的网络写手。他们几乎都“生在新中国，长在红旗下”，有较高的学历教育。他们酷爱诗词，熟读历代诗词，加之天分颇高，写诗填词，临屏可待，且可乱真于古人。其中的高手，技艺远在古代诗人平均线之上，写一首即见才华、学识和境界的作品，对他们来说，不是难事。

我将上述三种年龄段的诗词创作者，归纳为“旧瓶新酒型”“宣传口号型”和“古色古香型”。这么一梳理，不觉倒吸一口凉气，当代诗词的发展遵循了何种逻辑呢？是前进性与曲折性相统一，还是螺旋式上升？显然，都不是。无序、错位、割裂，这种杂乱无章，竟然勾勒出当代诗词发展的表象。此为我要讲的第一个“反常”现象。

我想说的第二个“反常”现象，源自一场论战，一场关于诗词创作认知的争论。值得一提的是，两位主角都是安徽人，一位是年轻气盛的刘梦芙，另一位是年长他20多岁的大学教授庄严。出人意料，庄严就生活在我居住的城市。

大约20年前，长于理论的庄严写了《略论当代诗词审美（艺术）标准》一文。不久，已在诗词界崭露头角的刘梦芙，就此推出题为《诗词“师古”“复古”等于“违反时代，脱离现实”吗?》的文章，针锋相对，批驳犀利。庄文指出，在当前国内外社会和文化发展都发生历史性巨大变革的情势下，当代诗词的衡量标准，也应作出相应的改变。刘文则主张诗词创作当继承中华民族优秀的人文精神，树立诗人品格，取法前贤，以雅正为归，以真善美统一为标准。

刘学者和庄教授的这场学术论战，是当时诗词界的大事件，震荡持续了数年之久，很多名家大腕参与进来。有支持刘梦芙的，有力挺庄严的，沸沸扬扬，莫衷一是。综合来看，他们争论的核心观点很简单：诗词艺术的标准是“师古”，还是“新定”？现今，这个问题依然没有解决。当然，我想说这些，不是为了解决此问题。

于诗词而言，他们二位均有家学和师承，只不过庄严作为一名教书匠，业有专攻，偏于诗词学术研究，创作水平和数量不如刘梦芙。刘梦芙在创作之余，投入大量精力研究诗词，对辛亥革命以来，百余年诗词发展演变解析、名家佳作遴选点评，贡献颇著。然而，匪夷所思的是，庄严生于1925年，刘梦芙生于1951年，整整一代人的年龄差距，庄严倒成了叫阵潮头的革新派，而刘梦芙却是死守玉成的复古派，给人一种老少错位之感。

上述两种“反常”现象，我一直深感疑惑，不知作何解。直到有一天，我对这两种“反常”现象，似有顿悟，有了新的认识。

正所谓解铃还须系铃人。据刘梦芙研究，像他那样的中华古典诗词坚定传承者，放眼国内并不少见，作为“当代诗词宏大队伍中为数不多的传统派”，多以20世纪40、50年代出生者为中坚。而在我的梳理统计中，这个年龄段的人恰以创作“老干体”为主。是我看走眼了吗?

当然不是。问题出在，这些“中坚”力量，并不活跃于正统吟坛，相较于给主流刊物投稿，他们更热衷于小圈子中相互唱酬，有的视诗词创作为一己之娱事，秘不示人。在大众面前缺少“曝光率”，我等自然无法识荆。直到互联网兴起，这些人特别是师承这些人的诗词创作者，开始在网上“嘤其鸣矣，求其友声”，于是“古色古香型”的诗词创作者，以相对年轻的面孔整茬出现了。

因此，可不可以这样说：中华大地拥有深厚的古典诗词创作土壤，因诗人词家成长背景不同而风格有异，他们或隐藏或显露，或师古或复兴，渐成两种风格流派，尽管有过一些龃龉和摩擦，可现在，他们尽量是井水不犯河水，各玩各的了。

笔者曾经是师古派的坚定拥趸者，非常欣赏立意高古、取象空灵、造句奇崛的诗词作品。而现在，我更倾向于革新派。观点源于顿悟，顿悟源于潜意识。潜意识，自然不会凭空而来。

诗词独特的韵味，离不开格律，也离不开遣词造句。千百年来，多少吟者为诗词的审美殚精竭虑，目的是让诗词散发出持久动人的魅力。如同不管何种体裁的文学样式，皆有凸显于其他体裁的审美优长，也存在着明显的短板。换句话说，无论何种体裁的文学，都有锋芒独到的地方，也有晦暗无力之处。久之，创作者就会追逐光鲜亮丽，一些艺术感染力强的意象，被历代诗人一再袭用。在经过无数人反复打磨后，更固化了人们对诗词审美的取向认同，好像不这样写，就不美，甚至不是诗。

没错，古典诗词的审美，早已定型，历史上的顶尖大诗人，为后人留下了范本。五律之摩诘，七律之老杜，七古之诗仙，七绝之昌龄，歌行之乐天……后人似乎只有模仿的份；词亦是，婉约和豪放两大派各有代表人物，甚至每个词牌，都有最“正格”的一阕，旁逸斜出者很难成功，遑论超越。熟读古典诗词的人，自觉或不自觉地获取这种韵味，被灌输只有写成这样的味道，才叫诗或词。多么可怕的概念固化、审美固化和认知固化！

诗味诗韵不可变，我早年拥趸师古派，就有这个因素。一旦读到拥有古人生活方式、思想情感的深沉之作，就会击节赞叹，私下认为这是高手，钦佩不已。反观那些一反古韵古味，堂而皇之载于大报大刊上的诗词作品，简直粗浅、俗气和直白得令人发指。

10多年前，我开始关注楹联，具体说，是楹联的主题征集比赛活动。发现联语造句新颖灵活，能够紧扣当代任何领域的任何题材，那些获奖作品敢于推陈出新，表现力和审美价值不逊古人，甚至有意想不到的突破。就想，楹联可以拟古而脱古甚至超古，为什么诗词不可以呢？这点疑惑的解除，是震撼于近年来主题征集古典诗词的获奖作品，呈现出来的全新思想、全新语汇以及全新审美情趣。原来，具有时代风貌和现代美感的诗词，其思想火花的迸发，心灵泉水的喷涌，情景理趣的奔流，完全可以做到与时俱进，而又不失文体的本色与尊严。

现在，审视那些我曾经欣赏甚至着迷不已“当代高手”的作品，就感觉它们失神散气，是一种貌合神离的无病呻吟，有刻舟求剑之愚、买珠还椟之蠢。当新的没有出现比旧的更好的时候，人们自然喜欢旧的；当新的出现不亚于旧的时候，相信人们会越来越喜欢新的。这不仅仅是为了“文章合为时而著，歌诗合为事而作”的问题，很多时候，只有感同身受，方可共鸣不已。

跳不出古人思维模式的作品，尽管看上去更符合人们的欣赏胃口，但它抽离了当代人生活的背景板，所以再好也只算假古董。没有时代感的假古董，怎能回报翻天覆地时代的殷殷期望？那么，怎样才能摆脱路径依赖，写出独属于我们这个时代的诗词佳作呢？

我手写我心。此为文学创作的第一条铁律，诗歌尤其如此。时代在迅猛发展，新事物不断涌现，大到集体无意识，小到个人的喜乐忧愁，都在持续上演，一切都在发生前所未有的变化。人们的思想和感情在变，生活空间、语境语汇也在变。如果我们不从内心出发，锚定陈习不改，死抱“古董”不放，那收获最多算是“高水平的平庸之作”，充满了一种腐烂的空洞的气息。活在过去、罔顾事实者，只会与古人同心同梦。在不断刷新、更迭、再造的动态关系中，唯有诗人的内心是最真实的。心在哪里，诗词就在哪里，千古不易。

革故鼎新，重新校准艺术的标高。革新是发展的同义语。一代有一代之文学，若无新变，不能代雄。诗词的革新，是自身发展的需要，也是时代发展的映照。不革新是一种事与愿违、事倍功半的低效劳动。我们现在所处的社会，有新的宇宙观和时空观，有量子物理学对能量的新解释，有互联网无远弗届的资源共享，城市高楼大厦霓虹闪烁，一日之内即可到达任何地方，在古人眼里，何啻一个神奇古怪不可理喻的世界。如果我们的诗词还在写“从前慢”，写那些高度符号化、携带象征秩序的物象，是多么巨大的讽刺。革新首先是在内容上，让生活真实，赋予作品艺术真实，其次是思想上，还有情感、语言和意境上。拓新题材、发新思想、抒新感情、炼新语言、出新意境，将诗词的表现视野完全打开，一一对应，在汹涌的信息流中滤酿诗意。跳脱模式化、僵尸化写作，诗体革新，就应该鼓励多体并存，壮阔与幽微并置，百花齐放，百家争鸣。

标塑新的审美标准，肯定不会一蹴而就。观察、透视，感知、发酵，探索、剖析陌生化的感觉经验，重新发现和创造新的审美形象，是当然的前奏，需要更多的人去摸索。唯有深扎生活，才能接地气，沾泥土，带露珠，捕捉时代的气息与活力，真实的人间烟火；唯有文辞新，思想美，雅俗共赏，曲直同存，不厚此薄彼，才能千帆竞发，在汇成众溪成大波中，焕发出最大的艺术潜能。其中探索性的作品，要有出人意料之处，善于将立体、丰神的时代雕像，纳入针尖、指缝、须臾之间，升华为深邃的生命意识与当代精神，饱含对时代和社会认知的睿智和深邃，给人阅读的共鸣与智识的收获。这就是诗词艺术的标高，始终动态不居、与时俱进。

打破固有范式，呈现新的姿态，新形式逐渐代替旧形式是大势所趋。但目前新形式还不可能取代旧形式。在体裁特色与意象生成，乃至审美经验的集成上，旧形式还占据一定的优势。新形式必须加大探索，让摧枯拉朽来得更猛烈些。我的观点依旧是“二八律”，即保留20%的旧形式，采取80%的新形式。这样探索下去，如果实践证明新形式乏善可陈，可以再把比例倒过来。让20%的激进派保留探索。但我坚信，不会出现这种情况。

知古倡今，求正容变，拥抱崭新的时代，用现时的语汇语感，跟现实重新搭建系统，写出时代的新诗意，以时代之“新”，呼唤诗词艺术之“新”。要激发诗人对这个时代的新感受，其实我们有比古人更多的触发点，完全可以给创作带来顾盼生姿、注满诗意的新风貌。我们的宗旨：在传承千年风骨中传递精神力量，观照时代，扬弃古今，时刻校准诗词的价值坐标，推动新时代诗歌事业勇攀高峰。

公平是水，效率如刀

——在“庄周醉”评联总结会上的发言

非常荣幸参加今天的终评会。孔会长委托，让我来与大家分享个人的评联体会，很大可能是他认为我参加的赛事评审较多，积累了一些评审经验。确实如此，我参加的评联（含诗词赋）有20次以上，还参与白话文征文（含小说诗歌）评审20次以上，经验谈不上，想法总归有一些。我认为各种文字类征集评审，除必要的步骤、环节必不可少外，评委的认知和评审的指导思想同样重要。下面，我就具体谈一谈。

首先我想说的是，在认知上，每个评委都有其局限性。譬如，有的评委楹联创作水平很高，但评审经验缺乏，在遴选时，有时不顾赛事层级，预设的标杆过高，原因是他知道高水平赛事获奖作品该有的样子，或者拿自己曾经获奖的作品来衡量，这种标杆让他在上千副应征作品中选来选去，最终可能只有几副入法眼，远远不够获奖数量；有时也因为自身创作水平高，推己及人，善于发现别人作品的优长，而陷入乱花迷眼的困境，结果是这副联好，那副也很好，总觉得无法割舍。还有的评委，楹联知识不够扎实全面，盲区误区较多，平时又不太关注当代的楹联创作，尤其是对全国各大赛事获奖作品不去了解，尽管他在评审时一丝不苟，但因视野的狭窄，所选的作品往往可能会出现两种情况：一是立意高有创新度的作品他视而不见，二是大选特选那些的确写得不错，但属于拾人牙慧的作品。此外，评委都有自身与生俱来的局限，那就是个人的口味偏好，让他们很容易定于一尊，独沽一味。我们知道，游子年龄越大，对家乡菜就越念念不忘，那些最初形成自己口味的菜，无形中就成了最对自己胃口的菜，老而愈烈。文学作品也是如此，很多人执着地喜欢某一类型某一风格的作品，喜欢最初打动他且引他入行的那种类型风格。豪放、婉约，平易、隐晦，明快、顿挫等等，就连长和短也是，有人受清联影响偏爱长联，有人最早接触春联，只喜欢短联（可能认为对联就应该这样短），都属于这种情况。

认知上的不足往往都是无意的，长期形成而不自知。正可谓冰冻三尺非一日之寒，立马改变起来较为困难，不过，外在的解决之道还是有的。既然评委都有这样那样的局限，我认为两种规避之法不可少。一是适当的评委数量；二是充分的合议。我看今天的评委就有很多。当然，有的是评委，有的是监委，还有计票的也可视为监委。一般来说，地市级以下的赛事，评委以5–10人为宜，超过10人工作量就会增加，反倒容易出错；少于5人，会因评委的偏好，让某一类型某一风格的作品过于强势，从而有可能带偏整个评审。如果设主评又有票决环节，人数以5人、7人、9人为好；不票决，偶数也行。实际上，我们今天就是合议。合议的好处在于发现个人发现不到的问题，是骡子是马拉出来遛遛，你推崇的好作品，如果多数评委都认为好，那就是英雄所见略同；如果很多人不认为好，还指出作品的毛病，想必你也会闻过则喜、知错就改。

其次，赛事评审要有明确的主导思想。不要认为一提思想就是高大上。事实上，干任何事都有思想，何况主题征联？很多时候，主导思想就在启事中，至少在启事中可以看出端倪。评委在选联前，一定要对此了然于胸。当然，征联的主题都有明确告知，只是很多较为笼统，这时评委有必要再做一些功课，深化一下认识。对细分了项目、限定了字数的要求，更要聚焦其独特性、限制性。做好这些很重要，因为征联都是量身定制的，好的应征作品第一条要求就是切合主题，越切合越好，如果有人说这副联只能用在这儿，恰恰不是贬低而是夸赞。

万事万物皆有个性，这为“切”提供了靶子。因此，写人的要切人，写物的要切物，写景的要切景。此外，当下性、地方性、时代性也是“切”不可或缺的重要元素。既可以是宏观上的“切”，也可以是只抓住一点以小见大的“切”，两种“切”各有优劣，可兼顾选择，不可偏废。“切”有虚实。太实的联艺术性就上不去，实事求是，不敢越雷池半步，宣传效果也会大打折扣。太虚的联也不可取。因为“虚”过了头，难免会脱离实际，反而不切了。这里的“虚”既有虚写的意思，还有就是虚夸的意思。一副联有虚写大概率比没有好，虚写可以引发想象，产生更多的韵味，对此在座的都比我更有体会。至于虚夸，或者换个词称为夸张，也必不可少。文学艺术的一大原则就是源于生活，高于生活，加之主办方也乐于为其涂脂抹粉，但应征联的夸张手法现在被普遍使用，不是夸张运用得不够，而是远远地过了。为此我建议：帽子可以大一寸，不可以大一尺，二至九寸之间，针对不同的情况，可酌情掌握，特别是对那些拍马屁拍得好的作品。“切”还有深浅。一副联的高低，既在于遣词造句、排兵布阵产生的韵律效果，更在于立意的深度，有深度的作品，会令人心头一震眼前一亮，击节赞叹。从一定意义上说，“切”的深浅，就是立意的深浅。立意深，自然水平高，反之亦然。但偶尔，立意深也会曲高和寡，使得作品失去了传播的意义；有的立意不深，大众却喜闻乐见，作品价值得到了充分发挥。所以，我们评选时要适当选择一些十分平易、能够得到大众欣赏的作品。

还想补充一点，评联要处理好新与旧的关系。文学艺术的生命力在于创新。征联为什么强调原创，我想也是这个意思。所以，我在很多评联场合都提出要“宁吃仙桃一口，不挑烂杏半筐”。黑格尔说:“第一个把美女比作鲜花的是天才，第二个重复这个比喻的是庸才，第三个重复这个比喻的是蠢才。”这就是新鲜、半新鲜和不新鲜，所产生出的完全不同效果的缘故。譬如，这十多年网络词汇层出不穷，很多人写联喜欢拿网络词说事，一开始，的确都在新词出来后不久，创作出了令人耳目一新的好作品，但随着时间的推移，更多的是在模仿，没有新意。如果我们不了解这一情况，就会被它“新异”的外表所迷惑，认为模仿的作品是好的。还有一种情况也应该避免。记得党的二十大后，“中国式”与“上河图”这一巧对甫出，跟风者众。跟风当然不好，但是却有后来居上的作品，对于这样的作品我们不能一味地舍弃。时间上过去不久，况且一副联只套用了3个字，一味摒弃就属于矫枉过正。新与旧是相对的，有时也是可以转化的，化用套用明显高于首用作品的比比皆是。我读宋词，很多金句佩服得不行，后来居然在唐诗中找到了它的雏形，佩服感只是稍减，因为后者的确比前者高明多了。

三分征集七分评。评得好不好，不仅直接影响一次比赛的质量，更关乎天下联友对主办方所在地楹联组织的看法。这是我们必须慎始慎终的意义所在。

大义参天，纯情寄雅

——盛书刚教授其人其诗

一

人与人之间，或许有某种隐秘的联系。

我第一次进市委党校培训，是2012年秋。恰是盛书刚教授退休前教的最后一批学员。那次，教学增加了工作案例写作环节，授课老师就是盛书刚。他从概念入手，以工作案例的案例剖析收尾，不厌其详，多数人还是似懂非懂。吃准了学员更愿意得到点拨的心理，盛老师发动大家试写，并给予一对一的辅导。我借工作便利，获得了某企业的党建材料，仿照着拿出了工作案例初稿。不求最好、只求过关的心态，加上不愿麻烦人的性格，我本不会主动求教。鬼使神差，那回课后，我奉上了我的工作案例，请盛老师指导。

盛老师审阅后，略作思索，对标题措辞提了修改意见。又说，容他细细琢磨。头一回讲授工作案例，他真的慎重。没想到翌日堂课上，盛老师拿我那篇工作案例解剖了麻雀，指正辨谬，结结实实“案例”了一回。更没想到的是，我的那篇在我看来并不出色的工作案例，一直被他作为教学的范文，且每用一次，都顺带表扬我一下。我只要获悉，都如同身在现场，脸红耳热不已。如此逢人说项，使才疏学浅的我颇有些悔意：不该主动出击，让盛教授发现了我这个总有一天会让他失望的

“伪才”。

然而，那次主动求教，似乎早已注定。

在党校培训前，我见过盛教授一面，留下了雨后彩虹般的印象。2010年初夏，上海世博会举办不久，市里组织超百人的团队，分乘了4辆大巴车，前往世博会参观。我有幸获得了照顾基层的名额，被安排与党校教职工同车。党校参加此项活动的人中，有一位爱管事的老同志引人注目。被尊称为盛教授的他，说话富有亲和力和感召力，牵引着大家谈论关联着世博会的话题，高大上、正能量不说，还知识密集、幽默风趣，完全有别于知识分子凑热闹时的插科打诨。一路欢声笑语，去程格外轻松。

“情况”出在回来的路上。

回程时很晚，未出魔都，天已尽黑。兴奋了两天的人们，携带了满足和劳累，渐渐沉寂于车厢内，有音调不一的呼噜声起起伏伏。大巴行至苏皖交界处，突然啪的一声，将人们惊醒。车轮停止了转动，车灯亮起。有坐在左边位置的人，手指窗玻璃，惊呼着。人们循指望去，见玻璃窗露出个窟窿，显然，就是刚才那声脆响留下的“杰作”。坐在后一排的盛书刚，凑了上去，仔细察看后，顺手拉上窗帘，要大家保持镇静。穿窗冷风顶起窗帘，长驱直入，给只穿短袖衫的人们凛凛寒意。盛教授执意带了受害最重的几人去换车。两分钟过后，他独自回来了，说，第一辆车出现了同样情况，不是恐袭，可能是半大孩子恶作剧，已报案，此地不宜久留，马上会出发。话音刚落，车子就启动了。

临危不惧，勇于担当，科学应对。这次无法预料之情况的处置，我见识了一个智勇双全的学人——盛书刚教授。

细细想过，工作案例的写作，我之所以主动求教，很大可能是盛老师的那次完美“表现”，给我太深刻的烙印，潜意识中把他视为可以亲近、可以信任、可以依赖的长者了。

二

2020年秋，时隔8年我再次受训于市委党校。盛教授在学员名单中，发现了我的名字。担心的事儿还是发生了，我的那个工作案例再次“被案例”，我再次得到盛老师毫不吝啬的称赞。一股惭愧之情，从头顶贯注到脚底，我恨不能找个地缝钻进去，心里对盛老师陡生了埋怨：能不能给点面子，我这人承受不住表扬，尤其觉得在名不副实时。但怨归怨，课间，我主动与盛老师打了招呼、合了影，交谈了片刻。他说话慢条斯理，永远丰沛着信息与情感。得知他正在创作诗歌作品，且为两类题材的系列。我在本地网络微信平台上读过少许，印象不甚深，就说，报纸上拜读过教授的忆旧散文，文真诚、情感人。

这之后，我举荐盛老师加入市作协，也将自己两本拙作送上请他斧正。

去年7月7日，我突然接到盛教授的电话。他说，马上过来，送给我想要的《芜湖旧影百年时光》一书。我连忙说，我去拿。他说，已打的，一会儿到。我没辙，跑到单位大门口等他。拿着这本精美的《芜湖旧影百年时光》，我感慨，盛老师真是有心人，我无意中一句话，他牢记在心上。我知道，这本书倾注了盛老师的心血，写下的序言文情并茂。这次，我们谈得欢也谈得久，不知不觉过了饭点，我留请盛老师去食堂吃饭，他坚辞。

此次交流，我隐约了解到盛老师的不易，他的负担太重了，即便搁在青壮年人身上，也未必承受得住。老伴身患重病十多年，盛老师承担了全部的家务，无微不至地照顾着老伴。退休后，邀请他授课的依然很多，而一丝不苟的工作态度，令他从未放松备课。已届古稀之年，常常是忙完了医院忙家务，忙完了家务忙备课，忙完了备课忙创作。那些有感而发的诗词作品，多为事发当天的子夜时分写就的。

做事与做人总是榫卯关联、密不可分。抛开大道理，“老吾老，以及人之老；幼吾幼，以及人之幼”，我认为盛老师身上体现出这种中华传统美德，就是他感同身受于“沦落人”的一种外在行动。盛老师与妻子同病房的一位小伙子，竟成了无话不谈的忘年交。小伙子30多岁，生活上也遇到了困难，盛老师真心实意地帮助他，明知成功率不高，却舍得花时间穿针引线，不遗余力地争取哪怕百分之一的希望。我想，自家的此类事，他大概率不会如此拼的。

今年6月27日，盛老师再次不请自来，带来他的《华发讲筵》《吹角连营》两本自印书，就是前述两类题材的系列诗歌结集。两本书体量相当，都不甚厚，却非常有分量。虽为自印本，但可堪欣慰的是，精美度更胜一筹。铜版纸封皮，A4尺寸更显文字清晰、图片醒目、排版清爽，令人爱不释手。说什么都多余，唯有认真拜读盛老师的这些呕心沥血之作，才是对他信任的最好回应。

三

我曾当面向盛老师讨教文学，也曾委婉地表示，相较于他的诗歌，我更欣赏他的散文和文史趣文。当然，这两本诗歌集题材集中度高，直面现实，各成体系，实际价值远非他为数不多的文章可比了。

从两本诗集的书名，可以看出盛老师扎实的中文功底，不仅形象、切意和持重，还有隐喻、象征的意味。《华发讲筵》收录盛老师88首诗词作品，均是记录其授课见闻与感受的，被他称为“授课诗”，退休前8首、退休后80首，汇聚成册，不仅有敝帚自珍的意思，更有献礼他执教的党校建立70周年之义。诗是古体，七绝为主，五绝和七律仅各一首，词也有一些，小令为主，尤其是退休前的8首，清一色采用了《天净沙》词牌，长调稀见，慢词仅《映山红慢》一阕。想必，盛老师偏爱“短中之短”，抑或很多作品临屏写就，貌似信手拈来，实则思维高度集中，而短的诗律词谱早已了然于胸，可娴熟操弄，无须参照。

不厌其烦叙述授课之事，同中有异，异中有趣，并不单调。确切的写作时间附于诗后，且都有翔实的注释，大体涵盖当天的授课地点、对象、主题及感触等。除注释外，部分作品有类似延伸阅读的知识链接，添加于作品完成后，与创作不同步，故称补注。难能可贵的是，每首作品都配了照片为证，少则一张，多则七八张。这一点可佐证，盛老师是有心人。譬如，这首《七绝 · 为皖江学院师生宣讲十八大》：“绿野熏风习习来，华堂振铎笑颜开。莘莘学子争圆梦，勤志须凭夺锦才。”2013年4月27日下午，盛老师应邀前往皖江学院，在图书馆报告厅为师生宣讲党的十八大报告。注释简明扼要，交代了宣讲情况，与两张彩照互为印证，刻录了一次完整的教学活动。从绿野写到华堂，从暖风写到笑脸，诗勾勒出新时代新风貌，接着一转，寄语在座的莘莘学子，希望他们勤奋好学、立志夺锦，将来成为栋梁之材。

由上观之，盛老师的诗词忠诚于一己体验，试图让所以值得付出值得期许的行为，得到勉励，让一切可能烟消云散的留痕，历历在目。他的诗风堂堂正正、笃实雄健，常有强烈的思辨，不伤春悲秋作女儿态，也不缠绕黏稠尽玩虚，更不会为了古雅，而让作品脱离现实的语境，为了奇诡，陷入虚构的泥沼。每每读后，心中仿若涨满一泓春水，蕴藉着力量，增添了信心。

“办公信息忒神奇，无像无声胜电驰。有矩有规如御辔，行空天马乃诗思。”这首题为《为市政府信息化办公室授课》的七绝，张弛有度，收放自如，跨越跳脱，极具想象力。有意将现代信息技术与诗思，作了化抽象为形象的类比，充分说明新生事物入诗，更须有宏阔的视野，只要运用巧妙，极有可能生成崭新的妙境。当然，本诗的触媒是办公信息化，无像无声与有矩有规，分别为办公信息化和信息化办公的极端状态，两相并置，张力最大化地产生，表达的主题意涵因此凸显，自然会给人极大震撼与深刻启迪。另辟新径，却有如此天马行空的“诗思”，说明盛老师敏而好学，紧跟时代步伐，不知老之将至。

四

在《吹角连营》中，盛老师以笔为枪，以诗为弹，冲锋陷阵。不当看客的战斗姿势，源自他的感恩心态和英雄情结，以及知识分子的道义担当。为3年全民抗疫作证的《吹角连营》，集纳诗歌161首，其中新体诗39首。这些诗，自信的力量从未委顿，焦灼的目光从未离开，直击人类历史艰难时刻，讴歌平凡中的伟大，将最强硬的钙质，植入了中华民族共克时艰的“血肉长城”中。其词刚劲，其语铿锵，其情纯粹，其义磅礴，从内心深处流淌出来，化作利剑，刺中峥嵘岁月的靶心。

“所以我要说/小敢你是英雄/如果你不接受/我叫你勇士”。高尚的灵魂，总是受人仰望。盛老师这首传播较广的《勇士歌》，致敬的是弋矶山医院的姜小敢医生。诗歌开篇，拿既自带英雄气、又低调到尘埃的名字“小敢”说事，展现出的高大形象，与除夕之夜主动请缨入鄂、赴汤蹈火于重灾区，且谦卑有加的一位普通医生，几经对焦，最终叠合在一起。捧读再三，令人精神倏然一振。姜小敢多次被写入盛老师的诗歌，绝非偶然，他多次逆行而上、直面生死，诠释了平凡英雄的伟岸。如《七绝·姜小敢讲抗疫》写道：“元朔辞家逆浪飞，妻啼父怨子牵衣。一声敕唤浑身胆，不破楼兰誓不归。”一句“妻啼父怨子牵衣”，涵盖了多少辛酸苦涩与人间真情，英雄也是人，只不过他们克服了常人难以克服的困难而已。这种真实的白描，更具诚意，更有动感，与空洞无物、大而化之的“老干体”拉开了距离。这些诗，弘扬医道传统，光大仁义博爱，铸就了全民抗疫最坚实的思想内核与精神动力，尽管难称绝唱，却聚人心、励斗志，惊天地、泣鬼神。

盛老师很少写律诗，这首《七律·六九初度》却写得好，沉郁中透着潇洒，的确不同凡响。“年迫悬车梦管青，怎甘陋室诵其铭。吟魂正被国魂动，心浪才随颓浪宁。倍觉金天无限好，却愁玉兔不留形。登高何必攀名岳，九日吾凭一览亭。”与病毒赛跑、角力了大半年，大局基本得控，但切不可放松警惕，是创作此诗时的大背景。如果仅看写作时间2020年10月21日，若干年后，可能难以判断这首诗与抗疫有何干系。不过，仍有蛛丝马迹，这句“吟魂正被国魂动”正是诗眼。犹如发动机，诗人灵魂被国魂所感化，诗情高涨顺理成章。因为疫情呈“颓浪”之势，诗人悬着的心可以暂时放下了，所以“倍觉金天无限好”。结句尤妙，虽有“玉兔不留形”之小愁，但已无大碍，几日后重阳决定再登赭山。“何必”是自信之态，缘此，意随气走，气盛如虹，爱家乡的豪情溢于云霄。

可谓“一点浩然气，千里快哉风”。盛老师忽有苏老夫子的超然，说明博爱之人骨子里，定有拨云见日的阔大境界。

“多少人/把心里的爱/拉长千里万里/前线与后方/甜蜜的视频”“梅花开了玉兰灿，战罢严寒战倒春”。这些诗极简练，类口语，在平易中不隔不玄，语境单纯、透明、熨帖，涌动着一股股善与爱的暖流，就像巨石下的青草，蓬勃着旺盛的生机。这些诗在积极乐观的表达中，抓住了普通人的瞬间心态，快速抵达了诗核，不同的抗疫阶段，因此有了鲜明的标志性剪影。一般来说，文学只记录它应该记录的。时代的风雨，敏感的诗人最先感知，也善于把这些感知，用形象化的语言传递给读者。进言之，诗人的光亮，只有照亮读者的光亮，才能实现双向赋能。

文学是时代的产物，必然夹杂着时代的声色光影，诗歌尤其如此。当下，古典诗词创作操觚者众，若论水平差异，有点类似于围棋的级段之分。可能多数人属于“级”的层次，自娱自乐倒也人畜无害，最重要的是不能鹦鹉学舌，食古不化，失去自我，失去本真。事实上，诗人面临的社会大环境，每个时代都是不同的，即使都属于唐代三大诗人，李白、杜甫、白居易面临的社会环境也各不相同。所谓时代独特语境，大体如是。所以，我很反感那些“只循古典腔，难中今人意”的作品，哪怕技法上再好，也是貌合神离的假古董。

盛老师的吟唱抒怀，当下感极强，是我手写我心的典型代表。他秉持本真，诗心朴素，自足有效且幸福地表达着情感。无无浮泛之笔，无装病呻吟，而是理想、担当和情怀兼具。很多时候，他不依赖于对偶、声律与炼字琢句、造境设色等外在技巧，而是尽可能地集中力量，切中群体普遍情感的要害，以期最大化地得到读者的理解与共鸣。

五

诗，思也；诗，情也。盛老师作为知识分子，从来都是勤于思考的。他热爱生活，有一双善于发现的眼睛，也有一颗连通大众的心灵。这些成为诗人的先决条件，他一样都不少。盛老师退休后，教学任务大减，诗歌创作的兴致蔚起。十年辛苦不寻常。外有讲堂之累，内有家室之劳，点灯熬油，汲汲于诗歌创作，犹如春深老树，更著繁花。

授课，使命在肩，抗疫，聚力于众，构成了这两本诗集的二水分流。盛老师把对教学和生活的感受、感觉和感怀，经过诗情的发酵，提炼并上升为事业、生活乃至时代的道义风范，亮人眼眸，启人思索。于是我们看到，授业不轰轰烈烈，却润物无声、大有成果；抗疫未以身蹈火，却凝心聚魂、山负海涵。追求内在情感的深层传递，放大意趣和精神的丰富组合，将一切融入心灵的意识波动浓墨重彩、响鼓重锤，使盛老师的诗歌，呈现出开放的自我心灵世界。

这是一种真诚表达，其背后矗立着人格这座大山。

歌德说："在艺术和诗歌里，人格就是一切。"历经大半生的磨难和淬炼，铸就了盛老师的坚韧品格，他的诗歌总是含蕴着进取、奉献的人生大义，通过艺术化的生成产出，反哺且更加丰富了自己的生活情趣，同时给了有心的读者，从中找到属于各自的生活图景与人生思考。"枥上骅骝嘶鼓角，门前老将识风云。"盛老师的诗歌作品是正向激励的，也是大义纯情的，与那些以几缕愁绪、几声嬉怒为能事的作品，何止是霄壤之别。鉴于此，我认为盛老师的诗歌，有远高于艺术维度的社会价值。

当然，毕竟为余事，何必苛求盛老师诗歌创作的艺术高度？其实，人生格局、思想境界、美学修养，乃至必要的词汇储备，他都无短板。"苦吟""炫技"不足是其一，还须从纯粹的"记录性"和"新闻性"中跳将出来，调整视角，拉长聚焦，插上想象的翅膀，在语新调谐、轻盈灵动、传神细节、生成意境上再下些功夫，假以时日，盛老师秉烛突进，所获必将更丰。

基层写作当为文学攀高峰夯基垒台

——在2023年弋江区作协进书房活动上的发言

2022年7月，中国作家协会启动了“新时代文学攀登计划”，紧接着，“新时代山乡巨变创作计划”启动。“两个计划”旨在激励广大作家勇攀新时代文学高峰，推动新时代文学高质量发展，极具创新性、前瞻性和引领性。最近，基层写作的话题被摆上台面，炒得很热。这说明，基层写作是我国文学事业的底座，确实有值得关注、反思和改进的地方。

当前，中国作协有会员一万多人，全国范围的省级作协会员合计约有数万人，市级及县、区级作协会员合计不低于百万人。很明显，各级作协会员中，市级及县、区级作协会员占比在九成以上，他们构成了我国文学创作队伍数量庞大的基层作家群体。文学对基层作家来说，虽属业余爱好，但不代表他们不想获得出类拔萃的成功。现实中，许多基层作家困于突破无法，信心严重受挫，处在偶尔写写的半荒废状态。在他们的心中，不时发出路在何方的慨叹。

我们熟知的俄国作家契诃夫有句名言：“有大狗，有小狗。小狗不该因为大狗的存在而心慌意乱。所有的狗都应该叫，就让他们各自用上帝给他的声音叫好了。”此话尽管粗俗，但表明只要各就各位，不同层面、不同水平的文学创作者，都有存在的理由，都能发挥各自的作用。笔者认为，在勇攀新时代文学高峰的背景下，基层写作越发重要，必须得到进一步加强，使之成为新时代文学高峰耸峙的坚实基石与有力支撑。为此，基层作家和基层作家协会须积极行动起来，携手开拓，奋力抵达基层写作的宏伟目标。

对基层作家来说，应该扬体验之长，写生活之透，铸文学之魂，以踩稳攀登文学高峰的每一个台阶。

作家的主责主业就是在自己生活的时代，以自己的方式记录下对生活与他人的理解。这种理解必须以熟悉为前提。熟悉的生活空间、熟悉的行业领域、熟悉的特定人群，是最可靠的文学素材来源，千载不易。基层作家散落在社会的角角落落，是千千万万独此一方的生活者，更是代言人，他们有责任把最鲜活的“细”“小”“微”从生活中打捞出来，编织成文学作品，以小切口讲述大主题，以小人物折射大时代。这些“细”“小”“微”如和风细雨，最能浸透社会虚掩的屏障，彰显出文学的投射功能与教化作用，基层写作的独特价值即在于此。而这些“细”“小”“微”，就是人性中的善与暖，唯有亲身观察和体验才能获得，别无他途。很多基层作家本身就是五行八作的“局内人”，观察和体验具体的人际情境，不需要前往采风、采访、蹲点扎根找感觉，可谓天天沉浸式。只要这些鲜活的素材和宝贵的经验运用得当，定能给自己的文学作品带来神奇的功效。

现实，变幻莫测的现实，作家不去审视，谁还会有意审视？不同地域的现实生活，基层写作不去观照，谁还会充分观照？不曾观照的生活，在历史翻篇后必将隐入尘烟，以至于岁月无痕。从本质上说，基层作家创作的现实题材作品，是托起普通人的梦想，弥漫着烟火生气的日常书写，是有着一己深刻生活体验与朴素生命思考的本色书写，是与现实在卯榫相契中的直接对话。应该相信，浸染在现实中的基层写作，掘取了社会生活中特定人群的真善美，最能撼人心魄，最能有效抵抗文学的脱实向虚，真正为群众代言，铸魂于纸面。这类作品，群众乐于阅读，独特的文学价值，共鸣者更多，受益面更广；这类作品真实饱满，元气淋漓，借助新媒介更易破圈、跨界，延展传播方式，俘获更多的受众。

当然，基层写作因离“一线”过近，要警惕鲜活素材俯拾皆是，缺少精当取舍与艺术加工，仅以生活的浅表面目出现，不能向复杂的社会、深邃的人性敞开，从而产生一种低层次的现实感，拉低了作品的艺术含量。总之，基层作家只要扬长避短，勤耕善作于一方生活的土壤，心铭文学高峰，脚踏艺术阶梯，就定能以精进不止的姿态，创作出独具价值的文本，也定会有文学奇才、写作高手，在众星捧月中脱颖而出。

对基层作协来说，应该扬培育之长，营氛围之郁，行伯乐之举，以托起攀登文学高峰的每一个作家。

基层作家协会是地方委领导的，由基层作家和文学工作者自愿组成的专业性人民团体，是党和政府联系文学界的桥梁和纽带，是繁荣文艺事业、推进文化建设的重要力量。基层作家协会当为基层作家提升创作水平，全方位地做好服务；为基层作家挥洒才情，不遗余力地创造条件。不管以前做得如何，新时期基层作协都要开创出人尽其力、文尽其才的新局面。

中国作家协会启动的“两个计划”，对于基层作家来说，短时间内列入计划项目的难度很大。即便省一级的文学支持计划，绝大多数基层作家也难以唾手可得。但是，市级及县、区级作协可以制定各自的支持计划和文学奖项，围绕倾情打造的文学精品工程，把资金的润滑作用发挥出来，形成正向激励效应。思想认知与文字功力是文学创作的两翼，决定着作品的飞翔高度。基层作协要以提高基层作家的创作水平为核心，做实打基础、利长远的工作。可邀请实力派作家、文学刊物的编辑、身边的佼佼者，分期、分体裁、分类别举办形式多样的讲堂、讲座、研讨、沙龙、改稿、辩论等活动，让基层作家参与其中、乐在其中、进步在其中。有名皆从无名来。基层是人才的始发地，基层作协负责人要有伯乐情怀，以火眼金睛找寻文学新人，以座上宾重视文学人才，想方设法营造文学人才各显其能的环境。对有潜质的年轻新锐，制定墩苗培育计划，延请名师重点指导吃小灶，有意识地委以选题创作的重任，同时，积极争取各种机会，把他们推向更大的平台，借此早日破茧而出，发光发热。即使他们“飞”走了，笃信会有后来者补充到位，源源不断。

此外，基层作协还可以策划一系列主题创作活动，如扶贫干部、道德模范人物、最美劳动者系列，可安排最适合的会员去创作，或由本协会的作家去认领，并为创作提供一切便利，形成质量整齐的同类作品，一次系统展示与集中存档。除了现时人与物，地方历史人物以及古村落、古建筑、非物质文化遗产等主题，亦可策划创作成为系列文学作品，与文史专家的考证文章互补互充，相得益彰。部分年龄偏大、进步空间有限的基层作家，愿做这样优秀的“小镇做题家”，何乐而不为？这种无形的分工，很大程度上也催生了文学的层次性和丰富性。

可以确信，有基层作家协会的团结引领，基层作家坚守在一方文学滋养的土地上，定会不辜负时代的召唤、人民的期待，而深挖一口地域之井，不断提升创作水平，定会创作出想要的精品力作。天赋、意志和体能俱佳的少数基层作家，还会有一飞冲天的高光时刻。

如果把一名基层作家喻为一抔土，那么，一个基层作家协会就是一根柱。他们共同在为我国的文学大厦夯基立柱，合力在为勇攀新时代文学高峰垒阶架梯，携手在为新时代文学高质量发展积厚成势。

“衰落”声中，业余作者何为？

——关于文学的现实思考

想到写这个题目，是文友的一句话。他说，20世纪80年代作家受人尊敬，社会地位高得怕人；而现在，自己不敢说自己是作家，若说，大概率对方的嘴会撇下来。文友今年60整，从80年代的文学青年，捣鼓出作品发表，中间停了近20年，到现在重操旧业，又写了几十万字的小说，妥妥的过来人，他有发言权，讲的是实打实的切身感受。

文学的“衰落”有其因

短短数十年，为什么落差如此之大？我是认真想过这个问题的。究其因，肯定不是单向度的。在我看来，作家的社会公认度“一落千丈”，与文学的“衰落”不是等同的，也是大有关系的，涉及社会心理、科技发展和作品质量等多个维度。

其一，是社会大众心理的差异。20世纪80年代的文学热，本身是不正常的，那是禁锢之后的过高反弹。按照现在的话说，人们一窝蜂地去追捧文学作品，有点报复性消费的意思。形象点说就是，那时的社会大众，刚刚经过了很长一段时间仅有的且同质化的8个样板戏的反复熏蒸，已经乌焦巴弓，多么需要有充沛的多样化文艺甘霖来沐浴全身，就像干涸大地上的植被，多么盼望雨露的滋润。而恰在此时，井喷的文学作品与人们渴求的心理，形成了双向奔赴。在这样的社会氛围下，作家作为精神食粮的创造者，一度比教师更有资格和实力，被尊为人类灵魂的工程师。还有，那时的人们，文化水平普遍不高，大学生是稀罕物，读了几年书的人都叫有文化，对能写书的人，表现出崇拜感理所当然。这就是所谓的社会大众心理，具有群体性阶段性特征，不是过来人，理解的确很难。其实，在大多数国家，作家就是一个行当，地位不及社会上的很多职业，人们的高看乃至膜拜的，只是那些写出顶尖作品的作家。

其二，是科技发展的必然结果。这40余年，恰恰是中国改革开放取得巨大飞跃的时期。中国从一个掉队生，变成了一个努力追赶世界的上进生，再到脱颖而出的优等生，在很多领域，包括科技方面，完全可与发达国家掰手腕了。我说这些想表达的是，科技对文化传媒的脱胎换骨的影响。对文学的第一次大的冲击是电视，它以其直观的文艺节目，无情地分流了为数甚众的文学读者。之前的电影没做到，电影和文学很多方面有互补性，所以它没能对文学构成威胁。第二次大的冲击是电脑，通了高速互联网的电脑，它以海量的资讯见长，还有游戏等功能，一举动摇了那些定力不够的文学读者。当然，互联网催生了网络文学，文学爱好者以另一种方式集结，这又说明了什么呢？我还没想好，大家可以共同来想想。第三次大的冲击是智能手机，可谓一机在手，别无所求。我每天都会花2—3个小时刷手机，觉得比看书爽多了。这个，我不想多说，在座的多是受害者。不过，手机微信也有好处，想看什么文学作品就会轻易取到。但有时候，轻而易举的事情反而容易磨损本有的兴趣。

其三，高素质写作人才的流失。大多数情况下，纯文学创作很难能成为一种职业，我们的很多文学爱好者，都是业余写作。仅此一点，就扼杀了九成以上有文学天赋的潜在作家。我不是瞎掰掰，我是有依据的。我发现文学圈之外，依然有人能一针见血地谈论文学，敏锐性和思想质地超过了圈子里的大半人。他们不写作，年轻时一心扑在工作上，成为单位的业务骨干，业余时间思维也是围着工作转，几乎不读文学书籍，岁数渐大又成了领导，成了各方面都浅尝辄止的万金油。等退休下来后开始想点东西，非常遗憾，除少数一直从事文字的人除外，多数显得力不从心，文字不够成熟老练，钳制了思想和情感的表达。也就是说，本来可以写得很好的人，因迫于生计而没有选择文学创作。过去说，中文系不培养作家，真正的作家都是崛起于阡陌间的。而现在，只有中文系培养作家，那些找不到好工作的大学生、研究生，不得不当起了作家。他们的人生经历大多单纯，很多人靠蹩脚模仿文学大师的作品，写一些故弄玄虚、别人看不懂的东西，还清高自诩，这就是文学的艺术。

还有，作品没有把控住读者的胃口。就此问题，我们的作家有没有在自己身上去找问题呢？问题肯定有，事情都是一分为二的，手电筒只照别人不照自己，不应该是作家的风范。文学作品失去了吸引力，文学作品自身的质量难辞其咎，就像雪崩，没有一朵雪花是无辜的。说真的，现在我阅读小说，很难有早年阅读的那种美妙的纯粹的感觉。我承认，现在的作品更有厚度和广度，也更见难度和高度，但现在的作品更像是流水线上生产出来的，没有作家的生命体验和情感输出，不能真正地打动人。更要命的是，越是这样重技巧轻神韵的作品，越是得到评论家的追捧，被堂而皇之地贴上现代派的标签。文学创作日益圈子化和贵族化，他们根本不关心作品有没有读者，只要能在大刊发表出来就可以了，还能拿各种各样的奖就更美了。很多人有门户之见，在骨子里瞧不起风起云涌的网络文学，其实，他们不知道，网络文学总体水平是差一些，但网文的一流之作已经超过了纯文学的二流作品。不能只拿概念混淆视听、自欺欺人了。

50岁以上的文学爱好者大同小异。我这20多年来，一直游走在文学圈子的边缘，肉眼可见地觉察到，年轻人爱好传统文学的越来越少了。年轻人即使爱好，也不喜欢扎堆，甚至不愿参加各类作协活动。文学与寂寞似乎画上了等号。就拿第十一届茅盾文学奖评选来说，媒体依然很卖力吆喝，但社会关注度并不高，甚至不如某个网络热点。文学的轰动效应，从80年代的导弹级，到90年代的炸弹级，再到现在子弹级都没有，充其量就是弹弓级了。文学的边缘化、小众化、圈子化、板结化、孤立化、无声化，是不争的事实。

如果说信息时代，随着社会分工细化和知识信息爆炸，小型化、分众化、圈子化不可避免，那么人们的娱乐多元化、兴趣广泛化、认知差异化也理所应当。容许你爱，也容许他不爱，容许你这样，也容许他那样。况且现在年轻人压力大，没有发现文学之魅的精力，更没有培养文学兴趣的时间。若有时间，刷刷视频，永远比啃那些枯燥的文字来得舒服。反观各类作协组织，成员多为饱经风霜的老面孔，他们是文学爱好的钉子户，大浪淘沙下来的一批人。饶是这样，他们也感到搞文学很难有出头之日。发表是横亘在眼前的第一座大山。一本文学杂志，哪怕是地市级的，都很难上稿，打开一本省级刊物，看看作者，几乎都是名家。内卷这个词用在写作上，一点都不冤。很多人不信邪，越挫越勇，不排除个别人会侥幸成功。文学需要天赋，凡名家早期作品起点都高于一般人，这是名家睥睨群侪的资本。但是，名家居功傲人的也不少，更会躺在功劳簿上睡大觉。名家作品水准下降，很多编辑视而不见，在他们看来，名气比质量有时更重要。我们赞赏的大器晚成，其实百无一例。80岁的杨本芬算一个，概率太低了。很多时候我会想，写作队伍中有我一个不多，没我也不少，何必追求不可能成功的虚无缥缈的东西呢？

多少次在欲躺平时，我最终没有选择躺平。为什么呢？我发现，我已没有能够替换掉写作的爱好了。于是，我开始接受自己写作上的平凡，接受自己作品的微不足道。我别无选择，或者说也是一种无奈。依然，业余写点东西，自娱自乐，自给自足。文学给我们提供了另外一种生活，不同别人的生活。

我坚信，基于文学是一种艺术的特质没有变，文学的价值就不会变。

何谓艺术？是指比现实更具典型性的社会意识形态。这是最概括的定义了，不要苛求天才的简洁。艺术门类众多，在历史长河中变动不居，任何一门艺术都有其区别于其他艺术的某个优点或优势，这是最吸引人的地方。音乐之于耳，绘画和摄影之于目，文学之于人的唯有心灵。

文学具有打动人心的力量。这是最直接的艺术打击，快如闪电。所以，业余作者可以遵循，什么对自己触动大就写什么。在传统向现代过渡的艺术转型期，我们雾里看花，不具备穿透那层隔膜的能力，就不必去拓展文学的意义空间，追求一种所谓的智慧启迪了。别人这样那是别人的事情，我们要持宽容心态，只找回最初打动自己的地方，足矣。

“衰落”声中业余作者何为？答案很简单：回到初心。

“能量”虽小，也有所为，亦可大为

——关于“基层写作”的辩证思考

“基层写作”这个词是我生造的，估计没人这么用过。我之所以用这个词，是作了综合考量的。实际上，它是一个缩写：“基层”，这里指市级特别是县、区级的作家协会组织，“写作”，为特定人员从事的文学创作。“基层写作”就是市级及县、区级作协会员从事的文学创作行为。

目前，从全国范围看，设区的市未成立作家协会组织的屈指可数，县、区没有作家协会也已经不多了，有些地方乡镇一级都设有作家协会组织。还有一些行业性作家协会组织，会员囊括大大小小的行业单位，力求一网打尽舞文弄墨者，部分会员的创作水平，大致等同于县、区级作协会员的水平。当前，中国作协有会员有1万多人，各省级作协会员合计不低于5万人，市级会员合计不低于30万人，县、区级或同等水平的作协会员估计在100万人以上。这里不包括数量庞大、创作实力参差不齐的网络文学写手。也就是说，各级作协会员中，市级及县、区级作协会员占比在九成以上，文学对他们来说都是业余爱好。有人作过统计，一方面，公开发行的文学期刊，根本满足不了作协会员发表作品的愿望，另一方面，文学期刊上的作品被阅读的次数又少得可怜。市级特别是县、区级作协会员，在文学期刊发表作品并不常见。问题是，有的会员把发表作为终极目标，点灯熬油拼命死磕，也没有获得想要的成功。文学创作的艰难，从来如此。

市级及县、区级作协会员的文学创作，也就是“基层写作”，路在何方呢？我们熟知的俄国作家契诃夫有句名言：“有大狗，有小狗。小狗不该因为大狗的存在而心慌意乱。所有的狗都应该叫，就让他们各自用上帝给他的声音叫好了。”这个比喻虽粗俗，但说明，只要各就各位，不同水平的文学创作者，都有存在的理由，都有各自的价值。事实上，新时期“基层写作”赖以生存的空间越发广阔，需要基层写作者开拓出抵达的路径。

一方面，在生活的土壤上勤勉耕耘，彰显“基层写作”的价值意义。

大作家写作多有“领地”意识。基层会员不一定效仿，非得圈一个“领地”，自种自收。但熟悉的生活空间、熟悉的行业领域，是最可靠的文学素材来源，千载不易。作家的任务就是在自己生活的时代，以自己的方式记录下对生活与人的理解。这种理解是建立在熟悉基础上的。基层会员散落在社会的角角落落，是方方面面的代言人，若不代言，特定地域和人群的这段生活终将覆灭。还有，管蠡窥世界，滴水映日辉，把最鲜活的小人物从生活中打捞出来，以小人物折射大时代，以小切口讲述大主题，最见文学的投射功能。看似微不足道的细小渗透，最能洞穿社会的虚掩层面。这些“细”“小”“微”从何而来？唯有亲身观察和体验，别无他途。基层会员大多直面现实，打拼在底层，这方面颇具优势。文学不是脱实向虚的智力游戏，写作者只有在现实中浸染过，才能写出使特定人群共鸣的效果。

融入特定人群生活的观察和体验，定力足够敏锐性足够才行，对粗枝大叶者来说，肯定不行。身处信息社会，我们每个人靠海量的信息彼此维系，很多时候如同一座座“孤岛”，久之，各类观念在各自的“信息茧房”中，越来越趋于臆想性、极端化。如果不真正走进生活的内核，进入特定人群的内心世界，在创作小说时，很容易仅凭几个标签，就草率绘出“人物画像”。我们知道，小说人物绝不是作者手中的“提线木偶”，一旦把他们推向“舞台”，就应有他们自己的意志和情感。这些有爱有恨、有笑有泪的蓬勃生命个体，是映照岁月江河的朵朵浪花，折射出时代的风华时尚。同样，如果没有观察和体验，创作散文或报告文学时，人和事也“立”不起来，或者只停留在肤浅的表面，不通透，强颜欢笑，不能打动人心。在生活的现场，写作者观察和体验不到位，犹如捧着金饭碗讨饭。只有掘取到生活中的真善美，才能铸魂于纸面。

作家应为外在信息最为敏感的接收者。这个“接收器”不惟接收媒介的公共信息，更应接收生活中可意会难言传的感觉，还有看不见摸不着的意识甚至潜意识。这就需要作家有很强的感应力。感应力祛除先天因素，后天有意识的培养十分重要。作家优化感应力，就得学会在生活的内部生活，删除教条认知的刻板印痕，以灵敏触须，与周围的人和事建立心灵相应的磁场。退而求其次，也得以沉浸式采风深入生活，与特定人群交谈交心，捕捉那么一点点感觉亦可。由此，发现并重构自己对生活与世道人心的认知。显然，基层写作最易掌握翔实的第一手素材，最能为时代和小人物留下真实的写照，而创作的灵感，也最易在直面生活的不经意时悄然萌发。从本质上说，基层写作者创作的现实题材作品，更应是弥漫着烟火生气的日常书写，是托起普通人梦想，有着深刻的生活体验与朴素的生命思考，是与现实的短兵相接、直接对话。

现实，变幻莫测的现实，如果作家不去审视，谁还会去审视？同样，地域性的现实生活，“基层写作”不观照，谁还会观照？不曾观照的生活，在历史翻篇后，必将岁月无痕。不过，“基层写作”也要防止离“一线”过近，鲜活素材俯拾皆是，反而混淆了生活真实与艺术真实，防止素材缺乏精当取舍与艺术加工，产生一种低层次的现实感，不能向复杂的社会、深邃的人性敞开。如若抽离了历史的情境，加入了个人的立场，打捞被历史书籍过滤掉的东西，谈何容易？对特定的人和事的理解，怎能透彻？

另一方面，与地方性的需求同频共振，彰显“基层写作”的现实价值。

其实，市级及县、区级作家协会与国家级、省级协会一样，都有一个主管单位：市级及县、区级文学艺术界联合会。这个简称“文联”的单位，是地方党委领导下的群团组织，其主管单位为市级及县、区级党委宣传部。党委宣传部主管思想文化工作，事关党的“生命线”，是党的一项极端重要的工作。市级及县、区级作家协会都是非营利性的社会团体组织，接受对应级别的文联领导，而文联接受对应级别的党委宣传部领导。也就是说，作家协会在党的领导下开展工作，是党的事业组成部分。理清这层关系的目的昭然若揭，各级作家协会要为党的伟大事业添砖加瓦，作出应有的贡献。

大家知道，2022年7月，中国作家协会启动了“新时代文学攀登计划”。这个具有创新性和前瞻性的计划，资源整合的优势明显，打通了创作、生产、传播、研究、译介、转化等诸多环节，放眼于现实的复杂变化，致力于建设新时代的崭新文学生态。紧随其后启动的“新时代山乡巨变创作计划”，是针对新时代“三农”的巨大变化而长期开展的一项文学行动，支持的作品须为原创长篇小说，是有精品意识的力作，配得上新时代新征程的文学新经典。“两个计划”并非高不可攀，但对于绝大多数基层写作者来说，还是非常有难度的。即使是省一级的文学支持计划，基层写作者也不可能唾手可得。“基层写作”的目标不是沙里淘金的精品，而是与地域需求相结合的集众化、系列化和特色化的文学呈现。只要广大基层会员定位准确、目标清晰，用心用情用力，大显身手的天地十分广阔。

其一，积极参加地方党委、政府组织开展的主题征文活动。放眼当下，各个层级的主题征文活动成筐成篓。从获奖名单来看，有个非常奇怪的现象：即使省级乃至国家级的征文，获奖者也大多不是名家，而市级以下的主题征文，获奖者多为市级及县、区级作协会员，没有文学创作基础的人很难染指。名家不参加征文的原因，是没必要打乱自己的创作计划，而基层写作者相较于那些不想分神的知名作家，对所在地方经济社会发展更有发言权，也更有时间去深入了解。这就是所谓的各就各位，各取所需，井水不犯河水，从某种意义上说，也是文学内在丰富性的需要。因为有了基层作协会员的广泛参与，基层党委、政府组织的主题征文活动水平在线，各方满意。笔者认为，基层会员与知名作家有难以弥合的能力差距，在这种情况下，做一个优秀的“小镇做题家”，何乐而不为呢?

其二，积极参加地方党委、政府组织开展的主题创作活动。弘扬时代精神，唱响时代主旋律，文学是最重要的利器。努力写出新时代的伟大变革与催人奋进的作品，是作家们应有使命。主题创作也是分层级的，国家和省级层面，需要实力派作家“出马”理所当然，市级及县、区级涌现出的各行各业先进人物，由同级作家协会的会员来采写，恰是榫卯相接。主题创作由地方党委宣传部、文联策划，一般都是成系列的，如扶贫干部系列、道德模范系列、最美劳动者系列等，同级作家协会承办这种创作，有利于安排最适合的会员去写，形成作品质量相当的一次系统整理和集中存档。除了现时的人物，也可以挖掘地域历史人物，还可以就古村落、古建筑、非物质文化遗产等开展系列创作，与文史专家的考证文章互补互充，相得益彰。不要责怪基层的作协会员没有野心创作大作品，与其去争万分之一的成功率，不如干一些力所能及的事情。这些有益的事情，是时代赋予的使命，即使基层写作者“能量”不大，完全是有大作为的。

上述言论，是针对大多数基层会员来说的。凡事都有例外。那些著名作家没有一个是天生“高高在上”的，不都是从“基层写作”上来的吗？是的，这里有个概率问题。譬如，当下的几百名著名作家，大概是从百万名基层会员中脱颖而出的，几千分之一的成功率，是不是跟考清华北大有一拼？你的天赋几何，时间几何，毅力几何？如果你这几项指标都名列前茅，你就应该去追逐创作上的更大成就，不仅无可厚非，而且应该如此。如果目前其中的任一项还不具备，都难以成功。当然，在创作上没有非分之想不代表就不需要进步。恰恰相反，基层会员必须提升创作水平，以应对知识信息爆炸时代水涨船高的写作。我认为，“基层写作”迫切需要解决两个问题。

首先，解决技能问题。

君欲善其事，必先利其器。写作也一样，想要写出好作品，必须有好的工具。文学的最基本最直观的工具就是语言。文学的结构、情节、手法、立意，任何一项出现了问题，都不容易被读者察觉和在意，唯有语言一览无余，无法遮丑。语言上的不足，影响作品的成色，即使作品思想深刻，也很难让人信服。很多基层会员不重视语言，更有甚者还会振振有词：某某名作家语言也不咋的。名家语言不会真的差，差了也成不了名家，而是到了一定境界后的返璞归真、大朴不雕，与真正的寒碜是不同的。这类文章更在意内在的“纯粹”，诚如苏轼所言：“渐熟乃造平淡，其实不是平淡，乃绚烂之极也。”

基础不牢，地动山摇。不要老想着能干出一鸣惊人的大事，任何行业都不缺乏高欲望低技能的从业者，然而成功者都有最扎实的基本功。譬如，鸿篇巨制都是由一个个情节一个个场景组成。不管是熟悉的还是不熟练的情节和场景，你是否写得好，高人一等呢？一段情节好比一间房屋，一屋不扫，何以扫天下？很多时候，我们不成功，就是基本功不到家。作家的内功练到了什么层次，作品就在什么层次。因此，基层会员要凝心静气，安静下来去沉淀，打好基本功，扎稳马步，而不是舍本逐末追新逐奇，去玩花活儿、整大词儿。

技巧也很重要，不是可有可无，它是写作者必须跨越的一项技能。既然所有的小说都是人写出来的，那它必定有人为的设计，带有个人风格的印记。事实情况是，许多二三流作家的作品最见技巧，而最蹩脚和最优秀作家的作品，都很少显露出技巧的痕迹和某种特殊的方式。仔细分析，就会得出前者根本不会用，后者已跨越依赖技巧的阶段，化技巧于无形了。但是，文学创作没有通用的技巧。如果有，文学也就失去了价值。

怎么提高文学语言，的确是个不容回避的问题。有人说，我也重视语言呀，就是提高不了。没有规矩，不成方圆。一切技能的训练，都离不开必要的“规矩”，写作能力的训练自然不能例外。文各有体，体各有式，各种文体都有自身的体裁样式和特点，以及最基本的写作规范。写文章要按体裁规范来写，这是基本常识；谋篇布局要讲究结构的和谐完整，层次段落要分明；语言表达要准确通顺等，这些就是写作的“规矩”。在遵守这些规矩的基础上，再去追求表达技巧特别是修辞手法的灵活运用，并有意识地形成个人的写作风格。不先遵守“规矩”而求“巧”，随心所欲地去写，不但难以成巧，反而让人怀疑你是否具有起码的写作能力。守了“规矩”是求“巧”的基础，只有熟悉“规矩”，才能玩“规矩”于鼓掌，“巧”就容易多了。一切的顺理成章，都是水到渠成的结果。任何事情都不是绝对的，还有另外一种语言锻造模式：即由粗入细，由俗入雅，由繁入简，由豪荡入纯粹。也就是说开始是野路子，有了认知体验后，再靶向提升。两种模式殊途同归，目的只有一个，死磕语言。

什么样的语言是好的呢？华丽和朴素是语言最常见的两种风格，在我看来二者不存在好与坏，各有优长，把它们用在适合用的地方，就是好的，用错了地方就是坏的。总的来说，文学语言不同于大词横飞的宣传语言，准、细、软、短是其特点。准和细，都好理解，不再赘述。软是与硬相对的，硬就是生硬，按芜湖话来说，就是直不笼统的，不晓得拐弯抹角，让人听得不舒服。一些宏观的大词、常用的熟语，特别是成语、歇后语说出来都是一步到台口，与文学语言的“软”也是背道而驰的。语言的软，潜藏着“隐”，在于内涵与腔调的疏肝润肺之功效。围绕这个目标，尽量选择那些具有毛茸茸质感的词语，还有多用“着”“了”，少用“虽然”“但是”等转折词等。这里说的短，不是篇幅短小，而是指组成分句的字数少，一般在七字以内就是短，依据是中国的古诗单句一般最长就七字。短句怎么得来，一是要善于化长句为短句，二是尽量减少前缀修饰，后缀要坚决斩断，或独立成句。还有就是少用书面语，尽量口语化，句子就自然而然地短了。西方语言多长句，五四后仿西语的欧化长句一度流行，除了梁遇春，散文创作几无成功者。中国有几千年文字精粹传统，欧化句水土不服，很正常。除了一些政论性文章，现在很少有人用长句写东西了。这是拨乱反正，迷途知返，很好。

文学体裁的选择问题。文学体裁有诗歌、散文、小说、戏剧等。现在似乎有一种无形的鄙视链。写小说的认为，小说文体优于诗歌、散文，写散文的认为散文优于诗歌，写诗歌的更是将诗是文学艺术的皇冠挂在嘴边，认为自己捣鼓的，才是最神圣的事业。尤其是小说，被压抑了千年，近百年来地位走高，更是以表面上的庞杂性，去碾压其他文体。还有所谓的纯文学，看不起通俗文学，传统文学看不起网络文学。首先，任何文体都有其优势，也有其劣势，不存在最高贵的文体。任何文体都有无数人在攀登，都已将它推到了很高的境界，高端层面应该无差距。还有被一些人固守的纯文学，也值得怀疑，那些写出了使人脑洞大开、体量无比丰富的网络作品，难道就没有价值吗？当穿长衫的孔乙己，还在纠结回字有几种写法的时候，刘慈欣已把视角投向了上帝。

在杂的基础上专，比只专不杂，会在一定阶段后，分出高下，前者势能不减，后者可能原地止步。作家都有局限性，有时候是知识结构的局限，有时候是认识上的偏差，有一长必有一短。要善于扬长避短，把有限的精力，用在优势发挥上，以期成就最大化。恰恰是这种局限导致了审美狭隘，而自己不知道，渐渐地，就上升为同一类人的门户之见。文学爱好者走多远，写到什么程度都是未知数。爱你所爱，才写你所写。积极介入时代，用自己的妙笔将时代中每一幅生动的画面记录下来，真正承担起自己记录历史建构历史的责任。

阅读经典的能力左右创作的能力。作家是一个需要具备多方面素质和能力的职业，广泛阅读各种类型的文学作品，特别是被贴上了“名著”标签的经典文学作品，并能从中汲取营养，提高自己的写作水平。有人说，经典蕴涵着人类典型的感情、典型的思想、典型的人性状态、典型的思维习惯，提供了一个人类从古到今的情感广度和思想深度，它能告诉你，前人已经写到什么程度了，人的思考水平、思维能力已经达到怎样的深度、厚度、高度和广度，这是一个不可缺少的文化坐标。当然，阅读经典名著，不可能一下子就显现出来。但是，经典的营养会进入你的血液，藏在潜意识中。经过触发和刺激，不知什么时候就会弥漫出来，滋润你的创作。但是，阅读也是耗时的，对现代人来说，也是奢侈品。

就拿茅奖来说，新时期40多年以来，几乎囊括了大部分长篇小说的精品。尽管有这样或那样的争议之声，你想想，平均一年就产生一部多一点，每年出版的长篇小说越来越多，平均1000部应该有，还不包括网络作品，可以说是千里挑一，乃至万里挑一。搞写作的人，你不读，何来底气把小说写好？而我们读了多少呢？坦率地说，我没有超过10部。

茅奖十一届，产生了53部获奖长篇小说（除了两部荣誉奖，还有51部），平均50万字。尽管多数作品在30万字左右，像张炜的《人在高原》450万字，王火的《战争和人》160万字，熊召政的《张居正》150万字、王旭烽的《茶人三部曲》120万字，梁晓声的《人世间》115万字，路遥的《平凡的世界》100万字，姚雪垠的《李自成》获奖的第二卷就73万字，全五卷超过300万字，本届还算好，只有《雪山大地》体量大些，近60万字。总之，超过三分之一都是大部头，我说平均50万字是少说了，可能远远不止。

在一个碎片化、快食杂食的时代，在一个每小时就可以刷看上百个视频的时代，我们有没有决心去啃这些大部头，还有那些更难啃的西方名著？我承认，确实难啃，多少次，我拿起诸如《百年孤独》《2666》，读上几页，就又放下了，像个滚石上山的西西弗斯，没有一贯到底的劲头。怎么办？有人给出了建议：在一个时间相对齐整、精力相对饱满的私密空间，选一本名著，闷着头，逐字逐句看上50页再说，等你看完了小说的铺垫，你就会发现一条宽阔的大道，徐徐展开，上了这条大道，就会越走越开阔，越走越明朗。经典文学与网络文学是反着来的，网络小说开篇注重抓人眼球，早早地就让读者欲罢不能，名著大多在开始时设置阅读障碍。所以，能够阅读经典名著，也是一种能力。对于写作的人，更是必备技能。

要想写出大作品，勤奋、天赋、际遇、体力一样都不能少。勤奋抬升一个人的下限，勤能补拙，而天赋决定一个人的上限。际遇就是你能不能够发现并运用好你的天赋。举个例子，一个有写作天赋的人，因迫于生计或生活太奢逸，都可能与写作失之交臂，这就是有天赋，没际遇。体力很好理解，写大作品不会一蹴而就，需要不懈地坚持，没有体力，智力发挥就受影响，很难写出顶级作品。

现在好玩的东西太多，文学留不住人很正常。走失的爱好者乃至作家不知凡几。很多人非常有才华，比我们在座的都有才华。可惜他们不写了。我们还在写，并不可以就无所谓了，事实上，我们的信念更坚定了，担子也更重了。

挂一盏引路的明灯

——在2023年芜湖女子文学沙龙上的发言

如果没记错的话，这是我连续参加的第六次女子文学沙龙活动。今年的主题是“经典的力量”。很好，貌似高大上，实际上很有现实意义。在一个碎片化阅读的时代，我们写作的人，不要只顾着埋头耕耘，冷落了山高水长的文学经典。任何时候，经典都是明灯，悬挂在我们前行的路上。

刚才，各位女作家都作了发言，声音比往常更为清脆，显然，对这个话题都颇有心得。王玉洁老师的《诗经》解读，让我明白了一个重要概念：风骚。中国文学的源头，一是春秋时代的《诗经》，一是战国时代的《楚辞》，而两部经典中的名篇，首推现实主义的《国风》和浪漫主义的《离骚》，后人将此风此骚两者并举，使得中国文学有了高起点的发轫。这是我的知识盲点，有幸今天被照亮了。其他几位老师谈了自己阅读经典文学作品的感悟，视角和体悟都很独特，你们的无私分享，让我受益多多。

何谓经典？“度娘”（百度）给出的意思，指传统的具有权威性的著作。这种解释简洁，我初看十分诧异，前置的“传统”，似乎限制过严，难道非传统就没有经典？显然，我误解了，这儿的传统意为世代相传，表达的是时间上的久远。“权威性”是关键词，再次点出了经典是慢慢成就的。因为现实的权威，多为少数人给出的权威，极不可靠。权威的真正达成，不是少数人，更不是一两个“权威者”，而是一代代包括专业人士在内的广大读者群体，共同塑造的，如同佳酿，历久弥香。经典的这种滞后性，有赖于专家学者的接力关注，有赖于一茬茬读者的持续品读。在众声喧哗的当下，不要轻易标签经典，很多名家巨匠为此闹过笑话，他们言之凿凿，信誓旦旦，推崇的眼前“经典”，转眼就成了明日黄花。

成为文学经典，一定得有深度，这个深度必须是不能被一眼望穿。如果文学作品不触及人类社会和人性的深层次问题，不具有不同维度、不同向度的阐释，停留在一个恒定的阐释区间，恐怕再引人入胜，也很难成为经典。只有一代代人，都从中读出了他们需要的东西，碰撞出现实的思想火花，才可能称为文学经典。经典的一个重要特征，就是常读常新。今天是海子的忌日，在座的无论是否为写诗，都非常熟悉他的《面朝大海，春暖花开》。这首诗俨然经典化了，阐释的空间即使已非常宽广，也远远未能穷尽。这不，最近有人认为，这首诗是海子的绝笔，寄托颇深。为此，他作了逻辑自洽的解释。为什么“从明天开始”，难道今天就不行吗？为什么“陌生人，我也为你祝福”？为什么“面朝大海，春暖花开”？这些，他都有具体分析，且给出了合情合理、合乎海子人生命运的解释。引发他产生这个想法的是，这首给人无限幸福温暖、美丽憧憬的诗，总是萦绕着一缕挥之不去的淡淡忧伤。很多人肯定也有这种感觉，却未作进一步的深想。再举一例：莫言获诺奖后，满世界讲到老乡蒲松龄，认为中国古代短篇小说巅峰之作《聊斋志异》这部光辉著作，有意建立起人类与大自然的联系，提倡爱护生物，万物平等。阎连科则断言，《聊斋志异》的伟大在于写“乡土”，书中的故事多离不开乡村大地与林野。更有研究者指出，蒲松龄是一位古代环保主义启蒙者，《聊斋志异》是“生态文学”开先河之作。这说明，经典作品蓄意深远，指向极多，不会随着岁月的流逝而流失，只会与时代，与人们的认知和发现相结合，产生新的阐释，生发出新的意蕴，增添新的蕴含和力量。

经典的力量即在于此，它为我们树立了一个何谓好作品的标杆。各位搞写作树立怎样的文学标杆，决定了你的写作层次，至少是认知层次。古今中外不同时期都有相对的文学经典，中国古代文学中的诗歌、散文和小说，能被称为经典作品的，多是被人们经常提及的，提到得越多，经典的质地就越硬。如古典长篇小说《红楼梦》就是。当代很多长篇小说因很优秀，被誉为“红楼梦式”或“某某版红楼梦”，说明《红楼梦》

依然是中国文学尤其是长篇小说的标杆，仍然没有被超越。新中国十七年期间也有经典作品，“三红一创，青山保林”就是。这些坚持政治和艺术相统一的作品，尽管时代局限，却是十七年红色经典小说的高度体现。浩然的《金光大道》《艳阳天》一度被贬，随着时间的流逝，又开始被越来越多的人津津乐道，尽管现在还不能称其为经典文学作品，但它们是“划时代”的代表性作品，有研究表明，《艳阳天》成为经典的可能性还比较大。

经典是文学艺术阶段性树立的最高标杆，有点类似体育比赛的世界纪录。不光文艺领域，任何行业都有自己的标杆。知道行业的标杆在哪儿，对行业的认知就会越全面越深刻，说白了，就是晓得了这个行业的山有多高、水有多深，领跑者已经达到了怎样的水平，进而就知道了，你在行业中处于什么样的方位。很多人顶着头顶巴掌大的天，盯着眼前的几个同行，一旦感觉超过了他们，就开始盲目自大，目中无人。因为文学评价的模糊性、见仁见智性，文学圈向来出狂妄之徒、宵小之辈。相反，那些仰望标杆尊崇经典的写作者，往往有见贤思齐之心，奋力追赶之志，能力水平就会稳稳地提升，而且低调得像鹧鸪。

我们的身边，就有这样低调的作家。首推李凤群老师。李老师的起点比我们在座的可能都要低，她还有过将近十年的生病卧床期。利用这段不能干活的空隙，凭着初通文墨，她看了很多中外名著，她的小说非常耐读，与此打下扎实深厚的功底不无关系。现在的李老师依然将阅读和写作并重。我听过她的讲座，知道她对当代西方作家的经典作品多有涉猎，比如库切、门罗，还有帕慕克、石黑一雄，更有我们鲜有耳闻的，譬如波拉尼奥的作品《2666》等，她都兴致勃勃地研读过，分析作品的优劣十分到位。她最新的长篇小说《月下》就有经典潜质。为什么这么说呢？因为这部小说不仅语言出彩，关键是写出了一个时代的一个群体的“集体无意识”，那就是生在小城并不优秀的余文真们“渴望被看见”，是她们的行动演绎了这个主旨。还有一位是在座的唐玉霞老师。唐老师从学生时代就养成了读书的习惯，她看的书既多又杂，档次还很高。刚才，她说到了葛亮的《燕食记》、刘亮程的《我的孤独在人群中》、麦家的《人生海海》等，都是当前热门文学作品。唐老师的广泛涉猎，决定了她眼界很高，在座的无出其右，甚至超过了许多专业人士。举一个男同胞的例子，小说家何世平老师。何老师在高中毕业后，闭门写了两三年小说，颗粒无收后，到马鞍山打工，其间，不甘心写作失败，下决心啃下了200多部中外名著。之后，他重新拿起笔，感觉竟然有了很大不同。上述几位我们都较为熟知，他们的共同特点，就是谦虚，源于骨子里的谦虚。不像我，是装出来的。谦虚的原因，是他们开过眼界，知道好东西有多好，自己作品的差距不是一点点。当然，谦虚的本质，也是一种敬畏，他们对文学既敬又畏。

经典文学作品，可为有志于攀登文学高峰者，提供更优质更丰沛的营养。当然，经典作品还有一个属性，就是深者得其深，浅者也不会读了"一网无鱼"。真正的文学经典，不只供欣赏水平高者阅读的阳春白雪，而一般阅读水平的读者也能欣赏，这是肯定的，前提是你必须去读，读进去，才能读出味道。不过，经典文学作品多是大部头，轻而易举就能读下去的不多，尤其是外国作品，语言翻译上的牵强、中外风俗的差异、历史知识的储备，都影响我们的阅读。总之，拿起书阅读是第一步，从浅层接触到深刻理解，需要久久为功的定力。道理显而易见，在欣赏中才能学会欣赏，在写作中方可学会写作。在一个碎片化阅读、流量为王的时代，展读大部头的经典纸质书，的确需要勇气。当勇气鼓起的时候，最好带有神圣的仪式感，沐手焚香，让自己庄严起来，以此有别于那些毫无门槛的娱乐化欣赏。让经典阅读成为我们的精神自觉，成为内心无法替代的渴求，我们的写作，就成功了大半。

对于我们来说，学习经典的目的不是蹈袭经典，关键是学习经典的创作理念，完成属于自己的创造性转化。要多想想作者为什么会写这样一部作品，是如何结构的，如何冲突的，如何塑造人物形象的？这些创作方法皆可以为己所用，并加以改进，当然，活学活用是核心，千万不要照搬照套、照猫画虎，这样没有什么益处，也不会得到真正的认可。如果从你的作品里看到另一部经典作品的影子，只能说明你模仿成功，没有大错，但肯定算不得上乘之作，对名家大师来说，十足的一次失败写作。经典的价值在于首创性，在于前所未有地填补了空白，在于众目睽睽下遍寻不得，蓦然回首，它恰逢其时地横空出世。尽管对具体一部作品的评价，总有事后诸葛亮之嫌，但恰恰这种滞后性，铸就了经典的不可移易。

经典，巍峨了我们的文学大厦。不管你承认与否，它都矗立在那儿。任何时候，我们不必妄自菲薄，但也不要高估自己，我们写的绝大多数作品，与新闻作品的即写即逝没有什么不同，甚至在阅读量上还不如它们，遑论与经典作品比高论低。但文学是高尚的事业，时代与读者都在呼唤出类拔萃的文学作品。正因为精品难得，所以，与其写十件一般化的作品，不如写一件让人记得住的作品。循此意义，我们要沉下心来，眼睛盯着你心目中的经典标杆，去努力攀登跨越，说不定一不小心留下了一部经典。萤火之光，敢与皓月争辉。这不是痴人说梦，是具有理想主义精神的文学，在我们身上的投射。天下写作的人，谁不想得到一飞冲天的秘笈，一蹴而就于名家之列。实际上，写作都是独自上路，只能一步一步自我摸索前行，哪怕一个小小的灵感，亦在不经意间产生。好在经典如灯，它们就挂在不同的路口。

艾登·钱伯斯说："阅读是一项重要的心智活动。"这种心智活动，只有分享给了他人，才有溢出价值。今天，这场围绕阅读经典的文学沙龙，有一个互相激发的功能，大家都发表了个人对阅读经典作品的理解，激荡出新的火花。这就是心智分享，至少对于在座的他人，或多或少都有文学理念和认知的输入。况且，所有的文学性活动，即使对写作者的帮助，看上去不大，但有利于爱好写作的人，彼此营造抱团取暖的氛围，树立勇毅前行的信心。有此泛化的作用与意义，我们各人的"经典的力量"，起到了"1+1＞2"的效果，如果在座的从此写出了大作品，价值更将无法估量。

从今天起，如饥似渴地阅读经典吧，为我们的写作，挂一盏引路的明灯。

在知识的海洋里碰撞出几朵浪花

——有感于弋江区作协进书房活动

今天，区作协副主席黄青的长篇小说《守望》分享会在区图书馆成功举办。这是区作家协会今年组织会员进书房活动的开篇之作，起到了很好的示范效果。

分享会上，黄青围绕《守望》谈了创作动机、创作经过，特别是围绕主要人物系统梳理了小说的情节脉络，进一步深化了与会人员对小说创作手法和主题内涵的认识。的确，成如容易却艰辛，一部长篇小说的面世十分不易，尤其是对像我们这样的业余作者来说，不亚于在“烈火里烧三次，在沸水里煮三次，在血水里洗三次”。从黄青谦逊、朴实的谈话中，我们感受到了一名来自社区的文学工作者“位卑未敢忘忧国”的责任。

正如与会人员的评价，黄青立足于自己的工作和生活现场，聚焦极难把握的现实题材，用文学的语汇介入生活，为时代发声，为平凡者立传，同时，也宣扬了他“用文字点亮生活”的理想。这部作品有对社会生活个体经验和集体无意识的深度体悟，也有对日常生活去粗存精的细腻呈现，普通人身上闪现出的嫉恶、包容、崇正的个性，是不可摧毁、值得大书特书的民间力量。这对于从事写作和曾经的社区党委书记黄青来说，是生活的馈赠，也是他勤敏于自己事业的馈赠。区作协理事王亚鸿以一名读者的身份，详细谈了自己读《守望》的感受，她认为小说构思精巧，语言清新流畅，人物形象鲜明，充满了劝恶从善的正能量。这些评价是中肯的，也是恰如其分的。当然，这个评价不是以茅奖作品和世界名著为参照，而是以业余作者为标杆的，包括我给本市作家、文学爱好者们写的评论都是如此，语多褒扬，话多鼓励，不是“莲花久未见，便觉牡丹美”，大家要辩证地看。

弋江区作协组织会员进书房活动，一方面是党委政府的号召、文联的要求，另一方面也是受去年《清明》读书会走进我区马饮书房的启示。好的活动都有晕轮效应，我们不能把活动的效果局限在活动过程的两三个小时上。我至今还能听到有人谈论起去年夏天的那场读书会，这说明，一场有意义活动产生的影响，有时可以绵绵不绝，甚至是无远弗届的。区作协成立时间虽不长，活跃着一群本土作者，把他们推向活动的舞台充当主角“现身说法”，或许更具有“身边作者说身边事”的示范意义与自我成长价值。黄青带了个好头，从作协班子成员开始，我们本着从我做起，大家都来讲一讲，把这项活动持续办下去，且越办越好。今天的形式是分享会，以后还可以采用读书会、朗诵会、辩论会等形式，只要与读书有关与文学有关都可以，不拘一格，唯求实效。为了互动交锋和活跃气氛，台下的人可以走上台“抢话筒”，发表自己的高见。

在我看来，包括作协会员在内的广大文艺工作者进书房，是一项十分有意义的活动。

目前，我市已建成开放了数十个集免费阅读、开展文化活动、文化展示和文化休闲等多元化功能于一体的城市书房，有力推动了公共图书资源分配的均等化，弥补了传统图书馆服务面窄、辐射范围小、缺乏个性化服务的缺憾。城市书房运营以来，已成为打造芜湖“爱阅之城”的重要平台，形塑芜湖城市文化气质的有力支撑。这么好的一个平台，敞开怀抱欢迎来客，我们文学工作者爱好者岂能等闲视之？

首先，一切作家都是“读家”，读与写是一体两面或一对终身上演的“量子纠缠”。书籍是文化的载体和结晶，文学是人类思想文化、精神情感的生动表达和形象呈现，可以说，写作需要书籍的滋养、摆渡和导航，作家读书的所得、所思及启迪，构成了作家人格成长、文学滋长、创作灵感的土壤和空气。比如20世纪50年代中期莫言，与前辈作家及比他更年轻的同行相较，他接受学院化的教育很少，算是素人作家。但他善于学习借鉴，提升自己的最有力方式就是读书，他是最早“眼睛向外”的青年作家之一，他早期的《透明的红萝卜》《红高粱》模仿痕迹明显，《百年孤独》《静静的顿河》《喧哗与骚动》等名著都是他模仿的圣典。同时，莫言对中国传统文化也十分尊崇，蒲松龄的《儒林外史》他一直大加赞赏，他对鲁迅的研究和崇拜，也是当代作家中少有的。这些都是大量阅读后给出的评判，杜绝了因狭隘产生的偏见。路遥说，作家读书如同蚕吃桑叶，蚕活到老吃到老，口吐丝线织出茧，作家也要活到老学到老，将吃下的桑叶变成茧。叶圣陶也说过：阅读是吸收，写作是倾吐，倾吐能否合乎法度，与吸收有密切联系。鲁迅更是认定自己的创作，是仰仗于读过的百来篇外国作品和一点医学知识。前几年，毕飞宇的《小说课》很火，他在书中强调只有大量阅读经典作品，才有可能建立起自己的审美标准，这对作家来说至关重要。我们现在很多人的文学审美，是学生时代语文课上建立起来的，对于有志于写作的人来说，这个标准就显得太一般了。标准越高，眼界就会越高。

其次，作协会员读书不仅是“独善其身”的个人之事，更有“兼济天下”的社会之责。城市书房是一个面向公众的平台，我们走进这个平台开展活动，就是一种公共行为。既然是公共行为，就应该产生公共效应。因此，我们对活动的定位，不能是自吹自拉自弹自唱，还应该对公众有一些积极正面的影响。我想，进书房所有活动的最终归旨，应该是带动更多的人热爱读书，为建设一个充满理想色彩的书香社会、爱阅之城贡献绵薄之力。大家肯定没有忘记，我们作协的标志就是一枚高擎着的火把，如果就读书这一点来说，它应该是众人拾柴堆起的一团读书的火焰。书香社会建设不仅仅是为了应对信息化社会的冲击，它对于强化文化认同、建立文化自信、广泛凝聚民心、涵养核心价值、振奋民族精神、提高公民素养、淳化社会风气、促进公平正义、推进共同富裕等方方面面，都有不可取代而又不可估量的作用。在物质生活极为丰富、网络传播极为便利的当下，建设书香社会面临挑战和困难，它不可能一蹴而就，需要全社会共同努力，其中，作家和文学爱好者无疑是一支极为重要的推动力量。天下谁人不读书，尤其是对于作家和文学爱好者来说，因为写作，我们更需要读书，读好书，多读书，苦读书。百战归来再读书，“读书破万卷，下笔如有神”，在读书提升自我的同时，我们当有

“奇文共欣赏，疑义相与析”的格局和胸襟，引领社会读书风尚的形成。只要我们足够努力，就可以获得广泛的支持与回应，体现一种个人价值和社会意义的“双向奔赴”。

此外，城市书房对于我们文学爱好者群体来说，还是一个互相砥砺、彼此激励的平台。具有讽刺意味的是，由全社会“信息爆炸”带来的个人“信息茧房”效应，正在吞噬着人与人之间的交流。我们每个人就像一座座“孤岛”，彼此不相连属，更可怕的是，各类观念在我们各自的“茧房”中，越来越趋于极端化而不自知。写作的人尤其如此，很多时候更愿意与自己书中的人物进行交流，而不愿意与现实中的人交流。作协会员进书房活动就是在给大家搭建一个交流的平台，一方面营造读书氛围，另一方面聚焦写作话题，互学互鉴，共同提高。每次围绕一个话题，大家圈坐在一起，谈感受谈观点、激烈交锋，就如同添柴取暖，看火花四溅，光焰映天，知识的海洋虽然浩瀚，我们也能碰撞出几朵别致的文学浪花。他人的创作经验，他人的审美取向，他人的创作精神，都有一些可资借鉴的地方。不要小看这些思想的火花，星星点点，明明灭灭，往往会成为你的一个创作灵感，解决你的一个创作疑惑。还有，进书房可以培养我们及我们的文学创作主动介入社会的意识。作家和文学爱好者只有在不断拥抱和衍生中，才能把握历史主动、打开无限可能。作家协会本身就是一个标签，我们要运用好这个标签，以更加开阔的视野，以更加开放的胸襟去介入社会、感受生活，从中汲取创作的无穷无尽素材。读书不觉春来到，一寸光阴不可轻。一册册图书，仿佛一簇簇知识和精神的火种，在时光的流转间旺燃不息。希望更多的会员和文学爱好者融入进来，同心协力，同频共振，梦灿未来。

逸出常态势呈开弓

——在《清明》苏州宣传推广会议上的发言

清风徐来，明天会更好！这是《清明》的宣传推广辞。看上去虽未免俗，却也道出了这本杂志的初心使命。

在很多读者的心目中，《清明》是安徽的文学第一刊，自1979年创刊以来，她以姣姣之姿，为中国文学版图增添了一抹靓色。作为一名文学工作者和文学爱好者，我们曾经喜欢她、关注她，将来肯定还要支持她、爱戴她。因为我们受益于她，太多太多了。

文学要破圈，皖军在突围，《清明》肩负重任。敢闯、敢试、敢为天下先的《清明》，一定会以更高的站位、更大的格局，在重振文学的大道上有所作为、有大作为，成为也一定能成为立足本省、面向全国的文化IP。

文学被新媒介挤压而萎缩，大块头变成了细麻花。但，物极必反。这根细麻花，被进一步挤尽泡沫后，说不定就是一条金项链。大家有没有发现，同为纸质的文字载体，《清明》可比报纸的浏览率、品读率和利用率高太多。

慢慢生成，无须催熟剂加持，是《清明》一贯的风格。在座的各位，莫要着急，总有一天，你们戴上的这款金项链，货真价实，罕有匹敌。

《清明》来到长三角核心区域，美丽天堂人间姑苏，就是以积极的姿态“入圈”，逸出常态。下一步，还要“破圈”：既破地域之圈，也破业态之圈。

清风拂面，明月鉴人。最开阔处已经徐徐敞开。

从无意之植到此株独壮（代后记）

我是一名文学爱好者和业余创作实践者。回望来时路，偶有感慨：怎么就走到文学评论的路子上了呢？难道真是应了“有意栽花花不发，无意插柳柳成荫”这句话？仔细想想，没那么简单。我发现，在文学评论上每走一步，都有一股推我向前的力量，在被“组织”看中后，更是如入快车道。用“好风凭借力，送我上青云”来形容，似乎更恰当些。

2014年夏，我携带我的首部长篇小说《荆棘中的野百合》书稿，拜访了本地老作家李幼谦，以期得到指点。李老师对我小说创作成果褒奖有加，并将她刚出版的长篇小说新著《钓鱼城的乱世佳人》赠给我，并叮嘱看完写篇评论。“我从未写过文学评论。”我小声嘀咕着。看我为难，李老师鼓励道：“你能写长篇小说，就能写长篇小说的评论。”我只好答应试试看。一诺千金！我全身心地投入到文本的阅读中。好在小说精彩，读来畅意，我隐隐读出了作家的虔敬与悲悯。于是，就择取女主角的逆天性格为切入点，写了一篇1500字的短评，刊登在了本地报纸上。李老师满意极了，继续给我压了担子：快评一名后起之秀的新书。我不再犹豫，还是以“试试看”应答。花去了一周时间，我仔细阅读作品，字斟句酌地磨出了短评，同样顺利地发在了报纸上。在不久后的一次小聚上，安徽师大出版社的汪鹏生总编当众表扬我评论写得好。我一头雾水。他说在报纸上看到了我的评论，而被评论的两本书他都审读过。

我写评论的信心，自此爆棚。凡文友赠给我的书籍，只要读后有想法，都试着评一评，不管是小说、散文，还是诗歌，甚至古典诗词和楹联，我兼爱的体裁全不放过。2019年初，我给文友许冬林的长篇小说《大江大海》写了评论。许冬林是我敬佩的女作家，她擅长散文创作，亦想拓耕于小说领域，动了很多心思创作的这部作品，让我读出了“大不易”。这篇评论我也花了不少心思才写就，她给予充分肯定，且推介给外地报刊两度发表。过了一年，市评协找我报一篇现实题材作品的评论文章，说是交给省评协，我就以此篇充了数。其时，我不是市评协会员，但评协那帮人都是文友，举手之劳何必吝啬？没想到，过了大半年，我收到安徽省评协的参会通知。就这样，我怀着惊喜而又忐忑的心情，参加了2020年底省评协在池州举办的“现实题材文艺作品研讨会”。会上，我见到了省评协韩进主席等一众评论名家，还现场聆听了徐粤春秘书长等全国评论大家的专题讲座。那几天，在恍惚中，我感觉到“脑洞”被打开。

正是在那次研讨会上，我被明确为省评协准会员，待完成一个程序后即可成为正式会员。会后，省评协工作人员主动对接我，三下五除二，毫不含糊地把我拉进了全省评论的中心圈。加入省评协后，我将全部的业余时间消耗在了文学评论上。阅读所评之书、创作评论文章和学习文学理论，差不多各占去三分之一的时间。已无暇顾及文学创作了，我并未恐慌，反倒庆幸开辟了一条更自适的新路。不过，最初有不安：我的文艺理论知识相对匮乏，与评论者的基本素养要求差距甚大，特别是西方文艺理论，我几乎一窍不通。怎么办？唯有行动起来，才能改变这种状况。于是，我拿起网购来的一批西方文艺理论书籍，扎扎实实恶补了一阵后，底气慢慢充盈起来。我开始加量阅读最新的文学评论文章，这时，中国文艺评论网就成了我的首选。每天打开网站，浏览“政策理论”“文学观潮”等栏目上更新的文章，尤其是“活跃评论家”中的文学类评论，一次锁定一位评论家，集束饕餮后，十分过瘾，中意的文章我还下载收藏起来，认真研读。忽有一天，我点开了“我要入会”，细读了入会须知后，感到自己大致符合申报，心中向往的火苗瞬间点燃。

我没有妄自菲薄，缘于我已出版了一本文学评论集《探珠采玉》。中国评协理事、安徽省评协原主席钱念孙搦管作序，热情洋溢地给予我鼓励。钱老师的序文指出，作为来自民间的文评“草莽”，作者在评论的态度、思想水平特别是表述方面，与专业评论家已不遑多让，甚至在语言韵味上有个人的独到之处。如此评价，对我的激励可想而知。受此鼓舞，我有了外投稿件的想法，是骡子是马拉出来遛遛嘛。几经挫败，终于在2021年11月，我的一篇小说评论上了《作品与争鸣》的“读者争鸣”栏目。随后，又在省级报刊陆续发表了多篇，最长的篇幅近万字。这些都给了我叩开中国评协大门的勇气。事不宜迟，我立马填写网上的表格，一栏一栏下来，毫无障碍，可到了需要两名中国评协现任理事签名推荐时，突然卡壳。不过，我很快想到了韩进和钱念孙二位先生。于是联系了他们，没想到两位老师二话没说，用微信火速传来了他们潇洒的签名。我想，这样的信任基于了解，也饱含了一份关爱啊！2022年6月，我收到了中国文艺评论家协会会员证，深蓝色的套装，精致，典雅，捧在手心，沉甸甸的。身负国字号，是荣誉，更是责任！

我有了追求评论文章深度的自觉。不再轻易出手，生怕写出的“小儿科”，有辱于中国评协这个神圣名号。我把阅评视野扩大到全国范围，即使评论葛亮、李凤群这样的一线作家作品，也不手软。但我感到，跳起来摘桃子固然精神可嘉，但确有笔力不逮的时候。这时，历届“啄木鸟杯”中国文艺评论年度推优作品，就成了我攻读的目标。起初，我也只看文学类评论，2023年6月，参加了中国评协新会员培训班后，我开始有意识阅读文学之外艺术门类的评论文章。这种转变，是受中国评协副主席徐粤春授课时所说“坚定文化自信，弘扬中华美学精神，不套用西方理论剪裁中国人审美，是构建中国自主的文艺评论话语的有力支撑”的启发。是啊！中华美学精神不仅体现在文学上，书法、绘画、音乐、舞蹈、戏剧、影视等艺术，都有着自成体系的丰沛承载，评论者不谋全局，不足以谋一域。我相信，有此兼收并蓄的累积，不仅能提升我的文学评论水平，说不定尝试艺术评论，也能写得像模像样。

我所在的城市，中国评协会员要比中国作协会员少很多。可能此因，我被地方文联高看一眼，约我以“第11届茅盾文学奖获奖作品评析”为题，作一次专题讲座。我把此项任务看得很重，用了一个月时间读完了5部作品，又用一周时间草拟了逾万字的讲稿。无论是在海报上，还是在主持人的介绍中，我的第一身份都是中国文艺评论家协会会员，似乎这是讲座水平的保障。讲完后，的确收获了不少礼节性的夸赞，但有一句我最为受用，那就是“不愧为国字号评论家”。是呀，为此我付出了很多，但不足为外人道也。

2023年10月底，我所在的基层作协开展了一次进书房活动。我畅谈了盘踞于心的有关“基层写作”的几个问题，得到了同道们的强烈共鸣。于是，我趁热打铁，撰写了《基层写作当为文学攀高峰夯基垒台》一文，在编辑黄尚恩老师的关爱下，出乎意料地发表在11月15日《文艺报》头版醒目位置。5天后，中国文艺评论网“文学观潮”栏就予以转载。我注意到一个细节：中国文艺评论网在作者简介栏，添加了文艺报上所没有的“中国文艺评论家协会会员”字样。我很感动，一股名正言顺的归属感陡然而生：这是编辑的细致，更是对来自基层的“不活跃”会员的了解。

在文学的小径上，我已跋涉近30年。从报刊散文起步，兼写古典诗词，后来爱上了楹联创作，同时又鬼使神差地创作长篇小说，甚至写过未拿出来的数百首现代诗，独独没想过要在文学评论上有所作为。然而，文学评论以后来居上之势，成为我最有成果的写作。在我的第二部文学评论集《品藻观澜》即将付梓之际，我想到评论带给我的诸多甘苦，一幕幕，一桩桩；想到李幼谦老师那句无意间引我入行的话，这句话，比一语成谶亦过之。

我乃凡夫俗子，不可能达到苏东坡“也无风雨也无晴”的境界。但，“小舟从此逝，江海寄余生”，是肯定的了。